www.bbulmedia.com

초판 1쇄 찍음 2015년 1월 28일
초판 1쇄 펴냄 2015년 2월 3일

지은이 | 언재호야
펴낸이 | 정 필
펴낸곳 | 도서출판 **뿔미디어**

편집장 | 이재권
기획 · 편집 | 정시연, 이은정

출판등록 | 2002년 9월 11일 (제1081-1-132호)
주소 | 경기도 부천시 원미구 소향로 17, 303(두성프라자)
전화 | 032)651-6513 / 팩스 | 032)651-6094
E-mail | dahyangs@naver.com
블로그 | http://blog.naver.com/dahyangs
홈페이지 | http://bbulmedia.com

값 9,000원

ISBN 979-11-315-6252-9 03810

DAHYANG ROMANCE STORY

언재호야 장편 소설

Contents

"난 K라고 불러."

그가 말했다.

"이름 이니셜인가요?"

실은 장난해요? 라고 물어야 했다. 하지만 낯선 장소, 낯선 시간, 그리고 어이없는 해프닝 끝에 도착한 장소부터가 장난인지 현실인지 조차 모호했다.

"아니. 전혀. 그냥 그렇게 불러. 어차피 의미도 없으니까. 그리고 일회용이고. 그쪽은 뭐라고 불렀으면 좋겠어?"

저쪽 모퉁이에서 목소리만 들렸다. 뭔가 짭짤한 향이 나고 요란한 소리가 들렸다.

"……"

뭐라 불리우면 좋을까. 어차피 불리울 것 같지도 않았다. 게다가 일회용 이름이라니. 재밌었다. 평소 같으면 절대 대꾸할 거 같지 않았지만 이런 기분이라면 괜찮았다. 뭔들 어떨까.

"J라고 해요."

제 이름 석 자에는 들어 있지 않은 이니셜이었다.

"좋네."

노래 제목도 있었고, 제가 알고 있는 사람의 메신저 아이디이기도 했었고, 또 저가 몇 번쯤 갔던 어느 카페의 이름이기도 했다. 제 입에서 그렇게 내뱉고 나니까. 정말 스스로가 J가 된 것 같았다. 제 자신이 아닌.

"침대는 그거 하나밖에 없어. 보는 바와 같이 의자에서 잘 수도 없고, 바닥은 더더욱 눕기 불가능하고. 그러니 침대는 같이 써야 해. 난 보이는 것처럼 전혀 하자가 없는 건강한 남자야. 게다가 그쪽은 근사한 외모를 지닌 거 같고 성적으로도 매력적이고. 낯선 남녀가 한 침대에서 손만 붙잡고 잘 수는 없잖아? 어차피 이래저래 해서 일이 날 게 뻔하니까, 아예 시작하기 전에 이야기하지. 난 근사하지는 못해도 그럴듯한 섹스는 한다고 생각해. 그래서 준비 없이 어찌저찌 하는 거보다 미리 말해 두려고. 찾아보면 콘돔도 있으니 뒷걱정은 필요 없을 테고."

면전에서 들었다가는 당혹스러울 소리였다. 그러나 남자는 여전히 보이지 않는 곳에서 목소리만 들렸다. 그리고 그 목소리 또한 저녁을 먹고 후식으로는 에그 타르트와 아메리카노를 하자는 듯 아무런 억양도, 느낌도, 심지어 감정도 없이 일상적이었다.

그녀는 넓지는 않지만 두 사람이 눕기에 불편하지 않을 만한 침대를 보았다. 이불도 근처의 숙소들보다는 상태가 나아 보였고, 다행스럽게도 베개도 푹신해 보였다. 남자 혼자 사는 집일 텐데, 아니 남자가 여기 사는지는 알 수 없었다. 오래 머무는 사람일지도 몰랐다.

남자가 혼자 사는 시골집치곤 그다지 역한 냄새가 나는 것도 아니었고, 비위에 거슬리지도 않았다.

오히려 남자의 어수선한 외모보다 훨씬 상태가 나아 보이는, 살라고 하면 고개를 젓겠지만 하루쯤 묵으라고 하면 호기심이 갈 만한 침실이었다. 침대 옆에는 작은 책상도 있었고, 손때 묻은 책상 위엔 근사하게도 잉크와 펜도 있었다. 그리고 거기에 어울리는 누런 종이 뭉치까지.

옆에 있는 의자는 솔직히 좀 지저분해 보이는 천이 씌워져 있어서 저기서 자라고 하면 왠지 찝찝할 것 같은 느낌이었다. 그리고 그 뒤에는 아까 길가에서도 본 꽃들을 말려서 병에 가득 담아 놓은 게 쭉 쌓여 있었다.

병은 작은 잼이나 혹은 주스 병 같았지만 크기가 들쭉날쭉한 게 오히려 더 자연스러워 보였다. 장식인지 아니면 어디에 쓸 것인지는 모르겠지만 남자와는 어울리지 않게 예뻤다.

남자는 여전히 모퉁이에서 뭔가 치직거리면서 제 식욕을 자극하는 냄새를 풍기고 있는 것을 열심히 만들고 있었다. 아무렇지도 않은 듯한 목소리로 물은 남자는 제 대답을 기다리는 듯 한참이나 말이 없었다.

뭐라 했더라?

아…… 섹스.

"그래요."

치직거리는 요란한 소리 때문에 그다지 호기롭지 못한 제 목소리를 못 들어서 대답이 없나 하고 고개를 돌렸을 때 남자의 목소리가 들렸다.

"버진은 아니지?"

버진이라니……. 그녀는 저도 모르게 풋 하고 웃고 말았다.

"버진은 우대하는 건가요?"

"아니. 난 개시는 안 해. 그러면 의자에 앉아서 조는 게 낫지."

그녀는 제 배낭을 열었다. 짐을 숙소에 놓고 오면 잃어버릴 수도 있다는 생각에 귀중품은 모조리 가져온 상태였다. 게다가 여벌의 속옷과 화장품 파우치도 있었다. 혹시나 물에 빠질까 봐 그런 건데 괜히 무거운 걸 들고 다니나 싶었지만 이럴 땐 다행이었다. 그녀가 그것을 꺼내고 있는데 또 칸막이 너머에서 남자의 목소리가 들렸다.

"돌아가서 출가하거나 수녀가 될 계획이 있는 건 아닌가?"

웬 출가. 그녀는 저도 모르게 다시 피식 웃고는 대답했다.

"그럴 계획 없는데요."

"처음 개시도 사절이지만, 마지막 마무리도 사절이야. 됐어. 둘 다 아니면."

"상습적인가 봐요. 콘돔도 구비해 두고 있는 거 보면."

기분이 나쁘지는 않았다. 그냥 그렇게 생각돼서 물었을 뿐이다.

"노코멘트. 뭐, 서로 알 필요 없잖아."

"그러네요."

아무렇지도 않게 생각했다. 정말 아무렇지도 않은 일 아닌가.

"다 됐어. 아마 짤 거야. 여긴 모조리 짜니까. 그렇다고 간을 안 하면 냄새 때문에 못 먹어. 걸어올 수 없는 거야?"

남자의 머리통이 불쑥 모퉁이에서 튀어나왔다. 삐죽삐죽한 수염이 난 남자는 긴 머리카락을 뒤로 넘겨 하나로 묶은 데다 칙칙한 색의 후줄근한 셔츠를 입었지만 콧대가 반듯하고 이마가 단정해서 바탕이 못 봐 줄 정도는 아니었다. 게다가 뒤로 한 가닥도 없이 싹 넘긴 머리 덕에 그 이마 선이 아주 돋보이기까지 했다.

하지만 제가 가장 질색을 했던 장발의 남자라니…… 수염을 치렁치렁하게 기른 게 아니라서 다행이라 여겼지만, 지금 보니 수염도 며칠 안 깎은 듯 거칠어 보였다. 과연 저런 남자랑 섹스란 게 가능할까? 제 머릿속에서 아까의 단어를 되씹기 전에 남자가 다시 물었다.

"못 걷겠어?"

"아뇨. 걸을 수 있어요."

"그럼 와서 먹어."

화끈거리는 발목 덕에 한쪽 다리로 거의 깡충거리다시피 해서 남자의 목소리와 음식 냄새가 나는 곳까지 가니 널빤지로 된 모퉁이 뒤쪽에는 별로 보고 싶지 않을 만큼 덕지덕지 기름때가 낀 조리도구와 연기가 무럭무럭 나는 시커먼 웍인지 하는 중국식 냄비가 있었다.

딱 신문지 한 장 펼쳐 놓을 만큼의 탁자 위에는 김이 모락모락 나는 정체불명의 요리와 한눈에 봐도 밥알이 풀풀 날릴 거 같은 밥 두 그릇이 놓여 있었다.

"물 대신 여긴 차를 마셔. 이 동네 물에 석회 성분이 많아서 맹물로 먹으면 배탈 나. 나도 처음엔 그랬으니까. 그쪽 의자에 앉아. 원래 내 의자거든. 난 여기 상자에 앉을 테니."

한 사람이 옴짝달싹하기도 힘들어 보이는 좁은 공간이었다. 게다가 남자는 덩치가 컸다. 그을린 구릿빛 피부 덕에 건장한 근육질의 남자는 탄탄해 보여 거구라는 말이 나올 만큼 몸이 좋았고 그 때문에 넓지 않은 공간은 더욱더 좁아 보였다.

남자는 밥그릇을 들더니 정말 이곳 사람들처럼 풀풀 밥알이 날리는 밥을 먹기 시작했다. 배가 조금 고픈 것도 같았지만, 썩 내키지는 않았다. 그리고 아까의 대화를 생각했다.

이 남자랑 자야 하는 건가.

1. 그녀 & 그녀

"둘 중에 어떤 게 나아? 이거 핑크……. 좀 튀나?"

"블랙."

핑크라니……. 저건 꽃분홍이었다. 세기가 바뀌기 전 공주병 초등학생의 에나멜 구두 색깔이라고밖에 말할 수 없는.

"어머…… 이거 요번 S/S시즌 최고 핫한 컬러예요. 코랄핑크죠. 핑크에 오렌지를 가미한 색이에요. 화사함이란 게 바로 이런 거죠."

"그런가?"

이런 걸 이런 가격을 주고 산다는 건 정말 어처구니없는 일이었다.

"블랙이 세련돼 보여. 그리고 무난하고."

라고 말하고 나서 잠시 후회했다. 내가 사는 것도 아니었다. 무난이란 말하고는 거리가 먼 인간에게 그런 소리를 할 필요는 없었다.

"블랙이 시크해 보기인 해. 그래도 블랙은 심심하잖아. 너 같은 직장 여성한테나 어울리지. 나 같은 백수가 그런 거 들고 갈 데라곤 장례식장밖에 더 있겠니?"

그거야 그랬다. 잠시 내 얼굴에 떠오르는 표정을 읽은 듯 그녀가 화사하게 웃으면서 말했다.

"둘 다 줘요."

"아…… 네. 고객님."

그녀는 한도도 없는 플래티늄 카드를 내밀었다. 손끝에는 예술의 경지에 이른 손톱이 반짝거리고 있었다.

"회사 갈 때만 들어. 나랑 만날 때 둘이 커플로 들고 다니면 웃기잖니?"

"고마워."

내가, 지금도 해야 할 일이 산더미 같은 내가, 하루하루 사는 게 권태롭기만 한 다이아몬드 숟가락을 입에 물고 태어나 지 성질대로 사느라 친구 따위 하나도 없는 이 짜증나는 여자와 귀한 시간을 쪼개 만나서 하릴없이 시시덕대는 이유는 바로 이것이었다. 돈에 구애받지 않고, 자기가 원하는 것을 한도도 없는 카드로 마구 사 댈 수 있는 친구는 어쩌면 친구가 아닐지도 몰랐다.

하재연은 대형 건설사가 모기업인, 지금은 DB엔터프라이즈라 불리는 대봉건설의 하본무 회장의 막내딸이었다. 나이 차이가 엄청나게 나는 부모와 오빠들 사이에 그야말로 공주처럼 자란 영애였다.

그다지 손을 대지 않아도 예쁘장한 얼굴과 타고난 재복 덕에 귀티가 줄줄 흐르는 재연은 별다른 취미도 특기도 없었고 가정교사니 과외교사니 하는 사람들이 줄줄이 있었어도 그다지 성적이 신통하지도 않았다.

죽어라 공부를 해서 악착같이 명문 사립고에 입학한 저와는 중학교부터 동창이었다. 싫증을 잘 내기도 했고, 있는 집 자식이라 시기와 질투 덕에 옆에서 아부하면서 들러붙는 친구들은 많았지만 그녀의 짜증스러운 성격이나 변덕을 감내해 주는 이는 별로 없었다.

그러나 나는 나름대로 머리가 좋았다. 집안이 그다지 넉넉한 편이 아니었던 나는 이 변덕스럽고 별스러운 친구의 비위를 잘 맞춰 주기만 하면 떨어지는 것이 많다는 것을 아주 어렸을 적에 알고 말았다.

나는 나름대로 영악했다. 다른 아이들처럼 그녀의 전지전능한 능력에 굴복하거나 아부를 하는 것이 아니라 아무렇지도 않은 척 나름 쿨하게 그녀의 옆에서 떠돌았다.

다른 친구들이 그녀가 사 주거나 던져 주는 고가품에 대해 호들갑스럽게 고마워하거나 혹은 자존심 상해하는 것 대신 나는 아무렇지도 않은 듯, 그래? 네가 이걸 내게 꼭 주고 싶어 하니 받아는 줄게. 그러나 별스럽지는 않아, 하는 듯한 표정으로 당연하게 여기는 걸 스킬로 삼았다.

그리고 별로 머리가 좋지 않은 것 같은, 아니 애초에 그런 것에 머리를 쓸 필요가 없는 재연이는 곧 이런 쿨 한 척하는 나를 베프로 정해 버렸고, 나는 소기의 목적을 달성하였으므로 끈끈한 우정을 이어 가기 위해 일관성 있는 반응을 보여 주고 있을 뿐이었다.

"맛 괜찮네."

내가 보기에도 괜찮았다. 그러나 그런 척하지는 않았다.

"기름이 좀 많은 거 같아. 그거 빼고는 괜찮네."

"그래? 하긴 좀 그런 거 같기도 하다."

바질페스토 파스타는 적당한 맛이었다. 약간 짠 것 같기도 했지만, 고급스러운 가격처럼 괜찮았다. 원래 오일이 많이 들어가는 건데 기름이 많다 느끼는 건 오일을 좋아하지 않는 제 취향일 뿐이었다.

그러나 재연이 제공하는 고급진 것에 대해 무조건 트집부터 잡고 보는 것이 내 스킬이었으므로 이 무심한 투정은 어쩔 수 없었다.

"넌 참 입맛이 복잡해. 네 입맛에 딱 맞는 거 찾기가 힘들다니까."

"그래? 난 오히려 무난하다고 생각하는데. 그냥 완벽한 만족을 못할 뿐이야."

그리고 그건 네 앞에서만이지, 라고 속으로 덧붙여 주었다. 배가 고프면 순댓국이나 혹은 편의점의 컵라면도 맛있게 먹을 수 있는, 그야말로 생존에 강인한 식성을 지녔다고 스스로 이야기할 수 있으니까.

피곤했다. 가격대가 어마어마하니까 이 늦은 시간에도 이런 까다로운 손님을 위한 음식을 내오겠지. 아마 이 정도 규모의 레스토랑이라면 콧대 높게 영업이 끝났음을 알리고도 남을 시간이었다. 얼른 가서 이 갑갑한 힐을 벗어 버리고 뜨거운 물로 굳어 있는 마스카라를 지워 버리고 아까 받은 재무제표를 들여다봐야만 했다.

그러나 이 나른하고 돈 많고 시간 많은 친구의 가장 큰 약점은 시간이 없는 척하는 걸 용납하지 못하는 것이었다. 그래도 나름대로 난 그것을 주장하기도 했다. 그러나 하릴없는 재벌 상속녀의 시간으로는 아직은 일렀다.

"너, 그 뒤로 피부 상한 거 안 돌아오는 거 같다."

"음…… 그래?"

막 숟가락을 놓았을 때 무심하게 재연이 말했다.

"이 년도 더 되지 않았나?"

"이 년째지. 꽤 됐는데. 아직도 그런가?"

"음, 쫌……."

"그거야 뭐, 나이 탓이겠지."

"아니야, 네 무모함 탓이지. 그런 델 왜 그러고 돌아다니니? 하긴 뭐, 나름대로 재미는 있었겠다만, 그래도 얼굴이 너무 상했잖아. 나 이번 주에 에스테틱 예약했는데 너도 올래? 청담동 이 실장이 독립해서 오픈했다는데, 뭐 괜찮다더라고."

"글쎄. 시간이 날까……."

어마어마한 곳일 터였다. 무조건 가 줘야 하지만 나는 슬쩍 튕겼다. 웬만한 데는 다섯 번에 두어 번 정도는 바쁘다는 핑계로 가지 않았다. 그래야 제 말이라면 죽어라 쫓아다니는 없어 보이는 추종자 같아 보이지 않을 테니까.

"거기 웨이팅이 꽤 길더라. 이 실장이 수완이 좀 좋아야 말이지. 그렇지만 뭐, 내가 전화하면 두 자리는 나겠지. 그리고 거기는 못 가더라도 꼭 가야 할 데가 있어."

주말이면 내게 아무 일도 없을 거라고 단정 짓는 건 이 천진난만한 공주의 한가한 생각일 뿐이었다. 야근도 있고, 회식도 있고, 팀장의 주말 산행 따위도 있는 직장이었다. 그 양쪽을 모두 만족시키려면 난 내 개인시간을 줄이든지 아니면 수면을 줄이는 수밖에 없었다. 다행히 아직 젊기에 그걸 버텨 가고는 있었다.

주말이라……. 이번 주 주말에 시간을 내려면 주중에 매우 고달플 것이 분명했다. 하루 종일 할 일 없이 마사지를 받고 얼굴에 온갖 것을 다 칠하면서 시간을 때워야 하는가에 대해 신중하게 고민 중인데, 재연이 화사하게 웃으면서 말했다.

"나, 주말에 드레스 골라야 해. 네가 있어야 하지 않겠니? 내 첫 약혼 드레스인데."

"그래?"

놀라는 척을 해 주었다. 재연이는 우리나라 굴지의 재벌가 막내딸이었다. 아직 나이는 그리 많지 않지만, 솔직히 막내 공주라는 타이틀이 아니었으면 벌써 재혼을 해도 몇 번을 했었을지도 모를 일이었다. 그러니 누구와 결혼을 하든지 나는 별로 궁금하지 않았다. 그러나 첫 결혼, 아니 약혼이었다. 그에 맞는 리액션을 해 줘야 했다.

"연애는 아니지?"

그래도 친구다운 질문을 해 줘야 했다. 내가 보기에 절대 재연이는 연애결혼 따위를 할 리가 없는 애였다. 그만큼 심심하고, 무료하고 따분한 애니까. 그건 아마 본인만 모르지 세상 사람들이 다 알 것이었다.

"그렇지 뭐, 내가."

그러나 재연이의 타이틀은 충분히 세기의 결혼 따위를 할 만했다. 어떤 돈에 눈이 먼 놈일까. 갑자기 궁금해졌다. 친구를 잘 둔 덕에 제법 재계에도 발뒤꿈치쯤은 담가 봤으니.

"나 정도 되면 그래도 정략 약혼 같은 거 한 번쯤은 해 봐야 하겠지? 그렇지만 난 결혼은 꼭 내가 좋아하는 사람하고 할 거야."

참으로 천진난만 해피엔딩한 소리였다. 그래, 너 정도라면 그런 꿈도 가지겠지.

"좋지. 그런데 이 약혼은 뭐야? 정략 약혼에서 끝나는 거야?"

졸렸지만, 내리감기는 눈을 뜨게 만드는 이야깃거리였다. '결혼은'이라니, 이번 약혼은 약혼으로 끝내 버릴 거라는 말이 아닌가.

제 이런 티 나지 않게 빌붙는 생활이 끝날지도 모른다 싶은 생각이 아주 잠깐 들긴 했다. 제가 버텨 나가는 데 크나큰 도움이 되는 '물주'인 친구가 없어진다는 건 생활에 큰 지장이 있는 일이었다. 그러나 결혼을 한다고 해서 재연이가 바뀔 확률은 거의 없다는 답이 30초도 지나지 않아 나왔다. 그러므로 곧 안심을 하고 마음을 놓았다. 그런데 뒤에 붙은 정략 약혼이라니…… 갑자기 조금 재밌어지는 듯했다.

"그럴 가능성이 커. 엄마도 뭐 그냥 약혼이나 하래."

"왜? 상대가 안 좋은 사람인가?"

커피와 같이 나온 동전 크기만 한 마카롱들 중에서 마음에 드는 색깔을 고르면서 물었다.

"나쁜 놈이래."

마침 제가 속으로 찜한 민트색을 집어 들면서 재연이 재미있다는 듯 말했다.

"나쁜 놈?"

어쩔 수 없이 핑크색을 든 나의 궁금해하는 듯한 목소리가 맘에 들었는지 재연이 바싹 다가와 작은 소리로 말했다.

"엄청난 악당 같은 놈이라지?"

"아니 그런데 왜 너한테 약혼을 하라는 거야? 그러다 결혼이라도 해야 하면 어쩌려고?"

재연이가 까르르 웃었다. 참으로 천진난만하게.

"그럴 확률은 제로야. 집에서도 그랬다니까. 그냥 눈가림으로 약혼이나 하라고. 그러다 한 일 년쯤 끌고 세간에 보는 눈이 없어지면 흐지부지 한 듯 만 듯 만들든지 아니면 화끈하게 파혼하라고. 그래서 해 보려고. 은수랑 연서도 다 한 약혼식 나도 한번 드라마틱하게 해 봐야지. 안 그래?"

"거야, 그렇지."

생각해 보니 그 애들은—그녀들은 나를 친구로 생각하지 않겠지만, 난 재연이의 친구니까 재연이의 친구는 내가 그 애들이라 칭해도 상관 안 할 것이다— 다들 속도위반 따위를 해서 급하게 약혼식을 했던 거 같다. 바로 결혼식을 해야 하는 분위기였지만, 한 두 달 터울을 두고 약혼이니 결혼이니 한 건 이해가 가지 않았지만.

"걔들은 미리 혼수를 넣어 가지고 했잖니. 모양 안 나게."

재연이가 들었던 마카롱을 한입 물었다 그냥 놓으면서 작은 목소리로 이야기했다. 그러고는 살짝 웃음까지 지었다. 먹지도 않을 거면서. 나도 반쯤 먹던 핑크색의 마카롱을 내려놓고 대답해 줬다.

"그러게, 모양이 많이 빠지지. 그럼 넌 약혼식에 의미를 두는 거야?"

"당연하지."

다시 재연이가 화사하게 웃었다. 그녀의 싱싱한 메이크업은 아마 해가 지고 난 다음에 했을 게 분명했다. 지금 이 시간에도 저렇게 촉촉하게 빛나니까. 얼른 제 얼굴에서 버석거리는 화장들을 씻어 내고 싶어 나는 피곤하다는 듯 이마를 누르면서 말했다.

"시간 내 볼게."

"그래야지. 가방 마음에 들지?"

재연이도 알고 있는 듯했다. 모를 리가 없을 것이다. 그렇게 바보 천치는 아니니까. 그러나 서로 필요한 걸 주는 사이니까 굳이 말을 하지 않을 뿐이었다.

피곤한 하루였다. 그러나 제 탁자 위에 오롯이 올려진 고급스러운 종이 가방을 보고 피로를 풀어야 하는 날이었다.

치사하다 해도 어쩔 수 없었다. 6개월 전에 새로 입사한 세무법인은 규모가 컸다. 어린 나이에 운이 좋게 그 어렵다는 세무사 시험에 합격했기에 덜컥 이런 대단한 곳에 들어올 수 있었는지도 몰랐다.

전엔 세무사 시험에 합격하면 대단하게 여겨 바로 개업을 했다지만, 이제는 세무사도 넘쳐 나는 시대였다. 다행히 빽도 조금 있고, 얼굴도 빠지지 않아서 이런 엄청난 규모의 세무법인 사무실에 취직이 되긴 했지만, 아직 능숙한 실무자—일명 경리들보다도 못한 처지였다.

그러나 아직 어린 나이고 자격증이 있었기에 월급은 그리 박하지 않았다. 다만 그 박하지 않은 월급은 번듯한 오피스텔의 월세와 무리해서 뽑은 외제 중형차의 할부금으로 원천징수를 당하고, 그 외에는 그럴듯한 외모를 꾸미는 데 밑 빠진 독처럼 들어가 버려 남아나는 게 없을 뿐이었다.

물론 나는 된장녀는 아니었다. 하지만 워낙에 대단한 사람들을 대하고 그런 사람들 사이에서 일하다 보니 상대에게 밉보이는 차림새나 쓰임새를 할 수 없었을 뿐이다.

그러니 남들은 적금을 들어야 살 수 있는 가방이나 구두 따위를 날름 날로 먹을 수 있는 재벌 2세 친구를 귀하게 여기는 건 당연지사였다. 그리고 그건 상당한 도움이 되었다. 그 사실을 아는 이는 거의 없지만, 그 사실을 알고 나를 손가락질한다 해도 어쩔 수 없는 노릇이었다. 세상의 보는 눈은 높고, 제 월급은 그 높이를 따라가기 힘들었으니까.

새하얀 빌트인 가구들이 들어찬 오피스텔의 화장대 앞에 앉아 거울 속에 비치는 여자를 보았다. 화장을 지우고 나니 나이가 무색하리만큼 잡티가 보이는 얼굴이 안쓰러워 보였다. 정말 그때 많이 상해 버린 걸까? 이 년이나 지났는데…….

무작정, 아니 그 당시에는 절실했지만, 지금 와 생각해 보면 어처구니없이 여행을 하고 싶어서 떠났던 한 달 동안의 오지 여행은…… 내가 왜 이 고생을 자처했나 싶다가도 눈앞에 펼쳐지는 풍경들에 잠시 할 말을 잊기도 했다.

세상을 잊기에 좋은 시간이었다. 그래서 너무 모든 것을 잊고 있다는 말을 아직도 후유증처럼 종종 듣고 있는지도 몰랐다. 그리고 문득 생각나는, 그 사람……

'난 K라고 불러.'

잊었었다. 그러나 재연이가 파 뒤집은 제 얼굴 덕에 그 여행의 끝자락이 떠올랐을 뿐이다. 그리고 재빨리 떠오른 끝자락을 저기 어딘가로 처박아 버렸다.

열심히 스킨로션을 바르면서 시계를 보니 벌써 한 시가 넘어 있었다. 비싼 돈을 내고 산 미백 크림과 에센스를 듬뿍 발랐다. 아무리 바빠도 주말에 에스테틱에는 가야 할 것 같았다.

"아니 그것보다, 바이올렛."

보라라는 단어가 있었다. 그러나 보라는 왠지 촌스러웠다. 그녀의 입꼬리가 희미하게 올라갔다. 요즘 유행하는 입꼬리 올림 수술을 막은 건 백 번 천 번 잘한 일이었다. 저 입술의 주름 끝에 살짝 올라가는 입꼬리가 그나마 밋밋한 얼굴의 포인트니까.

"그렇지? 핑크라니……. 웃기잖아."

"피앙세는 순결해 보여야 한다는 생각은 필요 없지 않아? 그쪽이 노출은 없지만 더 섹시해."

놀랄 만큼 매끄러워진 제 손등을 두드리면서 만족스러운 목소리가 나왔다. 아무렴 한 번 가는데 돈 백이 넘게 들었고, 설사 그 돈을 싸들고 간다 하더라도 마냥 웨이팅을 해야 하는 최고급 에스테틱에서 하루 종일 주무르고 문질러 준 피부는 광이 날 지경이었다.

그러니 제 눈앞에 거적이나 장례식용 나일론 한복을 입고 서 있다

하더라도 찬사가 나올 판인데, 눈앞에는 이름만 들어도 헉 하는 디자이너의 드레스들이 즐비했다. 단, 그 이름값을 별로 못 하는 듯한 평범한 디자인에 의아스럽긴 하지만.

"네 건 이게 어때?"

부담스러운 디자이너의 이름에 비하면 하등의 쓰잘데기 없는 드레스라는 이름의 하얀색 천 쪼가리를 들고 있는 그녀를 보고 고개를 저었다.

"아니. 주인공은 너잖아. 흰색은 절대 안 되지."

"그런가? 그럼 차 실장님, 제 친구 옷도 하나 골라 줘요. 쟨 스타일이 좋아서 아무거나 잘 어울릴 테니까."

그녀는 기분이 아주 좋아 보였다. 거대 기업 막내딸의 약혼은 단순한 파티가 아니었다. 그것은 정치적 결합일 수도 있었고, 잘 포장된 재계의 보이지 않는 합병식일 수도 있었다. 그런 대단한 행사의 준비 따위를 저 내키는 대로 바캉스 여행에 필요한 수영복을 사러 가듯 친구와 와서 정해 버릴 수 있는 고집을 부릴 수 있어서였는지도 몰랐다.

아니, 결혼식은 아니니까 그 엄하신 회장님 내외가 내키지 않는 약혼 드레스 정도야 혼자 고르는 걸로 기분 풀이를 할 수 있도록 해 줬는지도 몰랐다. 그래서 재연이는 늘 그렇듯 아무렇지도 않게 평소에 하듯 옷이나 고르고 있는 것처럼 보였다.

저야 어제 밤을 새우긴 했지만, 아까 마사지를 받으면서 한잠 잤더니 몸이 편해졌다. 그리고 재연의 기분이 좋은 건 더 다행이었다. 기분이 좋지 않을 때는 옷을 고르러 같이 오는 것도 피곤했다. 넘치는 건 돈이고, 보는 건 다 수준 이상이었다. 그러니 고르는 데 까다로워질 수밖에 없었다.

"이건 어떠신가요?"

검은색의 드레스였다. 단출하지만 우아해 보였다. 커다란 코르사주가 포인트였지만 그걸 떼면 그냥 입어도 될 듯했다. 다만 가격이 그냥 입을 만한 옷은 아닐 터였지만.

"너무 칙칙하지 않나?"

"괜찮아."

그 정도 가격에 그 브랜드 네임이면, 충분히 극복할 수 있어, 라는 말은 물론 뺐다.

재연이는 늘 무료했다. 늘 심심했고, 늘 재미없고, 사는 게 늘 나른했다. 그래서 같이 있는 사람도 그렇게 만드는 재주가 있었다. 나른하거나 무료할 수 없는 말단 세무사라는 직업을 가진 저로서는 그게 부럽기도 하고 가끔은 짜증스럽기도 했다. 그것을 감내하고 얻어 가는 것이 있더라도.

그런데 오늘은 좀 달랐다. 아니 다른 게 정답일지도 몰랐다. 앞으로 몇 번이 될지는 모르겠지만, 그래도 첫 번째 약혼식의 드레스를 고르는 날이니까.

유난히 이벤트 따위를 좋아하는 그녀는 이런 성대한 이벤트의 주인공이 되는 게 나름 기쁠지도 몰랐다. 그리고 그 기분을 맞춰 주는 것도 제 할 일이었다. 게다가 그 대가로 제 월급으로도 한참 부담스러운 과하디과한 옷 한 벌을 챙겼다.

"묻지도 않네."

"뭘?"

저녁때가 됐는데 드레스숍에서 주는 커피 따윌 마시며 앉아 있는 이유가 더 궁금했다. 이런 곳에서 공짜로 주는 것은 절대 손도 안 대는 재연이가.

"내…… 약혼자."

궁금해해 줘야 했다. 그게 순서가 맞는 건데 하도 머릿속이 복잡해서 잊고 있었다. 친구로서 약혼자를 궁금하게 여겨 주는 건 당연했다. 가끔 제가 받은 것에 대한 만큼의 구실을 못 하는 건 미안해해야 했다.

"아, 그러게. 진작 물어보려고 했는데, 저번에…… 하도 안 좋은 소리를 해서 말을 못 꺼냈네."

나쁜 놈이니 악당이니 하는 소리를 분명히 들었었다. 그리고 왜 그런 결혼을, 아니 약혼을 하는지 궁금하기도 했다. 그러나 제가 말하고 싶지 않으면 하지 않는 게 있는 자들의 특징이었으므로 이야기해 주지 않으면 듣고 싶어 하지 않는 게 익숙해져 묻지 않았을 뿐이다. 그러나 물어봐 줬어야 했는가 싶었다.

"거기엔…… 좀 뭐, 이해관계가 얽혀 있지. 복잡하긴 한데 난 알고 싶지도 않고. 알 필요도 없고……. 그런데 말이야."

몸을 들이민 재연이 제가 좋아하는 은밀한 비밀을 공유하는 것 같은 표정이 되었다. 그럼 맞장구를 쳐 줘야지.

"그런데?"

그러나 갑자기 몸을 뒤로 빼더니 웃음을 지었다. 마치 누가 보고 있는 것처럼. 저럴 땐 재연도 나름 예쁘다 싶었다. 태어날 때부터 귀하게 자라 온갖 좋은 것을 다 누리고 살았으니 굳이 깎고 다듬지 않아도 훤한 얼굴에서는 광채가 났다. 그게 부러울 거면, 이 자리에 있지 못했다.

"아냐. 이따 이야기해 줄게. 저녁은 8시에 먹자. 아직 배 안 고프지?"

배가 고팠다. 많이 먹어도 몸에 쌓이지 않는 게 축복받은 제 체질인 듯싶었다. 그리고 그 이유가 머리를 많이 쓰는 직업을 가졌기 때문이라고 주장하고 있는 저로서는 일이 없으면 별로 잘 먹지 않는다는 걸 그 이유로 들고 있었다. 하지만 요즘은 부쩍 머리 쓸 일이 많았고, 그 덕에 오늘은 출근을 하지 않았는데도 불구하고 배가 고팠다. 마사지를 진득하게 받는 것도 일이라면 일일 수도 있었다.

"그래. 뭐 따로 예약했어?"

재연이는, 우리나라 어떤 식당이든지 당장 먹고 싶은 것을 제 시간에 맞게 먹을 수 있는 몇 안 되는 젊은 여자 중의 하나였다. 그러므로 뭘 먹어야겠다 싶으면 제 입맛에 맞는 대로 제 시간에 맞춰 먹었다. 그리고 그걸 해결하는 게 두둑한 봉급을 받는 이유인 비서도 있었다. 그런데 웬일로 한 시간이나 틈을 두고 약속이란 걸 잡았나 싶었다.

"누가 와?"

"음. 맞아. 누가 오기로 했어."

재연이답지 않게 얼굴에 홍조가 떠올랐다. 별일이다. 재연이가 누군가에게 흥미를 느끼는 건 참 드문 일이었다. 중·고등학교 때도 다들 열광하는 아이돌이니 하이틴 스타니 하는 것도 시답지 않아 했다. 만약 딴 애들 같았다면, 제 생일날 무더기로 불러다가 하루 종일 제 앞에서 노래를 부르게 할 수도 있을 정도였기 때문에 굳이 그들에게 흥미를 느낄 필요가 없었을 수도 있었다. 그런데 이 처음 보는 표정은 대체 뭔가. 설마?

"약혼자?"

"뭐, 뻔한 거지. 머리 좋지 않아도 알 수 있는 거 아니야?"

재연이, 아니 이런 애들 특유의 재수 없음이 풀풀 풍겼지만, 그것에 대해 별로 토를 달고 싶은 생각은 없었다.

"내가 있어도 되겠어?"

굳이 끼고 싶지 않았다. 게다가 악당이니 나쁜 놈이니 하는 소리를 들어서, 저쪽 계통의 인격이 시궁창 같은 놈들은 요즘 들어 클라이언트라는 이름으로 자주 보기 때문에 굳이 미리 보고 싶지가 않았다.

"음, 그래서. 혼자 있기엔 좀 우습다고나 할까? 그냥 가볍게 밥이나 같이 먹자고."

제 약혼자였다. 그런데 왜 혼자 만나기에 우습다는 걸까?

재연이의 취향과는 맞지 않는 곳이었다. 재연이는 고리타분한 것을 좋아했다. 가끔 같이 다니는 게 짜증스러울 정도로. 자기가 재벌집 외동딸이란 걸 과시하듯 으리으리하고 고전적이고, 하나부터 열까지 다 시시콜콜 옆에서 시중을 들어 주는 걸 당연하게 여겼다.

그러니 아마 제가 셀프로 음식을 들고 다녀야 하는 패스트푸드점이니 하는 곳은 얼씬도 안 하는 게 당연했고, 하다못해 끝내주는 인테리어의 커피 전문점 같은 곳에 가도 같이 간 자신이나 아니면 비서가 커피를 들고 다녔다. 그 여자야 그런 걸 하고 돈을 받는 여자니까. 그러나 그런 곳에 간 건 손에 꼽았다. 대부분 명품관이나 기가 막힌 드레스샵이나, 아니면 이런 으리으리한 레스토랑에서는 자리를 옮기지 않아도 커피 따위 최고급으로 딸려 나오니까.

"여기 어때, 수현아?"

"괜찮은데?"

괜찮았다. 정말로. 늘 좀 침침하고 위압적이고 쉐프들이 들고 나오는 가격만 고급진 음식들이 나오는 곳보다는 캐주얼해 보이고 요즘 젊은 여자들, 그러니까 평범한 저 같은 여자들이 딱 좋아할 만한, 그러나 가격은 그리 녹록지 않아 보이는 북적거리는 곳이었다. 다만, 그런 곳을 지나서 조용한 별실로 안내되기는 했다.

"난 소란스럽다. 저런 시끄러운 데서 먹을 것이 넘어가나?"

편의점이나 코스트코의 푸트 코트를 보여 주고 싶은 심정이었지만 수현은 웃으면서 맞장구쳤다.

"거야 그렇지. 그래도 이렇게 조용한 곳도 있잖아. 그쪽은 언제 온대?"

시계를 흘끗거리면서 보았다. 역시 재연이의 독특한 취향 덕에 득템한 비싼 시계였다.

"시간 맞춰 올 거야. 아 왔다."

왔다, 그 누군가⋯⋯.

수현은 저도 모르게 온몸이 뻣뻣하게 굳고 말았다. 제 눈앞에는 그 악당이라는 말과는 전혀 판판인, 매끈한 슈트를─그것도 요즘 보기 힘든, 조끼까지 있는 완벽한 쓰리피스의 슈트를 잘 차려입은 미끈한 남자가 약간의 무표정으로 걸어 들어오고 있었다.

마치 모델처럼 머리부터 발끝까지 딱 떨어지는 고급스러운 옷 덕인지 아니면 그 옷에 맞는 매끈하고 샤프한 외모 때문인지 남자는 하재연이라는 재벌 2세의 영양에게 전혀 기 따위 죽지 않을 만큼 도도해 보였다. 그러나 그녀가 저도 모르게 굳어 버린 건 딴 이유 때문이었다.

'K?'

K라니⋯⋯ 기억에도 없었던 이상한 알파벳이 툭 튀어나왔다.

"⋯⋯?"

남자는 신경질적인 눈으로 재연을 쳐다보았고, 재연은 그것을 보고는 그녀답지 않게 새침한 표정으로 말했다.

"전에 말했던 친구예요. 그런 '친구' 말고 진짜 친구요."

'친구'라는 의미를 잘 알고 있는지 남자는 바로 대답했다.

"아…… 안녕하십니까, 이현태입니다."

그렇지만 남자는 손을 내밀거나 하지는 않았다. 심지어 고개를 끄덕거리지도 않았다. 그냥 슈트 단추 하나를 푼 뒤에 건너편 자리에 앉았다. 그제야 수현은 제 굳은 얼굴을 펼 수 있었다.

단지, 키가 컸기 때문이었을 것이었다. 이제 보니 닮은 것이라곤 하나도 없었다. 기억도 나지 않지만.

그 정체불명의 남자는 덥수룩했고 지저분했고 야성적이었다. 게다가 덩치도 어마어마하게 컸었다. 분명히 그 구채구(九寨溝)의 무성한 원시림과 완벽하게 어울리는 그런 남자였다. 그리고…… 열정적…… 이었다. 이 창백하고 사나운 표정의 재벌 2세와는 전혀 다른…….

그제야 수연은 고개를 끄덕이면서 인사를 했다. 그가 앉자 기다렸다는 듯 메뉴판을 들고 오는 종업원에게 남자는 묻지도 않고 이것저것 주문을 했다. 그리고 재연이도 그걸 보고만 있었다. 희한한 광경이었다.

있는 자의 심술이라도 보여 주듯, 재연이의 취미는 메뉴판 고대로 주문하지 않고 제 상식과 취향을 내보이고 싶은 듯 이것저것 조합해서 새로운 걸 만들어 내는 거였다. 그리고 그것을 보고 당황하는 종업원을 보는 것이었다.

그러나 그 까탈스럽기 그지없는 하재연을 저렇게 얌전한 요조숙녀로 만들어 버리는 것은, 그녀가 악당이라고 규정한 눈앞에 있는 자신감이 넘쳐서 사람의 기를 빨아들일 것 같은 오만한 남자의 존재였다.

"길 막히지는 않으셨는지?"

"뭐 제가 운전하는 것도 아니니까요. 괜찮았습니다."

28

"다행이군요."

다음 주면 약혼을 하는 사이였다. 뭔가 다른 걸 바라지는 않았지만, 이 무탈한 대화들은 무엇을 뜻하는 걸까. 아니 하재연이 저렇게 고분고분 대답을 하는 게 가장 큰 의미인 걸까?

뭘 하는 남자였더라? 저 남자 옆에 서 있으려고 드레스까지 골랐다지만, 수현은 제 잘난 친구의 일회용 약혼자 따위가 뭘 하는지까지 알 만큼 친분이 있지는 않았다. 아니 끈끈한 친분이 있다 해도 알고 싶지도 않았고, 그녀도 알리고 싶어 하지 않았었다.

그러나 눈앞에 있는 이 남자는 적어도 10대 기업 안에 드는 대기업의 외동딸을 피앙세로 만들 수 있을 만큼의 배경을 지닌 게 분명했다.

이제야 좀 안정을 한 수현은 남자를 스리슬쩍 관찰하기 시작했다. 잘 넘긴 머리카락, 창백하지만 매끄러운 피부, 반듯한 이마와 콧대, 약간은 딱딱해서 히스테릭해 보이는 것 같은 남자는 전형적인 도시의 사냥꾼이었다. 아, 이제 생각해 보니 재연이가 말하길 백라그룹의 무슨 상무라고 했던 거 같았다.

휴, 백라그룹이라니. 그러니 하재연의 약혼자겠지.

때를 넘긴 덕에 식사는 조용히 이루어졌다. 그다지 새롭지도, 그렇다고 물리지도 않을 것 같은 음식은 별 탈도 없었지만 별 감흥도 없었다. 뭔가 간간이 대화를 하긴 했지만, 끼어들 만한 분위기도 아니었다.

전체적으로 남자는 세련되고, 샤프하고, 마치 모델 같은 완벽한 외모를 갖추고 있었지만 어딘가에서 흘러나오는 위압감으로 인해 공기조차 무겁게 만드는 그런 스타일이었다. 그리고 절대로 웃음 따위는 짓지 않을 것같이 잔뜩 굳어 있는 인상이었다.

저 남자가 상관이 아닌 걸 다행으로 여겨야 할 것 같았다. 저런 남자 밑에서 일을 하면 아마 질식해 시름시름 앓다 죽어 버릴 것 같으니까.

"아, 참…… 제가 전해 말했던 거 기억나요?"

재연이가 막 제 앞에 놓인 메인 요리의 포크를 내려놓으면서 말했다.

"무엇을 말입니까?"

남자가 무심하게 대꾸했다. 남자의 목소리 또한 외모에 걸맞을 만큼 낮고 차가웠다. 그러나…… 마치 착각 같은, 제 머릿속에 떠오르는 이상한 유기감에 수현은 내심 스스로 고개를 내젓고 있었다.

'젠장…….'

비슷할 리가 없었다. 제가 아무리 머릿속으로 이발을 하고 수염을 깎고, 화장을 시켜 봐도 두 사람은 절대 같은 사람일 수가 없었다.

"제 친구 수현이 말이에요."

제 이름이 떠돌고 있었다. 그 덕에 정신을 차린 수현은 고개를 들었다. 물론 고개를 숙이고 있었던 것은 아니었지만.

"……?"

무슨 일이냐는 눈빛에 재연이 그녀답지 않게 화사하게 웃었다.

"수현이가 세무사예요. 영림 세무법인 소속이거든요. 전에 어머님께서 말씀하시길 아일 화랑의 일, 현태 씨한테 이야기해 보라고 하더라고요. 저야 뭐 놀고먹는 백수지만, 제 친구는 개인 실적 때문에 일이 많으면 좋으니 이래저래 수현이한테 맡기는 게 어떨까 하고요."

그리고 재연은 수현을 돌아보더니 생긋 웃음까지 지었다. 이게 무슨 일인가?

"좋도록 하십시오. 어디에든 맡겨야 하니까. 아는 사람이라면 좋겠죠. 다음에 비서한테 연락하도록 하겠습니다."

"……네?"

당사자인 수현만 멍하니 대답했다. 이게 무슨 일인가.

"뭐, 작은 화랑이라 골치 아픈 일은 없을 거라 했어. 너 개인 실적도 중요하지 않아?"

그거야 당연했다. 세무법인이라는 데가 따로 회계처를 둘 만큼 큰 대기업을 빼고는 세금 납부용 기장업무를 대리로 봐주는 곳인지라 속해 있는 세무사들은 개인적으로 업체의 기장을 맡아야 실적이 올랐다. 물론 작은 곳들은 이리저리 넘겨주기는 하지만 그래도 굵직한 기장 몇 개면 그것만으로도 충분히 수입을 보장했다. 아무리 그래도 백라그룹 휘하의 화랑이라니…….

"그런 덴, 그룹 차원의 회계과에서 맡아서 하지 않나요?"

"개인적으로 하시는 거라, 그렇진 않은가 봅니다. 그러니까 재연 씨한테 말씀하셨겠죠."

남자도 나이프와 포크를 놓으면서 말했다.

"그래요. 수현아, 너도 너무 걱정하지 마. 그냥 작게 하나 꾸미셨다고 했으니까. 그리고 아는 사람이 맡았으면 좋겠다고 하신 거라 내가 추천했거든."

"아…… 그래."

뭔가 이상하게 되어 가는 것 같은 느낌이었다. 지금까지 보지 못했던 재연이의 모습, 어딘가 자꾸 기시감이 들게 만드는 낯선 남자. 그리고 엉뚱하게 연관된 자신까지.

빨리 집에 들어가 제 발을 퉁퉁 붓게 하고 있는 이 굽 높은 구두를 벗어 버리고 싶은 심정이 되어 버렸다.

2. 그와 그

어색했다.

낯선 공기, 낯선 장소, 그리고 낯선 사람⋯⋯. 그러나 상대는 그렇지 않았다. 어색하게 입고 있던 반팔 티셔츠를 어둠 속에서 벗었을 때, 다가온 남자의 손길은 어색함 따위를 아랑곳하지 않고, 미온수밖에 되지 않는 미적지근한 물 때문에 파르르 떨리고 있던 제 얼굴을 부드럽게 감쌌다.

커다랗고, 어딘가 거친 듯한 손길이었지만 의외로 따뜻하고 움직임이 부드러웠다. 그냥 단순히 제 떨리는 턱 선을 감싸 안는 것만으로도 어색함이나, 그동안⋯⋯ 근 20여 년을 살면서 단 한 번도 본 적이 없는 남자 앞에서 옷을 벗고 있다는 것 따위를 일소시켜 줄 만큼 남자의 손길은 인상적이었다. 꽤 오랜 시간이 지났음에도 불구하고 그 어둠 속의 손길은 정확하게 기억났다.

제가 그 남자의 부드러운 손길에 안심하고 있었을 때, 곧 지저분한 수염 속에 자리 잡고 있던 입술이 다가왔다. 수염 난 남자와의 키스는 아마 그때가 처음이자 마지막이었을 것이었다. 제정신으로는 그렇게 하지 못했을 테니까.

며칠 면도를 하지 않아 까슬거리는 수염 자국도 질색을 하던 저였다. 그러나 낯선 공기 속의 낯선 감촉은 그런 것을 느끼지 못하게 하고 있었다. 기억 속의 남자는, 그러니까 K는 기가 막히게 키스를 잘하는 남자였다. 무얼 어떻게 했는지는 모르겠지만, 제 속을 떠돌던 남자의 혀와 입술 때문에 갑자기 무릎이 풀려 주저앉아 버릴 것 같았으니까.

그러나 그러고 싶진 않았다. 아니, 과감해지고 싶었다. 이제 다시 볼 일이 없는 사람이니까. 그리고 지금 이 순간은 제게 최선을 다하고 있는 걸 아니까.

사랑 따위 그런 건 어디에도 없었고, 필요도 없었다. 상대가 저를 정숙하지 않은 여자로 볼까 봐 늘 뭔가 부족했지만 그냥 그대로 순종적으로 기다리기만 할 필요도 없었다. 하고 싶으면 하면 그만이었다. 아니, 하고 싶지 않아도 한번 해 봐도 되는 거였다. 그러니까 그냥 제 입속을 휘젓고 있는 무언가에 충실하자…….

그녀는 손을 내밀어 남자의 목을 감았다. 팔로 감기 버거울 만큼 넓은 어깨와 단단한 뒷목 근육이 느껴졌다. 고개 숙인 남자의 묶은 긴 머리가 제 팔에 쓸렸다. 결이 가늘었다. 그것마저 짜릿함이 느껴졌다. 제 얼굴을 마치 꽃송이처럼 감싸 쥐고 있던 남자의 손이 풀어지면서 제 목덜미와 등줄기로 흘러내리는 게 느껴졌다. 그것마저 오롯이 드러난 제 피부에 스적스적 뜨거운 온기를 무늬처럼 남기면서 옮겨 다니고 있는 게 느껴졌다.

그러다 어느새 남자는 툭 하고 제 등줄기에 거추장스럽게 가로질러 있던 브래지어 훅을 풀어 버리고는 제 허리를 안아 올렸다. 마치 영화의 한 장면처럼 남자는 제 다리를 끌어 올려 자신의 허리를 감게 했다.

남자의 허리를 감고 올라설 수 있을 만큼 제가 가볍고, 남자가 힘이 세다는 게 다행으로 여겨졌다. 남자는 비쩍 말라 보였지만 저를 안아 들고 어느새 제 가슴 위에 설레게 할 만큼 뜨거운 입맞춤을 하고 있었다. 까슬거리는 남자의 수염이 더욱더 그녀를 자극했다.

"아……."

저도 모르게 제 목에서 낯선 소리가 흘러나왔지만, 참지 않았다. 그럴 필요가 없으니까. 남자가 제 가슴의 정점을 빨아들이는 순간 그 목소리는 더 커졌다. 마치 아까의 격한 키스를 하듯 남자의 뜨거운 입술과 혀의 움직임이 적나라하게 느껴지자 저도 모르게 고개를 젖히고 말았다.

제 허릴 감싸 들고 있던 남자는 무게 중심이 흩어진 듯 힘겹게 감각에 취한 저를 들어 침대 위에 눕혔다. 차갑고, 까끌거리는 등 뒤의 느낌에 소름이 돋았다. 그러나 어느새 다시 올라온 남자의 입술이 주는 깊은 입맞춤에 일어났던 제 솜털들이 다시 사그라들고 있었다.

순서처럼, 남자는 제 바지를 벗겼고, 속옷을 벗겨 던졌으며 자신도 그렇게 되었을 것이었다. 제가 충분히 젖어 들도록—아니 그렇게 하지 않아도 이미 제 속은 스스로 젖어 버렸지만, 남자는 천천히 즐기는 것처럼 제 몸속과 제 주변을 느긋하게 산책하듯 입술과 손으로 맛보고 있었다.

그리고 제 조바심을 느끼기라도 하듯 제 속으로 찾아들었고, 몇 번이고 제 속살이 부들부들 떨려 다리가 오그라들 만큼 충분히 저를 만족시켜 주었었다. 처음이었다. 생전…… 그런 머릿속이 하얗게 되는 느낌은…….

그러나 그것보다 더 기억에 선명한 것은 그 순간 내내 제 왼손을 붙잡고 있던 남자의 커다란 손이었다. 깍지를 낀 채 그 행위 내내 단 한 번도 풀지 않았던 손길이었다.

"같이 씻을까?"

목소리조차 푹 땀에 젖은 것 같은 남자가 물었을 때 그녀는 마다하지 않았다. 아마 예전의 저였다면 절대 그러지 않았을 것이었다. 그러나 뭐 어디가 어떤가……. 낯선 곳, 낯선 사람과 함께하는 이상한 마법 속이니까.

"아……."

차마 적나라하게 드러난 남자의 벗은 몸을 쳐다볼 수는 없어서 그녀는 돌아섰다. 좁고, 지저분한 물때가 낀 벽이 보였고, 노란 백열등이 드리워져 있어서 금방이라도 합선이 될 것 같은 느낌이었다. 그래서 더욱더 그림자가 졌고 물줄기 또한 시원치 않았다. 그러나…… 그 어느 것도 보이지 않았다.

그다지 거품이 잘 나지 않는, 그냥 씻고 나면 뻐덕뻐덕해질 싸구려 비누였지만, 남자는 잔뜩 문질러 거품을 낸 채 미끈거리는 손으로 지쳐서 후들거리는 제 몸을 당겨 뜨거운 자신의 몸에 기대게 하고는 부드럽게 닦아 내기 시작했다. 싸구려 비누 향기가 아까의 격정적인 사랑 끝에 묻어난 체취에 섞여 들었다.

목줄기를 타고 내리는 남자의 손길이 어느새 또다시 긴장으로 빳빳해진 젖가슴 위에 머물자 저도 모르게 작은 신음 소리가 새 나오기 시작했다. 견디지 못하고 남자의 어깨에 기댄 목을 뒤로 젖혀야 했다.

얼굴에 미적지근하고 줄줄거리는 샤워기의 물줄기가 떨어져 내렸다. 그래서 눈을 꼭 감아야만 했다. 아니 그렇지 않더라도 부드럽게 제 몸 위를 미끄러져 다니다가 아랫배 밑으로 유영하는 커다란 손 덕에 그녀는 저도 모르게 더 큰 소리를 질렀고 그러자 제 입속에 석회질이 들어 있다는 이상한 물맛이 느껴졌다. 그러나 곧 그것은 사라졌다. 대신 남자의 입술이 내려앉았다.

남자의 젖은 긴 머리카락이 마치 기분 나쁜 바닷속의 해초처럼 제 뺨 위에 늘어져 붙었지만, 그걸 느끼기는 힘들었다. 헐떡거리듯 남자의 혀를 찾아 헤매다가 그녀는 다시 몸을 부르르 떨고 말았다.

비눗기 때문에 미끌거렸지만, 불처럼 뜨거운 남자가 또다시 제 속으로 들어왔기 때문이었다. 저도 모르게 젖은 긴 머리카락이 들어붙은 남자의 등을 움켜쥐었다. 마치 영화에서 나오듯 제게 긴 손톱이 있었다면 남자의 넓은 등짝에 피가 나는 상처 자국을 만들었을지도 몰랐다.

빠빠빠빠바. 굿모닝! 굿모닝…….

"아……."

같은 소리였지만, 전혀 다른 의미였다. 지끈거리는 머리를 부여잡고 몸을 일으켰다. 분명히 어제 일찍 잠든 것 같았지만, 잠은 한 조각도 제게 찾아오지 않은 거 같았다. 밤을 새운 것 같은 느낌이었다.

아마 제가 남자였다면…… 이불 속에 흥건하게 몽정이라도 했을 것 같은 느낌이었다. 의도적으로 잊어버렸던, 구채구의 비정상적으로 그림 같은 풍경이 사라지고 난 뒤에 지저분한 길가와 어수선한 공항에서 수속을 하면서 작정을 하고 온 한 달의 시간이 너무나 길다고 느꼈었다. 이제 그 벗어나고 싶었던 지겨운 일상으로 돌아가고 싶어 안달난 채 혼자 히죽거리며 제 미친 짓거리를 잊어버리려고 애썼다.

재작년, 그러니까 정확하게 이 년하고 한 달 전에 중국으로 짐을 싸서 떠난 건, 지금 생각하면 우스운 일 때문이었다. 여자에게, 그다지 못나지도 않고 집안 사정도 그다지 박하지 않은 여자에게 세상을 떠나 버리고 싶은 이유를 대라면 딱 하나뿐일 것이었다. 저는 그 당시에 어리고 그저 사랑밖에 모르는 그런 철없는 아가씨였으니까.

대학교 내내 사귀던 남자가 사법고시에 붙은 뒤에 어이없게 이제 그만 만나자고 고하고 돌아서 버리자, 상처받은 건 제 자존심이었다. 똑똑하고 잘난 애인이 사법고시 공부를 할 때는 당연히 그가 판검사가 되고 저는 그 옆자리에 있을 거라 생각했었다. 제 집안이 그다지 나쁜 것도 아니었고—물론 그다지 좋은 것도 아니었지만— 저도 나름 대로 유망한 국가고시를 준비 중이었기 때문이었다.

그런데 무슨 신파 영화에나 나오듯 출세 길이 열리니 헌신짝처럼 저를 버리고 돌아서는 잘난 애인, 성환을 보자 오만 정이 다 떨어졌다. 게다가 졸업 후에 백수가 된 자신과 별 볼 일 없는 제 집안이나 조건에 대해 자존심이 상해 견딜 수가 없었던 것이었다.

다행히 성적은 좋아서 장학금을 내내 탔었고, 집안이 그것에 의지할 정도는 아니어서 부모님은 용돈 삼아 얼마간의 금액을 제 통장에 넣어 주시곤 했었다. 그렇게 모은 돈으로 그녀는 무모한 여행을 계획했고, 한 달이라는 기간을 보내기에 유럽은 비용이 턱없이 모자랐기에 지인들이 꽤 있는 중국을 택했었다. 그리고 마지막 여행지로 제가 좋아하는 배우가 나온 영화를 찍었다는 구채구를 택했던 것이었다.

그 구채구에서 마치 영화 속 같은 풍경에 취해 무리하게 돌아다니다 다리를 삐끗했고, 그 덕에 숙소까지 가는 셔틀 버스를 놓쳐 버렸다. 그리고 그런 저를 보고 한국 사람이냐며 다가온 게 그 K였다.

K라니……. 정말 이건 무슨 순정만화도 아니고.

당시엔 그럴듯했었을 것이다. 순순히 대답했으니까. 그러나 지금 생각해 보면 유치하다 못해 어이가 없을 지경이었다.

참, 내, 원······.

여운을 채 즐기기도 전에 그녀는 몸을 일으켜야 했다. 오늘은 할 일이 산더미 같았다. 어제 하루를 오롯하게 펑크 냈기에 오늘 사무실에 가서 머리에 인이 배기도록 숫자들과 씨름을 해야만 했다.

그사이에도 시간은 흘러가고 있었고 수현은 화장실로 향했다. 아무 생각 없이 샤워를 하기 위해서 옷을 벗던 그녀는 거울 속에 비친 제 알몸에 시선을 두고 또다시 멈칫하고 말았다. 구릿빛으로 그을린 탄탄한 남자의 몸······. 그리고 제 손에 걸린 상처······. 옆구리 어딘가에 나 있던 깊은 상처. 그리고 떠오른 어제 그 재연의 약혼자.

"이런 미친······."

그녀는 재빨리 샤워기를 틀어 머리에 물을 쏟아부었다. 채 데워지지 않은 찬기가 느껴졌지만 아랑곳하지 않았다. 대체 뭘 생각하는 거야. 남자에 너무 굶어 있었던 거 같다.

놀랍겠지만, 그 뒤로 남자와 잔 적이 없었으니까. 너무 바빠서, 남자 따위 거들떠볼 시간조차 없었다. 유일하게 쉬는 시간이 되면 어김없이 백이니 구두니를 쟁이기 위해 하재연의 꽁무니를 뒤쫓아 다녀야 했으니까.

그녀는 신경질적으로 머리를 감기 시작했다.

변호사계에 로펌이 있다면, 세무사계에는 세무법인이 있었다. 회계법인보다는 격이 낮다는 게 세간의 평이지만, 세무법인도 나름대로

"잘 하고 와. 그쪽 뭐 구멍가게라고 해도 우리한테는 엄청날 테니까. 수완 좋네."

이건 칭찬도 아니고 비꼬는 것도 아닌 듯했다.

"친구가 소개시켜 준 지인이라서요."

"오호, 울 최 세무사 차리고 다니는 거 보고도 느꼈지만 진짜 뒷배경 으리으리하나 봐."

그녀는 대답을 하지 않았다.

번거로운 듯해서 일행의 차를 얻어 타고 온 게 잘못이었다. 저번에 한 번 접촉사고를 낸 뒤로 보험 처리를 하긴 했지만, 외제차의 특성상 가벼운 접촉사고에도 금방 후루룩 자차 할증 한도까지 올라가 버린 걸 보고 회사와 집 이외에 차를 끌고 나가는 게 꺼려졌기 때문이었다. 그건 다분히 심리적인 요인이 컸다. 그 덕에 그녀의 차는 회사나 집 주차장에나 서 있을 뿐이었다.

마침 이쪽 방향으로 가는 사람이 있어서 태워 달라고 했고 올 때는 그냥 택시를 타고 올 생각이긴 했지만, 차 안에서 쓸데없는 공치사 겸 사무실에 돌고 있는 제 뒷담화를 앞에서 듣게 되니 좋은 기분은 아니었다.

"다녀오겠습니다."

"수고!"

말을 자르려는 제 의도를 아는지 모르는지 벙글거리면서 손을 흔드는 선배 세무사의 벗겨진 머리 밑으로 빙글거리는 조소 섞인 미소를 뒤로하고 그녀는 하늘을 찌르듯 솟은 백라그룹의 본사 건물을 흘곳 보고는 가죽 가방을 든 손에 힘을 주고 으리으리한 입구로 들어섰다.

"차 드시겠습니까?"

"네, 커피 주세요. 설탕은 빼고요."

주눅이 들 필요는 없었다. 그러나 주눅이 들게 만드는 건 화려하면서도 심플한 고급스러운 인테리어가 되어 있는 사무실이 아니라 백라라는 이름일 것이다.

게다가 오늘 만날 남자는 재계 10대 그룹 안에 드는, 대그룹의 기획 상무였다. 물론 중요한 건 사주인 이창원 명예회장의 손자였고, 백라건설 이치원 사장의 아들이었다. 상무라는 건 경영 승계를 위한 준비 단계일 뿐이었다.

전혀 관심조차 둘 필요 없는 친구의 약혼자라는 위치에서 세세히 살펴야 할 클라이언트로 바뀐 남자의 신상에 대해서 열심히 알아본 결과였다. 이현태 상무는 지금 이 불경기에도 활발하게 주변의 계열사와 건실한 중소기업을 M&A(인수 합병) 형식으로 자회사로 바꾸는 일을 주도적으로 하여 기업 내에서 경영권 장악에 톡톡히 한몫하고 있는 걸로 나와 있었다.

백라의 전통적인 승계 절차에 따라 이현태 상무도 평사원으로 시작하여 고속 승진을 하는 중이었고 그 기세는 올해 초 더너욱 빨라져서 기획 과장에서 부장에 이어 바로 상무까지 다이렉트로 승진을 한 것으로 되어 있었다.

담당이 M&A라면 그 과정이 순탄할 리 없었다. 게다가 어마어마한 거대 기업이 잘나가는 중소기업을 인수 합병하면서 좋은 얼굴로만 할 리는 더더군다나 없었다. 그러니 재연이가 말한 악당이니 하는 명칭은 거기서 비롯되었을 것이고, 그것으로 인해 뭔가 재연이의 집안과 밀약이 되어 그런 혼담을 이뤄 내게 된 것일 게 틀림없었다.

그러나 거기까지. 제가 생각할 일은 거기까지였다. 일을 맡으면 좋은 거고, 못 맡아도 어쩔 수는 없는 거였다. 이왕이면 맡게 되면 좋겠지만.

"상무님은 조금 이따 올라오실 겁니다. 회의가 좀 길어지셔서요."

친절한 설명을 하는 비서는 대기업의 이름에 걸맞게 뛰어난 외모를 가졌고 아마 그것보다 뛰어난 스펙을 가졌을 것이다. 그녀는 인턴 시절에도 해 본 적 없는 화랑의 기장에 대해 알아본 여러 가지 서류를 뒤적이고 있었다. 좋은 프레젠테이션을 해야 간택을 받을 것이 분명했기 때문이었다.

그녀가 겪어 본 바에 의하면, 재벌 2, 3세들의 이야기는 90% 정도는 믿으면 안 되는 말이었다. 그들은 가볍게 생각했지만 실무자들은 전혀 그렇지 않다는 걸 잘 알고 있기 때문이었다. 어떤 일이 있어도 기필코 이 기장을 따내고야 말겠다는 생각에 점심을 먹은 뒤로 윤임 앞에서 열심히 연습한 내용을 속으로 읊조리고 있었다. 그때였다.

달칵. 문이 열리는 소리가 났다. 그녀는 고개를 들었다.

"상무님이십니다."

자리에서 일어나는데 종아리가 뻣뻣해지는 게 느껴졌다. 아마, 비싼 새 구두 때문일 것이었다. 단신인 클라이언트를 만날 때는 좀 감안해서 낮은 신발을 신는 편인데 오늘 만날 사람은 키도 컸고, 대단한 곳이니 저도 차린다고 차리고 나왔기 때문이었다. 아마…… 그 때문일 것이었다.

짙은 블루블랙의 슈트와 새하얀 와이셔츠, 같은 계통의 세련된 잔무늬 넥타이, 잘 넘긴 머리카락. 마치 외국 향수나 명품 가방의 카탈

로그 속에서 툭 튀어나온 듯한 남자는 타고난 거만함이 좌르륵 흐르는 눈빛으로 저를 흘곳 쳐다보았다.

"영림 세무법인 최수현 세무사님입니다. 어제 보고 드린 화랑 아일의 기장 건으로 오셨다고 합니다."

아마 저런 사람들은 다 잊어버리고 있었을 것이었다. 깊이 생각할 필요가 없는 일이니까. 그러니 유능한 비서가 열심히 그 기억을 되새겨 주는 듯했다.

"알았어."

짧게 끊어지는 대답에 비서는 고개를 숙이고 방을 나갔다. 남자는 그냥 흘곳 그녀를 쳐다보기만 하고는 제 자리로 갔다. 그러고는 잔뜩 쌓여 있는 서류를 들여다보기 시작했다.

어색하게 서 있던 수현은 다시 어색하게 자리에 앉았다. 제가 짧고 타이트한 스커트를 입은 여자니까 굳이 상대가 앉으라는 소리를 하기 전에 앉을 수 있는 거였다. 그리고 제 상태가 상대가 절실하게 매달려야 하는 사람이 아니라 마치 물건이라도 팔러 사무실에 쳐들어온 외판원 같은 처지와 비슷하다는 걸 잘 알고 있기 때문에 그녀는 조용히 자리에 앉아 상대의 눈치를 볼 수밖에 없었다.

남자는 그녀를 아랑곳하지 않고 인터폰을 눌렀다.

"김 실장 연결해."

〈네. 연결됐습니다. 말씀하십시오.〉

"방침을 바꿔야겠습니다. sell-off(분리매각) 쪽으로 생각하는가 본데, 이 건은 voluntary bust-up(완전매각) 쪽으로 가는 게 나을 것 같습니다."

〈네? 상무님……. 이건. 이미 그쪽에서 MOU(양해각서) 작성이 들어가서…….〉

"그 정도야 다시 하면 됩니다. 그쪽에서는 회생이 가능하다고 생각하는가 본데, 자문 기관에서 들어 본 바에 의하면 그 정도로는 확률이 현저하게 적습니다."

〈그쪽 노조에서 반발이 심할 것입니다. 지금 이 상태도 그쪽을 달래느라 얼마나……〉

"이건 인정이 아니라 사업입니다. M&A의 부작용은 인재 유출이겠지만, 그쪽의 부실하고 무능한 경영진을 퇴출하고 구조조정을 통해서 건실한 기반을 갖게 될 거니까요. 그렇게 통고하십시오. 그 뒤는 제가 알아서 하겠습니다."

〈상무님……〉

저쪽에서 다급한 소리가 났다.

"자료라면 한 트럭이라도 갖다 줄 테니까 걱정하지 말라고 하십시오. 그럼 이렇게 판 다시 짜는 걸로 알고 끊겠습니다. 약속이 있어서요."

삐릭 소리와 함께 인터폰이 꺼졌다.

본의 아니게 통화 내용을 다 듣게 된 수현은 약간 어색한 잔기침을 할 수밖에 없었다. 어딘지 모르겠지만 sell-off에서 voluntary bust-up으로 단계가 바뀌는 것은 주변에 얽힌 여러 가지 이해관계 속에서 일급비밀이 될 수도 있는 내용이었다.

수현의 법인에서도 이런 기업들 간의 M&A 과정에서 재무관계 평가를 하는 팀이 따로 있었다. 아직 신참임으로 그쪽에 관여할지는 모르겠지만, 인턴 시절에 그쪽 공부도 했었다. 그런 일을 제 앞에서 아무렇지도 않게 이야기하는 건 뭘까. 그러나 그녀는 그것에 의미를 두려 하지 않았다. 지금 중요한 건 제 일이니까.

"아, 죄송합니다. 많이 기다리게 해서. 이쪽 일이 좀 급해서요. 일어나시죠."

그제야 남자는 제게 시선을 보냈다.

"네?"

"서류가 다 화랑 쪽에 있습니다. 이건 제 어머니께서 개인적으로 준비하시는 거라. 그룹에서 공적으로 하는 미술관 외에 가지고 계신 소품들을 걸어 놓을 생각으로 만드신 겁니다. 뭐 백라 미술관 쪽의 절세를 위해서 그런 것도 있고 해서, 그쪽에 가야 자료가 있습니다. 저도 그쪽에 관해선 잘 모르고 하니 가서 이야기하시죠. 차 가져오셨습니까?"

"아니요."

"그럼 내려가시죠."

그가 다시 인터폰을 눌렀다.

"강 비서. 차 대기시켜."

얼결에 그녀는 가방에 서류를 챙겨 넣었다. 문 쪽으로 걸어가는데 먼저 나갈 줄 알았던 남자가 문을 열고 서 있었다. 수현은 고개를 끄덕이며 고마움을 표하고 문으로 나섰다. 남자의 짙은 블루블랙의 슈트에서는 저도 아는 고급스러운 향이 은은히 스며 나왔다. 익숙한 향기.

재연이가 좋아하는 향수였다.

"그 정도의 반발도 없다면, 회사가 잘못된 겁니다. 충분히 예상하고 있습니다. 재무제표 중에서 11-1까지만 요약해서 자료 만드십시오. 법인카드 사용 내역, 접대비 지출 내역 그쪽 위주로. 아, 그리고 복지 예산이나 그쪽도 함께요. 사측에서 직원의 복지나 회사 회생에 별로 도움이 안 되었다는 걸 위주로 편집해 보세요. 그리고 이번

M&A가 노조 측에는 도움이 될 거라는 것도……."

남자의 통화가 계속 되고 있었다.

"아, 물론 구조조정상 정리 해고는 있을 겁니다. 쓸데없이 방만한 경영으로 정리되는 거니까요. 그러나 최대한 이탈을 막아야 하고 특히 유능한 인재들이 빠져나가는 걸 막자는 거죠. 그래도 안 된다면 아예 정리를 해 버리는 쪽으로 나갈 테니까 어느 쪽이 유리한지는 잘 계산해 주시기 바랍니다. 저희 쪽에서 그만한 컨설팅비를 내고 하는 거니까 아주 세세한 보고서 원하는 거야 당연하니까 말이죠."

차창에는 휙휙 낯선 풍경이 스쳐 가고 있었다. 나란히 차 안에 앉아 있었지만 남자는 제 존재 따위는 신경도 안 쓰는 것 같았다.

"어느 쪽이든 우리는 이익을 위해서 하는 겁니다. 게다가 그 이익이 우리가 생각하는 기대치 이하라면 과감하게 쳐 버리는 것도 한 방법이죠."

널찍하고 도도한 벤츠 S600은 딱 이 남자의 오만함과 샤프함에 잘 어울리는 차였다. 세무법인에도 외제차가 득시글하지만 S600은 젊은 상무한테는 과분한 차였다.

그러나 남자는 우아하게 차의 상석에 들어가 앉았고, 넓은 실내임에도 불구하고 남자의 긴 다리 덕에 넓은 차는 그리 넓어 보이지 않는 착시현상을 줬다. 옆에 앉은 수현은 어색함에 바깥만 내다보고 있었지만 남자는 아랑곳하지 않았다.

바로 옆에서 끊임없이 태블릿 화면을 넘기며 귀에 건 블루투스 이어폰으로 통화를 하고 있었는데 그 내용을 보아하니 꽤 규모가 있는 회사를 하나 작업 중인 걸로 보였다.

"아, 죄송합니다. 일에 대해서 상의를 해야 할 것 같은데, 제가 그쪽으로는 문외한이라. 게다가 보시다시피 일이 밀려 있어서……."

빤히 쳐다보는 시선을 느꼈는지 남자가 수현을 보고 한마디 했다.

"괜찮습니다. 이렇게 같이 가 주시는 것만으로도 영광이에요."

이건 맞는 말이었다. 그냥 가 보라고 해도 감지덕지했을 텐데…….

남자는 대답이 없었다.

그냥 개인 미술품 창고 정도라고, 특히 애장하는 그림이나 걸어 놓을 목적으로 만든 화랑이라는 게…… 남자의 설명이었다. 그러나 한참을 서울 외곽으로, 그것도 땅값이 천정부지인 신도시 근처의 녹지에서 마주한 그림 같은 건물은 백라그룹의 실세를 여실하게 보여 주는 규모였다. 요즘 트렌드인 직선과 메탈, 그리고 유리로 마감된 회색 건물은 막 마무리 조경 공사를 하고 있었다.

미리 연락을 받았는지 빗속에서도 직원들이 마중 나와 있었다.

"오셨습니까. 상무님!"

"네. 관장님은요?"

"오늘 바쁘셔서 안 오셨습니다. 자료는 준비해 놨으니 들어가시죠."

"네. 갑시다."

남자가 손짓을 했다. 건물은 이층이었지만, 건평은 상당했다. 조경도 자연스러웠고, 회색의 마감재가 그대로 드러난 직사각형들로 구성된 건물은 우아하고 세련됐다. 커다란 통창들이 나 있는 복도가 여럿이어서 자연광을 배제하는 일반적인 화랑 건물하고는 달랐다. 근사한 카페나 재벌의 별장 같은 분위기였다.

"외부 개방용 화랑은 아닙니다. 아마 일반적인 전시를 하시거나 하지는 않을 겁니다. 아, 가끔 리셉션이나 그 밖의 것들을 하기 위해서 만드신 모양인데 세금 문제도 있고 해서 화랑으로 신고를 하실 생각이시더군요. 그림은 양이 상당할 겁니다. 새 그림을 구해 오시면 이쪽에서 지인들을 상대로 전시도 하실 생각도 있으신 듯합니다. 큐레이터도 있고 상주 직원도 있습니다. 아무래도 이런 식으로 법인 설립을 따로 하면 절세 효과가 있을 테니까요. 자료 준비됐을 겁니다."

그냥 개인 건물이지만 세금 때문에 화랑으로, 상업적인 건물로 허가를 내는 것도 아주 없는 건 아니었다. 건물을 보아하니 단가도 그렇고 그냥 개인 별장으로 쓰기엔 규모가 엄청났다.

"음, 그럼 필요한 자료들은……."

"장 실장이 가져다줄 겁니다."

아까부터 꾸물거리던 날씨였다.

부슬부슬 비가 내리고 있었다. 제법 두꺼운 서류들은 다 건물 공사에 들어간 재료비에 대한 자료였다. 게다가 벌써 날이 어두워지고 있었다.

"……여기 보니까, 복지 문제는 문제가 많습니다. 금액이 딱 안 맞는 걸로 봐서 오너 측에서 비자금을 조성한 것도 있고요. 뭐 썩 그런 거 같아 보이진 않지만, 부도를 일부러 냈다고 끌고 가도 딱히 뭐라 말을 하지 못할 것 같기도 합니다. 그러니까……."

남자 쪽도 바빠 보였다. 수현은 흘끗 쳐다보면서 통화 삼매경에 빠진 남자의 옆모습이 비에 젖은 눅눅한 푸른 정원을 배경으로 벽에 걸린 그림들보다 더 돋보인다고 느꼈다. 그러나 곧 머릿속을 휘저어야 했다. 친구의 약혼자 아닌가……. 그러다 또다시 허탈하게 웃을 수밖에 없었다. 친구의 약혼자라 해도 외모에 감탄하는 것쯤은 할 수 있을 테니까.

그녀는 제 앞에 있는 종이쪽지들로 시선을 옮겼다.

"사업자 등록증은 있으시고…… 요즘 개인정보 보호 강화로 인해서 개인 공인인증서로 홈텍스에 가입하셔서 수임동의 한 번 다시 해주셔야 하구요. 대표자님 공인인증서 첨부하셔서 수임동의 세무서 민원실에 수동제출하셔야 합니다. 현금 수입업종은 아니죠?"

"그렇겠죠."

그림 한 점이 어마어마한 가격이었기에 이곳에서 판매를 할 생각은 없어 보였다. 앞에 앉은 화랑의 관리자는 잔뜩 꺼내 놓은 서류 사이에서 어색하게 대답했다.

"그래도 형식상 카드매출 관리하는 곳과 연결되어 있어야 하는데, 그건 저희 쪽에서 알아서 하겠습니다. 직원은 이게 다인가요? 아니면 더 채용하실 생각이 있는지……."

"더 채용할 계획인 걸로 알고 있습니다."

"이왕이면 제가 자료 다 만들기 전에 인사 자료 넘겨주시는 게 나을 것 같습니다. 공사 대금은 다 확정된 건가요?"

"대부분 완료되었는데 조경 공사와 진출입로 공사가 아직 마무리 안 됐습니다."

"공사 대금은요?"

"아직 위에서 결재를 하지 않았기에 미결제 중입니다."

"계약서 있으시면 주시기 바랍니다. 현금 결제되거나 세금 계산서 발행한 거 없으시죠? 있으면 그쪽하고 금액을 맞춰야 하니까요."

단순하게 기장을 맡아야 하나 말아야 하나를 결정지으러 온 자리였다. 그러나 와 보니 이미 그건 다 결정 난 거고 아예 재무제표까지 들어가라는 듯 산더미 같은 자료를 내놓고 있었다.

아마 재연의 친구라는 이유로 이미 맡기기로 결정이 된 듯했다. 다행이긴 하지만 그녀는 이런 초기 설립 자본에 대해서 어디까지 자료를 수집해 가야 할지 몰라서 약간은 갈팡질팡하고 있는 중이었다.

간식으로 내온 샌드위치와 커피를 마시긴 했지만 배도 고팠고, 벌써 날이 어두워지고 있었다. 해가 긴 초여름이었지만 흐린 탓에 그건 더 빨라지는 것 같았다. 자료를 대충 수집해 가서 물어도 보고 해야 할 것 같은데 남자는 갈 생각이 없는 듯 통화 삼매경이었다. 인적도 드문 곳이고 차도 없으니 이를 어쩐다…….

"……들어가서 이야기합시다."

드디어 통화가 끝났을까? 이미 밖은 어두웠다. 그녀의 가방은 정리된 지 오래였고, 자료가 든 서류 봉투 두어 개도 갈무리된 지 한참이었다. 실무자도 다른 일이 있어서 가 버린 상태였다.

"아, 다 끝났습니까? 내 생각만 하다 보니."

"전…… 괜찮습니다."

"돌아가실 건가요?"

"네."

차편이 문제였다. 남자의 으리으리한 벤츠를 다시 타고 어디 차 있는 곳까지만 가면 될 것 같았다.

"일이 있어서 기사는 차 가지고 먼저 들어갔습니다. 회사로 가셔야 합니까?"

"네? 아 그게…….'

그런데 차를 보냈다는 그의 말에 말끝을 흐리고 말았다. 아까 보고를 했기 때문에 집으로 가도 되는 거였지만, 회사에 가서 뭘 좀 물어보는 편이 나았다.

"회사로 가 봐야 할 것 같습니다만."

"제가 모셔다 드리죠."

남자는 자리에서 일어났다. 하루 종일 앉아 있었겠지만 비싼 디자이너의 슈트는 구김도 없이 매끈했다. 인공조명 밑의 블루블랙 슈트는 검게 보였지만, 덕분에 남자의 미모는 더 극에 달해 보였다.

그렇다. 미모라는 말이 어울렸다. 잠시 제가 그 너저분한 남자랑 헷갈린 게 당혹스러울 정도로 남자는 이미 퇴근 시간이 지난 무렵인데도 불구하고 매끈하고 한 점의 흐트러짐이 없어 보였다.

"괜찮습니다. 근처에 차 탈 수 있는 데까지만 가 주시면······."

"새로 지은 건물이라 차편이 마땅치 않습니다. 가시죠. 좀 좁지만 제 다른 차가 여기 있으니 태워다 드리죠."

그가 에어컨을 좀 더 세게 틀었다. 제 렉서스 CT와는 달리 최신형 아우디 R8 실내에는 금방 찬 기운이 내려앉았다. 그러나 제아무리 제로백이 4초 대의 슈퍼카라 한들, 지독한 교통체증에는 장사가 없었다.

"길이 많이 막히는군요. 평소엔 이 정도는 아닌 듯한데."

수현은 휴대폰으로 이리저리 살피더니 말했다.

"앞쪽에 사고가 났나 봐요. 그냥 가도 되는데 폐를 끼치네요."

적막한 차가 거의 서 있다시피 한 게 30분 째였다. 시간은 이미 저녁때를 훌쩍 넘기고 있었다. 저야 아까 내준 샌드위치와 커피라도 먹었지만, 분명히 이 남자는 내내 물 한 모금 입에 대지 않고 통화 중이었었다.

시내에 다다르면서 저는 내려 줄 것을 이야기 했지만, 남자는 그냥 데려다주겠다 했다. 당혹스럽게도 이 야하디야한 스포츠카는 쿠페로 문짝이 두 개밖에 없었기에 바로 옆에 탈 수밖에 없었다. 주룩주룩 내리던 비는 급기야 앞이 안 보일 정도로 굵어졌고, 빗길에 차가 막히더니 기어이 어디선가 사고가 난 모양이었다.

시간이 지체되는 게 심해졌다. 아무래도 사무실에 알려야 할 듯했다.

"······네, 팀장님. 앞에 사고가 있나 봐요. 차가 꼼짝도 못 하네요."

개선장군처럼 사무실에 입장할 계획이었는데 크게 차질이 나고 있었다.

〈그럼 그냥 퇴근해. 늦은 데다 비가 엄청나네. 차 사무실에 있나?〉

"네. 내일은 뭐 그냥 택시 타고 가야죠. 도저히 거기까지 가질 못하겠어요. 한 시간째 차가 움직이질 못하네요."

〈그래, 그럼. 하여튼 오늘 수고했어. 내일 잘해 보자고.〉

다들 긴가민가하고 있던 건 따내 당당하게 보고를 하니 사무실 쪽에서는 웬일로 편의를 봐주는 분위기였다. 이런 일은 대체로 잘 생기지 않는 법이라 그녀는 다행이다 싶었다.

"네. 내일 뵙죠."

그녀의 통화를 듣고 있던 남자가 말했다.

"그럼 집으로 가면 됩니까?"

"괜찮습니다, 상무님. 차 설 수 있게 되면 아무 데나 세워 주십시오. 저 때문에 이렇게 돼서······."

"아닙니다. 주소 대세요."

남자의 말은 분명히 호의였다. 그러나 강압적이고 쌀쌀한 말투는 명령이었다. 순식간에 차가운 차 안의 공기가 더욱더 싸늘해졌다.

아무렴, 겪어 본 바에 의하면 이런 대기업의 오너들은 별로 상식적인 사람들이 없었다. 남자도 생긴 건 멀쩡하지만, 세상 무서운 게 없는 하재연이 그렇게 뒤꽁무니를 뺄 만한 뭔가가 있는 게 분명했다. 그리고 이 험악한 목소리야말로 그것들 중에 하나일 수도 있었다.

"##동 가로등길 엘리어스 오피스텔요."

그녀는 주눅 들지 않으려고 또박또박 말을 했다. 남자는 곧 내비게 이션에 입력을 하기 시작했고, 행선지는 금방 안내가 됐지만 중요한 건 단 일 센티미터도 움직이지 않는 꽉 들어찬 차들이었다. 어디선가 구급차의 사이렌 소리가 들렸다. 그러나 그 소리는 쉬이 가까워지지 않았다. 누군가 갓길에 들어서서 꼼작도 못 하고 있는 듯했다.

"사고가 크게 났나 보네요."

그때 차가 움직거리기 시작했다. 눈앞에서 붉은색 브레이크 등이 이리저리 꺼졌다 켜졌다를 반복했다. 남자는 이제 좀 가늘어진 빗줄 기 속에 움찔거리는 정도로 가다 서다 하는 앞차들을 굳은 얼굴로 볼 뿐이었다.

수현은 차라리 차를 안 끌고 나온 걸 다행으로 생각했다. 이런 무 시무시한 신발을 신고 브레이크를 밟았다 뗐다를 하다간 아마 십중팔 구 다리에 쥐가 났을 테고 진작에 구두는 벗어 던져 버렸을 게 분명 했다.

"그쪽에서 일한 지는 오래됐습니까?"

근 한 시간 이상 한마디 없던 남자가 입을 뗐다.

"아니요. 이제 한 육 개월쯤 됐습니다."

무안해서 바깥만 내다보고 있던 수현이 고개를 돌렸다. 사람이 저 를 보고 물으니 대답을 하기 위해선 시선을 향하는 게 당연하니까. 남자의 날 선 옆선이 꺼졌다 켜졌다를 반복하는 앞차들의 브레이크 등에 의해 붉게 빛났다.

화가 난 것 같기도 하고 아니면 굳어서 무표정인 것 같기도 한 남 자의 옆선은 완벽했다. 단 한 치도 어긋남이 없어 보이는 매끈한 턱 선 위에 그린 것같이 붉게 물들어 있는 입술이 꾹 다물린 채 아름다 운 선을 그리고 있었다.

"그렇게 사람 빤히 보는 거 실례 아닙니까?"

막 움직이는 차는 분주히 방향 지시등을 켜며 합류하는 차들 사이에 들어섰다.

"아…… 죄송합니다."

어두운 실내와 붉은 미등 덕에 제 얼굴이 붉게 물든 게 보이지 않는 게 다행스러웠다. 저쪽 앞에서 야광봉을 흔드는 경찰인 듯한 사람들이 보였고, 옆으로 넘어진 차와 앞이 크게 부서진 커다란 트럭이 보였다. 빗속에서 봐도 4차선 중에 3차선이 막힌 게 보였다.

정신없이 돌아가는 경찰차의 경광등이 눈을 어지럽히고 있었다. 그래서 무심하게 제 입에서 그런 말이 튀어나오는 줄도 모르고 있었다.

"제가 아는 누군가를 닮아서요."

말을 내뱉은 순간 그녀는 스스로 놀라 입을 다물고 말았다. 누군가라니…… 그 남자? 갑자기 어젯밤에 생생하게 꾼 꿈, 아니 생생하게 기억해 낸 밤을 떠올리고 또다시 얼굴이 붉어졌다.

"누구 말입니까?"

그녀는 당황해서 대답할 말을 생각해 내지 못하고 차 밖으로 시선을 돌렸다. 차 밖에는 제 시선을 끌 만한 넘어진 차가 보이고 있었다. 막 일 차선으로 줄어든 차선으로 끼어들기 한 남자가 갑자기 급하게 말했다.

"보지 마."

"네?"

말을 채 알아듣기도 전에 그녀는 빗속에 온통 시뻘겋게 물든 도로 위 광경이 눈에 들어왔다. 갑자기 남자의 손이 제 목을 감싸더니 획 몸을 낚아채듯 남자 쪽으로 급하게 끌어당기는 게 느껴졌다.

"악……."

차는 느릿하게 움직였고, 안전벨트 덕에 몸은 제자리에 있었지만 남자의 강한 팔이 저를 끌어 제 옆구리 쪽으로 당기고 있었다. 팽팽하게 당겨진 안전벨트가 얇은 블라우스 사이를 파고들었다. 뭔가가…… 뭔가 시뻘건 것이 도로 위에 널브러져 있었다. 무언가로 덮긴 했는데 그게 터무니없이 작았다. 그리고 그 밑에 있는 건…….

"잊어버려."

남자의 싸늘한 말이 제 귓가에 험악하게 울렸다. 그제야 제가 남자의 옆구리 쪽에 고개를 파묻고 있느라 고통스럽다는 걸 알아챘다. 남자의 커다란 손이 아침에 그렇게 손질하느라 힘들었던 머리카락을 헝클어뜨리고 얼굴까지 뒤덮고 있다는 걸 알고 그녀는 버둥거렸다.

차가 막 속력이 나자 남자는 목 뒤를 잡고 있던 손에 힘을 뺀 후 거두어 갔다. 거의 처박히다시피 한 수현은 헝클어진 머리를 쓸어 올리면서 고개를 들었다. 그 순간 차는 요란한 경적 소리를 내면서 옆으로 차선을 바꿨고 그 덕에 그녀는 저도 모르게 소리를 질렀다. 남자는 다시 손을 내밀어 여자를 잡았다.

"꽉 잡아."

한 번 짧아진 말은 다시 길어지지 않았다.

"뭐……뭐죠?"

놀란 수현은 고개를 돌려 뒤를 보았다. 그러나 이미 지겨운 체증에서 벗어난 차들이 뻥 뚫린 길을 다들 쌩쌩 소리가 날 만큼 달리고 있어서 경찰차들의 불빛은 저 뒤에서 겨우 번쩍거리고 있음을 알 수 있을 정도로 멀어졌다.

"저……."

방금 일어난 일을 어찌해야 할지 알 수 없는 그녀는 저도 모르게 몸이 뻣뻣하게 굳어 버렸다. 다시 피가 흥건하게 흘러내리는 아스팔

트와 정체불명의 물체가 떠올랐기 때문이었다. 그때였다. 갑자기 차가운 손등 위로 따뜻한 체온이 느껴졌다. 수현이 정신을 차리자 남자의 커다란 손이 제 무릎 위에서 덜덜 떨면서 굳어 있는 두 손을 덮고 있는 게 느껴졌다.

〈다음 교차로에서 우회전, 우회전하세요.〉

명랑한 척을 가장한 기계음이 적막 속에 퍼졌다. 수현은 혼란스러워졌다. 지금 이게 무슨 일인 거지. 잔뜩 굳어 있는 제 어깨는 대체 무엇 때문일까. 아까 본…… 정체불명의 것 때문에? 아니면…… 지금 제 손을 덮고 있는 남자의 손 때문에?

"혼자 사나?"

그가 방향 지시등을 켜기 위해 제 손등을 덮었던 손을 빼자 정신을 차린 그녀의 귀에 남자의 건조한 목소리가 들렸다.

"네……?"

"누구 같이 사는 사람이 있냐고. 가족이라든지 아니면 남자라든지."

〈다음 교차로에서 지하차도입니다, 다음 교차로에서 지하차도로 진입하세요.〉

기계음이 들리자 그녀는 거의 다 왔다는 것을 알 수 있었다. 그런데 지금 이 남자가 뭘 묻는 걸까. 같이 사는 남자가 있냐고?

"혼자 살아요."

"……."

분명히 뭔가 이유가 있어서 물었을 텐데 남자는 또 대답이 없었다. 혼자 사는 게 뭐 잘못됐나? 뭔가 머릿속에서 생각을 하고 있는데 덮고 있던 따뜻한 체온을 잃어버린 제 두 손이 또다시 뻣뻣하게 굳어지는 게 느껴졌다. 그제야 남자가 혼자 사냐고 물었고, 저는 이제 혼자 제집에 들어가야 한다는 걸 깨달았다. 그리고…….

차가 오피스텔의 차단기를 지나 지하 주차장으로 들어가고 있었다.

"앞에서 내려 주시면 되는데요."

말을 미리 했어야 했다. 차는 이미 다른 차들이 꽉 들어찬 지하 주차장에 들어서 제가 가장 싫어하는 고무바닥에 굉음을 만들어 내고 있었다.

끼이익-

거슬리는 소리와 함께 남자는 차를 세웠다. 지나치게 비싼 차는 제 값을 하려는 듯 서자마자 아무 소리도 없는 적막을 만들어 냈다. 익숙한 모습에 수현은 아까 제 어깨를 파고들었던 비싼 로고가 새겨진 안전벨트를 풀었다. 그리고는 입을 열었다.

"저기…… 오늘……."

딸깍하는 소리가 나고 있었다. 그리고 그녀는 말을 이을 수 없었다. 순간적인 짧은 시간이었다. 그러나 제 본능은 저도 모르게 숨을 들이마시고 있었다. 그게 기우라 할지라도 그녀는 그렇게 했다. 그리고 그건 기우가 아니었다.

이유가 뭔진 모르겠지만 남자의 오른손이 제 허리를 파고들었다. 값비싼 가죽으로 된 시트와 딱 붙어 있던 여자의 몸을, 파고든 팔은 기울어지게 만들고 있었다. 그러나 남자의 다른 손이 여자의 얼굴을 움켜쥐어서 여자는 쓰러지지 않았다. 그리고 결정적으로 희미한 향수 냄새가 스며 있는 남자가 몸을 기울였다.

"이……."

이게 무슨 짓이에요……라는 비슷한 말을 하려고 했었다. 그러나 그 말은 이어지지 못했다. 남자가 뭘 하려는지는 뻔하니까. 왜 이러는 걸까 하고 생각을 해야 했는데 그러지는 못했다. 아니 할 수 없었다.

정상적인 사고라는 게 불가능했으니까.

남자의 입술은 당황한 여자의 입술을 물어뜯듯 달려들었고, 거침없이 입술 사이를 파고드는 혀는 본능처럼 여자의 입술을 가르고 안쪽으로 들어섰다. 완강하게 부인을 해야 했을까, 라고 한참 뒤에는 고민했었지만, 그 당시에는 그러지 못했다.

순식간에 제 속으로 파고든 혀는 제멋대로 요동치기 시작했다. 입속을 서성이고 이곳저곳 맛을 보고, 그리고는 갑자기 당황스럽도록 부드럽게 제 혀를 빨아들였다. 그러다가 어느새 빨려 들어가듯 제 혀가 남자의 입속을 헤매고 있었다.

격해졌다 다시 솜사탕처럼 부드러워 녹듯이 흘러 다니던 입술은 난데없는 경적 소리 덕분에 사라졌다. 어쩌다 남자의 팔이 핸들 쪽을 친 것 같았다.

저도 모르게 헐떡거리듯 숨을 내쉬고 있던 수현은 너무 가까이 있는 남자의 얼굴을 보고서야 정신을 차렸다.

이게 무슨 짓이지? 이 무슨 이율배반 같은 짓인가. 이 남자는 대체 뭔가. 바로 이번 주말이면 제 하나뿐인 친구와 약혼을 하는 남자였다. 그들 세계에 약혼식이 아니라 결혼식조차 M&A만큼의 의미가 없다 쳐도, 저는 하재연의 친구 아닌가.

'악당이래. 아주 나빠.'

그 말의 의미는 이런 거였나? 아무렇지도 않은 창백한 얼굴을 하고 주머니에서 손수건을 꺼내 온통 엉망이 되어 있을 제 입술에서 묻어난 립스틱을 닦고 있는 저 남자는 그래서 그런 악평들을 달고 다녔나?

"가. 나머진 내일 비서실에서 연락할 거야."

"……."

뭐라 말을 해야 하는데 입이 떨어지지 않았다. 아직도 제 입술 언저리에 묻어 있는 남자의 타액이 마치 강력 접착제라도 된 듯 딱 들러붙어 있는 느낌이었다.

"뭐, 같이 올라가 주기라도 바라는 건가?"

"……."

여전히 대답을 하지는 못했지만, 비아냥거리는 것 같은 남자의 말에 수현은 정신을 차리고 제 발밑에 있던 서류 봉투와 가방을 집어 들었다. 남자는 얼굴색 하나 변함없이 저를 쳐다보지도 않고 안전벨트를 매더니 차에 시동을 걸었다. 빨리 꺼져 버리라는 듯.

수현은 가방을 들고 문을 열었다. 달칵 소리가 나는데도 남자는 시선을 두지 않았다. 그녀는 차에서 내렸고, 차 문을 닫자마자 차는 스르륵 움직이더니 라이트를 켜고 끼리릭거리는 요란한 소리와 함께 금세 그녀의 시야에서 사라졌다.

수현은 제가 늘 내리는 곳이 아니라 잠시 두리번거리다 엘리베이터를 찾아 걸었다. 금방 열린 엘리베이터에 아무도 없어서 다행이었다. 그녀는 거울 속의 여자가 머리카락이 헝클어진 채, 곱게 한 메이크업이 형편없이 지워진 붉은 얼굴을 하고 당황스럽게 저를 바라보고 있는 걸 보고는 다시 정신이 혼란스러워졌다. 땡 하는 소리가 나자 그녀는 급하게 제 짐들을 추슬러 들고 뛰듯이 익숙한 번호가 적힌 문으로 나섰다.

그 소리가 나기 전까지, 찰나의 시간이지만, 남자의 키스가 기가 막히도록 능숙했고, 아주 잠시였지만 저도 모르게 미친 듯 남자의 입술을 따라다녔다는 사실을 기억해 냈기 때문이었다.

3. 그의 동생

빠빠빠빠빠바. 굿모닝! 굿모닝!

손을 내밀어 노래가 더 이어지기 전에 꺼 버린 그녀는 벌떡 일어나 앉았다. 바깥이 어두웠다. 비가 계속되고 있는 모양이었다. 꿈자리가 사나웠다. 멍한 머릿속을 잠시 가라앉히려 했던 그녀는 어두운 집 안 공기 때문에 텔레비전을 켰다. 일주일에 한 시간도 잘 켜지 않는 장식용이나 다름없는 텔레비전이었다. 막 욕실로 가려는데 뉴스에서 익숙한 광경이 보였다.

— 어제 8시경 내부순환로 서울 방향에서 빗길에 미끄러진 차량의 추돌사고가 났습니다. 신 모 씨가 운전하던 8톤 트럭이 빗길에 미끄러지면서 앞쪽의 양 모 씨가 운전하던 아반떼 승용차를 들이받아 운전자 양 모 씨와 함께 탄 일행 두 명이 그 자리에서 사망하는 사고가 났습니다. 그 사고 여파로 내부순환로 양방향이 극심한 교통 정체를 겪었으며…….

어제 그 사고였다. 모자이크 처리된 화면 밑으로도 시뻘건 핏자국이 흥건해 보였다. 뉴스는 다음 보도로 넘어갔지만, 수현은 잠시 그 자리에 서 있었다. 그리고 어제 본 광경이 떠올랐다. 갑자기 어깨가 으스스해지는 기분이었다. 밤새 다른 꿈에 시달리느라, 아니 꿈을 꾸기 전에는 대체 왜, 왜 그랬을까…… 하는 생각에 머리가 복잡해 잊고 있었던 광경이었다.

'보지 마.'

'잊어버려.'

갑자기 짧아진 말투에 당황했을 뿐이었다. 그런데 이제 생각해 보니 그건 다른 의미였는지도 몰랐다.

'누구 같이 사는 사람이 있냐고. 가족이라든지 아니면 남자라든지.'

있어요……라고 대답했으면 남자는 그냥 절 곱게 내려 줬을까? 혼자서 그 끔찍한 교통사고를 목격한 충격을 곱씹지 말고 이거나 생각하라는 의미였을까? 다시 뿌옇게 남자의 흩어진 향수와 체취가 묻어나는 느낌이었다. 그 끈적하고 독약 같은 남자의 혀가 또다시 제 입속을 훑어 내리는 기분이었다.

"아, 젠장!"

수현은 머리를 흐트러뜨리면서 욕실로 뛰듯이 들어갔다.

[오늘은 이래저래 바쁘네. 내일은 아침 일찍 올 수 있지? 노 메이크업으로 와.]

쌩얼이니, 맨얼굴이니 하는 줄임말이 있지만 시간이 넉넉하고 잘 배운 걸 늘 티 내고 싶어 하는 재연이는 꼭 길게, 정확하게 메신저를 보냈다. 수현은 '그래' 라고 성의 없이 썼다가 잠시 생각하고는 손가락을 다시 움직였다.

[그래. 내일 보자. 지금 클라이언트 미팅이 있어서. 넌 푹 쉬어. 그래야 내일 화장 잘 먹지.]

라고 성의 있게 써 전송을 버튼을 눌렀다. 재연이도 그녀에게 있어서는 중요한 고객이었다. 물론 다른 의미겠지만.

그러나 왠지 그걸 써 보내면서 이상하게 어딘가 맘이 편치 못했다. 그건 지금 만나야 하는 클라이언트가 내일 하재연의 옆에서 샴페인 잔을 들고 가식적인 미소를 지을 그 남자이기 때문이었고, 그 이유는 며칠 전 이유 있는, 혹은 이유 없는 남자의 행동 때문이기도 했다.

단순했다.

그냥 혼자 사는 여자가 끔찍한 교통사고를 목격하고 트라우마에 시달리지 않게 하기 위해서 매력이 풀풀 넘치는 남자가 해 줄 수 있는 약간의 섹시한 매너를 보여 준 것뿐이었다.

그런 재벌 2세들이 어찌 노는지 잘 알고 있는 그녀였다. 그런 다른 차원의 사람들에게 그따위 딥키스는 인삿거리도 못 된다는 걸 잘 알고 있었다. 다만, 그 섹시한 매너를 부리는 시기와 상대가 적절치 못했다는 게 조금 문제가 되긴 했다.

아니, 뭐 그 소기의 목적을 달성했다면, 그리고 둘 사이에 걸림돌이 되는 사람만 모른다면, 당사자가 아무렇지도 않다면, 그게 문제 될 일이 없는 거……였다, 라고 생각하고 더 이상 골치 아픈 사고를 접어야 했다.

아무래도 할 일이 많았다. 제가 처음 맡게 되는 어마어마한 규모의 기장에 대해서만 생각해도 골 아픈데 이래저래 엮이는 일이 많은 시즌이 다가오고 있었다. 가서 프레젠테이션도 해야 하고, 잔무들도 맡아야 했다. 게다가 내일은 디데이였다. 그러니 오늘 일을 다 끝내야만 했다.

"세무사님 서류 준비됐습니다. 시간을 보니 지금 나가셔야 하겠어요. 좀 있으면 길이 붐빌 시간이라."

"네. 저 괜찮죠?"

일어서 좌우로 돌아보는 그녀를 윤임은 날카롭게 쳐다보고는 오케이 사인을 내렸다.

"네. 괜찮습니다."

수현이 좋아하는 회색빛이 도는 푸른 투피스였다. 제가 고른 것 중에는 꽤 가격이 있어서 아직 할부도 다 안 끝났지만, 제 몸매를 돋보이게 해 주면서 동시에 지적으로 보이는 데다 칙칙하지 않아서 이런 날씨가 칙칙한 날 기분 전환 삼아 입기 좋은 옷이었다. 다만 너무 색이 튀기 때문에 자주 입지는 못했다.

"잘 어울려요."

뭔가를 더 바라는 무늬만 상관인 여자의 기대 섞인 눈빛에 한 마디 더 해 주는 걸로 예의를 다한 윤임이 파일철을 나란히 챙겨 주고는 돌아섰다. 그리고 그녀의 멘트는 소기의 목적을 달성하여 수현의 긴장감을 한 찻숟가락 정도 덜어 주었다.

'아자, 힘내자.'

장마라고 연일 떠들어 대지만 비는 며칠 선처럼 줄기차게 내리는 게 아니라 그쳤다 내렸다를 반복하며 마냥 꾸물거리는 날씨와 탁한 공기, 질척거리는 과도한 습도로 차에서 잠깐 내리는 짧은 시간마저도 불쾌하게 만들었다. 우산을 쓰기에도 그냥 가기에도 뭣한 그런 비는 사람의 짜증만 더하게 만들었다.

저번 같은 일을 당하지 않으려 백라의 본사까지 차를 끌고 온 수현은 주차요원의 안내대로 지상 주차장에 차를 대고는 무거운 서류 더미와 가방을 들고 종종거리면서 본관 건물로 향했다.

임시 출입증을 발급받고 부산스럽게 걸으면서도 쾌적하게 냉방이 되는 거대한 로비를 보며 이런 거대한 기업의 사주 아들과 연을 맺게 된 재벌가의 친구가 살짝 부럽기도 했다. 이런 복잡스러운 회계장부와 어디 마음에 안 들게 만들어진 게 아닐까 싶어 밤새 씨름하여 서류를 만들어 바쳐야 먹고살 수 있는 제 신세가 가끔은 한탄스럽기도 했다.

그러나 엘리베이터가 도착하고, 목에 푸른 신분증 목걸이를 하고 도전적인 표정으로 싸움이라도 하러 가는 듯 결연하게 서 있는 사람들에게 둘러싸이자 그 생각은 자취를 감추고 말았다.

"좋습니다. 그쪽에서 권하는 것으로 하지요. 서류 주십시오. 저희 자체 회계팀도 있으니까 그쪽 전문가한테 검수받아 보겠습니다."

긴장하고 열심히 준비한 것에 비하면 맥 빠지는 결과였다. 합산 과세액에 대해서 상중하 세 가지 정도의 금액을 만들어 가서 사용자가 원하는 것으로 택하는 게 일반적인 코스였다. 그녀도 물론 세 가지를 다 준비했고, 그것에 대한 리스크를 설명하기 위해서 열심히 외우고 준비를 했다. 물론 그 중간중간 머리 아픈 추억 때문에 고개를 저어 대야 했지만.

남자는 며칠 전 사무실에서 보았던, 그리고 그전에 재연과 함께 했던 저녁 식사 때와 변함이 없었다. 바뀐 것이라고는 엷은 그레이의 슈트, 이발을 했는지 약간 짧아진 머리카락뿐이었다. 여전히 바쁘다는 것도 역시 변함없었다.

뭔가 바라고 간 것도 아니었다. 그리고 상대는 아무렇지도 않게 생각할 거라는 것도 예측할 수 있었다. 그리고 그 예측대로 되었다. 그런데 뭔가…… 뭔가 마음 한구석이 불편했다. 뭔가 은밀한 소통을 원한 것도 아닌데 저를 괴롭히던 남자의 매끄러운 입술과 혀는 얌전하게 제자리에서 제 할 일만 하고 있었다.

"그만두라고 하십시오. 우린 아쉬울 게 없으니까."

〈그게 아니라…….〉

"검토 다 끝났습니다. 그냥 파산하든지 아니면, MOU(양해각서)에 사인을 하든지 결정하십시오."

〈이 상무…….〉

인터폰을 꺼 버린 남자는 아무렇지도 않게 다가와 수현의 앞에 앉았다. 분명히 저 전화기 저편의 사람은 아마 절실할 것이었다. 제 기업이든 아니든 파산에 직면한 게 틀림없었다. 고뇌와 갈등을 이기지 못하고 투신을 하지 않는다면 아마 곧 저 남자의 말대로 되고 말 것이 분명했다.

남자는 제 앞에 앉더니 서류를 집어 들었다. 그것을 보고 수현은 재빨리 대답했다.

"그건 최하위 안입니다. 권해 드리지는 않습니다만, 가장 금액이 적습니다."

"그럼. 권해 주는 건 이것입니까?"

가운데 있는 서류를 집어 들었다.

"네. 세금도 적당히 내는 것이 중요하니까요. 그 정도 금액이면 적절하리라 생각하고 있습니다. 회사 규모나 혹은 박 여사님의 다른 법인의 과세 정도를 보아서 말이죠."

"그럼 이것들은 왜 가져온 겁니까?"

선택받지 못한 서류들을 들며 그가 되물었다. 딱딱한 표정의 남자의 붉은 입술만 눈에 들어오자 그녀는 고개를 숙이면서 다른 서류를 뒤적거렸다.

"그……그건, 저희 영림에서 처음 고객을 접할 때 하는…… 일종의 기본적인 서비스입니다. 납세하시는 쪽에서 별다른 사정이 없으시다면…… 리스크에 따라서 선택할 수 있는 여지를 드리기 위해서…… 각각의 사정이 있는 법이니까요."

"큭……."

남자의 웃음소리가 들렸다. 그녀는 저도 모르게 고개를 들었다. 남자가 한 손을 코끝에 가져간 채 픽 웃음을 날렸지만, 금세 그것은 사라졌다. 그러나 수현의 시선은 거기에 똑바로 못 박히고 말았다.

"좋습니다. 그쪽에서 이 일에 성의를 보이는 것으로 보겠습니다."

남자의 목소리가 뚝 끊어졌다. 그러자 넓은 상무실은 갑자기 적막에 싸였다. 그리고 그 적막의 시간이 길어지자 갑자기 남자가 입을 열어 그것을 깼다.

"내가 잘난 건 알지만, 그렇게 예의도 없이 사람을 빤히 쳐다보는 건 익숙지 않은데. 그렇게 노골적으로 보는 이유가 뭐지?"

남자는…… 똑같은 얼굴을 가졌지만, 지킬과 하이드처럼, 아니면 야누스처럼 두 가지 모습을 가진 것 같았다. 아니, 말끝만 잘라 버렸는데 완전히 다른 사람 같은 느낌이었다.

이건 뭘까. 그날은…… 그냥 특수한 상황이었다. 제가 정의해 버린 대로 그냥 섹시한 매너일 뿐이었다고. 그런데 이건 뭘까.

"제가 아는 사람하고 닮아서 그렇습니다만."

뒤에 왜 말끝을 자르냐고 물어야 하나 말아야 하나를 가지고 잠시 고민해야 했다. 나이는 기껏 서너 살 차이가 나는 것뿐인데, 저 또한 전문 직업을 가진 사람이었다. 물론 그쪽에서 페이를 지불하긴 하겠지만 피고용인은 아니었다. 그런데…….

"그때도 그러더군. 누굴 닮았는데 그렇게 노골적으로 쳐다보는 거지?"

남자의 입꼬리가 슬쩍 올라가는 게 보였다. 그러자 놀라운 일이 벌어졌다. 마치 싸늘한 도자기 가면 같던 남자는 완전히 다른 사람이 되었다. 경멸을 입에 달고 사는 것 같은, 단정한 비즈니스맨의 교복이라 할 수 있는 그레이 슈트를 단 한 올도 흐트러짐 없이 차려입었건만, 남자는 완전히 퇴폐적인 배우 같아 보였다. 그런데 거기에 대고, 제 명치 어딘가에 걸려 있던 그 이름을 꺼내라고? 그녀는 제가 애초에 왜 그런 말을 했을까 후회했다.

K……라니.

"제가 착각한 것 같습니다. 그리고 상무님께서도 말씀하셨듯이 본인이 시선을 끌 만큼 준수하시니까요. 그걸로 결정하셨다면 거기에 맞춰서 기장 들어가겠습니다. 우선 초기 금액 때문에 환급이 있을 수도 있으니 정식으로 기장한 뒤에 다시 오겠습니다. 기한은……."

기분 나쁠 수도 있고 실례라고 생각할 수도 있는 상황이었다. 그러나 클라이언트의 기분을 상하게 해서 이런 대단한 일감을 퇴짜 맞고 싶은 생각도 없었고, 자기가 그저 한발 물러나 버리면 저쪽에서 뭐라 말을 더 할 일도 없다는 것을 잘 아는 수현은 아무렇지도 않은 듯 평상심으로 돌아가 일로 말을 돌렸다.

"내일 참석하겠지?"

남자가 자리에서 일어나면서 물었다. 그게 무슨 자리인지는 잘 알고 있었다.

"네."

뭔가 이상한 쪽으로 흘러가기 전에 그녀는 재빨리 그리고 기계적으로 대답했다. 그 의도를 파악했는지 남자도 서류를 들고 자신의 데스크 쪽으로 갔다. 수현은 얼굴이 붉어지기 전에 탁자에 흩어진 서류들을 재빨리 주워 모아 파일철에 끼우며 챙기기 시작했다.

넓은 사무실에는 사르륵거리는 종이 소리만 들리고 다시 적막에 싸였다. 그녀가 서류를 들고 고개를 들었을 때 남자는 제 웅장한 데스크 위에 있던 액자를 손에 들고 있었다. 그리고 그 사진을 말없이 내려다보았다.

평소에는 데스크의 뒤쪽 벽을 향했던 액자이기 때문에 뒷부분만 보였었다. 탁자와 데스크는 가까웠고, 남자의 적막에 싸인 시선이 액자에 가 있었기에 그녀도 그쪽에 제 시선이 가는 걸 막지 않았다. 대체 뭘 보는 걸까.

그녀는 저도 모르게 손에 든 서류를 떨어뜨릴 뻔했다. 그러나 간신히 그것들을 꼭 쥐고는 가죽 가방에 넣었다. 그리고는 저도 모르게 떨리는 목소리로 묻고 있다는 걸 깨달았다.

"형제가 있으신가요?"

"있었지."

"네?"

"이 년 전에 세상을 떠난 동생 말이야."

사진 속에는…… 삐죽한 수염과 갈색으로 그을려 마치 백인과 흑인처럼 대비되는 두 남자가 어깨동무를 하고 포즈를 취하고 있었다. 환하게 웃는 수염이 덥수룩한 남자와 단정하게 셔츠를 입은 창백하고 어딘가 아파 보이는 남자가 찌푸린 표정으로 정면을 응시하고 있었다.

"유감이군요."

그러나 제 목소리 끝이 심하게 떨리고 있었다. 남자는 사진을 제자리에 놓았다. 그러고는 창백한 저를 쳐다보는 듯하더니 마치 아무 일 없었다는 듯 말했다.

"불편해 보이는데 용건이 끝났으면 가 보시죠."

"네…… 그럼."

남자는 다시 백라그룹의 기획 상무로 돌아가 있었다. 수현은 제 묵직한 가죽 서류 가방과 프라다 가방을 들고 일어서 목례를 하고 돌아섰다. 마치 허공을 딛는 것 같은 느낌이었지만 침착하게 걸어서 문을 열고 나섰다. 뒤에서 저를 보고 있는 시선이 느껴졌지만, 그녀는 문을 닫음으로써 그 시선을 차단했다.

정말 그 사진 속의 남자는 K였을까?

그렇다고 바뀌는 게 뭐가 있을까. 쾌적하고 매끄러운 복도는 조용했고, 그로 인해 제 발끝에서 또각거리는 소리는 더욱더 잘 울렸다. 커다란 창밖으로 부슬부슬 비가 내리고 있었다.

바뀌는 건 없었다. 그건 명백한 사실이었다.

팔베개라는 건 영화 속에나 어울리는 장치였다. 연인이 생기면 팔베개를 하고 자는 게 여자들의 로망이라고 했었던 기사 따위는 전혀 현실적이지 못한 모쏠 들의 꿈을 적어 놓은 것뿐이었다.

섹스 후든 아니든 간에 팔베개라는 건 1분 이상 끌 만한 자세가 아니었다. 해 주는 사람도 베는 사람도 불편하기 짝이 없는……. 가끔 성환과의 섹스 후엔 어린 맘에 그런 걸 바라기도 했었지만, 넘치는 혈기를 과하게 쏟아 내고 나서 녹초가 된 남자의 방전된 몸은 여자들이 꿈꾸는 후회나 다정스러운 몸짓 같은 게 부담스럽고 거추장스럽다는 걸 알게 해 줬을 뿐이었다.

그러나 그는 달랐다. 그는, 그러니까 K는 그 허접한 욕실 안에서의 준비도 없던 무방비하고 당혹스러운 관계 후에, 약간 냉기가 느껴지는 꺼끌한 이불 밑에서 마치 뜨거운 난로 같은 몸으로 저를 꼭 감싸 앉아 주었다. 남자의 얼굴을 쳐다보는 게 무안스러워 뒤로 돌아누웠을 때 그는 조용히 베개와 목 사이로 단단한 근육이 느껴지는 팔을 밀어 넣어 주었다.

그때는, 그러니까 해가 뜨고 멀쩡하게 옷을 입고 이른 시간 관광객을 싣고 올라왔다 점심을 먹으러 내려가는 빈 셔틀 버스를 허겁지겁 잡아타고 내려갈 때부터는 기억도 나지 않았었다. 공항에서 비행기를 타고 인천공항에 내려서면서는 그런 사실조차 잊어버리고 있었다. 마치 무슨 약이라도 먹고 싹 지워 낸 것처럼.

그런데 왜 갑자기 이렇게 생생한 거지?

제 맨등에 와 닿던 남자의 탄탄한 가슴, 제 젖가슴을 부드럽게 쓸어 내리는 손길에 다시 제 가슴이 빳빳하게 일어났던 순간, 그리고 남자가 까끌거리는 수염이 있는 턱을 내밀어 제 어깨와 뒷목에 부드럽게 입술을 찍으면서 너무 피곤해 잠결로 떨어지던 순간에 하던 말.

"언젠가 다시 만나면……."

수현은 갑자기 벌떡 일어났다. 왜 제 얼굴이 축축하게 젖어 있는지도 당황스러웠거니와 지나치게 어두운 주변을 보고 저도 모르게 무안해서 두리번거렸다.

그가 뭐라고 했었지? 언젠가 다시 만나면…… 어쩌자고 했었지? 왜 잠결에 그런 말을 들었다고 생각하는 걸까? 제 기억 속에는 그냥 그 무뢰한같이 생긴 무식하고 덩치 큰 남자가 끝내주는 섹스를 해서 중국에서 보낸 마지막 밤을 녹초가 되게 만들었었다는 그런……. 그런 당혹스럽고 잊어버리고 싶은 기억으로 남아 있었을 뿐이었다.

그런데 뭐가 이렇게 자꾸 기어 나오는 걸까. 그걸 기어 나오게 만드는 그 하재연의 남자는 또 뭐고. 그리고 그 액자 속의 사진은 또 뭐고…….

바뀔 것은 아무것도 없었다.

수현은 휴대폰을 켰다. 갑자기 환하게 빛이 들어오는 화면에 눈을 찡그리면서 시계를 확인했다. 비 때문에 잔뜩 흐려 이렇게 시간이 지났다는 게 당혹스러워졌다. 오늘은 디데이였다. 그 남자와 재연의 약혼식…….

정말, K가 이현태의 동생이고, 그의 말대로 세상을 떠난 게 아니라면 어쩌면 오늘 그를 만났을지도 모른다는 생각이 들었다. 그랬다면, 그랬다면 어땠을까? 그랬다면…….

수현은 자리에서 일어나 얼른 욕실로 향했다. 가정은 가정일 뿐이라는 걸 잘 알기 때문에.

"어? 최수현?"

그녀는 고개를 돌렸다. 혹시나 했지만 역시나 하는 심정이었다. 그러나 오늘 그녀는 아침부터 화려한 약혼식의 여주인공인 재연의 옆에서 그녀 못지않은 호사를 누리면서 금액이 얼마인지도 모를 메이크업과 머리를 했고, 제 빵빵한 한 달 월급으로도 다 채울 수 없을 만큼의 비싼 디자이너 드레스에 명품 구두와 가방으로 치장을 했다. 그야말로 제가 할 수 있는 모든 버프를 다 받은 셈이라 그녀는 목소리의 주인공을 보고 가식적인 미소를 지을 수 있었다.

"어머? 오랜만이네."

제가 끝내주는 걸 꾸밈새로 기를 세웠다면, 상대는 자신이 가지고 있는 직위라는 원초적인 무기로 스스로를 꾸민 듯 늘 구부정했던 어깨는 쫙 펴져 있었고, 지지리 궁상까지 끼어 있던 얼굴은 한마디로 신수가 훤해졌다는 말이 어울릴 만큼 좋아져 마치 다른 사람처럼 보일 만했다.

"그러게. 넌 여기 웬일이니?"

"아는 사람 약혼식."

"그래?"

상대의 호의가 눈에 띄도록 빤히 보였다. 이 사람을 만나려고 그토록 꿈자리가 사나웠나 보다 싶었다.

"오랜만인데 이야기 좀 할까?"

지루했다. 그리고 요즘 계속 잠을 설쳤기 때문에 졸리기까지 했다. 그러나 자꾸만 거울을 보고 싶을 만큼 근사한 화장과 헤어스타일, 그리고 세련된 드레스 덕에 그녀는 참고 있었다.

재연이는 원래 본바탕이 괜찮은 애였다. 거기다가 오늘은 정말이지 아침부터 서너 번이나 메이크업을 고치고 다시 하는 생쑈를 벌여 결과물이 근사하기 그지없었다. 둘이 고른 바이올렛의 드레스에 어울리는 청초하고 세련된 헤어스타일과 분장은 그녀를 젊고 어리고 순진하게 보이게 했다. 그렇지만 그 옆에 있는 남자와는 잘 어울리지 않았다.

분명히 이 자리의 주인공은 신부였다. 그러나 이번에는 그렇지 못했다. 남자는 바탕이 워낙에 훌륭했다. 그 흔한 메이크업도 안 한 듯했고, 입은 슈트 또한 예복이 아니었다. 연미복이니 턱시도니 하는 것도 아니고 정말 그냥 사무실에서 입고 있을 만한 평범한 슈트였다. 신부가 돋보이게 그는 짙은 색의 슈트에 단정한 단색 넥타이였고 행커치프 대신 신랑을 뜻하는 코르사주를 꽂았을 뿐이었다.

좀 더 단정하게 머리를 넘겼을 뿐인데 훤칠한 키 때문인지 모든 시선이 한꺼번에 신랑에게로 향할 정도였다. 마치 조각상인 듯, 일어서라면 일어서고 앉으라면 앉고, 건배를 하라면 건배를 하는 남자는 너무 완벽해서 비현실적으로 보일 만했다.

무슨 조약식이라도 되는 듯, 약혼식은 거창하고 엄숙하고 길고 지루하게 이어졌다. 양가를 소개하고, 두 당사자 소개가 주구장창 이어지고, 양가 부모님의 말씀이 이어졌으며 예물이 교환되고, 케이크를 커팅하고, 건배 제의가 뒤따랐다. 정말로 못 견딜 만큼 지루했다. 게다가 결혼식처럼 식사가 나오는 것도 아니었다.

"기념 촬영 있겠습니다."

드디어 자리에서 일어나도 되는 시간이 됐음을 알리는 사회자의 목소리가 너무나 반가웠다. 수현은 자리에서 일어나면서 정말로 위층 스카이라운지에서 그가 저를 기다릴지 궁금해졌다. 그래서 일부러 꾸물거리면서 자리에서 일어났다. 제가 있어야 할 자리는 아니었다. 정말로 텔레비전에나 나올 법한 기업 총수들이 잔뜩 모인 자리였다.

신부의 친구라는 자격도 영 쓸 만한 구석이 없어 보이는 어마어마한 사람들 속에서 그녀는 조용히 문을 나섰다. 삼엄한 경호원들이 지키고 있는 문 밖에는 기자들도 몇몇 보였다. 그러나 뭐 그다지 중요한 것은 아니었고, 워낙에 우르르 나가는 사람이 많아서인지 나가는 길은 수월했다.

　우리나라 최고의 호사스러운 호텔이었다. 다들 차림새가 휘황찬란
한 사람들이 그득했다. 그에 비하면 그다지 튈 것도 아니었지만, 여자
들은 스스로의 만족감이 중요했다. 그건 수현도 마찬가지였다. 덕분
에 편안한 마음으로 위층의 스카이라운지로 향하면서 혹 그가 가 버
렸을지도 모른다는 생각을 했지만, 왠지 그럴 거 같진 않았다. 그리고
그건 사실이었다.

　"어! 여기!"

　식은 꽤 길었고, 비어 있는 찻잔이 그가 꽤 오랜 시간 여기 있었음
을 보여 주고 있었다. 갑자기 피식 웃음이 날 것 같았다.

　"오랜만이네."

　이런 기분인가? 그다지 나쁘지는 않았다. 이렇게 휘황찬란하게 차
리고 만나니 오히려 그 반대였다.

　"소식 들었다. 세무사 시험 합격했다면서? 그리고 영림인가 하는
세무법인에 들어갔고."

　"성환 씨 꽤 심심하나 봐. 그런 걸 다 시시콜콜 알다니."

　아무렴, 사법고시보다야 못하지만 엄연히 세무고시에 합격한 것이
었다. 사시 붙고 나서 저를 버리고 잘난 검사가 된 남자의 눈에 띄는
호의는 오히려 고소한 느낌이었다.

　이 년 만에 보는 성환은 정말로 모르는 사람이 봐도 저는 검사입니
다, 하고 온몸에 쓰여 있는 것 같았다. 지적으로 보이는 금테 안경,
단정한 몸차림에, 옷깃에 자랑스럽게 박혀 있는 법무부 배지가 아니
어도 왠지 켕기는 게 있는 사람은 대하기가 부자연스러워 보일 듯했
다.

"검사인가 봐?"

일부러 소식 따위 신경 쓰지 않았던 듯 그녀는 가슴팍에 시선을 두면서 말했다.

"연수원 있다 발령받은 지 한 10개월 됐다."

알고 싶지 않았다.

"여기서 평검사 조찬 모임이 있어서 온 건데, 약혼식이라니. 아, 그럼 혹시…… 그 친구?"

"맞아, 재연이. DB엔터프라이즈의 하재연."

"아, 그랬군."

별로 하고 싶은 말도 없었다. 그나마 어렸을 적에 반했던 성환의 외모는 벌써부터 일에 치여서인지 몰라도 왠지 아저씨 같은 느낌이 나는 게 넙데데한 얼굴과 그저 그런 키, 탐욕스러워 보이는 인상까지 더해져 끝내길 백번 잘했다는 생각만 들 뿐 별 감흥 따위도 없었다. 워낙에 눈이 호강스러울 만한 남자를 너무 자주 목도하는 까닭도 있었다.

오히려 이런 별 볼 일 없는 인간에게 인간적으로 모욕까지 당하며 차였다는 게 더욱더 어이없어질 뿐이었다. 그것과 덤으로 이런 남자에게 제가 그렇게 절절매면서 모든 걸 갖다 바쳤다는 사실도 참 어이가 없었다. 차라리 백번 잘 된 일이었다. 그리고 워낙에 대단한 사람들만을 보고 사니 월급쟁이 평검사 따위가 눈에 늘어올 일도 없었다.

"뭐 하고 싶은 말 있어? 없으면 가 보게."

"수현아."

한동안 저를 설레게 했던 목소리였다. 그러나 그런 설렘 따위 남아 있을 리가 있을까.

"결혼은 아직 안 했나 봐? 이런 호텔 라운지에서 딴 여자랑 앉아 있어도 되는 거 보니."

일어나려 했다가 어이가 없어져 자리에 다시 앉았을 뿐이었다. 대체 무슨 이야기를 하나 두고 보고 싶은 심정도 있었고.

"우선, 미안하다고 말하고 싶었다."

어디 쌍팔년도 대사도 아니고 뒤에 평서형으로 끝나는 어미는 살짝 닭살스럽기도 했다. 그래서?

"그때 말하지 그랬어. 지금은 별 영양가도 없는데 말이야. 그때 했더라면 그래도 어린 가슴에 상처는 덜 입었겠지."

백수일 때와, 이렇게 일을 할 때는 천지 차이였다. 겨우 이 년여밖에 흐르지 않은 시간이지만, 마치 알 속에서 막 나온 병아리에서 하늘을 훨훨 날아다니며 먹잇감을 찾는 독수리가 된 듯 완전히 다른 시간이었다.

"미안했다. 공부하느라 감정적으로도 힘들었고, 별것도 아닌 고시, 죽을 고생을 하면서 붙었으니 완전히 세상이 바뀔 거라 생각했었어. 지금 와 생각해 보면 어리석지."

피식 웃음까지 날리는 게 더 안돼 보였다. 그럴 필요 하등 없는데.

"나 돌려 말하는 거 못 하는 거 알지. 단도직입적으로 말할게. 다시 만나자. 그때 못 해 줬던 거, 서운했던 거 차차 보상해 줄게. 뭐 아직 평검사라 시간은 없지만, 그래도 마음만은 넉넉해진 거 같다. 너 그렇게 상처 주고 나도 맘이 편친 않았어."

이번에는 제가 웃을 차례였다. 메이크업의 힘일까? 예전부터 그런 끼는 있었다. 제가 예쁘게 하고 나오면 모든 게 용서되고, 미처 꾸미지 못하고 부랴부랴 나서면 왠지 기분이 나빠 일찍 헤어지게 됐던 게 몇 번이던가. 그럴 때마다 고시생이라고 제가 두근 반 세근 반 하면서 비위를 맞추려 애썼던 것도 기억났다. 참, 너란 인간은…….

"잊어. 그거야 다 옛날 일이니까. 그리고 그냥 거기서 끝내. 나도 이제 사회생활 하고 보는 눈이 생기니까 그땐 내가 너무 어려서 아무것도 몰랐다는 거 알게 됐어. 각자에게 맞는 좋은 사람 만나는 게 더 나아. 그럼 나도 바빠서, 일어날게."

수현은 갑자기 기분이 좋아졌다. 이런 날도 있구나. 솔직히 지금 잘못하고 있는 걸지도 몰랐다. 아직까진 우리나라에서 재벌이나 사업가를 빼고는 판검사가 최고였다. 재벌들의 천적이 바로 저런 검사들 아닌가. 하나같이 구린 구석, 비린 곳 없이는 사업이란 게 돈벌이가 될 턱이 없었다. 그러니 빽이 있어야 했고 그런 빽으로 최고는 역시 판검사 아닌가. 그러나 넌 아니다.

수현은 제가 가진 가장 비싼 백을 조심스럽게 들었다. 그리고 자리에서 일어섰다.

"수현아."

제 이름이 좀 더 크게 불렸다. 이제는 기분이 썩 좋지 않았다.

그녀는 자리에서 일어나 라운지를 나섰다. 마놀로 블라닉 스틸레토힐의 아찔한 높이와 송곳같이 가는 굽 때문에 맘 놓고 성큼거리면서 걷기는 힘들었다. 수현은 느긋하게 라운지를 나섰고 후다닥 일어난 성환이 계산을 하는 게 보였다.

따라나서기 전에 사라지고 싶었다. 어딘가에서 재언이 제게 연락을 하고 있을지도 모른다는 생각에 그녀는 가방에서 휴대폰을 꺼내 들었다. 그러나 재연이의 휴대폰 따위는 그녀의 비싼 가방 속에나 박혀 있는 듯 연락 온 것은 없었다.

찾아봐야 하나 싶은데 발소리가 들렸다. 수연은 더 빨리 발걸음을 내디며 엘리베이터 앞으로 가려 했지만 뒤에서 들리는 발소리가 더 빨랐다.

"최수현!"

이 남자 약간은 지저분한 면도 있었다. 실은 제가 젖고 싶은 생각은 따로 있었다. 할 일을 다 했으니 차려입은 게 아까워 어디라도 가봐야 할 것 같은데 그건 틀린 듯했다.

"난 할 말 없어."

"야, 좋다고 매달린 건 너였잖아."

거기까지 했어야 했다. 손을 내밀어 제 팔을 잡아당기자 제 비싼 원피스에 구김이 가는 게 보였다.

"그건 옛날 일이라고. 이제 그럴 일 없어."

우악스럽게 제 팔을 잡아당기는 순간 땡 하는 소리가 났다. 등 뒤의 엘리베이터에서 누군가 내리는 소리가 나자 수현은 갑자기 창피해졌다. 이게 무슨 거지같은 시추에이션인지.

"무슨 일이야?"

사람이 많은 주말의 유명 호텔 스카이라운지였다. 비록 식사 때는 지났다지만, 그래도 토요일 오후에는 사람이 붐비기 마련이었다. 엘리베이터에서 수십 명이 쏟아져 나와도 이상할 게 없는 상황이었고, 저는 성환과 그 앞에서 실랑이 중이었다. 누군가 나오다 봐도 흘끗거릴 만큼 눈꼴사나운 모습이었다.

그런데…… 문이 열린 엘리베이터는 한 사람만이 탄 채 텅 비어 있었다. 그러나 차라리 수십 명이 바글거리면서 나오는 게 더 나았을지도 모르겠다 싶었다.

"아……."

수현은 저도 모르게 멍청한 소리를 내고 말았다. 당혹스럽게도, 정말이지 너무나 당혹스럽게도 그 단 한 명은 제가 너무나 잘 알고 있는 사람이었다. 아까 약혼식을 마친…… 그였다.

"상무님…… 아얏!"

그녀의 목소리를 들었을 텐데 아직도 제 팔을 우악스럽게 잡고 있던 성환은 제 앞에 나타난 장신의 남자가 싸늘한 눈으로 쏘아보면서 참견을 하자 저도 모르게 손에 힘이 들어간 모양이었다. 갑자기 통증을 느낀 수현이 작게 비명을 지르자, 미간을 찌푸린 남자는 손을 내밀어 성환의 팔을 밀쳐 냈다.

"무슨 짓입니까?"

별다른 설명이나 혹은 명함이 없다 해도 생김새에서부터 위압스러운 건 이현태의 첫인상이자 이미지였다. 게다가 자신이 잘한 건 아니기 때문에 허공에 내쳐진 손을 어쩌지 못하고 있던 성환은 제 신분을 기억해 내고는 짐짓 거만스럽고 딱딱한 검사 특유의 목소리로 되물었다.

"당신이야말로 무슨 짓입니까? 사적인 일인데……."

"최수현 씨, 이 사람 말이 맞습니까?"

제 이름을 또박또박 부르면서 아는 사람이 맞다는 걸 증명하던 그는 아픈 팔보다 구겨진 원피스 때문에 기분이 상한 그녀를 자연스럽게 잡아끌어 제 쪽으로 당겼다. 온통 옷에만 신경 쓰고 있던 수현은 남자의 지극히 자연스러운 손길에 저도 모르게 놀라고 말았다. 남자의 매끈한 예복 어깨선 옆으로 물러났지만, 오히려 정신이 아득해지는 것 같았다.

"뭡니까? 당신은?"

마치 취조라도 하는 듯, 딱 봐도 시비조의 신경질적인 목소리가 된 성환의 싸늘한 눈빛에도 그는 전혀 아무렇지 않다는 듯 말했다.

"난 이 여자분하고 잘 아는 사입니다만. 그만하시죠?"

"뭐야? 이……."

제가 검사라는 사실이 눈에 뵈는 게 없게 만드는 듯 보였다. 그러나 수현에게 중요한 건 그게 아니라 아직도 제 팔을 잡고 있는 남자의 손이었다. 남자의 짙은 색 예복에서 나는 미미한 꽃향기는…… 아마 행커치프 대신 꽂았던 약혼식의 주인공임을 알리는 꽃의 잔향이리라.

"보아하니 법조계에 있는 사람 같은데 사람 많은 데서 이게 무슨 짓입니까?"

그때였다. 땡 하는 소리와 함께 그가 타고 올라왔던 엘리베이터가 다시 열렸다. 서너 명의 사람들이 쏟아져 나오자 그는 가볍게 수현의 어깨를 감싸 사람들의 길을 가로막았던 것을 피하게 했다.

짙은 색의 슈트와 검은색 값비싼 원피스는 언뜻 비친 엘리베이터 안의 거울 속에서도 잘 어울려 보였다. 그리고 동시에 저쪽에 있던 다른 엘리베이터도 도착했다. 거기서도 사람들이 내려섰다.

"내려가지."

무슨 말인지도 모르겠지만, 수현은 남자의 자연스러운 에스코트를 받으면서 빈 엘리베이터에 올라탔다. 그러고는 무슨 표정인지 모를 복잡한 표정의—그나마 알 수 있는 것은 심한 낭패감 따위를 나타내는 표정이었다— 옛 애인의 모습이 닫히는 엘리베이터 문 사이로 사라지는 것이 보였다.

그리고 화려한 엘리베이터의 금속성 문에 얼핏 잘 어울려 보이는—물론 입은 옷뿐이겠지만— 두 사람이 나란히 서 있는 모습이 눈에 들어왔다. 잠시 그 모습에 취해 있는데 그가 입을 열었다.

"내가 주제넘은 짓을 했나?"

지하층을 누르면서 그가 말했다.

"아니요."

적막이 내려앉았다. 반짝거리는 엘리베이터의 벽면이 한 치의 빈틈도 없는 남자를 비추기에 수현은 시선을 돌렸다. 비싼 슈트의 반듯한 어깨선이 제 시야를 가렸다. 옅은 꽃의 잔향이 미세하게 코끝을 날아다녔다.

남자는 좀 전에 제 친구와 샴페인 잔을 부딪치고, 커다랗고 우아한 케이크를 커팅하면서 미래의 혼약을 약속했다. 그런데 지금 단둘이 있는 이 공간에서 느껴지는 묘한 이율배반 같은 감정은 도무지 정의를 내릴 수가 없었다. 뭘까…….

"저……."

막 입을 열려고 했을 때. 땡 하는 소리와 함께 엘리베이터가 열리고 소소하게 할 말이 많은 사람이 서넛 올라탔다. 그 덕에 두 사람은 벽 쪽으로 더 붙게 되었다. 층마다 서면서 사람들이 올라타자, 소란스러운 소음 속에서 꽃향기는 한층 더 가까이에서 풍기게 됐다.

"……아, 지금 갈 겁니다. 자료 준비하세요. 앞으로 30분이면 됩니다."

오늘은 이 남자의 약혼식이었다. 그러나 그 약혼식이라는 것도 바쁜 일정 중의 하나인 듯 보였다. 그리고 그 때문에 남자는 번잡스러운 연미복이니 턱시도니 하는 듯한 분장을 하지 않았나 싶었다.

"어디로 가나?"

지하 주차장에는 저번에도 탔었던 아우디의 최신 스포츠카가 삐리릭거리면서 제 주인의 부름에 응하고 있었다. 쫙 빼입은 멀쩡한 슈트를 입고 타기에는 부담이 될 만큼 전위적이고 화려한 스포츠카는 바닥에 바짝 붙은 채 눈가에 좌르르 박힌 엘이디 램프가 마치 다이아몬드인 양 빛나고 있었다.

우선은 제 차가 있는 청담동의 샵으로 가야 했다. 이대로 집에 가기엔 너무 아까웠다. 제가 결혼을 한다 해도 이런 호사스러운 꾸밈새를 하지 못할 것 같았다. 잊고 있던 친구들이라도 만나야 성이 찰 것만 같았다.

"차 가지러 가야 해요. 오늘 같은 날도 일하시나 봐요?"

막 통화를 끝낸 남자의 찌푸린 인상을 보면서 물었다.

"타."

그가 차 문을 열었다.

"택시 타고 가면 돼요. 그리고 급하게 가셔야 하잖아요."

"타."

상대의 의견 따위는 필요 없다는 듯 그는 짧게 다시 한 마디 했다. 제 화려한 옷과 구두 덕에 비싼 모범택시를 타고 샵 앞에서 내려 잠시 동안 걸어야 하는 것도 솔직히 아까울 정도였다. 하지만 그게 다는 아니었다. 마치 무슨 주문이라도 걸린 듯, 아무렇지도 않게 수현의 혀는 제 마음대로 움직였다.

"그럼 부탁드립니다."

차체가 낮아 불편했지만, 그녀는 허리를 잔뜩 굽혀 엉덩이를 들이밀고 제 비싼 힐을 조심스럽게 들어 차 안에 앉았다. 남자는 문을 닫고는 빙 돌아 운전석에 앉았다.

"청담동의 샵이겠지?"

"네."

아마 그도 거기서 온 듯했다. 차는 으르렁거리는 굉음을 내면서 지상으로 나섰다.

밤새 저를 괴롭힌 건, 대체 뭐였을까.

솔직히 알파벳으로 정의되는 미지의 남자 따위 다시는 볼 일도 만날 일도 없었다. 그리고 그것이 전제였고, 그 뒤로 아무것도 필요가 없었다. 그러나 그 사람을 다시 생각해 낸 건, 전혀 닮지 않았다고 생각되지만 묘하게 닮아 있는 이 낯선 남자 때문이었다.

그러다 이 남자가 점점 낯설지 않게 돼 버렸고, 저를 괴롭히던 묘한 유기감이 실은 느낌이 아니라 아직 확인되지는 못했지만 뭔가 혈연적인 관계가 있을 수 있다는 생각에 그녀는 마음 한구석이 무거워졌다.

그 사람이 이제 더 이상 이 세상에 존재하지 않다고 느꼈을 때는 아주 묘한 느낌이었다. 하등의 느낄 필요가 없었던, 영영 다시 만날 일 없는 사람을 혹시나 다시 만날 수도 있었는데 이제 그런 기회가 사라졌다는 당혹스러운 느낌이라고나 할까.

게다가 제게 전혀 상상할 수 없었던 감각을 되찾아 주었던 사람과 비슷한 사람이 당황스러운 인연으로 제 앞에 나타났다는 것도 어이없는데, 문제는 그 남자가 제게 한 행동이었다.

그 일관성 없는 행동들에 대해서 단순한 재미나 호기심, 혹은 제가 정의 내린 대로 세련되고 섹시한 매너남으로서의 행동이라고 치부해 버리면 그만인 것인데…… 왜 제 밑바닥에는 이 이상스러운 감정의 찌꺼기가 쉬이 빠져나가지 못하고 있는 걸까.

칙칙하던 하늘 사이로 갑자기 햇살이 내리비쳤다. 짙은 선팅이 되어 있는 차장을 통해 쏟아지는 초콜릿색 햇살이 제 왼손 위로 떨어져 내렸다. 8차선 대로는 또다시 휴일을 찾아 나서는 차량 행렬들로 제 구실을 못 하고 있었다. 저도 모르게 수현은 고개를 돌렸다. 잔뜩 찌푸린 듯한 남자의 옆 선이 밀크 초콜릿 같은 햇살 사이로 빛나는 듯 제 눈에 들어왔다.

명치 언저리가 지끈하고 내려앉는 느낌에 그녀는 다시 차창 밖으로 시선을 돌렸다. 왠지 제 가라앉은 찌꺼기의 정체를 알 것만 같은 느낌에 마음이 불편해졌다.

저를 내려 주고 한마디 말도 없이 남자는 제 갈 길로 가 버렸다. 수현은 제 화려한 몸차림으로 갈 데가 없나 고민하다 쓰잘데기 없는 친구들 몇을 만나긴 했지만, 그다지 영양가 있지는 못했다.

아쉬워하면서 셀카 몇 장을 남기는 걸로 수십만 원짜리 분장을 지우는 데 위안을 삼고 쓰러지듯 잠드는 걸로 괜히 피곤했던 하루를 마감하고 말았다.

일요일이었지만, 영 기분이 좋지 않았다. 질척거리는 장맛비도 한몫을 했고, 또다시 사나운 꿈자리도 일조했다. 그리고 어제 하루 공친 덕에 화랑의 본격적인 기장 건과 제가 맡고 있는 소소한 업체들을 정기적으로 기장한 것을 확인도 해야 했다. 게다가 부가세 시즌이기도 했다.

수현은 급하게 씻고 나설 준비를 했다. 어제 과도하게 분장을 해서인지 다크써클이 잔뜩 내려앉은 거울 속의 제 얼굴이 영 푸석해 보였지만, 그게 제 발걸음을 늦출 수는 없었다.

열심히 화장을 하고 일요일이지만 여전히 정장을 차려입고서 후다닥 빈속을 차가운 우유와 시리얼로 채운 뒤에 급하게 오피스텔을 나섰다.

"오셨습니까."

주말 근무가 기본인 시즌인지라 자리를 채우고 앉아 있는 기장 기술자들의 인사를 받으면서 그녀는 급하게 제 방으로 향했다.

그때였다.

전화기가 울렸다. 약혼식 이후 소식이 없던 재연이었다. 어제 하루 신데렐라가 되어 성환을 한 방 먹일 수 있었던 건 재연이 덕분이었다. 바빠서 화장실에 갈 시간은 없어도 재연이의 심심풀이 전화는 받아야 했다.

"어, 그래. 어제는 잘 보냈고?"

최대한 반가운 듯 그녀는 무표정이지만 표정을 가득 담은 목소리로 물었다.

〈넌 바쁜가 보다.〉

막 잠에서 깬 것 같은 재연이의 목소리였다. 왠지 나른해 뵈는…… 부럽긴 하지만 원래 태어나길 다른 포지션으로 태어났기에 얼른 체념을 하고 밝은 목소리로 답했다.

"사무실이 부가세 시즌이라. 좋은 꿈 꿨어?"

나름 친절한 응대를 하고 있지만, 그녀의 얼굴에는 짜증이 묻어났다. 제 앞에 잔뜩 올려놓은 검토를 기다리는 장부들을 뒤적거리는데 한참 만에 재연이가 대답했다.

〈아우…… 온몸에 힘이 하나도 없어. 너랑 브런치라도 할까 했는데 말이야.〉

참 팔자 좋은 멘트였다.

"그랬으면 좋았을 텐데, 일이 많아서. 약혼식이란 게 가만히 있어도 피곤하겠더라. 힘들었나 보구나."

장부를 뒤적거리는데 가장 중요한 게 빠진 것 같았다. 당장 인터폰을 눌러 확인을 해야 했기에 그녀는 전화를 얼른 끊고 싶었다.

〈뭐 가만히 서 있는 게 힘들겠니. 여기 메르디앙 호텔 펜트하우스 거든. 현태 씨가 아침에 일이 있다고 급하게 나가면서 너랑 브런치라 도 하라고 해서 전화한 건데 말이야…….〉

"……?"

뭐라 말을 해야 하는데 갑자기 수현의 손길이 멎었다.

〈뭐…… 그런대로 괜찮네. 밤에 잠을 못 잤더니……. 너 바쁘면 그 냥 더 자야겠다. 아흥…….〉

고양이 같은 하품 소리가 전화기 저편에서 울렸다.

"그랬어? 그러면 더 쉬어야지."

그러다가 참지 못하고 덧붙였다.

"첫날밤이었던 거야?"

〈흠……. 그런 셈이지 뭐. 이따 다시 전화 할게.〉

"그래."

수현은 아무렇지도 않은 듯 전화를 끊었다. 분명히 아까 빠진 장부 를 발견하고 인터폰으로 그걸 가져오라고 할 셈이었는데 갑자기 기억 이 나지 않았다.

4. k의 형

"최 세무사님, 이거 안 맞는 거 같은데요?"

"뭐가요?"

짜증 섞인 목소리를 내 봤지만, 원래 이 바닥에서는 저 같은 신참 세무사보다야, 일명 경리라 부르는 기술자들을 더 알아줬다. 눈에 안 보이는 속도로 계산기를 두드리며 뼈대만 세워 놓은 서류를 보고 완벽하게 재무제표부터 손익분계서, 대차대조표까지 무에서 유를 창조한다. 그러니 그녀들의 경험에서 나오는 시선이 더 날카로울 수도 있었다.

"여기요. 이 장 전체 잘못된 거 같네요."

"그럴 리가요!"

괜히 제 주장을 폈다가 처절하게 터지고 들어온 날은 솔직히 좀 비참하기까지 했다. 분명히 제 의견이 맞는 거 같았는데 소란스러운 소리에 중재를 하러 온 팀장은 일방적으로 경리의 손을 들어 주고 가 버렸다.

아무래도 어린것이 된장녀처럼 꾸미기나 하고 다닌다고 뒤에서 수

군거리는 걸 알고 있었는데 오늘 깨진 걸로 타격이 컸다.

그런데 왜 머릿속에는 그 사실이 별로 와 닿지 않는지 모르겠다. 밑에서 바로 엘리베이터를 타고 올라오지 않고 발길을 돌려 굳이 편의점까지 가서 사 들고 온 캔 맥주가 제 탁자 위에 있는 것조차 당혹스러웠다. 단지 잠을 설치니까 잠을 자려고 그런 거야라고 아무도 들을 필요 없는 변명까지 하고 들고 온 술이라니.

"부러워서 그래."

호기롭게 6개들이 묶음째로 사 와 놓고 겨우 반 캔 나마 마시고 안주 삼아 들고 온 육포만 뜯으면서 혼자 중얼거리며 그녀는 망연하게 있을 뿐이었다. 부러운 건 단지 재연이가 남자하고 잤다는 것뿐이야, 라고 겉으로 말하기 뭣하기에 속으로 중얼 거렸다. 그 남자가 누구인 건 중요치 않았다.

아무렴…… 게다가 이제 제 남자라고 세상 사람들 모아 놓고 그렇게 거창한 선포식까지 했으니 잠을 잤든, 온몸이 나른하도록 뜨거운 밤을 보냈든 상관이 없는 거였다.

저와 멀쩡하게 호텔 밖으로 나섰지만, 모르지 않는가. 제 사랑스러운 약혼녀와 뜨거운 밤을 보내기 위해 일을 처리하고 다시 돌아왔는지도. 저는 옛 애인이란 놈이 와서 그런 찌질한 짓거리나 했다는 건 둘째 치고라도…….

이제는 찬기가 빠져 밍밍해진 맥주를 다시 벌컥벌컥 마셨다. 절대…… 남자의 기가 막힌 입술과 제 속을 휘젓던 혀가 생각나서 그런 건 아니라고 또다시 스스로에게 말해야 했다.

"이메일로 보내 드릴까요? 아니면 서면을 직접 팩스로 넣어 드릴 수도 있습니다만……."

흠잡을 데 없는 파일들이지만, 그래도 그녀는 약간 떨리는 기분이었다. 100% 스스로 따낸 건수는 아니지만 그래도 혼자 처음 도전하는 분야였다. 그리고 이제 검사를 받는 기분으로 제가 만든 것을 클라이언트에게 보내야 했다.

〈직접 화랑에 가져다 달라고 하시는데요. 괜찮겠습니까?〉

"네?"

수현은 바깥을 내다보았다. 우드로 된 블라인드 너머로 우중충해 금방이라도 비를 뿌릴 듯한 하늘이 보였다.

〈상무님께서 지금 출타하시면서 그리로 가지고 오라고 전해 달라시는데요. 시간은 5시경으로요.〉

이 남자 왜 이러는 걸까. 굳이 그 남자를 보고 싶은 생각은 없었다. 수현이 생각에 잠긴 동안 저쪽에서 다시 물었다.

〈세무사님?〉

"아, 네. 알겠습니다. 5시라고 하셨죠?"

그쪽은 돈을 내고 있는 클라이언트였다. 원하는 대로 하는 게 맞다. 무리한 부탁도 아니었다. 직접 확인하고 문제 되는 게 있는가 없는가 그 자리에서 피드백하는 게 오히려 권상 사항인 게 맞았다.

〈네. 그럼 전해 드리겠습니다. 안녕히 계십시오.〉

시키는 대로 하는 게 정석인 백라 기획실의 비서는 깍듯하게 인사를 하고 전화를 끊었다. 거기다 대고 뭐라 할 말이 없었다.

"윤 실장님, 저 나가 봐야겠네요. 오후 스케줄 어떻게 되나 봐 주시겠습니까?"

수현은 인터폰을 누르고 신경질적으로 말했다.

다시…… 비가 시작되었다.

와이퍼가 부산스럽게 움직이는데도 혼자 운전해서 오는 초행길은 절로 속도계가 내려앉았다. 시간을 맞추기 위해서 일부러 한참이나 일찍 나왔지만, 시간은 자꾸만 가고 있는데 제 차는 잘 나가질 못하고 있었다.

그런 조급함 가운데 겨우 한적한 소로가 나타났다. 저번엔 심느라 애쓰던 커다란 고송들이 올무 같은 지지대와 쇠 철사에 매달려 있는 게 보였고, 막 심은 잔디에서는 흙탕물들이 줄줄 흘러나오는 게 보였다. 그나마 깔끔하게 정리된 주차장에 차를 세우면서 수현은 옆에 서 있는 그 엽기적인 하얀색 아우디 스포츠카를 보고 저도 모르게 인상을 찌푸렸다.

머릿속이 혼란스러웠다. 대체 이 사람은 제게 뭘까?

그러나 그녀는 떨어지는 빗방울 덕에 얼른 서류들을 챙겨 문으로 향했다. 어쨌든, 지금 가장 중요한 건 클라이언트라는 것이니까. 화랑은 저번에 왔을 때는 뭔가 아직 미완인 듯한, 공사 중이라는 생각이 들 정도였는데 지금은 단정하고 안정된 느낌이었다.

"저기…… 혹시 영림 세무법인 에서 오신 분입니까?"

"네. 그런데요. 이 상무님 계십니까?"

"네. 그런데 지금 손님이 오셔서 조금 바쁘십니다. 차라도 한 잔 하시겠습니까?"

다섯 시까지 시간을 맞춰 오느라 서둘렀는데 또 다른 손님이라니……. 그래도 그쪽이 우위에 있으니 어쩔 수가 없었다.

"네."

"조금 길어질지 모른다고 했으니 차 드시고 천천히 그림이라도 좀 보시면서……."

"알아서 할게요."

괜히 참견을 하는 것 같은 느낌에 그녀는 미안스러워하는 직원의 말을 잘라 버리고는 제가 들고 온 서류들을 꺼내 들었다. 무안을 당한 듯, 말을 끊긴 직원은 차를 내오고는 사라졌다.

서류를 보기 좋게 놓고, 커피를 마시고 나서도 아무런 기척도 없자 수현은 온몸이 뻐근한 듯하여 자리에서 일어났다. 끊임없이 잔잔한 클래식 연주곡이 흘러나오고 있는 실내는 회색빛이었고, 중간중간 있는 커다란 창으로는 비에 젖은 싱그러운 초록이 가득했다.

무료해진 수현은 자리에서 일어나 이리저리 거닐다가 벽에 걸려 있는 그림들에 시선이 갔다. 추상화도 있었고, 산수화도 있었고, 인물화도 있었다. 특정인에 대한 전시회는 아닌 듯했다.

모르는 사람이 봐도 언뜻 그림은 꽤 값어치가 있어 보였다. 커다란 벽 전체를 덮은 대형 그림도 있었고, 엽서만 한 소품도 있었다. 그러나 큐레이터가 어마어마한 연봉을 받는지 변화 속에서도 통일감이 있어서 보는 이의 동선이나 시선을 잘 정리해 주는 느낌이었다.

그 때문인지 그림을 보는 사람들은 정해진 동선에 의해서 움직이게 되어 있었고 무료한 수현도 마찬가지였다. 저도 모르게 옆으로 난 계단을 올라 이 층으로 가게 되었다. 여전히 사람의 발소리도 없었고, 그림을 따라 올라온 이 층은 가운데가 천창으로 되어 있어서 유리 위에 떨어지는 빗줄기가 보였다.

돈이 많긴 많군…….

우아하고 값나가는 내부 정경을 보면서 어느덧 정신을 차린 그녀는 혹시나 그가 올지 모르기에 다시 내려가려고 했다. 그때였다.

그녀는 저도 모르게 발걸음을 멈추고 말았다.

그다지 크지도, 그렇다고 아주 작은 소품도 아닌 그림이 하나 걸려 있었다. 추상화들 속에 걸려 있었기 때문에 더욱더 시선을 끌었는지도 몰랐지만, 수현은 저도 모르게 멈춰서 그림을 보고 있었다.

그림에 대해 잘 아는 것도 아니고, 딱히 좋아하지도 않는 그녀였다. 게다가 유화인 그림은 특별한 기교가 있어 보이지도 않았다. 다만 그 그림 속의 풍경이 눈에 들어왔기 때문이었다.

맑고 투명한 호수, 호수 바닥에 가라앉아 있는 나무와 작은 물고기의 그림자까지 비치는 초록, 하늘색, 푸른색, 보라색 같은 물색……. 그리고 그 위에 드리워진 새파란 하늘과 단풍이 든 붉고, 노랗고, 푸른 나무들. 그리고 깎아지른 듯한 절벽 밑에 서 있는 정자까지.

구채구였다. 실연여행의 마지막 종착지였던. 제가 좋아하는 배우가 나왔던 영화의 배경이었고, 하늘 아래 가장 아름다운 풍경이라는 과장 섞인 중국인들의 자부심에 코웃음 치며 갔었던, 그리고 막상 가서는 할 말을 잃어버렸던…… 그리고 그를 만났던 곳. 구채구…….

마치 인상파주의 화가의 그림처럼, 그림은 정지되어 있는 게 아니라 금방이라도 움직일 것 같은 거친 붓질로 그려져 있었다. 그러나 그 거친 붓질 사이에도 구채구의 새파랗고 속이 훤히 비치는, 다른 곳에서는 한 번도 본 적이 없는 석회질이 만들어 내는 물빛은 마치 손에 잡힐 듯 생생하게 그려져 있었다. 드리워진 붉은색의 점으로 찍힌 단풍 이파리조차 바람에 흔들릴 것같이 생생했다. 그리고 떠오르는 목소리.

"많이 다친 건 아니야?"

저도 모르게 넋을 놓고 풍경을 보다가 갑자기 한 계단 내려선 길을 보지 않고 발을 내디디며 구르듯 넘어진 뒤였다. 무심결에 아야, 하고 큰 소리를 내며 넘어졌고, 누군가 저를 붙잡아 일으키면서 물었다.

"비명 소리를 들으니 한국 사람 같아서. 중국 사람들은 아이야……하고 소리를 지르거든."

지저분한 머리카락과 수염을 기른 시커먼 남자가 저를 붙잡았을 땐 오히려 더 소리를 지르면서 도망갔어야 했지만, 남자의 목소리 때문에 저도 모르게 멍하니 있었던 것 같았다. 남자의 목소리만큼은 깨끗하고 맑았다.

"움직일 수 있겠어?"

움직여야 했지만, 움직일 수 없었다. 마치 다리가 부러진 것처럼 욱신거렸다.

"가벼워 보이는데 업혀. 여기 나쁜 놈들 많아. 성추행범, 소매치기, 강도, 살인자까지. 나도 못 믿겠다면 어쩔 수 없지만."

어쩔 수 없었다…….

까맣게 잊고 있었던 것들이 자꾸만 떠오르는 게 싫었다. 그건 그냥 과거일 뿐이었다. 기억도 나지 않는……. 그러나 자꾸만 뭔가가 제가 묻어 버린 마음속에서 불쑥불쑥 튀어나오고 있었다.

마당에 가득했던 잔디 사이로 난 잡초를 뽑은 적이 있다. 이마 어린 시절 외할머니 댁에 갔을 때였던 거 같았다. 비가 오고 나서 연해진 흙 위에 그득한 잔디 사이로 난 진초록의 잡초들을 뽑다 보면 어쩌다 잘못 잡힌 잔디를 뽑을 때도 있었다. 분명히 하나만 잡아 뺀 것 같은데, 뿌리가 이어진 여린 잔디들은 주루루룩 이어져 밧줄을 잡고 있던 줄다리기하는 사람들처럼 뿌리 하나를 두고 줄줄이 공중으로 올라왔었다.

마치 그 질기고 이어져 있는 뿌리들처럼, 평소에는 전혀 모습도 없이 숨어 있어 기억에도 남아 있지 않던 것들이 자꾸만 무언가를 더해서 제 앞에 나타나고 있는 듯했다. 그것도 하나가 아닌 여럿이…….

"그림이 그렇게 마음에 드나?"

갑자기 들린 목소리에 깜짝 놀란 수현이 고개를 돌렸다.

마치 환영같이 저쪽 모퉁이에 기대 팔짱을 끼고선 저를 향해 말을 뱉은 사람이 서 있었다. 수현은 제 눈가에 있던 무언가를 급하게 닦아 냈다.

"그게 그렇게 감동을 주는 그림인 줄은 몰랐는데."

남자는 팔짱을 풀더니 다가왔다.

낯선 모습이었다. 늘 단정한 슈트 차림새에 재킷 단추를 푼 것도 별로 본 적이 없는 듯한 사람이었다. 그런데 오늘은 하얀색 와이셔츠 바람에 넥타이도 없었고, 소맷자락은 걷어 올려져 있었다.

물론 하의는 정장 바지 차림이었지만, 자세히 보니 머리카락이나 와이셔츠 어깨가 젖은 듯 보였다. 저러고 어딜 나갔다 온 모양이었다. 그러나 남자의 그런 차림새가 눈에 보인 것은 한참 후였다. 왜 제 눈에 이렇게 물기가 있는지 제 자신도 이해할 수 없으니까 남에게 설명하기도 뭐했다.

"가 본 적 있는 곳이어서 그래요."

겨우 메인 목소리로 대답했다. 남자의 눈빛이 대답을 추궁하는 듯했기에.

"아, 그렇군. 뭐 말 못 할 추억이라도 있었나 보지?"

"……."

이 남자에게 그런 이야기까지는 할 필요가 없었다. 수현은 고개를 돌리고 내려가려고 했다.

"그 그림은 현우가 마지막으로 남긴 그림이지."

"……."

남자의 발소리가 등 뒤로 들렸다. 다리가 길어서인지, 몇 번 소리도 없었는데 어느새 남자의 목소리가 제 뒤에서 들렸다.

"몇 년을 저 그림을 그린 곳에 처박혀 있었다지. 중국 오지라고 하던데."

뭐라 해야 할지 알 수 없는 기분이었다.

"그를 만난 적 있나?"

그가 누군데…… 저는 이름도 모르는 그 지저분한 남자인가?

"내 동생 말이야."

그제야 수현의 눈에 그림 귀퉁이에 있는 H.W라는 이니셜이 보였다. 설마 K라고 쓰여 있을 거라 생각하진 않았었지만, 이상한 느낌에 목이 메이는 듯했다.

이 느낌은 뭘까. 이제 그 형체도 없고 기억도 없던 K는 진짜 현실에 '존재했던' 사람이 되어 있었다.

아니, 아닐 수도 있었다. 연간 구채구에 가는 관광객이 몇 명이고, 또 거기에 있던 그 기가 막힌 광경을 남기고 싶어 하는 예술가들은 또 얼마인가. 저는 그 허름한 집에서 단 한 가지도 그 K가 그림을 그리는 사람이었다는 걸 알 수 있는 증거를 본 적이 없었다. 게다가 이 남자를 보고 느꼈던 유기감은 단순한 혼자만의 망상이었는지도 모른다.

그때 그녀는 저도 모르게 뒤로 물러섰다. 남자의 손이 제 얼굴에 닿았기 때문이었다.

"무슨……."

"내가 보기엔 그렇게 감동적인 그림은 못 되는 거 같은데."

남자의 손가락 끝에 묻은 건 제 눈물이었을 것이다. 왜 갑자기 눈물이 난 걸까. 그가 이제 더 이상 이 세상에 없다는 게 대체 무슨 의미인데.

"저는…… 상무님 동생이라는 분 몰라요."

겨우 메이는 목소리를 가다듬어 수현은 대답했다.

"그래? 그럼 날 닮았다던 사람은 누구인데? 또 누가 있나?"

"왜…… 그렇게 생각하시죠?"

그때 그녀는 갑자기 생각했다. 이 남자, 뭘 알고 있는 거 아닐까? 동생이라니까 만나서 무슨 이야기를 한 거 아닐까.

남자는 다시 한 발짝 제 앞으로 다가왔다. 마치 심장 뛰는 것까지 들릴 만큼 남자는 제 가까이에 있었다. 늘 단정하게 넥타이가 매어져 있던 남자의 셔츠 자락은 단추가 풀어진 채였다. 무슨 이유일까. 남자의 하얀 셔츠에서는 향수 냄새 대신 흙냄새 섞인 비 비린내가 풍겼다. 그리고 보니 얼굴도 젖은 것같이 보였다.

"그냥. 내 느낌이 그래. 쌍둥이들은 영혼이 엮여 있다고 하지. 그 앤 나랑 같은 날 태어났으니까. 그래서 말인데, 전혀 다른 곳에 살고 있었지만, 가끔씩 서로 보지 못했던 것들을 알고 있는 것같이 느끼곤 했어. 심지어 그 애가 이 세상을 떠난 뒤에도 말이야."

이게 무슨 소리인가……. 그러나 남자의 말이 제대로 귀에 들리지 않았다. 남자가 너무 가까이에 있었다. 남자의 숨결이 제게 닿을 것만 같았다. 수현은 저도 모르게 물러섰지만, 남자는 오히려 다가왔다. 남자의 열 오른 눈이 제 앞에 어른거렸다.

"그와 무슨 관계인 거지?"

"난…… 몰라요. 상무님 동생이라는 사람."

모른다. 제가 알고 있는 건 K일 뿐이었다. 그가 누구인지 알 필요가 없으니까 알지 못할 뿐이었다. 아직도 구채구 구석에 있는 그 오지 마을에 멀쩡하게 살고 있으면서 지나가는 여자에게 친절을 베풀며 침대 옆 서랍 속에 든 콘돔을 사용하고 있을지도 몰랐다.

"난 몰라……."

채 대답을 하지 못했다. 이 남자가 왜 이러는 걸까, 한 번쯤은 생각이라도 해 봐야 했다. 아니, 왜 그러냐고 묻든지 혹은 밀쳐 내고 화라도 내야 했다.

당신 대체 나한테 왜 이러는데!

그러나 단 한 번도 그러질 못했다. 마치 중·고등학교 때 코웃음치며 비웃다가 몰래 밤새워 읽어 내린 할리퀸에 나오는 여주인공들이 지독하게 마초적인 남자들을 욕하고 싫어하면서도 다가와 불같은 키스를 퍼부으면 거기에 굴복하고 마는…… 그런 배은망덕하고 이율배반적인 느낌이었다.

숨소리가 들릴 만큼 가까이 있던 남자는 손을 내밀어 저를 당겼다. 그리고 마치 비 냄새 같은, 실제로는 제 눈물의 맛일지도 모를 약간의 염분기가 느껴지는 남자의 입술이 제 입술을 덮을 때, 저도 모르게 눈을 감은 것 같았다.

이 짧은 찰나의 시간에 느끼는 이 기분은 대체 무엇일까. 친구의 약혼녀와 벌이는 짜릿한 일탈인가, 아니면 혹시 모르는 K의 친형인지도 모를 남자와의 관계에서 오는 비정상적인 모순일까. 난지 키스일 뿐이었다. 외국에서는 인사처럼 여기는…… 물론 이렇게 진하지는 않을 테지만.

그러나 남자의 팔뚝이 제 허리를 감싸고 다른 손이 제 얼굴을 움켜쥐고 그의 뜨거운 혀가 또다시 제 입안을 뒤적거리는 순간 머릿속이 하얗게 변하고 말았다.

이유를 알 수 없다. 대체 이게 무슨 뜻인지, 왜 이러는지 물을 용기도 없었고, 방법도 없었다. 그러나 제 머릿속에 느껴지는 건 딱딱한 구두 속에 축축하게 젖어 있는 제 발끝까지 찌릿거리는 원초적인 느낌뿐이었다.

남자의 혀는 다디단 초콜릿처럼 제 입안을 떠돌았다. 제 입술을 빨아들이고, 혀를 옭아매고, 감각을 마비시켰다. 흙비 냄새에 섞인 남자의 체취가 저를 서서히 마비시키는 것 같았다. 막 제 손이 남자의 젖은 셔츠를 움켜잡았을 때였다.

어디선가 전화기가 울렸다. 갑자기 정신을 차린 수현이 뒤로 물러서자 입술이 떨어지는 소리가 났고, 조용한 화랑의 텅 빈 공간에는 작은 전화기 소리가 요란스럽게 울렸다.

남자는 제 뒷주머니에서 전화기를 꺼내 들었다.

"뭐야."

〈상무님, 밑에 하재연 씨 오셨는데요. 어디 계시나요?〉

순간적으로 제 얼굴로 온몸에 있는 모든 피가 확 쏠려 올라가는 느낌이 들었다. 둘이 결혼한 것은 아니었지만, 마치 친구의 남편과 침대에서 뒹군 것 같은 죄책감이 온몸에 흩어졌다. 뭐라 말을 해야 하는데 그녀는 아무런 말이 나오지 않았다.

"곧 간다고 해."

그는 전화를 끊었다. 그리고 마치 아무렇지도 않은 듯 뒷주머니에서 손수건을 꺼내 입술을 닦았다. 그리고 그녀를 향해 말했다.

"화장 고치고 내려와."

남자는 굳어 있는 수현을 뒤로하고는 급하게 계단을 내려갔다.

"어머 수현이도 있었구나. 잘됐네. 우리 같이 저녁 먹으러 가요."

비가 오는 궂은 날씨였다. 척척 옷이 감겨드는 질척한 날씨. 그러나 냉방이 잘 되고 있는, 게다가 고가의 그림들이 잔뜩 있는 화랑 안은 쾌적하기 그지없었고, 값비싼 차의 뒷좌석에 우아하게 앉아서 온 재연은 연한 핑크빛이 도는 하얀색의 슬리브리스 원피스에 빨간색의 가느다란 벨트를 하고 긴 머리를 우아하게 늘어뜨린 채 싱싱한 한 송이의 백장미처럼 상큼하게 웃으면서 저를 반겼다.

왠지 켕기는 건 당연했다. 아니, 왠지가 아니라 맘에 걸리는 짓을 하긴 했다. 누가 시작했는지가 중요한 게 아니라 그걸 마다하지 않은 제 잘못도 컸다. 화장실에서 엉망이 된 화장을 고치느라 꽤 시간을 잡아먹었는지 남자는 새것 같은 와이셔츠에 넥타이를 단정하게 매고 재킷까지 차려입은 완벽한 모습으로 재연이의 앞에 앉아서 서류를 보고 있었다.

클라이언트가 서류를 볼 땐 늘 제대로 못 한 숙제를 검사받는 그런 기분이었다. 그건 아마 제가 경험이 적어서일 터였다. 그러나 지금은 그렇지 않았다.

처음으로 하는 상이한 업종의 그것도 첫 설립기장이었고 주변에서 이렇다 저렇다 말도 많고 탈도 많았던 일이었다. 그걸 저 싸늘한 남자가 날카로운 눈으로 쳐다보고 있는데 제 속은 그쪽의 눈치를 보고 있는 게 아니었다.

"이거 내가 괜한 일 한 거 아니야? 너 얼굴이 완전히 상했다. 바쁘다고 얼굴도 안 보여 주더니 말이야. 현태 씨가 너무 괴롭히는 거 아니에요?"

재연이 특유의 비음이 섞인 느릿느릿한 말투는 제가 뭐라 대답을 할 수 없을 만큼 친밀했다. 아니 오늘은 그것에 도를 더한 듯했다. 그러나 질문을 받은 남자는 아무렇지도 않은 듯, 아니 아무것도 듣지 않은 듯 서류만을 날카롭게 쳐다보고 있었다.

수현은 그것을 보고 있다가 뭔가 이상한 점을 느꼈다. 아무리 날 선 사람이라 해도, 약혼을 했고 밤을 보냈다면 저렇게 냉랭하거나 무관심할 수는 없었다.

게다가 정확히 말하면 재연이의 DB엔터프라이즈가 훨씬 더 거대 기업이었고, 그녀는 그 거대 기업을 이어받은 하본무 회장의 하나뿐인 막내딸이었다. 그러나 이현태는 백라그룹의 장남도 아니고 차남의 아들이었고 백라가 재계순위는 더 낮았다. 그러니까 바깥으로만 보면 재연이가 훨씬 더 우위에 있는데 남자는 전혀 그녀를 그렇게 봐 주지 않고 있었다. 그건 지금의 기분 탓일까.

"보기에는 완벽해 보이는데, 아무래도 회계과에 검토를 의뢰해 보겠습니다. 문제가 있다면 그때 다시 연락드리죠."

이현태가 서류를 덮으면서 말했다.

"네. 고객의 피드백은 언제나 환영입니다."

딱딱하게 대꾸하려 애썼지만 제 목소리가 떨리는 느낌이었다. 그것을 의미심장한 눈으로 보고 있던 재연이 활짝 웃으면서 말했다.

"이제 일 끝난 거죠? 저녁 얻어먹으러 왔다가 굶고 가야 하나 했네. 가요. 제가 근사한 데를 발견했거든요. 수현이 차 가져왔니? 가져왔으면 뒤에 따라와. 뭐 괜히 차 가지러 이 구석까지 다시 올 필요 없잖아?"

"그래."

"너, 내 덕분에 이렇게 일 맡게 된 거니까 네가 한턱 쏘는 게 어때?"

참…… 그녀답지 않은 소리였다. 그러나 수현은 뻣뻣하게 굳은 얼굴로 대답할 수밖에 없었다.

"그러지 뭐."

그저 그런 자연주의 채식 식당이었다. 번잡스러운 그릇이나 잔뜩 나오는, 허기하고는 관계없는 그런 식당이었다. 차라리 오늘 같은 날은 푸짐하게 돼지갈비에 소주나 마셨으면 하는 기분이었지만, 어쩔 수 없이 젓가락을 놀렸다.

무농약에 유기농이라는 푸른 초원같이 드넓은 접시 위의 밍밍한 풀들을 먹으면서 가식적으로 웃고 있는 재연이는 오늘 따라 낯설었다. 남자는 분위기가 다운되지 않을 만큼만 대하고 응대하면서 식사를 할 뿐이었다. 수현은 그런 남자를 쳐다보지 않으려 애썼다.

"잘 가. 나중에 연락할게!"

계산은 나서면서 남자가 했고, 재연이는 당혹스럽게도 남자의 팔짱을 끼면서 매달리더니 작별을 고했다. 수현은 머뭇거리면서 인사를 하고 제 차를 타고 나올 수밖에 없었다. 이…… 찝찝하고 어색한 기분은 뭘까. 깊이 생각하지 말아야 했다.

"그게 왜 필요한데?"

"좀…… 알아봐 주시면 안 돼요? 점심 쏠게요. 뭐 드시고 싶은 거 다 말씀하세요."

"점심으로 안 돼. 저녁!"

"알았어요."

부가세 정기 신고 기간이라 정신이 없이 바쁠 때였다. 머리를 긁적이면서 제 자리로 가는 박 팀장은 사무실에서 특이한 일을 하는 사람이었다. 팀원이 없는 팀의 팀장이지만 연봉은 다른 사람들이 받는 것에 무시 못 하는 금액을 챙기고 있는 게 분명했다.

그가 하는 일은 세금에 관계된 일이 아니라 여러 가지 잡다한 일들,

즉 어떤 곳이 어디까지 연결되어 있는지, 어느 곳에서 비자금을 어디에 맡기고 있는지, 차명계좌가 얼마나 있는지 같은 일부터 시작해서 어떤 기업이 중앙지검 누군가에게까지 선이 연결되어 있는지 같은 걸으로 알아보기 힘든 일들을 슬쩍 내사하는 일을 하고 있었다.

세무사 자격증을 가지고 있긴 했지만 박 팀장은 아는 사람들과 술자리를 하거나 골프를 치거나 혹은 출장을 가는 게 일이었다. 겉으로 하는 일은 없지만 아마 이런 계통에서 가장 중요한 일을 하고 있는 사람일지도 몰랐다. 슬쩍 부탁을 하고 제 자리에 앉을 때 수현은 가슴 한구석이 덜컹거리는 느낌이었다. 이걸 알아내서 무엇할까……

"음, 이게 공공연한 비밀이더라고. 뭐, 그다지 비밀스러운 일도 아닌데 의외로 알고 있는 사람은 별로 없는 아주 뭐…… 좀 희한한 일이라고나 할까?"

앞에 있는 치킨 무를 포크로 찌르면서 박 팀장이 은밀하게 속삭였다.

"뭔가요?"

"그런데, 왜 알고 싶은 건데?"

"음…… 제가 그쪽 일을 하고 있기도 하고, 제 친구 약혼자거든요."

"어? 대봉 막내딸?"

얼핏 보면 추레하게 보일 만한 얼굴이었다. 특징도 없고 별로 악의도 없어 보이는, 누구에게든 슬쩍 비위를 잘 맞추는 사람으로 보였고, 저를 밟고 일어설 사람으로는 보이지 않는 얼굴이었다. 아마 그래서 그런 일을 저리 오래 하고 있는가 싶었다. 그리고 역시 이쪽 계통으로 아는 게 많은지라 바로 눈을 동그랗게 뜨고 수현에게 대꾸했다.

"네. 제 친구예요."

"아…… 그랬구나. 우리 최 세무사 배경이 짱짱했구나. 그래서 백

103

라 일을 맡게 된 거네?"

"뭐, 그렇다고 봐야죠. 하여튼…… 치킨은 박 팀장님이 드시고 싶다고 한 거예요. 그렇죠? 제가 부실하게 대접하는 거 아니죠?"

"뭐 만날 삐까뻔쩍 한 거 먹어 봤자지. 우리나라 사람한테는 치킨이 최고야. 여기 통닭이 얼마나 유명한데……."

여전히 통닭에만 관심 있는 듯해서 수현이 머뭇거리면서 말을 꺼냈다.

"저기……."

그가 수현의 눈빛을 보고 고개를 끄덕였다.

"알았어. 본론으로 들어갈게. 그 집, 그러니까 이치성 백라건설 사장한테 쌍둥이 아들이 있었다는 거지. 큰아들이 지금 이현태 상무고 둘째가 이현우라고 하는데, 이게 좀 어색하데."

"네? 뭐가요?"

마침 통닭이 먹음직스러운 냄새를 풀풀 풍기며 앞에 놓여졌다.

"아싸! 역시 이게 최고지!"

제가 듣고 싶은 말이 끊어져 조바심이 났지만 어쩔 수는 없었다. 통째로 튀겨져 나온 닭을 호호 불어 가면서 다리를 떼어 낸 박 팀장은 한참 먹고 나서야 정신을 차린 듯 말을이었다.

"아, 아까 이야기하던 거…… 하여튼 그 이치성 사장은 당시에 리비아에 무슨 호텔하고 공항인지를 선설하는 데 파견되어 그 두 아들도 어렸을 적에 외국에서 컸다고 해. 뭐 청소년기 때쯤에 들어오긴 했다는데 큰아들은 재벌 집 다른 애들처럼 엘리트로 크느라 미국에서 유학을 했다고 하고, 작은아들은 별로 기대에 차지 못해서 그렇게 엄하게 교육을 받지 않았나 보더라고. 하여튼 이현태 상무는 뉴욕에서 박사학위도 받고 해서 그 집 가풍대로 평사원부터 시작해서 일을 배우기 시작했대."

박 팀장은 다른 쪽 통닭의 다리를 뜯다가 수현을 보고는 내밀었다.

"아, 이거 맛있는 건데 내가 다 먹으면 안 되지."

"아니에요. 드세요. 그리고요?"

닭 다리 따위가 문제가 아니었다.

"아, 그래? 어디까지 했더라. 아, 맞다. 거 그때 백라에서 왕자의 난이니 뭐니 해서 큰아들인 이치원 백라전자 사장하고 왕 회장님하고 이래저래 말이 많았잖아. 그 덕분에 그 밑에 있는 손자들도 한때 풍랑을 겪었지. 게다가 이치성 사장…… 여성 편력이 심해서 말이야. 이현태 사장 친모가 병으로 죽었는데 아마 거의 화병으로 죽은 거 같더라고. 여자관계가 복잡했지 아마. 중간에 무슨 아나운서 출신…… 거 누구더라 엄청 유명했는데, 하여튼 나이 차이 한 20년 나는데 결혼했다 3년 만에 이혼하고, 그리고 지금 부인인 성악가 출신 박 여사하고 재혼했지. 엄청 나이 차이 나는 아들인지 있을 거야. 아직 초등학생일걸?"

잔이 비자 수현은 얼른 맥주를 따랐다.

"커! 좋네."

거품이 소복한 맥주잔을 반도 더 비우고 나서, 쫑긋해져 있는 수현의 얼굴을 보고 있던 박 팀장은 고개를 들이밀면서 작은 소리로 말했다.

"그러는 와중에 작은아들은, 뭐 쌍둥이니까 그닥 작지도 않겠지만 말이야. 무슨 일 때문인지 왕 회장님 눈 밖에 나서 예술을 합네 어쩌네 하면서 외국으로 떠돌았다는 거야."

"그래요?"

왠지 맞장구를 치지 않으면 안 될 듯해서 수현이 한 마디 했다. 그러면서 얼른 빈 잔을 채웠다.

"그런데 거기서 부터가 좀 헷갈려……."

"네? 뭐가요?"

"이현태 상무가, 그러니까 그때는 아마 평사원이었겠지. 뭐 물론 제왕 수업 중이다 어쩐다 말도 많았지만 말이야. 재작년인가? 하여튼 몸이 안 좋다고 했어. 무슨 수술을 크게 받았다나. 그런데 그건 내부 극비고 외부적으로는 기획실에 입사한 뒤에 갑자기 발령이 나서 중국 지사로 갔다고 했거든. 여기가 좀 힘들더라고. 이 부분에 대해선 말이 이래저래 많더라고. 몸이 안 좋았던 게 이현태 상무였는지 아니면 동생인…… 아, 뭐더라 이름이, 갑자기 이름도 잊어버렸네."

현우요……라고 말하고 싶지만 그녀는 참고 되물었다.

"이름은 상관없고요. 그다음엔요?"

"하여튼 누가 아팠는지는 모르겠는데 갑자기 외국에서 동생이 죽었다고 하더라고. 병인지 아니면 사고사인지는 모르겠지만. 뭐 상황으로 봤을 때 아팠던 건 동생이 아닐까 싶어. 그 덕에 난리도 아니었지. 여자한텐 박해도 아들들한테는 이치성 사장이 끔찍했었거든. 하여튼 한 일 년 어수선했지. 그래도 어찌 저찌 해서 그해 백라가 흑자가 엄청났어. 이치성 사장 덕에. 그 시기에 홀연히 귀국한 큰아들은 일 년 사이 고속승진해서 든든한 한쪽 팔이 됐고."

또 잔이 비자 수현은 기계적으로 잔을 채웠다. 박 세무사의 말이 끊기지 않게.

"왕 회장님 눈에도 들었는지 웃기게도 이치성 사장은 백라건설인데, 이현태 상무를 백라전자 기획실에 넣었던 거지. 이치원 백라전자 사장 자리를 위협하고 있는 거 같아. 그쪽 아들은 사고만 치고 해서 말이지. 게다가 이현태 상무 끝내주지. 요즘 재벌 3세들 중에서 가장 잘나갈걸. 지금 백라가 이 와중에 유망 중소기업 다 잡아들이고 있거든. 아마 그래서 대봉에서 이현태 잡으려고 그렇게 애지중지하는 딸

내미까지 내준 거 같더라고. 그쪽에서는 뭐 눈에 안 차는 분위기지만 말이야."

괜한 짓을 한 걸까. 안 보면 그만인 사람인데. 앞으로 보긴 보겠지만 기장을 맡기면 세금 신고할 때나 보고서를 보내면 되는 거고 그쪽이건 이쪽이건 크게 사고가 나지 않는 한 이제는 별로 볼 일이 없는 사이였다. 다만, 재연이의 약혼자니까 더러 만날 일이 있더라도 단둘이 당혹스럽게 만날 일은 없을 것이었다.

그런데…… 통닭을 대가로 한 이 석연찮은 보고서는 오히려 받지 아니한 것보다 못하게 되었다. 이현태 상무에게 쌍둥이 동생이 있었던 것도, 그리고 그 동생이 지금은 세상에 없는 것도 사실이었다. 물증이라고는 없지만, 심증은 그 K라는 미지의 남자가 이현태 상무의 쌍둥이 동생이라는 쪽으로 기울고 있었다.

그런데 문제는 그 형이라는 이현태 상무였다. 대체 왜 그러는 걸까? 일부러 즐기는 걸까? 소위 재벌이니, 정계의 인물들이니 하는 사람들 중에 멘탈이 제대로 박힌 사람이 몇이나 되나 싶은 현실을 목도하고 있는 중이었다.

멀리 갈 필요도 없이 세무법인의 대표인 차 대표와 부대표, 부장 세무사들 전부 대낮에도 풀 살롱이니 안마시술소니 드나드는 건 일도 아니었고, 주말이면 원정 골프를 치러 간다고 값비싼 골프채를 싸 들고 가 놓고는 가방 한번 안 풀었네 하는 소리도 늘 들렸었다. 여자 문제로 변호사가 드나드는 사람도 있었다.

다들 돈이 넘쳐 나고 남을 하대할 위치가 되고 보니 정상적인 건 재미가 없는지 생각하기도 힘든 고약스러운 취미들만 쫓아다니는 것 같았다. 그러니 돈이라면 썩어 문드러질 그런 자리에서 묘한 긴장감을 위한 짓궂은 장난을 치고 있는 건지도 몰랐다.

K의 형이라니……

문제는, 제가 너무 남자에 굶주렸다는 거 아닐까 싶을 뿐이었다.

"바빴나 봐."

"부가세 신고 기간이어서. 시즌이잖아. 큰 곳에서는 그런 거 신경 안 쓰는 줄 알았는데 그래도 잡무가 많아. 마냥 놀 수도 없고."

저답지 않게 재연이에게 쓸모없는 설명을 하고 있구나 싶어 수현은 그쯤에서 설명을 끝냈다.

재연이의 취향에 딱 맞는 이탈리안 식당이었다. 옆에서 그램당 수십 유로씩 하는 고깃덩어리를 얇게 썰어 빵 위에 올려 주고 있었다. 돼지 뒷다리를 염장한 하몽하고 비슷해 보이지만 그것하고 비교가 안 되게 고급인 쿨라텔로라는데 그다지 시답지 않았다.

"향이 좋네. 이번에는 제대로 들어왔나 봐."

뒤가 비칠 듯 얇게 썰어 서빙하는 메인 쉐프에게 한마디 한 재연이는 와인 잔을 들었다.

"한잔해."

"치 가져왔어."

"최 기사보고 데려다주라고 할게."

"아니 괜찮아."

재연이는 재연이일 뿐이었다. 애증이 섞인 제 베프. 속을 꺼내 놓을 수는 없지만 항상 부르면 다가가야 하는……. 재연이가 가진 것에 대해 질투를 하거나 불만을 갖는다는 건 이미 아주 어렸을 적에 버린 생각이었다. 재연이의 천진난만하고 권태에 젖은 웃음은 그냥 제가

108

보는 영화나 텔레비전 화면 같은 것일 뿐이었다. 제가 정당한 노동을 하고 대가를 받는 것처럼, 치사하지만 친구의 비위를 맞춰 주고 뭔가를 얻어 낸다고 생각하고 마음 편히 고급스러운 세계를 음미하고 있는 것일 뿐이었다.

"현태 씨 말이야."

그런데 뭔가 어긋나기 시작한 듯한 느낌이었다.

"왜?"

재연이가 바라는 제 리액션이 뭘까 고민하면서도 무심한 듯 대답했다. 이 짠 고기보다는 차라리 기름이 지글지글한 스팸 한 조각에 뜨끈한 밥이 더 당기는 것 같은 수현은 푸석한 포카치아를 씹으면서 재연이의 뜸 들인 대답을 기다렸다.

"이번에 매일전자 인수한 게 컸나 봐. 부사장 승진할 거 같아."

마치 자기 남편이 승진을 하게 된 듯 자랑스러움마저 깔린 표정이었다. 오빠나 삼촌들이 다들 굵직굵직한 대봉의 사장 자리를 꿰차고 있는데 사장도 아닌 부사장 따위 직함이 그리 대단할 리도 없고, 그녀 또한 별로 시답지 않게 여겨 왔다.

그녀가 대학을 졸업한 뒤에 부모님이 호텔 하나 물려주겠다 했던 것도 귀찮다고 마다한 재연이었다. 그러나 그녀는 근래 들어 보기 드문 표정이었다. 뭐랄까…… 생기가 있어 보인다고나 할까.

"그쪽 일 하다 보니…… 소문에 능력이 대단하다고는 하더라만."

그를 뭐라 불러야 할지 난감했다. 이 상무? 이현태 씨? 아니면 네 약혼자?

"그러게. 난 협잡꾼인 줄 알았거든. 남의 멀쩡한 회사 조각내서 파는 게 원래 그 인수 합병이란 거잖아."

"거야 그렇지."

"그런데 뭐 비전은 있지만, 자본이 달리는 중소기업을 자회사로 만드는 것도 M&A라고 하더라. 그리고 현태 씨가 그 일을 하는 거고. 그 덕에 백라가 부쩍 성장세라잖아."

마치 남편의 업적을 이야기하는 듯한 분위기였다. 어디까지 맞춰 줘야 할까 고민스러웠다. 전혀 이쪽 이야기라곤 해 본 적이 없는 아이였다. 듣고 있다 보니 괜히 제 심보가 뒤틀린 이유를 그녀는 눈치채지 못하고 있었다.

"전엔 그렇게 시답잖더니……. 갑자기 좋아진 거야?"

"그렇게 보여?"

재연이 저를 빤히 쳐다보는 게 느껴졌다. 시선의 의미를 생각하지 않으려 애쓰면서 수현은 제 앞의 와인 잔을 들었다.

"생고기라 느끼하긴 하다. 한잔하고 대리 불러야겠다."

제 시선을 회피한 걸 알고 있는 걸까. 재연이는 그 특유의 권태스런 미소를 나른하게 짓더니 말했다.

"잘생겼잖아. 그것만 해도 먹고 들어가는데……. 그게 다가 아니더라고."

마치 봄볕을 쬐는 고양이같이 가느다란 미소를 지으면서 말했다. 그게 다가 아니라면 뭘까. 아주 끝내준 약혼 첫날밤 같은 거? 기억 속에 잊혀져 있던 그 오지의 낡은 남자 방에서 벌인 제 정사 따위가 떠오르려는 걸 간신히 막고 수현은 다시 와인 잔을 집어 들었다.

"그래서 말인데, 그냥 결혼할까 생각 중이야."

"잘됐네."

와인을 마저 마시면서 수현은 대답했다.

차라리 잘됐어.

5. 의도된 해프닝

모든 건 해프닝이었는지도 몰랐다.

우연히 일어난 일, 우발적인 사건 또는 '웃음거리'라고도 순화시켜 말한다고 사전에 나와 있었다. 웃음거리일지도 몰랐다. 잘 모르는, 일에 관련된 사람과 그런 행동이라니.

물론, 일부러 짧은 옷을 입고 클럽에 가서 제 시각적인 만족에 차는 이성을 골라 하룻밤 뜨거운 정사를 벌인다 해도 해프닝에 지나지 않다고 말할 수 있는 거였다.

그냥 마다하지 않았을 뿐이었다. 양심의 작은 갈고리 따위 슬쩍 밀어 놓고 잘생기고 돈 많은 남자와 정사를 벌인 것도 아니었다. 그걸 가지고 자꾸 죄책감을 느낄 필요도 없었다. 제가 떠벌리고 다니지 않은 만큼 상대도 그럴 것이 분명하니까. 이상한 취향이라 보는 여자들마다 그런 식으로 구강구조를 검사하는지 모르겠지만 그것도 그 사람의 개인 사생활일 뿐이었다.

그런데 해프닝이라 칭하고 쿨 하게 넘기지 못하는 건, 아무래도 그

K라는 알파벳 하나로 정의해 버렸던 누군가의 존재 때문이었다. 잊으면 그만이었다. 그 유기감 따위는 전혀 신빙성이 없었다. 정말이지 아직도 그 구채구 근처에서 여자들을 꼬여 멋진 스킬을 보여 주고 있거나 악양루 앞에서 향을 팔고 있을지도 모를 일이었다.

"그 자식이 너무 잘생겨서 그런 거야."

제 침대 앞에서라면, 굳이 상무니 고객님이니 하는 명칭 따위는 필요 없는 거였다.

이유는 그거 하나일 것이다. 배가 나와 셔츠 단추의 실밥이 터질 듯하고, 반짝거리는 대머리를 가리기 위해서 옆머리를 예술적으로 밀어 올렸거나 혹은 턱살이 서너 겹이었다면 절대 그렇게 멍하니 당하고만 있지 않았을 테니까.

부가세의 시즌이 지났다. 전쟁터 같던 사무실은 곧 다시 우아한 일터로 변해 있었다. 약간 느지막이 출근을 해도 째려보는 사람이 없는 평온한 하루가 시작됐음이 은근히 기뻐지는 날이었다.

지긋지긋하던 장마도 물러날 모양이었다. 이번 여름휴가에는 번잡한 외국보다는 어디 숫자 따위 없는 시원한 절간의 뒷방이나 알아봐야겠다 하는 생각이 들 만큼, 부쩍 날이 더워 에어컨이 빵빵한 차에서 내려 사무실이 있는 로비까지 가는 그 짧은 시간의 열기가 저를 당혹스럽게 했다.

"최 세무사님 이제 오셨습니까? 대표님실에 가 보셔야겠어요."

"네?"

분명히 일은 다 끝나 있었다. 솔직히 오늘은 할 일도 없었는데 어디 다시 상담이라도 가나 싶어 그녀는 말이 떨어지기 무섭게 거울부터 봐야 했다. 제가 맡은 역할인 얼굴마담 역은 외모가 중요했으니까.

그 짧은 시간 혹 땀으로 화장이 번지기라도 했을까 콤팩트를 꺼내 두드리는데 비서인 윤임이 다가왔다.

"오늘 어마어마해요."

"왜요? 어디 큰 건수라도 났대요?"

"크죠. 엄청나요. 게다가 최 세무사님 때문이라는 이야기도 있으니까."

그녀는 웃으면서 이야기했지만 수현은 손에 든 퍼프를 떨어뜨릴 뻔했다. 내가 또 무슨 실수를 했나?

"네?"

핏기가 가신 얼굴을 하고는 얼른 대표의 회의실로 가고 있었는데 벌써 문이 열리고 한 떼거리의 사람들이 나오기 시작했다. 찌는 한여름의 더위가 무색하게 정장을 차려입은 지긋한 남자들이 법인의 대표와 그 밑에 중진들의 극진한 악수와 배웅을 받으면서 나서고 있었다.

그들이 뭘 하는지 알 바는 없었다. 다만, 그곳에 제 시선을 사로잡는 사람 하나가 끼어 있는 게 당혹스러웠다. 맨 나중에 나서는 그에게 특히 차 대표가 두 손을 맞잡으면서 악수를 청했지만 별로 시답지 않게 고개만 까딱하는 그 사람을 보고 수현은 차마 나서지 못하고 서 있었다.

"아, 최 세무사 왔군. 이 상무님…… 아니지 이 부사장님께 인사하지. 이미 구면이지 않나?"

"네. 그렇습니다만."

전혀 표정이 없어 보이는 마치 도자기 같은 남자는 저를 흘끗 보고 고개를 까딱할 뿐이었다.

"이번 일, 정말이지 맡겨 주신 만큼 기대에 어긋나지 않도록 하겠습니다. 최 세무사 덕에 이런 인연이 생겨서 정말 저희 쪽에서는……."

"우연히 알게 되긴 했지만, 최수현 씨 때문만은 아닙니다. 저희 기획팀에서도 여러 세무법인을 실사하고서 내린 결정이니까요. 아무쪼록 현명한 판단으로 좋은 결과를 내 주시기 바랍니다. 그럼."

남자의 목소리가 순식간에 주변을 음소거를 한 듯 고요하게 만들었다. 그러나 용건이 끝나자 옆에 있던 백라 측 사람들이 부산스럽게 나서기 시작했다. 얼결에 수현도 그들을 배웅하고 나서 차 대표의 방으로 호출되었다.

"백라 기획실에서 이번에 우주전자를 합병하기로 결정했는데 거기 세무회계팀으로 우리 법인을 선정했다는 거야. 백라 쪽 일은 늘 우성에서 해 왔는데 저번에 뭔가 틀어져서 새로 물색 중이라고는 듣긴 했는데 우리는 신경도 안 썼거든. 저쪽에서 최 세무사하고 인연이 돼서 그랬다고 귀띔을 안 해 줬으면 하나도 몰랐을 뻔했거든."

당혹스러운 이야기였다. 그러나 더 대단한 이야기가 차 대표의 입에서 흘러나왔다.

"총자산이 한 1,500억이 넘는다고 하더군. 규모가 커서 조금 까다롭긴 하겠지만, 성사만 된다면 엄청날 거야. 게다가 우리 법인의 명성도 한 발짝 올라서는 게 될 거고. 내가 몰랐는데 장 팀장 이야기를 들어 보니 최 세무사가 백라에 속한 화랑 기장을 맡았다더군. 뭐 친분 덕분이라던데……."

"네. 친구 때문에요."

사실은 사실이니까 그녀는 간단하게 대답했다.

"어쨌든! 최 세무사가 어떤 쪽이든 간에 좋은 이미지를 줘서 이렇게 큰일을 맡게 됐으니까 잘해 보도록 하지. 기장 건수 숫자 좀 조정하고 장 팀장한테 교육을 좀 받도록."

"네? 전 M&A에 대해서 전혀 모르는데요."

당혹스러운 수현은 저도 모르게 뒤로 물러섰다.

"배우면 되지. 똑똑하니까 잘 배울 수 있을 거야. 그쪽에서도 최 세무사를 보고서 우리 쪽에 일을 맡겼으니까 참여해서 좋은 결과 내도록 해야지. 가 보게. 할 일이 많아질 테니까."

차 대표의 방을 나온 수현은 머릿속이 멍해지는 느낌이었다. 이건 또 뭔가. 이제 그 얄궂은 인연 따위 무시하면 된다고, 앞으로 결혼식이나 한 번 더 가서 조용히 몸 사리면 그 남자와의 인연은 끝이라고 생각했었다. 그런데 이건 무슨 이유일까.

정말로 내가 그 일을 잘할 수 있을 거라 생각한 건가? 대체 뭘 보고……. 매출이 천억이 넘는 회사의 합병이었다. 거기에 관련된 세무 관계 업무는 어마어마할 것이었다. 그 정도 규모는 법인 내에서도 머뭇거릴 만한 대단한 일이었다.

굳이 이런 경험이 적은 법인에 그 일을 맡기는 저의는 무엇이며, 또 그것을 빌미로 저를 끌어들이는 건…… 단순히 재연으로 인한 인연 탓일까?

당장이라도 전화를 해 보고 싶었지만, 실은 재연이는 전혀 모르는 일일 수도 있었다. 저로 인해 알게는 됐지만, 정말로 그렇게 대단한 회사에서 저 하나를 보고 그런 큰일을 맡겼다는 건 비약일지도 몰랐다. 타당하니까, 자기들도 계산기를 두드려 봤으니까 답이 나와서 그랬을 것이었다. 그랬다면, 아니 아마 그랬을 것이다.

그러면 제가 그 중간에서 서류를 들고 왔다 갔다 하는 것 정도야 할 수는 있을 것이다. 이 일 하나로 제가 평범한 얼굴마담이나 하는 세무법인의 그저 그런 어중이떠중이 세무사에서 법인의 핵심적인 멤버가 될 수 있는 발판으로 충분하니까.

그러나 머리가 아픈 건 사실이었다. 과연 이 일을 해낼 수 있을까…… 두려워졌다.

❖❖❖

"부사장님. 기획실에서 이번 결정 다시 검토하시는 게 어떻냐고 하시는데요."

그가 태블릿 화면에서 눈을 뗐다. 언제나 변함없어 보이는 얼굴의 박 비서가 서 있었다.

"이미 결정 내렸어."

"기획실에서 우성 세무법인 쪽이 우리와 오래 일했기 때문에 더 익숙하고 저번 건에서 실수를 한 건 오히려 회계 쪽이라고 그쪽 대표도 항의를 하셨다고 합니다. 영림 쪽은 아무래도……."

"박 비서가 결정권자인가?"

남자는 말을 자르면서 싸늘하게 물었다. 그러자 금방 얼굴이 굳은 여자는 말을 멈추더니 다시 입을 열었다.

"하지만……."

"이미 결정 내렸다고 했어. 그쪽에서 좋은 결과를 내놓지 못한 다음에나 그런 말을 하라고 해. 아직 시작도 안 했고, 수수료 면에서도 훨씬 이익이야. 이 일 시작부터 걸리적거리는 게 많은데 그런 것까지 신경 쓰게 하지 마. 기획실에서 계속 그런다면 직접 와서 항의하라고 하든지."

제 언성이 높아진 걸 의식한 그는 다시 시선을 태블릿으로 돌렸다. 그러나 곧 인상을 찡그리면서 관자놀이를 누른 채 눈을 감았다. 그것을 날카롭게 보고 있던 박 비서가 금방 다가와 물었다.

"불편하십니까? 약 드릴까요?"

그가 고개를 끄덕였다. 박 비서는 뛰듯이 나가 물과 알약을 들고
들어왔다. 그가 약을 먹는 것을 지켜보던 박 비서가 말했다.

"오후에 일정…… 잡을까요?"

"그 정도는 아니야. 내일이잖아?"

"그렇긴 하지만, 문 박사님께서 불편하시면 언제든지 당기셔도 된
다고 하셨습니다."

"아니, 그럴 정도 아니야. 계획대로 할 테니 연락할 필요 없어."

박 비서의 얼굴이 굳어졌다. 그것을 힐끗 보던 그가 말했다.

"괜찮으니 커피나 한 잔……."

박 비서의 얼굴이 굳어졌다.

"커피라고요?"

이현태는 다시 머리를 움켜쥐었다. 그리고 한참 동안 가만히 있다
가 말했다.

"내가 뭐라고 했지?"

박 비서는 천천히 또박또박 말했다.

"차 드시겠다고 하셨습니다."

"아……."

마치 뭔가 생각난 듯 그가 일어섰다. 그러고는 힐끗 시계를 보고
말했다.

"오후 스케줄 조정해 보도록."

"네? 차는……."

"됐어."

"네……."

박 비서의 얼굴은 여전히 굳어 있었다.

"이러다 우리 얼굴 잊어 먹겠다."

그럴 리는 없었다. 그러나 그렇게 느낀다면 큰일이었다.

"그러게. 갑자기 일이 많네. 새 일 맡은 거 때문에 다시 공부 시작하게 됐어."

일 이야기를 절대 좋아하지 않는 재연이었지만, 말은 해 놔야 그녀의 서운함을 덜 테니 슬쩍 꺼내 들었다.

브런치라 하기에는 과한 음식들이 잔뜩 테이블 위에 펼쳐져 있었다. 게다가 사무실에서는 그녀가 슬쩍 대봉의 딸내미와 점심 약속이 있다고 하자 천천히 들어와도 된다고 언질을 주면서 고개를 끄덕였다.

아무래도 이번 건수가 크긴 컸기 때문에 그런 일과 연관된 자신의 사교 생활에 대해 관대해지기로 한 모양이었다. 그리고 수현은 기회를 이용할 줄 아는 여자였다. 그럴 때일수록 누려야 하는 게 옳은 거였다.

"그래?"

별로 여성스러운 걸 좋아하지 않아 시크 룩을 고집하던 재연이가 요즘 들어 안 하던 긴 머리에 웨이브까지 넣고, 남들이 선뜻 입기 힘든 옐로우그린의 짧은 원피스를 입은 데다 색까지 맞춘 고급스러운 네일아트를 한 손으로 포크를 들고 있다가 의아하다는 듯 물었다.

"좀 큰일을 맡게 됐어."

"현태 씨네 일?"

거리낄 것은 없었다. 양심에 비춰…… 조금 켕기긴 했지만, 제 행동은 불가항력이었다고 말하고 싶었다.

"응. 그쪽에서 세무 자문을 우리 쪽에 맡겼어."

"어머! 진짜? 그렇게 안 된다고 하더니……."

재연이 화사하게 웃었다. 수현은 약간 얼떨떨한 기분이었다.

"니가 이야기한 거야?"

"그럼. 물론이지. 이왕이면 니네 쪽에서 하는 게 좋지 않아?"

"거야 그렇지만…… 난, 뭐 그냥……."

복잡한 기분이었다. 정말 재연이 때문일까? 백라에서 대봉에게 잘 보이려고 재연이가 제 약혼자에게 그런 걸 조른다고 들어줄 리는 없을 거 같았다. 그러나 당사자가 그렇게 이야기를 하니.

"그런 거였으면 너한테 큰절이라도 해야겠다. 나 그거 덕분에 아주 주요 인사가 됐는데 말이야."

재연이가 원하는 건 이거일 거 같았다. 재빨리 머리를 굴려 대답을 해야 했다.

"아우, 뭐 네가 잘되면 좋지. 현태 씨네도 어차피 돈 들여 하는 건데 그 덕에 네가 기가 살아나면 좋지. 너도 몇 년 있다가 독립해. 아니면 뭐 우리 대봉이나 아니면 백라 쪽으로 들어가든지……. 나 좀 도와줘야지."

"뭐? 너도 경영에 참여하는 거야?"

그런 쪽에 전혀 관심이 없던 재연이 아닌가.

"재미는 없는데, 그래도 내 몫이 있잖아? 어렸을 적에는 몰랐는데 나이가 드는 게 이런 건지……. 뭐 굳이 내게 주어진 거 마다할 필요도 없는 거 같고. 현태 씨 그렇게 일하는 거 보니까 멋지기도 하고. 그래서 어깨를 나란히 하는 것도 근사해 보일 거 같아서. 아직 결정한 건 아니고, 그냥 생각 중이야. 재미있겠지?"

과연 그럴까. 재연이가 생각하는 것처럼 단순한 일은 절대 아니지만, 그걸 굳이 제가 알려 줘야 할 필요는 없었다.

"그렇겠지. 갑자기 달리 보이네?"

"그래?"

눈을 가느다랗게 만들면서 웃는 게 보였다. 세상이 네가 생각하는 것처럼 그렇게 아름답기만 하다면 좋겠구나 싶은 수현은 같이 웃어 주었다. 그때 그녀의 전화가 울렸다.

"어? 사무실이네. 나 전화 좀 받고 올게."

수현이 전화기를 들고 일어섰다.

"그래."

다시 웃고 있는 재연에게 손을 흔들면서 수현이 전화기를 들고 나갔다. 그러자 재연은 들고 있던 포크를 내려놓았다. 그녀의 얼굴에 가득 피어 있던 웃음 따위는 싹 가셔 있었다.

"자······ 이제 눈을 뜨십시오. 어떻습니까?"

"······."

"머리가 아프거나 하지는 않으십니까?"

"괜찮습니다."

"그럼 불 켜겠습니다."

어두웠던 방 안에 불이 켜졌다. 불은 그다지 밝지 않았지만 어둠에 익숙해져 있던 그는 갑자기 밝아진 시야에 눈을 찡그렸다.

옆에 서 있던 하얀 백발의 노인은 천천히 걸어가 커튼을 걷었다. 커튼 밖은 잔뜩 찌푸린 날씨였고, 흐린 하늘 밑으로 푸른 나무들이 그림같이 서 있는 게 보였다.

그는 긴 카우치에서 몸을 일으켰다. 여전히 관자놀이를 누르고 있었다.

"불편합니까?"

"아니요. 괜찮습니다."

그는 몸을 일으켰다. 그러고는 천천히 걸어가서 옷걸이에 걸려 있는 제 재킷을 들었다.

"병원에 가실 때 되지 않으셨습니까?"

"날짜가 되면 아래서 일러 주겠죠."

그는 딱딱하게 대답하고는 넥타이를 매기 시작했다. 그것을 유심히 보고 있던 백발의 노인은 느릿느릿한 말투로 입을 열었다.

"졸업하실 때 쓰신 논문 기억나십니까?"

인상을 찡그리던 그가 대답했다.

"현대 자본주의의 특징에 따른 지식기반 경제의 타당성입니다."

"좋습니다. 그럼 다음에 뵙겠습니다."

"……."

재킷을 입은 그는 인사도 없이 방을 나섰다.

잔뜩 찌푸린 날씨는 금방이라도 비를 쏟을 듯했다. 회색의 복도를 마치 뛰는 것 같은 급한 걸음걸이로 걷던 그는 무심결에 힐끗 돌아보았다가 걸음을 멈추고 말았다. 저녁 만찬 모임이 있었다. 길이 막힐 시간이기에 시간이 빠듯하다는 걸 잘 알고 있었다. 그러나 그는 저도 모르게 멈추고 말았다.

석회질 때문에 속이 들여다보이는, 다채로운 색의 물과 그 위에 드리워진 단풍잎들이 그려진 소품 앞이었다. 다시 머리가 깨질 듯 아파오는 게 느껴졌다.

이래서는 안 되는 걸 알고 있었다. 그는 그림을 무시하고 다시 계단을 내려갔다. 그리고 대기하고 있던 차의 뒷좌석에 올라타 옆에 놓여 있던 태블릿 컴퓨터를 켰다. 컴퓨터에 잔뜩 들어 있는 서류들을 만찬 전까지 다 검토해야만 했다. 그런데 그것들이 눈에 들어오지 않았다.

'가 본 적 있는 곳이라서 그래요.'

약간의 물기가 묻어 있는 여자의 목소리가 또렷하게 제 머릿속에 울렸다.

대체 뭘까. 대체 무엇 때문에 그런 걸까······.

그가 다시 관자놀이를 누르고 있는데 전화가 울렸다. 전화기에 뜬 이름을 보고 잠시 머뭇거리다 전화를 받았다.

〈현태 씨!〉

"네."

무미건조한 목소리로 그가 대답했다.

〈오늘 저녁에 시간 되나요?〉

저쪽의 여자는 밝은 목소리였다. 그러나 이상하게 그게 더욱더 거슬렸다.

"저녁 만찬 모임이 있습니다."

〈아, 아쉽다. 차라리 비서실에 물어보는 게 낫겠네요. 그렇죠?〉

"그쪽이 더 빠르겠죠."

그는 무미건조하게 대답했다. 그러자 전화기 저쪽에서 까르르하고 웃는 소리가 났다.

〈농담을 농담으로 받아 줘야 뭘 어쩌죠. 그럼 밤에는 시간 돼요?〉

그는 잠시 생각을 했다. 그러고는 나름대로 결론을 냈다.

"네. 연락하겠습니다."

❖❖❖

그냥……. 그렇게 넘어갈 수 있을 거라 생각한 건 제 단순한 바람이었다. 세상도, 사람도 그리 녹록하지만은 않다는 걸 늘 알고는 있지만, 가끔씩 잊고 있을 때가 있다.

〈주말에 시간 되지?〉

늘 놀기 때문에 다른 사람도 놀고 있을 거라 생각하는 여유 많은 그녀에게 불쑥 전화가 왔다. 별로 놀랄 일도 아니었다.

"글쎄……."

〈토요일에 옷이나 좀 보러 가야겠어. 저녁에 뭐 리셉션인지 뭔지가 있다나. 최 선생이 이번에 베이에 신상 나왔다고 하도 전화를 해서 얼굴도 내밀 겸, 겸사겸사 가려는데 그런 덴 니가 일가견이 있잖아?〉

베이라면, 요즘 뜨고 있는 새 디자이너 브랜드 마이클 베이일 것이다. 그쪽 옷이 요즘 핫하다고 떠들고 있는 걸 본 적이 있었다. 새 옷이라…… 아직 본격적인 검증 작업이 이루어지는 게 아니고 제가 주로 배우는 중이라 토요일은 하루 종일 시간을 뺄 수 있을 거 같았다.

"그래? 그날 시간 빼려면 좀 바쁜데…… 시간 내도록 해 볼게."

〈저녁에도 시간 빼. 나 그거 질색인데 얼굴 내밀어야 하거든. 같이 가자.〉

그냥 가볍게 이야기를 하기에 가볍게 대답했을 뿐이었다.

"그래, 뭐 할 일도 없는데……."

좀 더, 물어봤어야 했다.

취향이 변한 건 아닐 터였다.

"요즘 다이어트 하느라 애썼어. 이 정도는 입어 줘야겠지?"

넥 라인이 올라붙은 타이트한 블랙 미니드레스였다. 날씨와 어울리지 않게 소매까지 길게 붙은, 다만 등 쪽이 훤하게 파여 있어서 완벽한 반전드레스라 할 수 있었다. 뒤의 엄청난 파임만 아니라면 딱 제 스타일이지, 결코 재연이 스타일은 아니었다. 그러나 정말 다이어트를 열심히 했는지 잘 어울려 보였다.

"재연 씨 워낙에 백라인이 예뻐서 이 정도는 소화할 수 있어요."

한눈에 봐도 게이임이 뻔한 재수 없어 보이는 남자가 입에 침이 마르도록 칭찬을 했다. 그리고 그걸 즐기는 재연이도 은근 제 뒤태를 보고 만족감에 차 있었다.

"넌, 좀 화사한 거 어때? 최 선생님, 얜…… 좀 밝은 색으로 권해 줘 봐요."

"난 됐어."

의례상 한 번 튕겨 주었지만, 이번에 나온 신상들은 하나같이 마음에 드는 스타일이었다. 실용적이기도 하고. 다만 가격이 사악했다. 그러나 재연이는 그런 걸 따지는 주의는 아니었다.

"이거 어때?"

그러나 그녀가 집어 든 건 저번에 재연이가 입었던 것과 같은 형광빛의 연누색 드레스였다. 연두색이라니…….

"레몬그린이 요즘 핫한 컬러죠. 이거 아무나 못 입어요. 수현 씨처럼 스킨이 쿨 톤이 아니면 어림도 없어서……."

"아우, 난 이런 색 안 좋아해요. 그쪽 회색이 훨씬 괜찮아 보이는데."

"얘, 너도 이제 나이가 있어. 더 나이 먹기 전에 그런 칙칙한 거 말고 이런 거 한번 입으라니까. 요란한 자리인데 슬쩍 이런 거 한번 입고 기분 전환하는 거야."

계산은 재연이가 할 것이 분명했다. 그러나 영 입기에 쑥스러울 만한 옷이었다. 디자이너 선생의 말대로 레몬그린, 즉 형광에 가까운 연두색 튜브 탑에 한쪽에 러플까지 달렸다니……. 가격이야 후덜덜 했지만, 정말이지 무슨 레드카펫에 입고 가도 플래시 세례를 받으면서 워스트 드레스 탑에 오를 만한 디자인이었다.

"진짜 색 이쁘다. 내가 너처럼 쿨 톤이면 그거 입었겠어. 아, 거기에 프레스티뉴 5층에서 본 킴 라인 베리, 그거 어울리겠다. 그거로 해. 내가 킴 렌탈 해 줄게. 오늘 한번 여왕이 돼 보는 거야. 어때?"

킴 라인 베리 라니……. 잘 기억은 나지 않았지만, 재연이가 저렇게 이름까지 외울 정도라 굉장한 보석임에 틀림없었다. 프레스티뉴 5층은 보석 매장이었고, 고가의 보석들을 렌탈 하는 곳이 있었다.

재연이에게도 비싼 보석류가 없는 건 아니었지만, 아직 미혼의 아가씨이고, 억 대의 치렁치렁한 보석을 굳이 소장할 필요는 없었기에 특별한 날이면 렌탈을 하기도 해서 여러 번 구경을 가긴 했었다.

"아우, 무슨 내가……. 나 거기 무슨 자리인 줄도 몰라. 괜찮아."

"아니야, 그게 어울려. 머리 좀 올리고……. 딱이다. 여기 어울리는 슈즈 좀 가져와 봐요. 아까 나 레몬그린색 본 거 같은데."

"아, 있죠. 잠시만요. 주 선생! 저기 가서 주세페 새로 나온 거 옐로로 맨 앞에 있는 거 두 개 가져와 봐. 사이즈는 대충 맞을 거 같은데 말이죠."

"그만……하시라니까요."

손에 레모네이드를 들고 있으면 딱 CF용 사진을 찍어도 될 것만 같았다. 재연이가 신나 하는 것도 있었지만, 슬쩍 본 가격표가 하도 어마어마한 데다 그녀의 전화 한 통에 경호요원까지 대동한 엘리자베스 여왕이나 걸어야 할 것 같은 목걸이까지 등장하니 더 이상 마다할 수도 없게 돼 버렸다.

"이거 뭐 청룡영화제 나가는 것도 아니고……."

제 메이크업보다 절 더 신경 쓰느라 신난 재연이의 기분을 망칠 수는 없었지만, 거울 속의 제 모습은 너무 과했다. 물론 메이크업과 헤어는 재연이가 이리저리 코치를 한 덕에 맘에 들었지만 하여튼 옷이 너무 과하긴 했다. 그리고 목걸이가 목에 걸리는 순간 그 묵직하고 서늘한 느낌은 마치 주사를 맞은 것 같은 몽롱한 기분을 만들어 주었다.

"이게 뭐 억이 넘는 것도 아닌데 잃어버리면 배상할 테니까 경호원 따위는 필요 없어요."

우리나라 굴지의 재벌가의 딸답게 그녀가 내뱉는 말에 보석 렌탈팀은 서류에 사인을 받은 뒤에 물러갔다.

"이거 솔직히 그냥 그렇다고 생각했는데, 옷하고 너하고 잘 어울린다. 예뻐."

요란하긴 했지만, 정말로 제 모습이 색달라 보이기는 했다. 이런 재벌가의 친구가 아니라면 대체 어떻게 이런 차림새를 할까 싶었다. 게다가 요란하지만 형광색의 구두 또한 주세페 자노티 신상이었다. 아마 제가 본 구두 중에서 최고가 라인임이 분명했다.

"과해……."

"괜찮다니까."

재연이가 웃었다. 그냥 잘 웃는 그녀의 웃음이라 여겼다.

재연이가 아찔한 등 라인이 드러나는 드레스를 입고서 왜 저 거추장스러운 볼레로를 걸치고 있는지 생각해 봤어야 했다. 어깨가 빠근

해질 정도로 묵직한 가격표를 지닌 목걸이에 너무 신경을 쓰고 있었
던 제 불찰이었다.

어마어마한 호텔 앞에는 시커먼 색이 주종을 이루는 묵직한 차들
이 쉴 새 없어 벨보이들의 영접을 받으면서 주인들을 내려놓고 있었
다. 아마 날이 춥기라도 했으면 두꺼운 외투라도 걸쳤을 텐데, 불행하
게도 짧은 시간 동안 에어컨이 없는 호텔의 정문을 지나는 중에도 두
꺼운 분장 같은 메이크업이 벗겨질까 생각해야 할 정도로 후덥지근한
날씨였다. 그런데도 재연이는 레이스로 된 볼레로를 걸쳤고 나름 그
게 잘 어울렸다.

"아, 이야기 안 했네. 현태 씨도 올 거야."

엘리베이터를 타고서 재연이 비밀처럼 제 귀에 속삭인 것을 듣고
그냥 아, 그 사람도 오는 거구나 하고 생각했을 뿐이었다.

커다란 홀에는 입구부터 우아한 국화와 노란 장미로 된 화환이 가
득했다. 뭐라 쓰여 있는 것을 봤는데 워낙에 제 구두가 위태로웠기
때문에 똑바로 걷고 있는가, 아니면 목에 이 비싼 목걸이가 제대로
걸려 있는가만 생각했다. 그리고 그게 어느 정도 익숙했을 때, 제 눈
에는 다른 것들이 보였다.

재연이는, 알고 있었다.

이 자리가 어떤 자리인지, 그리고 제 친구가 어떤 시선을 받을지.

우선, 넓은 홀에는 거의 색깔이 없었다. 화려한 꽃으로 장식된 얼
음 조각과 음식들이 있긴 했지만, 기껏해야 검은색에 가까운 짙푸른
드레스가 색상의 다일 정도로 무채색 일색이었다.

지긋한 나이의 어르신들과 마나님들의 우아한 정장 일색이었지, 저
처럼 등짝이 훤히 드러난 튜브 탑을 입은 젊은 여자는 단 한 명도 없
었다. 재연이도 아주 어린 축에 속해 보였을 정도였다. 물론 젊은 남

127

녀들도 있었지만, 여자들은 하나같이 그냥 일상복 같은 정장 차림이었다.

그러니 힐끗거리는 시선이 모두 제게 쏠리는 걸 적나라하게 느껴야 했다. 제 곁에 있는 재연이는 아무렇지도 않은 듯한 표정이었다. 제 쿨 톤의 메이크업이 더 하얗게 질리지 않게 애써야 했다. 나가 버려야 할까⋯⋯. 막 고민하고 있는데 누군가 다가왔다.

"현태 씨."

호명을 당한 남자는 고개만 까딱하더니 수현의 요란한 차림새를 보고는 인상을 찡그릴 뿐이었다.

쥐구멍이라도 있으면 빠져나가고 싶었지만, 재연은 팔짱을 낀 채 제 귀에 속삭였다.

"아니, 오늘 왜 이리 다들 칙칙하지? 네가 제일 예쁘다. 아, 그리고 갈 때 목걸이 말이야. 이거 끝날 때 그쪽에서 여기로 오기로 했거든. 그러니까 너무 걱정하지 마."

재연이는 제 생각을 읽기라도 한 듯, 이 자리가 끝날 때까지 자리에 있어야 하는 이유를 상기시켜 주었다. 생긋 웃음 지으면서 돌아보던 그녀는 갑자기 크게 웃으면서 누군가에게 다가갔다.

"어머! 안녕하세요."

"약혼했다면서?"

"왜 안 오셨어요?"

우아한 한복을 차려입은 노부인이 저를 흘끗 쳐다보고는 자연스럽게 재연이 낀 팔짱을 손으로 감싸면서 어디론가 사라졌다. 그제야 알게 되었다. 이제 이런 생활을 끝내야 한다는 걸.

흘끗거리거나 노골적인 시선을 받으면서 수현은 겨우 지나가는 샴페인 잔을 받아 들었다. 값비싼 스파클링 샴페인의 씁쓸한 끝 맛이 느껴지는 걸로 보아 제가 이제 철이 들었나 보다 싶었다.

어차피 제 이름이나 얼굴을 아는 사람은 없을 것이었다. 노골적으로 비웃는 거 같은 표정도 있었지만 그녀는 앞에서 연설을 하고 있는 이름 모를 노인을 보고 있는 척할 뿐이었다.

다리가 아파 왔다. 구두가 턱없이 높았기 때문이었다. 제 목도 묵직했다. 이런 자리가 일찍 끝날 리 없다는 건 여러 번 와 봐서 잘 알고 있었다. 그리고 다들 할 말이 많은 사람들이라 다른 때보다 더할 것이라는 데 이 비싼 목걸이를 걸어도 좋았다.

할 일이 없었다. 아무도 제게 말을 걸지 않았다. 말을 거는 사람은 없었지만 모든 사람이 저를 쳐다보는 것은 알 수 있었다. 대놓고 눈살을 찌푸리거나 어깨 너머로 저를 손짓하면서 말하는 것도 보였고, 우아하게 스쳐 지나가지만 돌아서서는 웃는 사람도 보였다. 물론 비웃음이었다.

하여튼 여기 모인 모든 사람들이 한 번씩은 저를 쳐다본다는 걸 알 수 있었고, 그건 저도 그럴 만하다 여겼다. 그럴수록 수현은 무채색의 사람들에게 무채색의 시선을 줄 뿐이었다.

그때였다.

제 시선이 저도 모르게 초점을 맞추기 시작했다. 그 역시 같은 무채색이었지만, 시선을 끄는 사람이 있었다. 반듯한 검은색 슈트를 차려입고 역시 샴페인 잔을 든 채 다른 사람의 말을 듣고 있는 한 남자였다.

남자는 가끔 대꾸를 하기도 하고 새로 온 사람에게 인사를 하기도 했다. 굳이 누구에게 다가가지 않지만, 사람들은 끊임없이 그에게 다가와 말을 걸고 인사를 하고 있었다.

검은 정장을 입어도 한눈에 띄는 키와 외모 때문에 시선이 가지 않을 수 없을 정도였다. 무료한 시간이었지만, 그래도 수현은 남자를 눈으로 좇으면서 시간을 보내야 했다.

이현태는 별다른 행동을 하지는 않았다. 가끔 잔을 입에 대기는 했지만, 샴페인의 양은 거의 줄지 않았다. 누군가 대화를 청하면 고개를 끄덕이거나 대꾸를 할 뿐 길게 말을 하지는 않았다. 가끔 저리는 다리에 이리저리 무게 중심을 바꿔 가면서 서성일 뿐 할 일이 없는 수현은 남자를 보고 있을 뿐이었다.

잘난 건 사실이었다. 기나긴 사지와 균형 잡힌 몸은 한눈에 봐도 헌칠함을 보여 줬다. 매끈한 이마 선과 날카로운 콧대는 남자의 성격을 그대로 보여 주고 있었고, 가끔 입꼬리만 슬쩍 올리면서 짓는 미소는 여자들이 얼굴을 붉히게 할 만큼 매력적이었다.

어딜 봐서 그 남자랑 비슷하다고 여겼는지 이제는 기억도 나지 않을 정도였다. 아니, 제 기억 속에 있는 그 환상 속의 남자는 이제는 이목구비의 구분도 없이 그냥 수염 덩어리나 지저분한 장발의 뒷모습만 남아 있었다. 제가 원한 건…… 저 대단한 남자였을까.

오 척 단신에 목살이 겹쳐지고 머리 속이 훤하다 해도 상대가 백라의 후계자이고 저를 좋다고 한다면, 과연 제가 마다할 수 있었을까. 한마디로 모든 것을 다 갖춘 완벽한 남자였다. 그러니 성격에 문제가 있나고 해도 얼마든지 눈감아 줄 수 있었다. 게다가 기가 막힌 키스를 할 줄 아는 남자 아닌가.

어느새 비어 버린 샴페인 잔을 바꾸려는데 제 시선 속에 있던 남자가 사라져 버렸다. 스스로 무안해진 수현은 서빙을 하는 웨이터가 옆으로 지나가는 것을 보고 새 잔으로 바꿔 들었다. 그때였다.

"하재연의 아이디어인가?"

익숙한 목소리가 현악 5중주와 교양 있는 사람들의 수런거리는 목소리 사이를 뚫고 제게 들렸다. 수많은 사람으로 가득 찬 공간에서 제게 처음으로 말을 걸어 준 사람에게 대답을 해야 하는데 오랫동안 침묵을 하고 있어서인지 제 목소리가 갈라지는 게 느껴졌다.

"글쎄요."

그녀의 아이디어가 맞다 해도, 남자는 재연의 약혼자였고, 가제는 게 편이었다. 그냥 단순한 그녀의 착각이거나 혹은 그녀는 인식하지 못하고 있는지도 몰랐다. 지레 제가 짐작을 해서 나쁜 결과를 만들고 싶은 생각은…… 비겁하게도 없었다.

당장에 이런 치사한 짓은 그만둬야지 하면서도 모르는 척 재연이가 다시 전화를 하면 저는 바쁜 척하면서도 뛰어나갈 걸 잘 알고 있었기 때문이었다. 가끔 고약스러운 장난을 즐기는 그녀의 성격을 잘 알고 있었다.

"여기가 어떤 자린지 이야기는 들은 건가?"

남자가 제 곁에서 물었다. 가까이서 보니 남자는 멀리서 보는 것보다 훨씬 나았다. 제 튜브 탑 드레스 밑의 심장이 괜히 움찔거리는 것 같았다.

"제가 뭘 알겠어요."

"한주 그룹 창업자인 고(故) 명세경 회장의 추념 시집 발간을 기념하며 기일을 추도하는 자리지. 워낙에 대단한 분이셨던지라 모이는 사람들이 많은 자리야."

차라리 안 듣는 게 나았다. 고인의 추도식에 레몬그린 드레스라니. 수현은 오히려 웃음이 나왔다.

"뭐, 더러 지루한 사람들도 있을 텐데 제가 즐거움을 줄 수 있었다면 다행이죠."

그래도 말이라도 할 수 있으니 다행이라 여겼다. 게다가 그 상대가 제가 시선을 뗄 수 없었던 남자라는 것도.

"나갈 거라면 태워 주지. 아마 차도 얻어 타고 왔을 테니까."

감미로운 유혹이었다. 그러나 제 목에 묵직하게 걸려 있는 목걸이는 그 유혹을 뿌리쳐야 한다고 제 온몸을 바쳐 이야기하고 있었다.

"일행 있는 거 아실 텐데요."

그가 힐끗 저를 쳐다보는 게 보였다. 싸늘하고 차가운 눈 밑에 매끄러운 입술이 꾹 다물어진 채였다. 허리를 쑤시게 할 만큼 높은 주세페 덕에 남자의 시선을 똑바로 볼 수 있었다. 눈빛만 보고 한눈에 반할 만한 외모란 게 있다면 바로 이런 것일 거라 싶었다.

다시는 안 보면 그만인 사람이라 제 마음속에는 이미 엑스 표시를 했건만 남자는 저를 보고 있었고, 그 시선 덕에 제 심장은 뭉클거리고 있었다. 남자는 시선을 내리더니 표정 없던 입술을 삐죽하게 올렸다.

"목걸이 때문이라면, 내가 돌려주지. 나와. 문 앞에서 기다릴 테니까. 단, 별로 기다리는 거 좋아하지 않아."

그는 휙 돌아서더니 샴페인 잔을 올려놓고는 사람들 사이를 헤치고 사라졌다.

수런거리는 소리들은 더 커졌다. 공식 일정이 끝났으니 친목 도모외 얼굴도장과 온갖 청탁과 사교가 일어나고 있었다. 저는 여전히 쓸모없는 존재에다 한술 더 떠서 저를 보고 노골적으로 힐끗거리면서 웃는 사람들에게 쓰잘데기 없는 즐거움을 주는 역할로 더욱더 부각되고 있었다. 그걸 아는지 재연이는 넓은 홀에서 자취도 없이 사라진 상태였다. 결정을 해야만 했다. 이제 이런 비루한 생활에서 벗어나야 했다.

수현은 지나가는 웨이터의 쟁반 위에 샴페인 잔을 올려놓고 똑바로 걷기 시작했다. 침착하고 우아하게…… 무채색의 향연에서 저는 형광빛의 노란 선을 그으면서 그 사이를 가로질러 가고 있었다.

제가 원하는 것은 무엇일까, 가질 수 없는 것에 대한 동경일까. 제가 아무리 이 사람들 속에 돈을 처바르고 서 있어도 그들의 일원이 될 수는 없었다. 아니 운 좋게 이현태 부사장 같은 사람을 물면 혹시 낄 수도 있을지 몰랐다. 그러나 그럴 확률은 없었다. 송충이는 솔잎을 먹고 누에는 뽕잎을 먹고 사는 건 당연했다.

저도 실은 이 문 밖만 나서면, 일류는 못 돼도 이류는 되는 사람이었다. 그러니까 우울해하거나 부끄러워할 필요는 없었다. 남자가 호감이 가면 즐기면 그만이었다. 그 오지에서 그랬듯……. 사람에게 있어 젊고 능력 있고 아름다울 때는 짧으니까.

우아함을 가장한 사람들 사이를 걸으면서 수현의 사고는 저 밑의 심연을 가로질렀다. 그러나 문을 열고 나서자마자, 제 눈앞에는 다른 세상이 펼쳐졌다. 원색의 물결이 아름다웠고, 제 모양새가 어색하지 않았다. 그리고 마치 화려한 공주를 기다리는 기사처럼, 근사한 남자가 저를 쳐다보고 서 있었다.

제 얼굴을 보자마자 남자는 돌아서서 걷기 시작했다. 긴 다리로 성큼성큼 걷는 것을 따라가는 게 힘겨웠지만, 다리만큼 제 마음은 그렇지 않았다.

홀가분했다. 월급이 오르더라도, 차 할부금이나 보험료며, 카드값이나 오피스텔 임대료로 빠져나가는 것들의 금액이 달라질 리는 없었지만 그래도 마음만큼은 가벼웠다. 주말이면 늘어지게 잠도 자고, 이제 연애라든지 혹은 선이라도 볼 여유가 생길 것이 분명했다. 맛있는 것은 맛있다, 맛없는 것은 맛없다 똑바로 이야기할 수도 있을 것이었다.

단지 남자를 따라 지겨운 행사장에서 나왔을 뿐이었다. 단순히 집에 데려다주겠다는 이야기가 이 사건의 주요 골자였다. 그러나 거기에 응하여 나온 제 자신은 완전히 다른 사람이 된 느낌이었다.

그리고 가슴 한구석에 스며드는 묘한 아릿함은…… 친구의 약혼자에 대한 금기에서 나오는 양심의 심한 가책이 아니라 단순히 형식적인 약혼녀가 있는 미지의 남자를 대하는 방종으로 제 마음 한구석의 덜컥거림을 정의해 버렸다.

남자는 수현이 나온 것을 힐끗 보더니 돌아서서 걷기 시작했다. 로비에는 어수선하게 사람이 많았다. 그는 엘리베이터 앞에 섰고, 수현도 다가가 옆에 섰다. 남자의 옆에 나란히 서 있다는 것만으로도 묘한 느낌이 났다. 뭐라 정의할 수 없는.

엘리베이터가 왔고, 우르르 화려한 엘리베이터에 타는 사람들 사이에서도 수현은 힐끗거리는 시선을 받을 만큼 제 꼴이 우습다는 걸 무시하려 했다. 다시 아래층에 서고 또 다른 사람들이 올라탔다. 뒤로 물러나게 되자 남자는 그녀를 제 뒤로 당겼다. 그냥 매너가 좋은 남자의 의례적인 행동이었다.

그러나 싸하게 스치는 샴페인 향기 같은 남자의 손길에 저도 모르게 움찔거리는 게 우스워질 만큼 수현의 기분은 짜릿했다. 마치 헬륨이 가득 든 풍선을 들고 둥둥 떠 하늘을 날아가는 것 같은 기분이었다.

풍선은 작고 보잘것없어서 조금만 더 대기압이 낮아지면 피식 하고 터져 버릴 것이 분명했고, 그럼 저는 제가 올라온 만큼 떨어져 내려 파삭하고 부서질 것이 뻔했다. 그런데도 단지 공중에 떠 있다는 게 기쁜 그런…… 웃기는 심정이 되어 버렸다.

곧 일 층에 도착하고 남자는 엘리베이터를 나가 제 차를 부르는 것 같았다. 문 밖을 나서면 덮칠 후덥지근한 공기가 보이는 듯, 수현은 문 안에 얌전히 서 있었다. 허리가 끊어질 듯 아픈데도 그 고통을 느끼지 못하고 있었다.

제 옷들이 샵에 있다는 걸 다행으로 여겼다. 만약 전처럼 바리바리 싸서 재연이의 차 트렁크에 넣어 뒀다면 재연이가 아무렇지도 않게 버렸을지도 몰랐다.

잠깐 사이에 남자의 차가 왔는지 그가 나서는 게 보였다. 수현도 걸음을 빨리해서 나섰다. 튜브 드레스인데도 후덥지근하게 느껴지는 날씨였다. 벨보이가 에어컨을 켜고 차를 가져온 게 다행으로 느껴졌다.

짧은 치마를 의식해서 조심스럽게 차에 올라탔다. 운전석에 앉은 남자를 흘끗 보고 벨보이가 정성스럽게 조수석 문을 닫아 주는 것을 보니 제 기분은 한층 더 올라서는 듯한 느낌이었다.

차가 출발했다. 마치 악마의 성에서 저를 구한 백마 탄 왕자의 뒷꽁무늬에 매달린 느낌이었다. 화려한 호텔이 창밖으로 사라지고 있었다. 백마보다 더 비싼 화려한 스포츠카의 휘황찬란한 계기판을 보고 있던 수현이 마침내 입을 열었다.

"묻고 싶은 게 있어요."

6. 그에게 묻고 싶었다

왜 나한테 이러는 거죠?

그러나 차 안은 적막만 흐를 뿐이었다. 훤히 드러난 어깨가 시릴
만큼 차 안에는 찬 공기가 쉴 새 없이 뿜어져 나오고 있었다. 좌르륵
소름이 돋는 제 팔뚝을 보고 있다 입을 떼려니 입안마저 바싹 말라
버린 듯했다.

남자의 대답이…… 궁금한 만큼, 듣고 싶지 않다는 생각이 드는 건
웬 이율배반인지 스스로에게 묻고 싶었다. 그러나 제 깊은 마음속의
분란을 끝낸 건 무심한 남자의 질문 때문이었다.

"어디야? 그 요란스런 천 쪼가리를 판 데는."

아, 생각해 보니 옷을 갈아입어야 했다.

"거긴……."

그나마, 제가 아침에 나서면서 아무렇게나 집어 들어 입었던 게 스
커트와 블라우스라서 다행이었다. 요란한 헤어스타일과 메이크업 덕

에 혹여 반바지나 티셔츠를 입고 나왔으면 지금 꼴이 우스워졌을 거 같았다.

비싼 옷이라 벗는 데도 한참 걸렸고, 튜브 탑 드레스라 안에 공사도 요란하게 한지라 옷을 갈아입는 데 꽤 시간을 잡아먹은 그녀는 미안한 얼굴로 피팅룸을 나섰다.

그러자 눈에 익숙한 사람들이 서 있는 게 보였다. 그사이 제가 하고 있던 거추장스러운 목걸이를 회수하러 그쪽 직원이 와 있었던 것이었다. 목걸이 때문에 걱정했던 게 금방 가시는 느낌이었다.

그는 직원이 내미는 서류에 사인을 했고, 목걸이는 케이스에 넣어져 철제 상자에 들어간 뒤 가스총을 든 직원의 손으로 넘어갔다. 아무렴, 제 주제를 알아야지. 터무니없이 높았던 구두 대신 제 익숙한 펌프스를 신고 나오니 세상이 달라 보였다.

"조금만 기다리세요. 포장 중이에요. 미스 하는 같이 안 오셨나 봐요."

"네."

저를 보는 눈빛에 비웃음이 섞여 있다고 느끼는 건 제 기분 탓일 것이었다. 술을 먹을지도 모른다 생각해서 차를 두고 온 터였다. 여기까지, 그 구렁텅이에서 벗어났으니 감사를 표하고 사라져야 했다. 종이 가방조차 값비싸 보이는 것들을 주렁주렁 들고 그녀는 어색하게 서서 말해야 했다.

"오늘 고마웠습니다."

"……."

남자는 대답이 없었다. 그러나 그 눈빛은 앞으로는 주제를 알고 그런 덴 오지 마, 라고 이야기하는 듯했다. 인사를 하고 나서려는데 남자가 제 앞을 막아섰다. 그러고는 먼저 나섰다. 뭔가 이상한 기미를 느낀 듯한 최 선생의 눈빛을 뒤로하고 수현은 황급하게 샵을 나섰다. 택시를 잡아야 하나 싶었는데 익숙한 차가 제 앞에 섰다.

"타."

"괜찮습니다."

이런 꼴을 하고, 이 차까지 타고 싶지 않았다.

제 손에 무게를 주고 있는 이것은 의도가 어찌 됐던 간에 재연이가 계산을 한 것이었고, 제 눈앞에 화려한 스포츠카에 탄 남자도 결국 재연이의 소유였다. 물론 이 정도의 옷이나 구두는, 아마 명동 한복판에서 더한 짓을 하라 해도 할 수 있는 여자들이 수두룩할 만큼의 가격이었다.

제가 무슨 일을 당했던 간에 그건 벌써 지나간 일이었다. 불행하게도 저는 이런 비싼 명품들에 코웃음을 치는 대범한 여자는 못 되었다. 그리고 기분이 상했다고 내동댕이칠 만한 자존심도 부족했다. 그러나 이 상태까지만이었다. 이제 그만하고 싶다는 생각이 들었고, 그래도 되는 거였다. 선택의 여지가 있다면 그래야 맞는 거였다.

"타. 한잔 더 하게."

나른한 것 같은 남자의 목소리가…… 제가 방금 전에 홀가분하게 벗어 던진, 기분을 맞춰 줘야 하는 '친구'라는 올가미를 받아 들기라도 한 듯 저를 유혹하고 있었다. 남자는, 아마 그럴 의도가 없었는지도 몰랐다.

제가 불쌍해서일지도 모른다. 그 칙칙한 추도식에서 형광색 짧은 치마를 입고 눈요깃감이 되었을 여자가, 혹은 그런 자리임에도 박차고 나갈 수 없는 쥐뿔도 없는 신세가 불쌍해서 술이라도 한잔 사 주고 툭툭 어깨를 치듯 잊으라고 이야기해 주고 싶었는지도 몰랐다.

여전히 제 손에 든 기백만 원짜리 옷과 구두의 무게가 그리 무겁게 느껴지지 않는, 좋은 말로 하면 현실적이고 대놓고 말하면 치사한 것도 모르는 제 속내는 오히려 반가웠을지도 몰랐다.

대답하지는 않았다. 그냥 남자가 가 버릴까 봐 조금 급하게 남자의 비싼 차에 올라탔을 뿐이었다. 이 자리에서 저를 욕할 사람은 저 남자뿐일 테니까. 그 정도라면 기꺼이 저 잘난 얼굴을 보며 들어 줄 여력이 있었다.

남자의 고급스러운 외모와 잘 어울리는 고급 술집들이 밀집된 곳에 있는 바였다. 얼굴을 마주 보고 앉을 생각은 없었는데 다행히 그는 바텐더가 있는 곳에 앉았고, 수현도 제 주렁주렁한 종이 가방들은 차에 둔 채 남자의 옆에 앉았다.

무엇을 시켰는지도 잘 기억나지 않았다. 뭔가 요란스러운 것이었던 거 같았다. 어느새인지 남자는 재킷도 벗은 채였다. 늘 그렇듯 남자는 단정한 넥타이에 날 선 드레스 셔츠 차림이었다. 마치 태어나서 다른 옷은 입어 본 적이 없다는 것처럼.

미쳤지, 어쩌다가 그런 착각을 했을까.

차가웠지만 목구멍을 타고 가면서는 뜨거운 열을 내는 액체를 마신 뒤에 그녀는 깨달았다. 제가 믿고 싶었던 건, 제게 낯선 환희를 보여 주었던 그 색정적인 남자와 이 남자가 닮았을 거라는 바람이라는 걸.

재연이의 약혼자라는 공인된 이름이 없었더라면, 저는 마치 클럽에서 야광 팔찌를 휘두르다 눈이 맞은 것처럼 이 남자를 끌고 호텔방이라도 가 버렸을지도 몰랐다.

그만큼, 남자는 너무나 완벽했다.

"한 마디도 안 하는군."

한 마디도 안 하는 게 나았을 것이었다.

"별로 할 말이 없으니까요."

그녀는 빈 잔을 내밀었다. 이번엔 칵테일이 아니라 버번 종류의 온 더락 잔이 앞에 놓여졌다. 다시 입에서는 차갑지만 목구멍에서는 뜨거운 액체가 흘러들자, 문득 용기란 게 났다.

"왜 그러시는 거죠?"

"뭘?"

"왜, 여기 있는 거예요? 왜 제 앞에 있는 거죠?"

제 질문이 당황스러울 수도 있을 텐데 남자는 전혀 아무렇지도 않은 표정이었다. 문득 남자는 제 앞에 놓인 잔에 입도 대지 않았다는 걸 알게 되었다. 취한 건 저 혼자였다.

"기시감 때문에."

한심하다는 듯한 표정의 남자가 대답했다.

기시감(旣視感)? 그건 저도 느끼고 있는 거 아닌가.

"부사장님도 저를 본 것 같다는 건가요?"

설마, 이 남자가 K일 리는 없었다. 느껴 보건대 절대 같은 사람이 아니었다. 생긴 건 비슷하다 해도. 그리고 혹시나 K는 이 남자의 동생일지도 몰랐다. 정말 쌍둥이들은 감정이 연결되어 있어서 그런 걸까. 그러나 남자의 표정은 전혀 그렇지 않았다.

"그런 눈으로 보지 마. 우스우니까. 일어나지. 술이 먹고 싶었는데 내일 건강 검진이 있다는 걸 들어오면서 알았어. 집 주소는 아니 태워 주지."

이쯤에서 끝난 건 오히려 다행이었다. 한 잔만 더 먹었더라면, 전이 남자를 끌고 어디론가 가 버렸을지도 모른다는 생각이 들었다. 물론 그렇다고 끌려올 남자는 아니었지만.

❖ ❖ ❖

해프닝이란 건 우연히 일어나서, 뒤끝이 없다는 게 다행이었다. 제
명치에 늘 걸려 있던 그 고가의 목걸이조차도 재연이에게는 아무렇지
않은 액세서리에 불과했는지, 또한 제가 한 일에 대해서 일말의 죄책
감이라도 있는지 나른한 목소리로 자기가 한가한 시간에 수현을 불러
내는 짓 따위는 하지 않았다.

정말로 몇 달 만에 처음으로 일요일 내내 늘어지게 잠을 잤고, 식
빵 쪼가리로 허기를 때운 뒤에 인수 합병에 대한 자료 검색을 눈이
빠지게 할 수 있었다. 덕분에 월요일에는 회의에 참석해서 흘러가는
대화를 이해할 수 있게 되었다.

날은 더워졌고, 시간은 갔으며, 다행이 눈코 뜰 새 없이 바빴다. 인
수 합병에 들어가는 세무자문이라는 건 알면 알수록 어마어마했다.
다른 방에 있는 딴 팀에서 이런 일을 했다는 거 자체가 신기했다. 물
론 이번 건이 법인이 생긴 이래로 가장 규모가 크다는 건 차치하고라
도 일은 알면 알수록 배울 것이 많았다. 그래서 딴생각을 할 겨를이
없었다.

"최 세무사."

"네?"

"오늘 우주전자 실사 가는데 같이 갈까. 대표님이 최 세무사 데려
가라고 하시네."

"아, 그래요? 그러면 다행이죠. 많이 배우겠습니다."

그녀는 꾸벅 인사를 했다. 그나마 M&A팀의 부팀장인 오 세무사가

수현을 예쁘게 봐서 일도 잘 도와주는 편이었고, 이 일이 전적으로 수현으로 인해 성립됐다고 믿는 편이라 다들 그녀를 잘 가르치려 애쓰고 있는 분위기였다.

"오늘 엄청 덥구만. 괜찮겠어?"

"그런 걱정은 하지 마세요. 데려가 주시는 게 어딘데요."

말은 그렇게 했지만, 날씨는 엄청났다. 그늘에 있어도 땀이 날 지경인데 땡볕은 정말 달걀프라이가 될 것 같았다. 뉴스에서 폭염이라더니 그 기세는 무시무시했다.

게다가 10시쯤에 도착했지만, 우주전자 쪽에서 인수 합병에 대해 불만이 많았기 때문인지 별로 협조적이지 않았고, 세무서류를 확인하는 일은 시간이 많이 걸렸다. 다행히 사무실에는 에어컨이 나오고 있었지만, 땡볕에 세워진 부팀장의 차를 보니 정신이 까마득해질 지경이었다.

"우리가 확인해야 할 서류들은 이쪽부터 여기까지입니다. 저쪽에서 순순히 복사해 주면 다행인데……."

위에서 지시가 내려졌다고 하지만 담당 직원은 영 탐탁지 않은 듯 불성실하게 서류를 내주더니 급기야 점심시간이라면서 사라져 버린 뒤였다.

"와, 엄청나네요."

쌓여 있는 서류를 보고 한마디 하는 수현을 보고 부팀장이 말했다.

"배고플 텐데."

"아니에요. 팀장님도 시장하실 텐데요."

"우리야 뭐 이거 다 체크하려면 차라리 직원이 없는 게 낫지. 자자, 이거 복사 좀 해 봐. 내가 보기에 좀 안 맞네. 금액이 안 맞는 거같아."

142

"제가 보기에도요."

"자자, 빨리."

근래 들어서 복사기 앞에는 좀처럼 서 보지 않은 수현은 수많은 자료를 다 복사해야 하는 것을 보고 아득했지만 열심히 서류들을 기계 속에 밀어 넣었다. 제 밑에 비서나 경리들이 줄줄이 있다는 게 참 다행스러워질 지경이었다. 지루하게 종이를 토해 내면서 열을 내고 있는 복사기 앞에 있다가 수현은 창밖을 내다보았다.

공장이었기 때문에 작업복을 입은 사람들이 몇몇 왔다 갔다 하고 있었다. 점심을 일찍 먹은 사람들이 삼삼오오 밖에서 담배를 피우는 모습도 보였다.

눈으로 보기에도 끔찍스런 뙤약볕이 창밖에 가득했다. 절로 고개가 돌려질 만한 풍경이었다. 그런데 그중에 그녀의 시선을 끄는 누군가가 있었다. 서너 명하고 대화를 나누는 누군가가…….

멀어서 얼굴이 명확하게 보이지 않았지만, 수현은 저도 모르게 엇하고 소리를 칠 뻔했다. 회색 정장 하의, 반팔 와이셔츠를 입고 넥타이를 맨 남자 하나가 그들과 대화를 나누고 있었다. 얼굴도 보이지 않을 거리였고, 대낮의 공장 그늘이었다. 절대 이곳에 존재할 사람이 아니었다. 그런데도 수현은 알 수 있었다.

바로 그 사람이란 걸. 키가 크고 반듯한 자세 때문이 아니라, 그냥 풍기는 모든 것이 이현태였다. 아니 저 사람이 여긴 왜…….

"다 됐나? 그 정도면 얼추 됐을 거 같은데. 나머지는 저쪽 백라 쪽에서 대놓고 제출해 달라고 하지 않으면 안 내놓을 거 같거든. 이제 가자고. 점심도 먹고 해야지."

"아…… 네."

주섬주섬 복사기에서 나와 뜨끈뜨끈한 종이들을 챙기면서도 그녀의 시선은 창밖에 머물러 있었다.

"최 세무사?"

"아. 네. 저기…… 다 끝나셨으면, 제가 갑자기 급한 일이 생겨
서……."

"뭐?"

"먼저 들어가십시오. 금방 가겠습니다."

"그래? 뭐, 어디 아는 사람이라도 있어?"

그녀의 시선을 따라 부팀장이 시선을 돌렸다. 마침 수현의 시선 속
남자는 모퉁이로 사라진 뒤였다.

"아무도 없는데."

"아니, 저기……."

"알았어. 뭐 젊은 아가씨가 약속이 있을 수도 있겠지. 그 서류 줘.
차는? 차 안 가져왔잖아."

부팀장과 같이 차를 타고 왔으니 당연히 그녀는 차가 없었다.

"제가 알아서 갈게요. 정말 죄송해요."

"알았어. 이따 전화해. 혹시 늦으면 내가 얼버무려 줄 테니까."

"아, 정말 감사합니다."

수현은 뛰듯이 문을 나섰다.

헛것일지도 몰랐다. 게다가 뛰어나오자마자 작열하여 얼굴에 꽂히
는 듯 강렬한 한여름 햇살과 열기가 헛것을 보았다고 얼른 되돌아가
라고 말하고 있었다. 그러나 수현은 그 뙤약볕을 뛰었다. 조금만 생각
할 겨를이 있었다면 바로 옆 담으로 빈약한 그늘이 있으니 그쪽으로
조심스럽게 걸어가면 되는 건데, 그 정도의 생각도 들지 않을 정도였
다.

그를 본 지 꽤 시간이 지나 있었던 거 같았다. 그러나 생각해 보면

겨우 일주일 남짓이었다. 그러나 마치 이 남자를 본 시간이 아득한 것 같은 느낌이 든다는 게 이상했다. 제 삶은 평온했고, 바빴고, 알차고 실했다. 그것에 만족하고 조용히 그리고 열심히 살았을 뿐이었다.

제 심장을 덜컥이게 하는 이율배반 속의 남자 따위 제 것이 될 리도 없는데 괜히 속 쓰리게 되뇌어 봤자니까 잊어버리자고 생각했다. 다행히 제 일과 관련된 사람이지만 보이지 않았다. 다행이야, 라고 늘 혼자 스스로에게 대답해 줬지만 그건 철저한 거짓이었다. 지금 터질 것 같은 심장이 그걸 증명해 주고 있었다.

땡볕을 높은 굽의 힐을 신고 뛰느라 점점 숨이 가빠 오는 것과 비례해서 이 날씨에 이곳에 그 남자가 올 리가 없다고 제 머릿속이 이야기해 주었다. 그 남자는 저 꼭대기에 있는 백라의 직속 후계자고 백라전자의 부사장이었다. 아니, 그런 사람이 왜 하찮은 인수 합병을 위해 잘게 쪼개 난도질을 하려고 하는 공장에 저러고 나타났단 말인가. 미치지 않고서야······.

"아······."

화장이 얼룩지고 있었다. 땡볕에 정수리가 타들어 가는 것 같았다. 숨이 턱까지 차올랐고, 가는 굽의 힐은 무리한 뜀박질로 인해 온 발바닥에 고통이란 고통을 다 주고 있었다. 그러나······ 그게 느껴지지 않았다.

"여긴······ 웬일이지?"

늘 함께하던 거대한 벤츠나 혹은 야하디야한 아우디 R8도 아닌 평범한 하얀 그랜저 승용차의 문을 열고 지글거리는 열기를 빼고 있던 남자는 의아하다는 듯 저를 쳐다보고 있었다.

"다른 사람인 줄 알았어요."

헉헉거리는 숨소리가 잦아들자 겨우 입을 열었다. 이 땡볕에 제 얼굴은 잘 익은 토마토처럼 열을 내는 거 같은데 남자는 특급 호텔의 로비에 서 있던 사람처럼 여전히 창백한 낯빛으로 저를 무심하게 쳐다보고 있었다.

"더워. 이쪽으로 와."

그가 맞았다.

더웠고, 배가 고팠다. 점심 먹었냐는 말에 아니라고 대답했더니 지나가다 보이는 냉면집 앞에 차를 세웠을 뿐이었다. 그런데 수현은 완전히 다른 세상에 온 것 같았다.

고급 레스토랑에서도 조금만 제 마음에 안 들면 바로 지배인이건 대표건 옆에 불러 세워 험악하게 제 성질을 보여 줄 것만 같은 남자였다. 그리고 실제로 그런 짓을 자주 하던 친구도 있었고.

그러나 남자는 아무렇지도 않게 그다지 유명해 보이지도 않는, 단지 너무 더워서 시원한 게 먹고 싶다는 보통의 사람들같이 냉면집에 앉아서 멀쩡하게 주인이 내준 플라스틱 컵에 물을 따라 마시고 있다. 한마디로 당혹스러웠다.

늘 구김 하나 없이 반듯한, 분명히 맞춤이거나 디자이너 브랜드일 드레스 셔츠에 유명 디자이너의 넥타이, 고급 슈트 차림이었다. 자세히 보진 않았지만 이마 혁 소리 날 만한 커프스나 넥타이 핀 같은 것도 늘 애용했을 것이었다.

그러나 마치 암행어사가 서민을 살피기 위해 해진 도포에 찌그러진 갓을 쓰듯, 재벌 2세나 혹은 대기업 경영진은 절대 입지 않을 반팔 와이셔츠에 밝은 색 넥타이를 매고 냉면이 오길 기다리고 있었다. 그는 그 짧은 시간에도 손에 들고 들어왔던 서류들을 뒤적거리고 있었다.

이현태 부사장, 하면 떠오르는 그 모든 이미지와는 완전히 다른 모습이었다. 제 허기나 더위를 잊어버릴 만큼 충격이라면 충격일 수도 있었다.

다행히 작은 식당이지만 에어컨은 잘 돌아가고 있었다. 아니 에어컨을 켜지 않으면 도저히 사람이 앉아 무언가를 먹을 수 없는 날씨니 당연했다. 사람이 없다고 문을 열어 놓고 환기를 시킬 만한 날씨가 아니었다.

그 인공적인 냉기 덕에 수현은 점점 정신을 차릴 수 있었다. 우선 옆에 네모난 플라스틱 통에 든 식당용 냅킨을 뽑아 이제 식은 이마의 얼룩진 화장을 닦아 내고 나서 입을 열었다.

"여긴…… 무슨 일 때문에 오신 거죠? 이렇게 매번 직접 다니시는 건가요?"

"이 경우는 특수해서."

남자가 꼬박꼬박 대답해 주는 것조차 어색했다. 못 본 일주일 사이에 무슨 일이라도 생긴 걸까 싶을 정도였다.

"우주전자를 인수하려는 이유가 이곳에서 개발한 전류과부하 방지에 관한 원천 기술 때문인데, 휴대폰 배터리에 유용하지. 그런데 독점으로 개발했거든. 이거 하나가 우주전자를 인수할 절박한 이유라고 할 수 있을 정도지. 그런데 노조 측에서 합병에 반대하면서 여차하면 중요 원천 기술을 빼돌리려고 하고 있거든. 개발 기술자나 엔지니어들한테 직접 이야기를 듣기 위해서 온 것뿐이야. 다만 내가 누군지는 알릴 필요는 없으니까."

이현태는 제 앞에 앉아서 열심히 서류를 넘기며 시선을 거기에 놓고 대답을 하고 있었다. 더웠기 때문에 늘 한 올도 흐트러져 있지 않았던 머리카락이 에어컨과 같이 틀어 놓은 선풍기 바람에 흔들리고 있었다. 낯선 반팔 와이셔츠 덕에 드러난 하얀 남자의 팔뚝조차 낯설었다.

무슨 일이 있었나? 이 사람 정말 이현태 맞나…….

"그럴 리는 없겠지만. 못 본 걸로 해."

대답이 없었기 때문일까, 그제야 남자가 고개를 들었다. 뭐라 말할 수 없을 만큼 무표정하긴 했지만 뭔가 달라진 듯한 느낌이었다. 물끄러미 저를 쳐다보는 남자의 눈에…… 부족한 건 오만한 살기인가.

"알……았습니다."

저를 빤히 쳐다보는 남자의 시선을 피해 시선을 꽂은 건 민망하게도 남자의 입술이었다. 붉은색의 그린 듯한…….

젠장, 속으로 외치고 고개를 돌리려 할 때 이 어색함을 피하게 해 준 건 막 나온 냉면이었다.

"음식 나왔습니다. 맛있게 드세요!"

때가 지났지만, 그래도 씩씩한 목소리로 말하는 아줌마의 손에 물방울이 송골송골 맺힌 커다란 냉면 그릇이 들려 나왔다. 싱싱한 오이 냄새와 고추 양념 냄새가 풍겼다. 달그락거리며 얼음이 미끄러져 내리는 냉면이 살얼음 가득한 육수 사이로 보였다.

"네. 잘 먹겠습니다."

버릇처럼 그녀는 말을 하고 젓가락을 집어 들었다. 저처럼 대답을 하진 않았지만 남자도 젓가락을 드는 게 보였다.

단지 어색해서, 그래서 수현은 한마디 했을 뿐이었다. 남자가 젓가락으로 돌돌 말아 놓은 면을 푸는 것을 보고.

"부사장님, 왼손잡이시네요."

그때였다. 갑자기 짤그랑 소리가 요란하게 났다.

"어?"

커다란 대야같이 생긴 스테인리스로 된 냉면 그릇에 요란하게 젓가락이 부딪치고 나서 바닥까지 떨어진 건 둘째 치고 마치 경련이 이는 것처럼 남자는 얼굴을 찡그리면서 감전이라도 된 듯 손을 허공에 멈춘 채 있었다.

"부⋯⋯사장님?"

그녀의 놀란 목소리를 듣고 마치 잠에서 깬 것처럼 그가 멍한 얼굴로 수현을 쳐다보았다.

"저기⋯⋯ 어디 불편하세요?"

"아⋯⋯ 아니."

그는 그제야 젓가락이 바닥에 떨어진 것을 보고는 제 손을 내려다보았다. 수현은 재빨리 수저통에서 젓가락을 다시 꺼내 내밀었다.

"괜찮으세요?"

"그⋯⋯ 괜찮아."

금세 남자는 제정신으로 돌아온 것같이 보였다. 이상한 일이었다. 그런데 더 이상한 일이 일어났다. 남자는 수현이 내민 젓가락을 오른손으로 받아 들고는 다시 냉면을 뒤적거리기 시작한 것이었다.

"⋯⋯?"

그러더니 멀쩡하게 오른손으로 냉면을 먹기 시작했다.

"부⋯⋯사장님."

"왜?"

"아, 아닙니다."

뭔가⋯⋯ 뭔가 이상했다. 양손잡이인가? 아니 그렇다면 아까 그 표정은 뭐였지? 왜 놀랐을까? 그리고 지금은 또⋯⋯.

끼니때를 넘겨 배가 고팠고, 냉면은 우연히 찾아온 집치고 괜찮은 맛이었다. 그러나 제 입안에서 까끌거리며 돌아다니는 느낌이었다.

아무 일도 없다는 듯, 제 앞에서 식사를 하는 남자를 보고 그녀는 꼭 체할 것만 같은 느낌이었다.

그러나 체한 건 제가 아니었다.

"네? 아. 네……. 그럼 바로 퇴근하겠습니다. 감사합니다."

수현은 찬 걸 먹어서 오히려 열 오른 속을 좀 달랜 듯한 느낌이었고, 생각에 잠긴 것 같은 남자는 옆에서 말이 없었다. 아직 퇴근 시간이 되지 않았기에 도로는 그다지 막히지 않았다.

작열하는 태양은 이미 오후가 한참 지난 시간임에도 불구하고 정수리 근처에서 불타는 것같이 이글거렸고, 신호대기에 걸려 길게 늘어선 차들 위에서 반사되어 번쩍거리고 있었다. 그녀가 전화를 끊자마치 듣고 있었다는 듯 그는 내비게이션에 익숙하게 그녀의 오피스텔의 주소를 입력했다.

"괜찮습니다. 그냥 가도 되는데……."

"어차피 가는 길이야."

남자의 단호하고 거절할 수 없는 익숙한 목소리였다. 제가 착각을 했을까. 수현은 적막한 차 안에서 아까의 그 모습을 되뇌고 있었다.

분명히 아주 자연스럽게 왼손으로 젓가락을 들고 면을 풀고 있었다. 주변에 왼손잡이가 별로 없어서 그게 굉장히 신기했었다. 그러다 갑자기 경련이라도 인 것처럼 놀라고, 다시 멀쩡하게 오른손으로 식사를 했다.

아니 그런 양손잡이가 있던가? 더러 물건 잡는 데 그러는 것은 보아도 식사를 하거나 글을 쓸 때는 늘 제가 익숙한 손을 쓰는 거 아닐까? 생각을 돌려 보건대 분명히 남자는 사인을 하거나 할 때 오른손으로 글을 쓰고 있었다. 그건 확실했다. 그게 아니라면 제가 기억을 했을 것이기 때문이었다.

그때였다.

문득 떠오른 모습. 그 칙칙하고 좁은, 기름때 낀 부엌에서 만든 낯선 음식을 먹던 남자. 그 남자는 왼손으로 밥을 먹고 있었다. K는 왼손잡이였다.

"저기…… 부사장님."

수현이 용기를 내서 고개를 돌렸을 때, 차는 이미 그녀의 오피스텔 지하로 들어가고 있었다. 그런데 수현은 말을 잇지 못했다. 원래 낯빛이 핏기 없는 색이었지만, 남자의 얼굴이 오늘따라 유난히도 창백해 보였다.

"괜찮으세요?"

차가운 느낌이 날 정도로 에어컨이 냉기를 뿜어내고 있는 차 안에서 남자의 이마에 송글송글하게 매달린 식은땀을 보았을 때는 저절로 소리칠 수밖에 없었다.

"욱……."

그가 운전대를 잡고 창백한 얼굴로 고개를 숙이고 있는 것을 보고 수현은 놀라서 소리쳤다.

"부사장님!"

당장이라도 구토를 할 것 같은 얼굴이었다. 수현은 주변을 두리번 거리다 다급하게 차에서 내렸다. 지하 주차장은 오후라 인기척 없이 빈자리가 드문드문 나 있었다.

"내리세요! 얼른요!"

창백한 얼굴의 남자가 내리자마자 그녀는 그를 끌고 엘리베이터로 갔다. 다행히 지하에 머물러 있던 것을 잡아타고 자신의 집이 있는 층을 눌렀다. 당장이라도 속을 다 쏟아 낼 것 같은 표정의 남자가 입을 막고 있는 것을 보고 그녀는 급하게 엘리베이터 문이 열리자마자 자신의 집으로 뛰듯이 걸어갔다.

"얼른요."

문을 열자마자 그가 급한 걸음으로 들어왔고 바로 문을 열어 준 화장실로 직행했다. 문을 닫고 나니 수현은 정신이 멍해졌다. 아니, 이게 무슨 일인 거지…….

화장실 안에서는 물 내리는 소리가 요란했다. 수현은 우선 활짝 열려 있는 현관문을 닫고 둘러보다 얼른 꺼내 놓은 잠옷 따위를 옷장 안에 쑤셔 넣기 시작했다.

한참 동안 급하게 방 안을 정리하고 나서도 안에서는 계속 물소리만 들릴 뿐이었다. 그나마 어수선한 게 좀 정리되자 수현은 냉장고에서 생수를 꺼내 들었다.

한참 만에 나온 남자는 정말이지 창백하다 못해 납빛이 된 얼굴이었다.

"괜찮으세요?"

"……."

휘청거리는 듯한 남자를 저도 모르게 부축해서 제가 정말로 시간이 썩어 문드러질 때에나 드러누워 세무법에 대한 강의를 보는 소파에 그를 앉혔다. 마치 착한 아이처럼 소파에 걸터앉은 남자는 고개도 가누지 못하고 뒤로 젖힌 채 눈을 감고 있었다.

"저…… 구급차라도 불러야 할 거 같은데. 병원에 가셔야겠어요."

걱정스러운 그녀의 목소리를 듣고 남자는 눈을 감고 있다가 주머니를 뒤적거렸다.

"차에…… 가방 좀…….."

"네?"

남자가 겨우 주머니에 든 차 키를 꺼내 주었다.

"가방에 약이 있어······."

"네, 가져올게요."

저도 모르게 미친 듯이 내려가 남자가 끌고 왔던 하얀색 그랜저 승용차에서 남자의 가죽 가방과 제 가방, 그리고 서류들을 꺼내 들었다. 그리고 엘리베이터를 타고 올라오면서, 숨이 찬 건 아마도 복도나 지하 주차장의 후끈한 열기 때문일 거라 생각했다.

어디 아픈 걸까? 동생이······ 병으로 죽었다던데. 쌍둥이들은 대개 비슷한 삶을 산다던데······ 같은 별 쓰잘데기 없는 생각들을 땡 하는 엘리베이터 도착 음과 함께 털어 버리고 복도에 내려셨을 때 문득 시야가 어두침침한 게 느껴졌다.

갑자기 소나기라도 내려려는 듯한 분위기였다. 그러나 그것을 쳐다볼 새도 없이 수현은 급하게 제집으로 들어섰다. 급하게 문을 열고 들어가다가, 컴컴한 집 안의 아이보리색 가죽 소파에 축 늘어져 있는 남자를 발견하고는 저도 모르게 발소리를 죽여야 했다.

적막한 실내는 아무 소리도 나지 않았다. 남자의 숨소리도 들리지 않아 무서울 정도였다. 그러다 미세하게 쏴아 하는 소리가 들렸다. 블라인드가 내려져 있기 때문에 밖을 볼 수는 없었지만, 두꺼운 이중창 너머로 요란한 소나기라도 쏟아지고 있는 모양이었다.

제 가방을 탁자에 두고 가죽 서류 가방을 들고 천천히 남자에게 다가갔다. 어둠 속에서 희미하게 창백한 빛을 띠고 있는 남자는 눈을 꼭 감은 채였다. 약을 먹어야 한다던데······ 그런데 무슨 약일까.

아까 같아서는 정말이지 구급차라도 불러야 할 것 같은데 잠이라도 든 건지, 아니면 혹 기절이라도 한 건지 걱정스러울 정도였다. 기절한 걸까?

수현은 천천히 그에게 다가갔다. 그제야 쏴아 하는 소리 사이로 남자의 숨소리가 들렸다. 잠시 잠이라도 든 것같이 보였다. 안도를 하자 수현은 후덥지근한 방 안의 공기가 느껴졌다.

아까는 몰랐지만 에어컨을 튼 것도 아니고 제집이 동향이라 뒤로 드는 해가 작열하기에 이런 오후에는 후끈 달아올라 퇴근하고 집에 들어오면 집 안이 후덥지근한 찜통 같았기에 환기를 하고 에어컨부터 켜는 게 일이었다.

물론 밖에 쏟아지는 소나기 때문에 해는 들어오지 않았지만, 숨이 막힐 정도로 갑갑했다. 게다가 옷은 밖에서 입던 점잖은 정장 차림이었고 그건 남자도 마찬가지였다. 수현은 탁자 위에 있는 리모컨을 들고 에어컨을 켰다.

띠리링. 작은 소리와 함께 금세 찬 바람이 흘러나왔다. 그제야 숨통이 트이는 듯했다. 그건 남자도 마찬가지였을까. 그가 몸을 움찔거렸다.

"괜……찮으세요?"

"어……?"

이제야 정신을 차린 듯 두리번거리던 남자는 무의식적으로 제 목을 옥죄는 넥타이를 느슨하게 했다. 그러다가 그게 성에 안 차는지 넥타이를 풀었고, 단추까지 풀자 넥타이는 바닥에 떨어졌다. 그걸 보고 있던 수현이 물었다.

"약 가져오라고……. 가방 가져왔어요. 약 드셔야 한다고 하셨잖아요."

"아……."

그는 그제야 건네받은 가방에서 플라스틱 통을 꺼내 들었고, 수현이 내미는 생수병을 받아 들더니 약을 몇 알 삼켰다.

"괜찮으신가요? 병원엔 안 가셔도 돼요?"

그를 내려다보던 수현이 물었다. 약을 먹은 뒤에 멍하니 천장을 바라보던 남자가 수현에게 시선을 돌렸다.

"괜찮아."

갑자기 딱 떨어지는 말투로 변한 것을 보고 수현은 저도 모르게 움찔하고 말았다. 실은 더웠기에 과도하게 낮춘 에어컨의 찬 바람 때문이었을지도 몰랐다. 약 몇 알의 효과인지는 모르겠지만 목소리마저 늘 제가 알던 하재연의 약혼자로 바뀐 것 같은 느낌이 들었다.

소파 위에 늘어져 있던 남자는 몸을 일으켰다. 재벌이나 오너들이 절대 입지 않는 반팔 와이셔츠에 넥타이까지 없어졌지만 그는 이현태 백라전자 부사장이었다. 그가 딱딱한 말투로 말했다.

"폐를 끼쳤군. 지금 이거까지, 굳이 떠벌리고 다닐 사람은 아니라고 생각하지만 이왕이면 조심해서 못 본 걸로 해 줬으면 해."

제집이었다. 그리고 제가 고무줄 반바지 차림에 다리를 모으고 앉아 캔 맥주를 마시는 소파였다. 그런데 마치 이 넓지 않은 공간에 찬 기운을 풀어 놓는 게 이 남자인 듯 창백한 얼굴을 한 남자가 저를 쏘아보면서 말하고 있었다. 오늘 있었던 이야기를 떠벌리면 어떻게 될까.

"대답하지 않는 건 거절의 뜻인가?"

"그럴 리가요."

상대는 제 가장 큰 고객 아닌가. 수현의 표정에서 대답을 읽은 그가 일어섰다.

"그럼……."

"잠깐만요."

수현이 다급하게 말했다. 그가 무슨 일이냐는 표정으로 수현을 쳐다보았다.

"한 가지, 묻고 싶은 게 있어요."

일어선 남자는 제가 힘 없이 맨바닥에 서 있었기에 목이 확 꺾이도록 높아졌다. 늘 제가 돌아오던 곳이고, 제가 뒹굴고, 먹고 자고 하는 제 공간인데도 불구하고 아주 다른 공간이 되어 버린 것 같은 느낌이었다.

서늘한 찬바람이 가득하고, 잔뜩 낀 먹구름에서 쏟아지는 요란한 물소리가 들렸기에 그 이질감은 더욱더 커졌다. 게다가 위압감을 주는 '각성한' 남자까지.

"전에도 그러더니. 대체 뭘?"

전에 그런 적이 있었던가? 아, 그때 그 바에서. 그렇다. 그때도 그렇고 그 전도 그렇고. 이 남자만 보면 마구 쏟아지는 의문들……. 남자를 불러 세우긴 했는데 뭐부터 물어야 할지 머릿속이 헝클어질 지경이었다. 그런데 왜 남자의 풀어진 단추 사이의 목울대와 삐뚜름히 올라간 것 같은 입술 끝이 눈에 들어오는 걸까.

"저한테 왜 그러신 거예요?"

"뭘?"

용기 내어 물었지만 남자는 대체 무슨 영문이냐는 듯 되물었다. 얄미우리만큼 아무렇지도 않게.

"전…… 재연이의 친구예요. 부……사장님 약혼녀의 친구예요. 그 기시감이란 거……. 어디서 본 듯한 거, 그건 누구나 있을 수 있는 거잖아요. 하지만 그걸 빌미로……."

"그래서 뭘? 설마 당신이 진짜 하재연의 친구라고 착각하고 있는 건가? 그런 일을 당하고도?"

저도 모르게 입술을 깨문 건…… 아마 제 자존심 때문이었을 것이었다. 그 누구한테도 들키지 않았지만, 뻔한 사실이 저 남자 입에서 흘러나오는 게 당혹스러웠다. 그 누구도 아닌 하필 저 남자의 매끄러운 입술 사이에서.

"하재연이란 여자는 절대 친구 따위 만들 수 없는 사람이야. 그건 나도 그렇고. 우린 다들 그렇거든. 그러니 친구라는 말은 지나가던 개도 웃을 일이지."

상한 자존심을 저까지 끼워 넣어 도닥여 줄 만한 사람은 아니었다. 그러니 그건 사실일 뿐이었다. 그러나 오기처럼 수현이 말을 이었다.

"좋아요. 친구건 아니건 간에. 하여튼 재연이와 나는 서로 안면이 있고 자주 만나는 사이예요. 그리고 부사장님은 분명히 재연이와 약혼식까지 올리셨어요. 그러고서…… 그러고서도 제게……."

"뭘?"

분명히 알고 있으면서도 제 입에서 나오는 말을 듣고 싶어 하는 표정이었다. 남자의 얼굴에 아주 재수 없는 미소가 슬쩍 스쳐 갔다. 그런데 분명히 재수가 없는 게 확실한데, 남자의 흐트러진 머리카락 밑에 보이는 얼굴은 저도 모르게 입술을 깨물게 만들고 있었다. 이건 대체 뭘까.

"왜, 엉뚱한 제게 키스를 하신 거죠? 아, 좋아요. 그 교통사고 현장에서의 일은, 해프닝이겠죠. 부사장님 같은 분들의 매너를 잘 아니까요. 덕분에 악몽에 시달리지 않고 잘 잤으니까. 그렇지만…… 그 다음은 아니잖아요?"

한번 제 입에서 말이 떨어지자 그 뒤부터는 쉬웠다. 그래, 정말 알고 싶다. 넌 왜 그러는 건데?

"약혼?"

그가 휘둘러보더니 소파의 팔걸이에 걸터앉았다. 제 시선이 좀 내려앉았지만, 결코 편해지지는 않았다. 지나치게 잘난 남자와 시선을 똑바로 맞춰야 했으니까.

"그때 거기 왔던 사람들 중에서 몇 명이나 그 거창한 쇼를 약혼이라고 읽었을까? 아마 당신하고 하재연 두 사람뿐일걸? 약혼도 내가 하는 M&A와 똑같은 거야. 이익이 되면 먹는 거고 손해를 보면 헌신짝처럼 버리는 거 말이지. 그쪽에서 버릴 수도 없고, 그냥 둘 수도 고…… 같은 편이 되기엔 자존심이 상하고 그냥 뒀다가는 뒤통수를 칠 게 뻔하고."

그의 목소리가 둔탁한 빗소리 사이에 이어졌다.

"그러니까 꼼수로 그 귀한 막내딸을 내놓은 거라고. 정말 날 잡고 싶었으면 당장 결혼을 시켰겠지. 눈에 넣어도 아프지 않은 사랑하는 딸 호적에 상처 나는 것도 싫어서 겨우 약혼식이라고 온 동네 사람들한테 떠벌린 거지. 아마 그건 당사자도 잘 알고 있을걸. 그런 것도 이야기 안 해 주나 보군. 그 '친구'는 말이야."

남자의 그 달착지근한 혀는…… 본시 칼이었던 거 같았다. 제 자존심이건 직시하지 못한 현실이건 난도질을 하면서도 아무렇지도 않은 표정이었다.

결론은…… 그럼 재연이와도 관계가 없고 약혼 따위도 형식적인 거니까. 그냥 그랬다고?

"그렇다면……."

"나쁘지 않았잖아? 그러니까 마다하지 않은 거 아닌가?"

마지막 자존심까지 박살을 내 준 남자의 눈이 희미한 곳에서 빛났다. 쏟아져 내리는 냉기가 절 오그라들게 만들고 있었다. 당장 이놈의 에어컨이라도 꺼야 할 거 같은데…….

나쁘진 않았다. 아니, 그 반대였다. 그게 또 제 자존심을 긁었다.

그러나 흐트러진 머리카락을 하고 방금 제 화장실에서 구토를 하고 나왔지만 어디 하나 흠잡을 데 없이 완벽한 이 남자에게 내세울 자존심이 대체 어디 남아 있단 말인가?

"마다할 수 없죠."

아니 그 반대였다. 제 적나라한 속은. 이 남자가 그의 형일지도 모른다는 사실도 잠시 잊을 만큼.

"부사장님도 아시잖아요. 본인이 얼마나 대단하신지."

수현의 빈정거리는 말끝을 알고 있는지 어둠 속에서 그는 피식 웃음마저 짓고 있는 듯 보였다. 이제는 방 안까지 울리는 빗소리가 대단했다. 그러다 갑자기 번쩍 섬광이 빛나고 으르렁거리는 소리가 꼬리를 빼며 울려 왔다.

"부사장님 외모가 대단하시다는 거, 본인이 매일 거울을 보면서 느끼실 테고. 그 축복받은 외모가 없다 해도 백라의 후계자라는 이유만으로도 여자들의 입을 막을 수 있다는 것도 아실 거 아닌가요? 그 어떤 여자가 이현태 부사장님을 마다할 수 있겠어요?"

수현은 똑바로 그를 쳐다보았다. 근 몇 주간을 저를 괴롭힌 남자였다. 대체 왜였을까.

K를 떠올리게 했다는 당혹감에? 그리고 K의 형일지도 모른다는 생각에? 천만에, K라는 건 그 어디에도 남아 있지 않는 가상의 존재였다. 그 장발의 남자는 파렴치하게도 조난당한 여자를 구해 줘 놓고 하룻밤이나 요구한 염치없는 색한일 뿐이었다.

다만 그 뒤로 제가 욕을 하거나 신고하지 않은 이유는 그 하룻밤이 괜찮았기 때문이었다. 그리고 잊었다. 서로 그러기로 했다. 다시 기억이 나지도 않았다.

그런데 그를 떠올린 건, 제가 세상에서 느낄 수 없었던 열락을 느끼게 만든 남자를 떠올리게 된 건 이 완벽하게 다른 남자를 보았기 때문이었다. 게다가 결코 가질 수도 만질 수도 없는 금단의 열매인, 하재연의 남자로서…….

그러나 지금 제 앞에서, 제 방의 소파 팔걸이에 걸터앉아 그까짓 약혼 따위가 제가 하고 있는 인수 합병이나 다름없으며 친구라는 양심의 가책조차 우습다고 비웃고 있지 않은가. 그럼 결론은 뭘까. 이 가져서는 안 되는 남자에게…….

"당신도 그 마다할 수 없는 수많은 여자들 중에 하나인가?"

그렇다. 그 하고 많은 여자들 중에 하나일 뿐이었다. 정말로 자존심 상하지만…….

"그중에 하나일지는 모르겠지만 부사장님의 취향에 맞는가 보죠. 달려드는 모든 여자에게 그런 매너를 보여 주시는 게 취미가 아니라면."

"취향에 맞는다라니……. 본인을 너무 격하시키는군."

매너상 한 말이었는지도 몰랐다. 그러나 제 마음 한구석에서 피식 헛웃음이 새며 남자의 입에서 나온 말 한마디에 심장이 덜컥거리는 이유가 뭘까. 이 떨림의 정체는…….

아마 과도하게 틀어 놓은 에어컨 탓일 것이다. 수현은 침착하게 에이긴의 리모컨을 들고 온도를 높였다. 다시 요란하게 번쩍거리는 섬광이 블라인드 밖에서 작렬했다. 한동안 쏴 하는 소리만 들렸다. 수현은 저도 모르게 숫자를 세고 있었다.

'하나, 둘, 셋, 넷, 다…….'

우르르릉…… 요란한 소리가 났다.

'번개가 칠 때, 번쩍하고 나면 숫자를 세는 거야. 1초, 2초, 3초, 4초……. 빛의 속력은 초속 30만 킬로미터인데, 소리는 일 초에

300미터밖에 못 가거든. 그러니까 만약에 4초 만에 꽝 하는 소리가 들리면 1, 2킬로 밖에서 번개가 친 거지. 번쩍하고 꽝 하면 코드들 뽑아야 해. 바로 근처에서 번개가 치고 있거든.'

누구였지, 제게 이 이야기를 해 준 건. 아빠였나? 아니면 전에 알던 동네 오빠였나? 아주 어렸을 적에 들었던 이야기였다. 버릇처럼 번개가 번쩍거린 뒤에 숫자를 세게 했던 그 이야기. 어쩌면 무슨 책에서 봤을지도 모르겠다 싶었다. 1, 2킬로미터 밖에서 번개가 치고 있었다.

그러나 저를 밤낮으로 괴롭히던 남자는 눈앞에 있었다. 그리고 얄밉게도 제가 제기한 문제점이 정말 아무것도 아니라고 이야기하고 있었다. 아무것도 아니라면……. 그렇다면 뭔가. 그러다 갑자기 떠올랐다. 그 약혼식 다음 날의 재연이 전화가…….

"물론, 부사장님의 프라이버시일지는 모르겠지만……."

남자는 여전히 흥미진진하다는 표정이었다. 잠시 뜸을 들였지만, 뭐라 되묻지 않고 저를 쳐다보고 있었다.

"그 약혼식 다음 날 아침에 재연이가 제게 전화를 했더군요."

"뭐라고?"

갑자기 우스워졌다. 아니 이런 이야기를 해서 뭐하는가? 이 남자가 누구와 잤던 상관없었다. 저하고 무슨 상관이 있단 말인가.

"뭐라고 했는데?"

"아니에요. 저하고 상관없는 이야기예요. 죄송하네요."

수현은 허탈한 웃음까지 웃으면서 손을 내저었다. 그러나 상대는 그렇지 않은 모양이었다. 한번 이야기를 꺼낸 건 끝을 보겠다는 듯했다.

"뭐라고 했는데?"

또다시 대답하지 않을 수 없는 강압적인 목소리가 흘러나왔다. 이왕 이렇게 된 거 좋다.

"그다음 날 아침에 재연이가 나른한 목소리로 전화를 했더군요. 부사장님이 힘들 거라고 저랑 브런치라도 하라고 했다고요. 그거 정말 부사장님이 말씀하신 겁니까?"

물론 거기에 포함된 밤을 보냈네, 어쨌네 하는 건 입에 담기가 뭐했다. 아니, 설사 그랬다면 또 어쩔 건가? 게다가 이 남자 입에서 그게 뭐 어때서…… 하는 대답이 나올까 봐 노심초사하는 제 스스로도 우스웠다. 참, 이 거지 같은 기분은 뭔가.

그러나 남자는 아무렇지도 않다는 듯 말했다.

"약혼식이 뭐가 힘들다고? 게다가 난 당신하고 헤어진 뒤에 바로 홍콩 지사로 날아갔는데. 그래서 그 웃기는 턱시도 따위 입지도 않은 건데 말이야."

이건…….

또 뭘까.

제가 안도하는 이유를 알 수 없었다. 대체 그럴 필요조차 없는 거였다. 둘이 잤든 안 잤든 상관없는 거였다. 남자의 그런 행동들에 대해서 대답을 들었으면 그냥 그걸로 끝이었다.

아니, 뭘 듣기라도 했던가. 도대체 요지가 뭐였지? 재연이와는 그냥 형식적인 관계다, 자신이 매력이 넘치는 남자니까 저는 거부하지 못한 거고, 제가 저 남자의 취향이다?

"제가 머리가 나빠서 이해를 못 한 거 같아 다시 묻는 건데, 제게 왜 키스하신 거죠?"

남자가 요리조리 다른 이야기를 하면서 분탕질하는 건 이런 일을 하면서 생긴 버릇일지도 몰랐다. 요지 옆을 왔다 갔다 하면서 상대의 정신을 빼놓아야 제가 원하는 것을 취하는 게 유리할 테니까.

"최수현이라는 여자가 매력적인 입술을 가지고 있어서지."

차가워서 뻣뻣해질 것 같은 남자의 입에서 참으로 어처구니없는 대답을 듣고서, 수현은 멍하니 있다가 웃을 수밖에 없었다. 정말 웃기지 않은가. 수현이 혼자 허탈하게 웃는 것을 보고 있다가 그가 다시 말을 이었다.

"오늘 여러모로 폐를 끼치게 됐군."

그가 자리에서 일어났다. 아까 거의 쓰러질 듯이 들어온 것과는 딴판이었다. 남자가 나갈 채비를 하는 듯 보이자 수현은 갑자기 마음이 급해졌다. 왜 그러는지조차 모른 채.

"신세 진 건 조만간 갚지."

하얀색 와이셔츠가 어둠 속에서 빛나는 것 같았다. 쏴 하는 소리가 점점 줄어들었고, 요란하던 천둥 번개 소리도 잦아들었다. 마치 한바탕 꿈이었던 것처럼 이 당혹스럽고 어이없는 사태는 그냥 말장난으로 끝나 버릴 모양이었다. 그리고 그래야 했다.

하지만 이 조급함과 아쉬움은 뭘까. 잠시 정신이 나간 것인지 아니면 제 마음속 깊은 곳에 있던 게 불쑥 튀어나온 건지 수현은 나중에도 알지 못했다.

"그럼 지금 갚으세요."

수현의 말에 그가 피식 웃었다.

"어떻게?"

"키스해 주세요."

7. 불공정함이 개선된 게임

어리석으면 용감해진다. 이리저리 경우의 수를 계산할 필요가 없기 때문에 제가 원하는 것 단 하나를 향해 나가게 된다. 저는 평소 어리석은 사람이 아니었다. 이리저리 머리를 굴려 비굴하든 비겁하든 손해를 줄이고 이익을 늘리는 걸 처세 수단으로 생각했었다. 그리고 그래야 했다.

그러나…… 그게 통하지 않는 경우가 있다. 바로 지금처럼.

얼마나 생각해야 할 것이 많은가. 제 눈앞에 있는 사람의 정체가 뭔 줄 뻔히, 가장 잘 알고 있었다. 제가 일하고 있는 직장의 가장 큰 클라이언트고, 쳐다도 못 볼 거대 기업의 후계자인 데다 결정적으로 절 친구로 생각하지 않는지는 모르겠지만 친구였던 사람이 약혼녀인 남자였다. 그리고 그 K의 형일지도 모르고.

그러나 지금 제가 내뱉은 말을 다시 주워 담을 수도 없었다. 내게 뭔가를 주고 싶다면, 내가 원하는 걸 줘…….

그가 피식 웃었다. 그러고는 수현을 쳐다보고 말했다.

"진담인가?"

"……."

농담이에요, 라고 대답했어야 했다. 그냥 타이밍을 놓쳤을 뿐이었다. 실제로 제 맘이 그렇다 해도 이런 장난은 그만해야 했다.

"아까 요란하게 구토하는 소리 들었을 텐데."

다시 남자가 피식 웃었다. 위압스럽기까지 했던 평소의 모습과는 다른 장난기 섞인 대답이었다. 아까와는 또 달라 보였다. 날이 개려는 걸까. 어두웠던 실내가 밝아지는 것 같은 느낌이었다. 약간 머리가 헝클어진 남자는 셔츠의 단추를 푼 채 저를 향해 웃고 있었다. 마치 스스로 한 농담이 웃기다는 듯.

저도 농담을 해야 했다. 그런데 그러질 못했다. 제가 그런 대접을 받으면서도 끝내 값비싼 명품 구두나 가방을 거부하지 못했듯이. 어쩌면 이 남자야말로 그 어떤 값나가는 명품보다 더한 커스텀급 아이템일지도 몰랐다.

제가 말했듯 사람을 홀릴 것 같은 저 훌륭한 외모뿐만 아니라 저 남자가 가진 훌륭한 배경들은 제가 아무리 뛰고 날아도 가질 수 없을 만큼 어마어마했다.

그러나 가질 수 없는 건 맞지만, 그래도 한 번쯤 걸쳐 볼 수도 있는 거 아닐까? 재연이가 랜탈 해 준 그 보석처럼.

"괜찮아요."

남자는 대답하지 않았다. 아니 입 밖에 내지는 않았다. 그러나 충분히 그 값을 치르려는 듯했다. 남자가 다가오자 저도 모르게 눈을 감았다. 제 이런 반사적인 행동을 보고 남자가 깔깔대고 비웃으면서 나가 버릴지도 모른다는 생각을 아주 잠깐 했다. 그러나 어떻게 눈을 뜨고 저 얼굴을 보고 있단 말인가.

하지만, 우려와는 달리 제 모든 신경이 모여 있는 입술 끝을 부드럽게 물어 오는 다디단 살가죽이 느껴졌다.

독한 술을 마신 것도 같았고, 밤을 새워 공부하면서 처음으로 먹어 본 고카페인 음료처럼 머리를 핑 돌게 하는 것 같았다. 예상치 못했던 접촉으로도 정신이 반쯤 나가 버린 거 같은데, 잔뜩 숨을 들이쉬고 기다린 남자의 입술은 매끄럽고, 부드럽고, 질척거리는 감미로움까지 들어 있었다.

전혀 서두를 필요도 없고, 이것은 대가를 치르기 위한 극도의 서비스임을 강조하는 듯 천천히 그리고 부드럽게 제 입술을 빨아들였다. 그러더니 익숙하게 제집에 들어오듯 남자의 부드러운 혀는 수현의 속을 휘저었다. 기다렸다는 듯 얽히고설키기를 반복하던 남자의 입술이 사라진 건 한참 만이었지만 수현에게는 찰나의 시간같이 느껴졌다.

"부족한가?"

어느새 잡았던지 제 목에서 사라지는 남자의 체온을 느끼면서 수현은 저도 모르게 한 발짝 물러나고 말았다. 한여름의 소나기라는 게 그런 건가, 방 안은 환하게 밝아져 있었다. 그리고 반쯤 기울어진 블라인드 사이로 넘어가는 햇살이 스며들었다.

잠깐 사이에 컴컴한 곳에 널브러져 있던 이 남자는 제 앞에 서서 손끝으로 매끄러운 입술에 묻은 제 립스틱을 닦아 내며 저를 쳐다보고 있었다.

아, 이게 무슨 짓일까. 밝아진 방 안만큼 정신이 돌아왔다.

"이제 정신이 든 모양이지?"

남자의 말이 맞았다. 이제 정신이 들었다. 이 남자는 앞으로 안 볼 사람도 아니었다. 막 본격적인 일이 시작되면 몇 번이고 보고서를 제출하러 가야 할지도 모를 일이었다.

그러나 그걸 인정하긴 싫었다. 네가 재미있게 즐기듯, 나도 그런 것뿐이야, 라고 말해 주고 싶었다. 아무리 대단한 재벌 2세라 해도 같은 사람이야. 사회 시간에 외우던 천부인권이라고. 사람은 다 같은 사람이니까.

　"정신이 나갔던 건 부사장님이겠죠. 됐어요. 계산은 끝났으니 오늘 일 안 본 걸로 하겠습니다."

　제법 쿨 한 척 또박또박 말을 이어 나가 다행이었다. 그때였다. 수현의 전화기가 울렸다. 얼핏 남자의 시선이 전화기에 갔다가 제 서류 가방으로 옮겨 갔다. 수현은 재빨리 전화를 받았다. 아까 먼저 갔던 오 팀장이었다.

　"오 팀장님!"

　〈혹시 집에 벌써 갔나?〉

　"네. 왜 그러시죠?"

　옆에 저 남자가 있는 게 전화기로 보이기라도 하는 듯 수현은 전화기를 든 손을 가리면서 뒤로 돌았다.

　〈미안한데, 이게 뭐가 잘못된 게 많아. 아무래도 다시 와 봐야겠어.〉

　"아, 네. 곧 가겠습니다. 죄송합니다."

　〈그래. 빨리 오라고. 미안해.〉

　전화가 끊기자 남자는 나갈 차비를 하고 있었다. 마치 아무렇지도 않은 듯.

　수현이 제 가방을 찾자 그가 옆에 다가와 귓가에 속삭였다.

　"화장 고쳐야 해."

　당혹스러움인지 아니면 남자의 뜨거운 입김이 제 귓가에 스쳐서인지, 수현은 저도 모르게 얼굴이 새빨갛게 물드는 게 느껴졌다.

분명히 넥타이가 바닥에 떨어져 있었다. 그러나 그걸 말하지 않은 건, 그렇다. 못 한 게 아니라 안 한 거였다. 하여튼 그걸 말하지 않은 건 남자의 드러난 셔츠 사이로 보이는 쇄골 때문이었다.

화장실에서 화장을 고치고 나온 사이 남자는 전화기로 메시지들을 확인 하고 있었다. 제 기척을 듣고 그가 말했다.

"가지."

마치, 마치…… 잠깐 짬을 내 밀회를 즐긴 연인 같은, 그런 모양새였다. 어이없게도.

엘리베이터에서 그가 말했다.

"데려다줄게."

제 차는 회사에 있었다.

"아닙니다."

이 남자와 단지 진한 키스 따위를 했다고 해서 연인이 되는 건 아니었다. 다행히 회사는 그리 멀지 않았다. 땡 하는 소리와 함께 지하 주차장이 보이자 수현은 제가 1층을 누르는 걸 깜빡 잊어버렸다는 걸 깨달았다.

"안녕히 가십시오."

수현이 일 층을 누르면서 딱딱하게 말했다. 그러나 남자는 내리지 않았다. 다만 문 열림 버튼을 누르더니 말했다.

"생각이 있다면, 연락해."

"네?"

대체 무슨 생각? 이 남자가 말한 것 중에 무언가 빠뜨렸나 하고 머릿속을 헤집고 있는데 그가 말했다.

"결혼 같은 건 생각 안 해. 아마 내게 있어 결혼이란 규모가 거대한 M&A가 될 테니까. 이 약혼도 그 정도의 의미밖에 없고. 난 개인

168

적으로 최수현이라는 여자가 맘에 들어. 그 묘한 기시감도 그렇고. 뭔가 끌리는 게 있달까? 게다가 당신과의 키스도 맘에 들고. 그보다 더한 것도 기대되거든. 일방적으로 내가 즐기자는 거 아니야. 당신도 생각이 있으면 고객이니, 재벌 2세니, 아니면 친구의 약혼자니 하는 그런 거 빼고, 그냥 기분 좋은 만남 같은 거 한번 해 보는 게 어떤가 해서. 깊어지지 않을 자신이 있으면 연락해."

아니 이게 무슨 소리인가. 수현은 정말로 어이없는 표정으로 그를 쳐다보았다.

"말하다 보니 요즘 유행하는 조건 만남 뭐 그런 거 같군. 하지만 당신은 똑똑한 여자라 잘 이해하리라 믿어. 이렇게 정의하지. 깊지도 않고 얕지도 않은, 내일은 있지만 미래는 없는 그런 만남? 연락 기다리지. 그럼."

그는 엘리베이터를 나섰고, 문은 기다렸다는 듯 닫혔다. 그리고 일층으로 움직이기 시작했다.

아니, 이게 무슨…… 개똥딴지 같은 소리란 말인가.

지금 들은 건 환청인가?

남자의 말을 재고해 보는 데는 많은 시간이 걸렸다. 헐레벌떡 사무실에 들어가니 폭탄 맞은 것 같은 서류들이 널려 있었다.

국세청 쪽에서 새로운 자료가 도착했는데 그게 판도라의 상자라도 되는 듯 다들 몰려들어 분석을 해야 했다. 퇴근하라던 부팀장의 말은 한낱 꿈이었는지 집에 들어온 것은 12시가 넘어서였다.

겨우 녹초가 되어 문을 열었을 때도 생각 따위를 되짚을 여력 따위가 없었다. 새로 하는 일이란 게 힘에 부쳐서 그녀는 겨우 화장을 지우고 샤워를 하고 나온 다음에야 정신을 차릴 수 있었다.

그리고 눈에 들어오는, 늘 있던 자리에 있지만 왠지 다른 물건같이 느껴지는 아이보리색의 가죽 소파.

그랬다. 오늘 그 남자가 제 화장실에서 구토를 하고 여기 앉아 있었다. 그리고 문득 아래를 내려다보니 노란색의 실크 넥타이가 떨어져 있었다.

분명히 남자가 넥타이를 푼 것을 보고 떨어진 걸 봤지만 이야기하지 않았다. 단지 멍청하게 그 남자의 드러난 쇄골을 보고 있었을 뿐이었다.

수현은 천천히 가서 넥타이를 집어 들었다. 마치 황금색 뱀이라도 되는 듯, 조심스럽게 들어 올린 넥타이는 매끄러웠다. 오늘 무슨 일이 있었나. 며칠 만에 이현태라는 남자를 보았고, 그 남자가 여기 왔었고, 제가 엉뚱한 짓을 했고, 그리고…… 남자는 더욱더 어이없는 소리를 하고 가 버렸다.

뭐? 만나 보자? 아니, 약혼녀도 있는 남자가? 결혼이나 애정 따위의 전제도 없이?

갑자기 기분이 묘했다. 아니, 기분이 더러워졌다고 해야 하나?

내일 아침에 일찍 나가야 하니 자야 했다. 벌써 한 시가 넘었으니까. 넥타이를 소파에 던져 버리고 불을 끄고 침대에 누웠다. 온몸은 피곤에 시쳐 바로 침대로 녹아 들어가는 것 같은데 제 머릿속은 그렇지 못했다.

정말로 뼛속까지 나쁜 악당 같은 남자의 고약한 말 때문에.

"이거 이쪽 기장하는 사무실하고 연락해 봐야겠네. 이거 완전 초보인가? 아니, 여기 지방세하고 법인세를 왜 이따위로 계산한 거지?"

"그러게요. 그쪽하고 연락해 보겠습니다. 어디라고 했죠?"

"이시찬 사무소? 여기는 이렇게 기록되어 있네."

"네……."

수현은 회의실에서 나와 부산스럽게 제 방으로 갔다.

"어머! 오늘 최 세무사님 정말 예쁘시네요. 와, 완전 샤랄라 공주시네."

"고마워요!"

급하긴 했지만 그래도 저를 백안시하는 여자들마저 예쁘다고 칭찬하는 걸 못 들은 척할 이유는 없었다. 얼른 답을 하고 제 방으로 들어섰다.

"와, 오늘 어디 가세요?"

아침에 세무서에 들어갔다 오느라 오늘 처음 본 비서 윤임이 감탄을 하면서 물었다.

"아우, 아니에요. 날이 더워서…… 전에 사 놓은 건데 한번 입어본 거예요. 좀 요란하죠?"

"아니에요. 너무 예뻐요."

"그럼 고맙구요. 여기 연락 좀 해 줄래요? 연결되면 나 바꿔 줘요."

수현은 제자리에 앉으면서도 옆에 있는 전신 거울에 흘끗 스스로를 돌아봤다. 제 비싼 옷들은 대부분 부당한 방법으로 제 손에 들어온 것들이었지만, 지금 입은 민소매의 하늘색 바탕에 꽃무늬가 있는 원피스는 우연히 뜬 인터넷 쇼핑몰에서 직접 산 것이었다.

물론 가격도 그런 옷들의 이십분의 일도 안 되는 가격이었고, 막상 배송된 걸 보니 너무 요란하다 싶어 그냥 옷장에만 넣어 둔 것이었다. 단정하게 벨트를 하고 얇은 카디건을 걸치면 나름 괜찮을 거 같아서 입어 본 것이었다.

본의 아니게 잠을 설쳐서 일찍 일어난 수현은 온 정성을 다해 화장을 하고 잘 사용하지 않던 세팅기까지 꺼내 들었다. 그리고 온 정신을 다 거울 속에 있는 여자한테 쏟았다.

요란한 옷에 맞춰 머리도 세팅하고 하여 오랜만에 샤랄라한 복장을 했더니 좀 기분이 풀린 것 같은 느낌이었다. 여자들이란 유난히 잘 된 화장이나 잘 받는 옷 때문에 기분이 좋아지기도 하니까.

치마가 퍼져서 좀 불편하긴 했지만 다들 칭찬을 하니 뒤에선 부록으로 흉을 보더라도 제 기분만 좋아지면 다행이었다.

〈전화 연결됐습니다.〉

"네, 이시찬 사무소지요? 여기는 영림 세무법인인데요, 우주전자 기장 건 때문에 전화 드렸습니다……."

"저기 부팀장님……."

"오늘 예쁘게 잘 입고 왔네, 뭐. 갔다 와. 이거 최 세무사가 가야 하는 거잖아."

"아니…… 그게."

부팀장이 서류를 내밀었다.

"이런 거 팩스나 이메일로 보내는 거 요즘에도 안 좋아한다니까. 우린 서비스 업종이야. 서류만 갖다 주고 오면 되는데 뭐. 무슨 일 있어? 잘 아는 사이라며."

"그게……."

수현은 더 이상 거절할 거리가 없었다.

"백라의 이 부사장이 좀 애를 먹는 모양이야. 윗대가리들이 영 말을 안 듣나 봐. 이거 이러다 파기돼 봐, 우리 이렇게 애썼는데 수임료

제대로 못 받는다고. 그러니까 그쪽에서 일을 잘 할 수 있도록 우리
가 맡은 건 완벽하게 해야지. 이거 시간 맞추느라 난리쳤었잖아."

거기에 대고 제가 아니요라고 말할 수는 없는 노릇이었다.

"네. 알겠습니다. 다녀올게요."

풀이 죽은 대답을 한 수현은 서류 뭉치를 받아 들고 외출을 위해서
제 방에 와서 다시 거울을 보았다. 이거 뭐 자기 혼자 기분 전환이나
할 복장이지 대기업의 클라이언트 앞에 나서기는 민망해질 지경이었
다. 그러나 옷을 갈아입고 나갈 시간이 될 만큼은 아니었다.

"왜 그러세요?"

"저 서류 전해 주러 가야 해서요."

"아, 그러세요."

"저기, 이건 좀 요란하죠? 아, 진짜 왜 하필 오늘……."

"백라 들어가셔야 해요?"

"네."

풀이 죽은 수현을 보고 윤임이 빙그레 웃음을 띠었다.

"왜요. 완전 예쁜데. 뭐 꼭 세무사라고 해서 갑갑하게 입어야 하나
요? 재킷 입고 가심 되겠는데요, 뭐. 옷장에 있잖아요. 컬러도 흰색이
라 딱 좋겠는데."

"아, 그래요? 그걸 잊었네."

윤임은 나름대로 제 상사가 이렇게 젊은 아가씨인 게 재미있었다.
노땅 세무사의 비서로 있으면 다방이나 룸살롱에서 오는 전화나 받아
야 했을 텐데, 거의 딸뻘쯤 되는 아가씨의 샤방한 옷차림을 챙겨 줄
수도 있으니 훨씬 흥미가 있었다.

윤임이 건네주는 재킷을 입고 나서야 좀 괜찮아졌지만, 여전히 수
현은 풀 죽은 얼굴로 서류 뭉치를 들었다.

제발…… 자리에 없어라. 그냥 서류만 두고 오게.

마음속으로 빌 뿐이었다.

사람이 간절히 원하면 이루어진다고 했다. 그러나 별로 간절하지 않았나 싶게 비서실 앞에 서자 낯익은 그의 비서가 인사를 했다.

"안녕하세요. 부사장님 전화 통화 중이십니다. 잠깐 앉아서 기다리세요. 차 드릴까요?"

"네. 부탁드려요."

수현은 한숨을 내쉬면서 자리에 앉았다. 쾌적한 비서실도 오너의 사무실과 분위기를 맞췄는지 고급스럽기 그지없었다. 물끄러미 주변을 돌아보다 이현태의 모든 것을 알고 있을 것만 같은 노련한 비서가 찻잔을 들고 오는 것을 보자 수현은 갑자기 지난번이 떠올랐다.

"저기……."

"네?"

하얗고 고급스러운 찻잔을 제 앞에 놓는 비서를 보고 수현이 말했다.

"뭐, 좀 그냥…… 궁금해서 그러는데요."

"네. 말씀하세요."

"부사장님 왼손잡이신가요?"

왜 갑자기 이게 떠올랐을까. 실은 다른 말들이 떠올랐어야 했다. 제게 충격과 경악을 주었던. 그런데 지금 제 머릿속에 떠오른 것은 냉면을 풀던 왼손, 그러다 갑자기 바뀐 그의 오른손이었다.

"그게 왜 궁금하십니까?"

비서가 약간 어이없다는 듯 되물었다.

"아, 아닙니다. 그냥 궁금해서요. 질문 못 들은 걸로 하세요. 그냥…… 부사장님이 워낙 외모가 뛰어나시니까, 저희 사무실에 여자도 많고…… 관심의 대상이라서요."

마치 머리가 텅 빈 여자처럼, 그리고 마침 오늘 의상의 콘셉트도 좀 그런 분위기였기에 웃음으로 얼버무려 버렸다. 그러나 비서는 딱딱한 목소리로 대답했다.

"양손잡이세요. 특이하게 양손 다 사용하시죠. 식사하실 때나 글씨 쓰실 때는 오른손 사용하십니다만, 골프나 스포츠를 즐기실 때는 왼손 쓰세요. 그런 용품들은 다 왼손용을 쓰시죠."

뭔가를 바라고 한 질문은 아니었다.

그냥 그동안 잊고 있었던 뭔가가 다시 기어 나오다 어디론가 사라지는 느낌이었다. 그리고 잊어버리려고 애썼던, 어제가 생각났다. 지금 저 나무 문 뒤에 있을 그 남자가 제게 했던 말을.

"들어가 보십시오, 최 세무사님."

"아…… 네."

수현은 급하게 찻잔을 놓고 일어섰다.

"의뢰하신 서류들입니다."

수현은 일부러 딱딱한 목소리로 말했다. 검정색 투피스를 입었으면 딱 좋았을 텐데……. 저를 쳐다보는 남자의 눈빛을 보고 떠오른 생각이었다.

"난 그쪽 서류에 대해서 잘 모르니까. 뭐 특징적인 게 있습니까?"

연그레이의 슈트 하의에 진한 톤의 넥타이를 매고 눈부시게 하얀 드레스 셔츠를 입은 남자는 저보다 훨씬 딱딱한 목소리로 물었다. 그 목소리를 듣고 있으니 어제는 분명히 제가 꿈을 꾼 것 같았다. 그야말로 완벽한 백라전자의 젊은 부사장 이현태의 본모습이었다. 수현은 서류철의 맨 앞장을 열었다.

"12년도 3, 4분기 분식 회계를 한 흔적이 있습니다. 물론 세금도 일부 탈루했고요. 금액은 추정될 뿐입니다. 그리고 13년도 1, 2분기도 그렇고요. 여기 차명계좌가 의심되긴 하지만 의심일 뿐입니다. 채용 인원은 늘었지만 복지 예산은 증액되지 않았습니다. 아마 회계처리 하시는 분들이 다시 말씀드릴 거라 하더군요. 저희는 세금 쪽으로만 확인하고 추정했을 뿐이라, 정확한 금액은 알 수 없습니다."

"음……."

그는 부지런히 서류들을 넘겼다. 저 두꺼운 서류를 다 보려면 시간이 걸릴 것이었다.

"용건 끝났으면 가 보겠습니다."

인사까지 꾸벅했다.

"잠깐."

제 뒤통수가 찌릿해지는 느낌이었다. 무서운 건가? 이 남자의 잠깐이라는 말이.

"여기 재무제표 분석은 없던데……."

괜히 뭔가 걸렸던 수현은 안도를 하며 재빨리 대답했다.

"그건 회계 법인에서 맡아서 할 겁니다. 저희는 순전히 세금 관계된 것만 분석하는 거라서요. 전에는 세무 법인에서 했던가요?"

"아……. 똑같이 숫자만 쓰여 있으니. 헷갈렸군."

"그럼……."

얼른 사라지고 싶었다. 남자가 한 말 따위 있는 사람들의 재미있는 농담일 뿐이라고 치부해야 살기 편해진다는 걸 너무 잘 알고 있었기 때문이었다.

"오늘 예쁘군."

"……."

머리 꼭대기로 피가 몰리는 것 같았다. 그러나 수현은 아무렇지도 않게 대답했다.

"감사합니다."

"생각은 해 봤나?"

여전히 서류에 시선을 둔 채 남자가 마치 점심은 뭘 먹었냐는 듯 물었다. 아니 생각을 해 봤냐니, 대체 뭘…….

"아니요."

수현은 딱 잘라 말했다. 그리고 덧붙였다.

"용건 없으시다면 가 보겠습니다."

이런 소모적인 일을 하고 싶진 않았다. 이 남자를 처음 보았을 때부터 제 기가 빨려 나가는 것 같다고 느꼈었다. 아마 실제로 이렇게 생긴 인간들은 그러고도 남을 것이었다. 그러니까 스크린이니 잡지니 하는 데서 창궐해 줘도 새도 모르게 지갑을 털어 가는 것일 테니까.

남자가 피식 웃었다.

저 남자의 제복이라고도 할 수 있는 날 선 드레스 셔츠를 입은 채 으리으리한 부사장실에서 서류를 들고 피식 웃는다는 건, 완벽하게 세팅된 무대 위에서 완벽한 분장을 한 배우가 유명한 작곡가의 노래를 오케스트라의 반주에 맞춰 부르는 것처럼…… 커다란 데미지를 주는 짓이었다.

"덥석 물 거라고는 생각 안 했어."

"부사장님. 제가 굳이 이곳이 부사장님의 집무실이란 걸 다시 말씀 드려야겠습니까?"

"알아. 알고 있어. 확인해 본 바로는 도청 장치 따위는 없으니까. 그리고 내 말이 그다지 재수 있는 말이 아니었다는 것도 알고 있어."

"가 보겠습니다."

"아니, 잠깐."

그가 갑자기 자신의 책상 위에 있는 메모지를 꺼내더니 숫자들을 써 내려갔다. 그리고 내밀었다.

"내 전화번호야. 개인적인."

"이러실 필요 없습니다."

"뭐, 일 때문에 연락할 수도 있는 거 아닌가?"

수현은 남자의 손에 들린 메모지를 안 받을 수도 없는 입장이 되었다는 걸 알았다. 전화번호를 받는 것쯤은 할 수 있는 거 아닌가. 수현은 체념한 듯 종이를 받아 들었다.

"한 가지 재미있는 옵션을 걸지."

"……."

뭐라 대답해야 하는 걸까.

"처음부터 이 게임은 그리 공정하지 못하게 시작됐다는 거 잘 알아. 그러니까 그 불공정을 좀 만회해 보려고."

"저는 무슨 말씀을 하시는지 모르겠군요."

불공정이란 말이 와 닿기는 했지만, 그 전에 말이 생소했다. 웬 게임?

"내가 무시 못 할 배경을 가지고 있다는 게 가장 불공정하지, 게다가 당신의 클라이언트라는 것도 걸릴 테고. 내가 하는 말을 거절 할 수는 있어도 무시하지는 못할 테니까. 그러니까 제안을 하지."

뭘…… 대체.

"당신이 예스라고 한다면, 당신과 내가 단둘이 만날 때는 당신한테 선택권을 주겠어. 당신이 하자는 대로 하겠다는 거지."

"무슨 소리신지……."

정말 어이가 없어서 되물은 것이었다. 대체 무슨 소리인가.

"거 유행하는 게임 있잖아. 왕 게임? 당신이 날 선택하면 당신을 여왕처럼 받들어 주겠어. 한마디로 시키는 대로 하겠다는 거지. 서로 합의에 의해 돌아서기 전까지 말이야. 재밌을 거 같지 않나? 그리고 오늘 정말 예뻐. 딱딱한 정장보단 이런 옷이 훨씬 잘 어울려."

재미는 무슨 개뿔 얼어 죽을……

수현은 그의 방을 나서면서 정말로 기가 막히고 코가 막힐 지경이 었다. 이 남자 무슨 소리를 하는 건지. 표정 관리에 신경을 쓰면서 그 녀는 자리에서 일어나는 비서를 향해 아무렇지도 않은 듯 말했다.

"수고하세요. 다음에 또 뵙죠."

"네."

그때였다. 갑자기 저쪽 문이 벌컥 열리더니 누군가가 불쑥 들어왔 다. 수현도, 박 비서도 또한 문에 들어선 사람도 아주 잠깐이었지만 모두 멈칫할 수밖에 없었다. 그나마 박 비서가 제일 먼저 입을 뗐다.

"어서 오세요. 부사장님께서는……."

"어머…… 수현아."

아무렇지도 않은 듯 재연은 화사하게 미소를 지었다. 그녀는 오늘 좀처럼 입지 않는 진회색의 타이트한 정장에 화사한 실크 블라우스를 입고 긴 머리를 늘어뜨린, 목에 파란색의 신분증만 건다면 회사의 중 역같이 보일 차림을 하고 있었다.

또다시 표정 관리가 필요했다. 아주 잠깐이지만 경련이 일 것 같던 재연의 표정을 예리하게 보고 있던 수현은 저도 역시 화사하게 웃었다.

"어머! 부사장님 만나러 왔나 봐? 난 일이 있어서 말이야."

"그래?"

서로가 느끼기에, 아니 옆에 있는 박 비서가 느끼기에도 가식 100단 이 된 듯한 목소리였다.

이 재벌의 상속녀가 저를 친구로 생각하든 안 하든 그것은 상관없었다. 같이 놀아 주고 시시껄렁한 농담을 주고받고 밥을 먹고 차를 마셔 주고 좀 과한 대가를 받긴 했지만, 적어도 제 귀중한 시간을 할 애해서 희생했으니까, 제가 미안하거나 염치없거나 하진 않았다. 재연이야 돈이 썩어 문드러지게 많을 뿐이고 저 같은 범인들과는 다른 세상에 사는 사람이니까.

그때의 일 따위 거기 모인 사람 모두가 한때의 웃음거리로밖에 여기지 않을 것이고 기억도 하지 못할 것이 분명했다. 저는 쓸데없는 튜브 탑의 비싼 드레스는 차치하고라도 좀처럼 구경하기도 힘든 주세페를 챙겼으니 뭐 할 말이 있는 것도 아니었다. 문제는 바로 문 뒤에 있는 사람이겠지만.

'아마 내게 있어 결혼이란 규모가 거대한 M&A가 될 테니까. 이 약혼도 그 정도의 의미밖에 없고.'

그래서…… 그래서 뭐 어쩌란 말인가?

"오늘 예쁘다. 못 보던 옷인데?"

아마 제가 이런 옷을 입은 건 본 적이 없을 것이었다. 인터넷의 싸구려 옷이니까. 그러나 그것 가지고 자존심 상할 이유는 없었다. 게다가 저번에 있었던 일은 입에도 꺼내지 않는 걸로 봐서 그녀의 고의성에 대한 죄책감을 살짝 느낄 수 있었다.

"음, 그래? 그냥 기분 전환 삼아. 난 일이 끝나서 가 볼게. 즐거운 시간 보내."

라고 말하고 나니까 갑자기 방금 전에 문 안에서 남자가 한 말이 생각났다. 그리고 제 재킷 주머니에 든 남자가 친히 써 준 전화번호가 갑자기 묵직하게 느껴졌다.

'넌 저 남자 전화번호 아니?'

하고 묻고 싶어 입안이 근질거리는 거 같았다.

"그래."

재연의 얼굴에 안도의 빛이 떠오르는 게 느껴졌다. 그때였다. 벌컥 문이 열리고 그가 나왔다.

"최수현 씨……."

손에 서류를 든 채 수현의 이름을 부르다 말고 그녀의 어깨 너머로 재연을 보았는지 그가 입을 다물었다. 잠깐의 어색한 침묵으로 보아 제아무리 나쁜 남자의 표본이라 할 수 있는 이현태라 할지라도 방 안에서 했던 말이 걸렸던 모양이었다.

"아, 현태 씨, 수현이를 하도 오랜만에 봐서요."

이 주일밖에 되지 않았다. 그러나 마치 한 일 년은 못 본 것같이 반가운 목소리였다. 그랬겠지.

"연락을 미리 주시지 그러셨습니까?"

남자가 평소답지 않은 부드러운 목소리로 말하는 것을 보자 문득 수현은 제가 쥔 칼자루가 생각났다.

방금 전까지만 해도 절대 남자의 말 따위에 수긍 같은 건 하지 않을 셈이었다. 그런데 이 묘한 기분은 뭘까. 대봉이라는 어마어마한 뒷 배경이 있는 여자한테는 저 나쁜 남자도 제게 하듯 그렇게 제멋대로 할 수 없는 건가……. 그러다가 제 머릿속을 스쳐 지나가는 재연의 말이 생각났다.

한……번 해 볼까.

"그냥 이렇게 나타나는 것도 재미있지 않을까 하고요. 써프라이즈하게요."

제 말이 웃기다는 듯 손을 모으고 웃는 재연이의 천진난만한 미소가 제가 잠깐 망설였던 것조차 비웃게 만들어 주었다.

"아, 맞다. 전에 이야기 안 했는데. 고맙다고 말하는 거 잊었네."

"뭘?"

재연이의 얼굴이 살짝 굳어지는 걸 보고 수현 또한 천진난만한 미소를 띠면서 말했다.

"일 맡도록 부사장님께 부탁해 준 거 말이야. 덕분에 엄청 바빠졌지만, 새 분야에 대해서 공부도 하고 또 연봉도 올라갈 예정이라. 저희같이 경험 없는 곳에 약혼녀의 부탁으로 그렇게 덜컥 일을 맡겨 주신 거 우연이라고 생각하지만, 그로 인해서 저희 영림의 가능성을 보아 준 거라 생각해요. 두 사람이 함께 있을 때 감사 인사 다시 한 번 드려야겠어요."

앞의 말은 재연에게, 뒷말은 문에 어정쩡하게 서 있는 그를 향해 한 말이었다. 제가 넘겨짚은 것일지도 몰랐다. 그렇지만 여자의 직감은 거의 정확한 거고 이 경우에는 거의 100%일 것이었다.

자, 선택해…… . 선택의 전권을 자신에게 줬지만, 그건 누구나 할 수 있는 농담이었다. 여왕으로 만들어 주네 어쩌네 하는 것도 저 달변가이자 경영의 대가이며 까놓고 말하면 협잡꾼인 남자의 교묘한 스킬일지도 몰랐다.

이 게임은 이미 끝난 거였다. 어떻게 저런 남자를 마다할 수 있단 말인가. 위태로운 줄타기이건, 혹은 무시무시한 장난이었든 간에 처음 보았을 때부터 서 남자는 세 기를 빨아들이고 있었다. 애써 부정하고 있지만, 그건 이미 강한 긍정의 다른 모습일지도 몰랐다. 내일은 있지만 미래는 없다는 그런 말 따위 우습지 않은가.

자, 이번엔 당신이 보여 줘 봐.

"아, 수현아…… ."

재연이의 얼굴만 보아도 알 수 있었다.

"무슨 말입니까?"

저 재빠르게 돌아가는 머리로 이미 앞뒤 문맥을 구분했을 테지만, 짐짓 되묻는 건, 아마 재연이를 배려해서였을 것이었다.

"아, 그게, 우리 둘이 이야기한 게 있어요."

재연이는 특유의 느릿한 말투로 천천히 대답을 했다. 분명히 이현태는 이야기를 다 똑똑히 들었다. 두 사람만의 이야기가 아니라는 걸. 이 한마디로 모든 건 다 알려진 거였다. 이제 정말 이 관계를 청산해야 한다는 것을 알게 됐기에 수현은 다시 웃음을 지으면서 말했다.

"어머, 나 좀 봐. 시간이 이렇게 됐네요. 그럼 즐거운 시간 보내세요."

그리고 돌아섰다. 그동안의 정을 생각해서 여기서 끝내야 할 듯했기 때문이었다. 어떤 표정일지는 알고 싶지 않았다. 이미 알 것 같으니까.

"저녁 같이 하려고 했는데 가려고?"

따라나서면 큰일 날 분위기일 텐데 그래도 의례적으로 재연이 물었다.

"나 같은 말단 세무사가 제때 퇴근을 할 수 있겠니? 좋은 시간 보내."

수현은 문을 나서며 말했다.

"이를 어쩌죠. 오늘 저녁은 중역들과 약속이 있어서. 미리 전화를 좀 주시지 그러셨습니까?"

이현태의 사무적인 목소리를 들으면서 짜릿한 감정이 느껴지는 건, 제 스스로 본성이 선하지 못하다는 증거라 생각됐다.

분수에 맞지 않게 사는 건, 참으로 버거운 일이었다. 제 헐떡거리는 생활처럼. 그러나 결코 이것이 좋아서는 아니었다. 제가 생존하기 위한 방법이니까.

그냥 고향에 내려가서 세무사 사무실을 차리고 동네 세무서 옆에 옹기종기 모여서 동네 업체들 기장이나 뺏어 하루하루 기술자들 월급이나 주면서 먹고사는 것도 몇 년 전에는 가능했다. 그러나 고시의 문턱은 높았어도 공부를 업으로 삼는 사람들이 너무 많았고 일 년에 배출되는 신출내기들도 엄청났다. 그리고 그 좁고 갑갑한 동네에 사는 것도 싫었다.

비록 얼굴마담으로 영입되었지만, 세련되고 으리으리한 건물에 출근하는 것도 좋았고, 제 하얀색 렉서스 승용차도 포기할 수 없었다. 그리고 재벌 친구의 말벗을 해 주고 얻어 쓰던 값비싼 가방이니 구두니 하는 것도 보기엔 그저 그랬지만, 뒤에 달린 가격표를 보면 달라 보이는 것도 어쩔 수 없었다.

그렇게 살다 보니 이 생활에 익숙해지기도 하고 또 나름 재미를 느끼기도 했다. 물론 이제 그런 물건들은 포기해야겠지만, 굵직한 일을 맡으면서 이쪽으로 성공할 수 있지 않을까 하는 기대까지 할 수 있었다. 아직은, 주변에서 저를 괄시하는 이유인 새파랗게 어리다는 게 제 장점이니까.

자, 여기까지는 제 삶이었다. 그럼 이제 나와야 하는 것은 무엇일까? 남자? 러브? 섹스?

부모님 앞에서 떳떳하진 못하지만, 함부로 사냥감을 찾아다니듯 남자를 갈아 치운 적은 없었다. 아니 오히려 그 반대일지도 몰랐다.

첫 남자가 마지막 남자가 되길 내심 생각하면서 제 몸을 주고 마음을 주고 평생을 함께할 거라 생각했던 고시생이 사법연수원생으로 변신하면서 저를 헌신짝처럼 버린 게 오히려 득이 되었을지도 몰랐다. 아니었다면 그 떵떵거리는 시댁과 남편에 기를 못 펴는 불쌍한 친정을 가진 주부가 되었을 테니까. 그 덕에 죽어라 공부를 할 수 있었다고도 말할 수 있었다.

그리고 실연여행을 떠난 오지에서 자포자기하듯 만난 외딴 남자와 밤을 보냈다니……. 그게 아무리 좋았든 어쨌든 간에 공항에서부터 잊어버리려고 애쓴 건 그게 타당하고 합당했던 그 당시의 상황이, 해가 뜨자마자 어이없고 당혹스러워졌기 때문이었다. 인천에 내려서 짐을 풀고 가장 먼저 간 곳이 산부인과 병원이었으니까. 혹 무슨 병이라도 옮겼을까 봐.

그리고 눈앞에 나타난 남자…….

왜 이 남자를 보고 K라는 알파벳을 떠올리게 됐을까. 그리고 또 왜 제 기억 속의 그 남자가 2년 전에 제가 생각했던 것처럼 나쁜 사람이 아니었다고 되뇌는 걸까. 혹 그 K가 2년 만에 변신을 해서 대기업의 후계자가 되었을 거라 상상을 하는 걸까?

이현태 부사장이 제게 세련되고 여자들이 혹할 만한 묘한 긴장감을 뿌리면서 제 옆을 맴도는 게 혹 그 남자가 자신을 기억하고 일부러 그런 거라고 생각하고 싶은 게 아닐까.

그 남자가 보여 줄 필요도 없는 동생의 사진을 제게 보여 주면서 마침 그때 그 비슷한 곳에 있던 동생이 세상을 떠났다고 제게 '일부러' 이야기하는 건, 혹시 지금 이 자리에 있어야 하는 이현태라는 사람이 실제로 세상을 떠난 거고 그 동생이 변신을 한 거라는 걸 슬쩍 힌트를 준 거 아닐까…….

"참, 내, 원!"

소설을 볼 시간도 없이 자라 왔건만, 참 제 머릿속이 잘 돌아간다고 생각했다. 무슨 웃기는 드라마도 아니고…….

구채구 주변에 가면 그런 자연 친화적인 외모의 외국인들이 득시글했다. 그냥 우연일 뿐이었다. 가 봐서 알지 않은가, 중국 땅이 얼마나 넓은지 구채구 주변이 얼마나 광대한지.

제 앞에 놓인 노트북에는 훑어봐야 할 자료들이 잔뜩 들어 있었다. 그런데 멍하니 앉아 이런 헛짓거리를 하고 있다니.

수현은 자리에서 일어나 옷걸이가 있는 곳으로 갔다. 고급스러운 부직포 케이스에 담긴 옷들이 즐비한 가운데 오늘 입고 갔던 하늘색의 원피스가 걸려 있었다. 그리고 하얀 재킷도. 수현은 재킷 주머니를 뒤졌다. 그러자 접힌 메모지가 나타났다. 그리고 쓰여 있는 숫자들.

분명히 남자는 오른손으로 글씨를 썼었다.

여왕이라…….

손해 볼 것은 없었다. 혹 스캔들이 나더라도 저보다야 그 남자에게 치명적일 테고, 아니 솔직히 그렇게 난리가 날 정도로 이 관계가 지속될 리 없으니까 그 남자도 그렇게 말하는 것일 터였다.

흘끗 저도 모르게 뒤를 돌아보았다. 남자가 기대어 있던 소파가 눈에 들어 왔다. 그날 이후로 단 한 번도 앉아 본 적이 없는.

그리고 제 화장대 위에 돌돌 말려 있는 노란색의 실크 넥타이.

정말 그냥 그렇게 어른들용 장난처럼 끝나게 될까? 그게 옳은 걸까. 제 마음이 원하는 건 뭘까.

흘끗 시계를 보았다. 12시였다. 신데렐라의 마법이 끝나는 시간, 유리 구두만 남기고 모든 게 넝마로 돌아가는 시간. 그러나 제겐 마법이 시작되는 시간이 될지도 모른다. 수현은 전화기의 버튼을 터치했다. 잠깐 동안의 송화음이 나고 저편에서 마치 주문 같은 낮은 남자의 목소리 흘러나왔다.

〈이현태입니다.〉

8. 어쨌든 시작

어쨌든, 일은 시작되었다. 무엇을 할 것인가, 어떤 말을 했는가, 결과가 어떻게 되겠는가, 주변과의 관계는 어떤가…… . 수없이 계산기를 두드려서 나온 답은 분명한 마이너스였다. 그럼에도 불구하고 시작된 이유는…… 단 한 가지였다.

그 남자가 보고 싶다.

지나치게 잘났기 때문에? 지나치게 키스를 잘하기 때문에? 그런 건지도 모르겠지만, 적어도 이 남자가 제게 호감을 가지고 있다는 건 사실이었다. 그 교통사고 현장에서의 첫 키스도 솔직히 그 처참한 광경을 잊으라고 한 거였겠지만, 적어도 걱정하는 감정이 없다면 그런 지나친 매너 따위 필요 없었을 것이었다.

그럼 그 남자의 호감만이 이 일의 필요조건일까? 그건 아니었다. 이걸 무시한다고 해서 제가 멀쩡하게 하고 있는 일이 뭔가 잘못되지도 않을 텐데, 그래도 그런 선택을 한 건, 적어도 제게 선택권이 있다면 선택하고 싶을 만큼…… 남자는 매력적이었다.

이왕 시작하기로 한 거, 비록 나폴레옹처럼 100일 천하에 끝난다 하더라도 그 100일을 제왕처럼 즐겨 보기로 했다. 그게 설사 잘못된 선택일지라도. 아니, 꿈도 야무지지. 100일이라니. 단 삼 일이라도 그 달착지근한 유혹을 즐겨 보기로 마음먹었다.

시작은 적어도 평범했다. 남들이 보기엔. 그러나 그 이면을 들여다보자면 결코 평범할 수 없는 모양새였다.

우선 마라톤 회의를 끝내고 증거를 인멸하기 위해 재벌 2세들은 평생 타 본 적 없을 택시를 타고 나타난, 진회색 슈트를 잘 차려입은 남자였다.

게다가 그때 그 샤랄라한 원피스의 후유증을 없애기 위해 무채색 정장들을 고수하는 중인 수현도 막 장례식에 입고 가도 될 만한 근엄한 옷을 빼입고 있었다. 물론 야근의 후유증으로 아침의 그 칼에 베일 듯한 단정한 다림질 선은 보이지 않았지만.

하여튼 마주하고 앉은 둥그런 양철 탁자의 가운데 타고 있는 연탄불은 등 뒤로 냉기를 뿜고 있는 에어컨 덕에 그 화력을 맹렬하게 보여 주진 못했다.

"별로 놀라지 않으시네요."

"As you like it(당신 뜻대로 하세요)."

남자의 얼굴에는 약간의 기대마저 보였다. 아주 낯설게도.

"전 셰익스피어 안 좋아해요."

셰익스피어의 희극 제목이었다. 알고 이야기하는 걸까 싶어 수현이 퉁명스럽게 대답했다.

"나도 이제부터 안 좋아하도록 하지."

뭐라 할 말이 없었다. 제대로 본인이 정한 규칙을 즐기기로 한 듯 남자는 재미있다는 표정이었다. 금방 야채며, 콩나물 무침이며, 물김치와 장, 볶은 지 한참 돼 보이는 어묵 볶음과 파절이 같은 것이 척척 앞에 놓여졌다. 물론 서빙하는 중년의 아줌마도 힐끗거릴 만큼 멀쩡하다 못해 어마어마한 남자는 아랑곳하지 않는 표정이었다.

불판 위에 하얀색의 동그라미들을 잔뜩 올려놓은 아줌마가 사라지고 나서야 수현이 입을 열었다.

"수십 번 부사장님의 그 말에 대해 생각해 봤는데, 결론은 이거였어요."

"곱창?"

"어머, 아시네요. 전 모르시는 줄 알았어요. 이런 거 있는 줄도 모르시지 않나?"

"이것도 먹는 거니까. 이렇게 둘러앉아 먹어 본 적은 없지. 그런데 결론이 이거라니?"

"부사장님 같은 분이 나 같은 여자한테 왜 그럴까. 생각을 좀 해 봤어요. 내가 왜 그럴까 하는 건 답이 간단한데, 아무리 생각해도 잘 모르겠더라고요. 그런데 지금 앞에 앉아 계시는 거 보니 제 생각이 맞다는 걸 알겠더라고요."

"그래, 그 생각이 뭔데?"

"서민 코스프레를 하고 싶으신 거죠. 서민들은 뭘 하고 노나, 뭘 먹고 사나……. 그런 게 알고 싶으신 거 아니에요? 어떤 여자든 마다할 수 없는 능력을 가지신 분이 저와 같은 말단 직장인을 데리고 뭘 하고 싶으신 걸까, 생각해 보니 이거뿐이더라고요. 만약에 여기 오신다면 제 생각이 맞다는 건데 이렇게 오셨으니까요."

"서민이라……. 최수현 씨는 본인이 서민이라 생각하나?"

갑작스런 질문이었다. 서민인가? 적어도 이 나이에 외제차를 끌고 서울 도심에 오피스텔에 살면 서민은 아닌 건가?

"그래도 부사장님하고는 다르죠. 게다가 그 왕 게임 같은 옵션은 너무 즉흥적인 거 아니십니까?"

"즉흥적이라 해도 성공적이잖아. 그럼 된 거 아닌가?"

"아……."

이 남자가 얼마나 논리로 무장한 남자인지는 진작 알고 있었다. 그리고 또 얼마나 무시무시하게 일을 추진하는지도. 그런데 앞에서 제 말에 대꾸를 하고 있는 이 모습은 또 뭘까. 의외일 수도 있었지만 나름 괜찮았다. 연애인지는 모르겠지만, 뭔가 비밀스러움을 간직한 채 만나는 게 그리 손해를 볼 것 같지 않다는 생각이 들 정도였다.

그리 먹성 좋게 먹지 않는 건, 처음 먹는 것에 대한 부담감일 수도 있었고 이런 대단한 사람들은 원래 풍족해서 먹는 것에 별로 의미를 두지 않기 때문일 수도 있다. 그건 제 오랜 관찰에서 나온 경험이기도 했다. 그걸 굳이 권하지는 않았다.

"잘 먹는군. 따로 체중 관리를 하나?"

"아니요. 이유는 잘 모르겠지만, 머리를 많이 쓰는 직업이어서 그런지 먹는 만큼 소비가 되는 모양이에요. 그래서 따로 다이어트 같은 걸 해 본 적은 없어요. 축복이죠."

"그렇군. 차 가져오지 않았나?"

소주를 홀짝거리는 것을 보고 그가 다시 물었다.

"대리 부를 거예요."

"뭐?"

"아 전용기사 말고 돈을 조금 주고 잠깐 기사를 부르는 거죠. 오늘 많은 거 배우시네요."

"그러네."

어색하기도 하고 그렇지 않기도 하고, 참 묘한 자리였다. 과연 이 대단한 사람이 이 자리에 나올까부터 걱정이었는데, 별로 잘 어울리지는 못하지만 잘 참아 내고 있었다. 괜히 미안해질 만큼.

"다음엔 그 옷에 어울리는 곳으로 장소를 잡아야겠군요."

분명히 제가 상표를 보면 기절할 만한 브랜드의 슈트를 보고 말했다.

"다음에 시간이 있으면 내가 어울리는 옷으로 갈아입지."

"하하, 진짜세요?"

웃음이 터졌다. 과연 이 남자 왜 이러는 걸까.

"정말 궁금해서 그러는데요. 부사장님 왜 그러시는 거예요? 사는 게 재미없고 힘드신가요?"

적당히 들어간 소주 몇 잔이 불러낸 힘이었다. 가득 들어차 있는 넥타이 부대들이 얼큰하게 술이 취했는지 여기저기서 건배 소리가 소란스러웠고, 여자들의 웃음소리도 가득했다. 선풍기가 쉴 새 없이 돌아가고 있었고, 위에 달린 환풍기도 요란한 소리를 내고 있었다.

늘 보던 장면과 소리들인데 거기 한가운데 앉은 남자는 낯설었다. 이런 분위기에서는 평소에 절대 하지 못할 말들이 나와도 다들 용서하는 법이었다. 제 앞에 써늘하게 앉아 있는 남자에게도 그 법칙을 좀 알려 주고 싶었다.

남자는 대답하지 않았다. 그러나 아까보다는 약간 힘이 빠진 듯한 눈동자는 뭔가 대답할 말을 생각하는 듯했다.

"음…… 뭐 대답하기 곤란하시다면, 대답하기 쉬운 질문 드리죠. 처음 만난 여자를 데리고 침대로 직행하시는 데 걸린 최단시간은 얼마예요?"

"왜 그게 궁금하지?"

남자가 소주잔을 들었다 그녀를 쳐다보더니 다시 놓으면서 말했다.

"그냥, 이렇게 매력적인 남자는 기록이 얼마나 되나 궁금해서요. 설마 없으실 리는 없을 테고."

수현이 다시 소주잔을 들고 홀짝거리며 말했다.

"5분."

"네?"

"5분이라고. 물론 엘리베이터 타고 올라가는 시간이 있어서 그랬지만."

눈 하나 깜짝 안 하고 이야기하는 걸 어이없는 웃음으로 답해야만 했다.

"와…… 그래서 이런 게임을 즐기시는 거예요? 다 너무 시시하니까?"

"아니."

그는 정색을 하고 대답했다.

"그럼 뭐예요? 그 기시감 때문에요? 전에 그러셨죠. 절 어디선가 본 것 같다고."

"맞아."

남자는 단답형으로 딱 떨어지는 말로 대답했다. 기시감이라……. 실은 묻고 싶은 게 있었다. 그러나 물어야 할까. 언젠간 알아야 할 거라 생각됐지만, 그 언젠가가 이렇게 금방 올 줄은 몰랐다. 밑이 새카맣게 된 곱창들을 뒤집으면서 생각하던 수현이 말을 꺼냈다.

"중국에 가신 적 있으세요?"

지금이 아니면 다시 물어볼 기회가 생기지 않을 것 같아서.

"3년 전쯤 전에."

"어디로요……."

제 얼굴이 굳어지는 걸 잘 알지 못한 그녀였다.

"북경에. 수술하러."

"네?"

"동생이 아파서 신장이식 수술을 하러."

신장이식? 그런 큰 수술을?

"왜 중국에서……."

"소문이 나면 안 되니까. 이 소문이 퍼지면 우선 1차 책임은 당신이 되는 거야."

"아……."

남자는 농담처럼 말했지만, 수현은 저도 모르게 얼굴이 굳어졌다. 3년 전이라면…… 게다가 그 욕실의 희미한 전구 밑에서 보았던 선명한 왼쪽 옆구리에 있던 상처 자국이 떠올랐다. 정말…… K는 이 사람의 동생이었을까.

갑자기 잊고 있던 게 떠올랐다. 이 남자와 그냥 위험하고 비밀스러운 연애를 해야겠다는 철없는 생각이 얼마나 많은 정상적인 생각에 위배되는지를. 장난처럼 시작했지만, 뭔가 확인을 해야만 했다.

"저도 2년 전에 중국에 갔었어요. 한 달 일정으로 북경이랑 상해도 가고 청도도 가고 했었거든요. 그때 절 보셨다고요?"

"아니. 난 북경에 있었고 병원에만 있었지. 그리고 북경 지사에 출근했었고. 신장 공여자는 회복이 빠르거든."

"그런데 어디서 절 보신 거죠?"

"그러게. 현우는 그때 이식을 받고 잠깐 좋아졌다가 악화돼서…… 내내 병원에만 있다가 갔는데……."

그의 얼굴이 어두워졌다.

"그…… 전에 동생분은 쓰촨성에 있었던 건가요?"

알고 싶지 않았다. 그러나 왠지 K가 그의 동생이 아니길 원했다. 그의 동생이라면…… 이러면 안 되는 거니까.

"모르지. 내가 알기로는 네팔에 있었던가 티베트인가 그랬던 거 같아. 갑자기 건강이 악화돼서 한국으로도 못 들어오고 북경으로 갔다고 들었으니까. 현우는 화가였거든. 그런데 유작으로 거기 그림이 있으니 언젠간 거기 머물렀었겠지."

화가라니…… 아무리 기억을 더듬어 보아도 그 남자의 방에는 그림 그리는 도구 따위는 아무것도 없었던 것 같았다. 아니, 기억이 모호해서 그런 걸까.

"부사장님은 절 언제 보셨는데요?"

"그 명칭은 좀 빼지."

"아……."

그러나 현태 씨, 하고 부를 수는 없었다. 그건 재연이 몫인 듯해서.

"언제 절 보셨는데요?"

이름을 빼고 부르는 수밖에. 그러나 남자는 그것까지 뭐라 하지는 않았다.

"글쎄. 어디서 봤는지는 모르겠는데 낯익어."

제 얼굴이 흔한 얼굴일까? 나름대로 제 얼굴에 자신감이 있어서인지 고등학교 때 한 치아 교정을 빼고는 손 댄 구석은 없는 얼굴이었다. 코에 필러 같은 걸 해 보고 싶은 생각은 좀 있었지만, 고시생과 연애를 하느라 바빴고, 그 뒤에는 공부를 하느라 바빴다.

어디서 봤을까. 혹시 이 사람이 K가 아닐까……. 그러나 다시 생각해도 그 K는 한눈에 거구라는 생각이 들 정도로 덩치가 좋았다. 이 남자는 키는 비슷해 보이지만 딱 모델핏이라는 게 어울릴 만큼 늘씬

했다. 어마어마하게 다이어트를 해서 살이라도 뺀 걸까? 머릿속이 복잡해졌다.

"구채구라는 데서 현우를 본 적 있나?"

이번에는 그가 물었다.

"글쎄요······. 비슷한 사람은 봤어요."

"그래? 그게 현우일지도 모르지."

그러나 아파서 신장을 이식받을 정도라면 그렇게 체구도 좋고 건장할 리가 없었다. 게다가 시기도 비슷한데······. 뭔가 아귀가 맞지 않는 듯했다.

"그래서 내가 기시감이 들 수도 있어. 믿기진 않겠지만, 쌍둥이들은 묘한 감정의 교류가 있거든. 물론 고등학교 때 이후론 같이 지내지 않았지만, 가끔 보면 그냥 같이 생활했던 것처럼 느껴질 때도 있으니까."

제 입에서 뱅뱅 도는 말을 어찌해야 할지 몰라 수현은 다시 빈 소주잔에 소주만 따랐다. 물론 남자는 입에도 대지 않았다. 생각해 보니 아무것도 먹지 않은 듯했다.

"만났다면 알 거 아니야?"

"그게······."

"······?"

그가 의아하다는 듯 쳐다보았다. 술을 괜히 먹은 걸까. 에어컨이 잘 돌아가고 있었지만, 장소는 넓고 사람은 많았고 가운데 불은 이글거리고 있었다. 얼굴이 붉게 물드는 게 느껴졌다.

"누군가를 만나긴 했어요. 구채구에서. 그때 저는 경치에 취해서 무리하게 돌아다녔고 그러다가 다리를 심하게 삐었죠. 그때 절 도와준 사람이 있었어요. 그리고······ 셔틀을 놓쳐서, 그 주변에 있던 그 사람 집에 갔었고……."

"그리고? 그와 잤나?"

남자는 눈 하나 깜짝 않고 수현에게 물었다.

둘 사이의 첫 만남이었다. 그런 말 같지도 않은 제의를 하고 그걸 받아들이고, 비록 정상이라고 말할 수는 없었지만 그래도 명색이 첫 데이트였다. 그런데 어쩌다 이야기가 여기까지 흘러왔는지. 당혹스러웠다.

그러나 정리를 해야 하는 거였다. 정말 K가 이 남자의 친동생이라면 형제 사이에 이럴 수는 없는 거니까. 처음 시작에서 정리를 해야 하는 게 맞았다. 비록 제 마음이 억울하긴 해도.

"후……."

한숨을 내쉬고 수현이 대답했다.

"그래요."

"그랬군."

남자의 대답은 간단하고 명료했다. 그래, 여자를 만난 지 5분 안에 침대로 이끌 수 있는 남자한테, 제가 만나는 여자가 다른 남자와 잤다고 해서 뭔가 바뀌는 게 있을 리는 없을 것이니까. 예상은 했지만 이 의외의 반응에는 당황스러울 지경이었다. 그러나 상대는 아무렇지도 않은 듯 다시 물었다.

"현우였나? 그래서 날 처음 봤을 때 그렇게 굳어진 건가?"

"제가 그랬나요?"

"많은 사람들이…… 현우와 날 따로 봤을 때 그런 표정을 짓지. 미묘하지만. 그 저녁 식사 때 당신의 표정을 보고 뭔가 느꼈지. 나의 기시감뿐만 아니라 분명히 당신이 어디선가 현우를 봤을 거라고. 당신은 날 처음 봤지만 그렇지 않은 거 같았으니까."

"그랬군요."

그러나 수현은 그걸 느끼지는 못했었다. 그냥 차갑고 냉랭하게만 보였으니까. 그때 제가 그랬었나? 놀랐던 건 사실이었다. 그러니까 그게 은연중에 얼굴에 드러났을지도 몰랐다.

"그렇지만."

수현은 이야기를 해야 했다. K가 그 현우라는, 이 남자의 동생이라는 증거는 아직 없었다. 아니 이 남자가 말하는 쌍둥이끼리의 정신적인 유기감이나 기시감 따위 믿을 수가 없었다.

"그 사람이 동생분이라는 거 믿을 수 없어요. 절대 아픈 사람 같지 않았거든요, 그렇게 위독할 만큼. 오히려 건장했어요."

"현우라면서?"

"아니에요. 난 그 사람 이름 몰라요."

"아니, 어떻게 하룻밤을 보냈다면서 이름도 모르는 거지?"

남자의 당연한 물음에 수현이 더듬거리면서 대답했다.

"그……거야. 이제는 다시 안 볼 사이라고 생각했으니까요. 어차피 전 중국을 뜰 거였고, 서로가 다시 만나지 않을 거라 생각해서……. 그래서 그냥 아무 이름이나 이야기했어요."

잠자코 듣고 있던 그가 천천히 물었다.

"뭐라고 했는데?"

혹시…… 아니, 아닐 거야. 수현은 혼자 도리질 쳤다. 그건 두 사람만 아는 거니까. 토끼와 거북이라고 했을 수도 있는 거니까. 혹 이 남자가 그걸 알고 있다면…….

"A요. 그냥 A라고 하라고 했어요. 물론 이름을 부를 일도 없었으니까."

"A?"

"네."

"현우답군."

"왜 동생이라고 단정하는 거죠?"

"왠지 그럴 거 같으니까."

"부사장님은 굉장히 이성적이실 거 같은데, 의외로 비과학적인 감정에 의존하시는 건가요?"

"글쎄. 경험상 그래. 난 미신 따위 믿지 않아. 내가 경험한 거니까 믿는 거야."

"그럼. 이 만남은 여기서 끝내야겠네요. 그렇죠?"

"왜?"

그가 되물었다.

"그…… 남자가 부사장님 동생이라면, 제가 형제 사이에…… 그럴 수는 없는 거니까요."

"그렇군. 그럼 당신은 그 A라는 남자가 현우라는 건가?"

"단정할 수 없다는 거죠. 정황상. 전 그 사람이 부사장님 동생이 아니라고 생각해요. 지금도 멀쩡하게 구채구에서 다른 여자들을 부축해 주고 그걸 미끼로 원나잇을 즐기고 있는지도 모르니까요. 절대로 아파서 2년 만에 세상을 뜰 만하지 않았거든요. 신장이식을 받았다면, 분명히 신장에 문제가 있었을 거고 주변에 그런 사람을 본 적이 있어요. 절대 그렇게 멀쩡할 수 없을 거란 생각이 들기 때문이에요."

술김이었다. 제 목에 걸 수 없는 과한 목걸이에 대한 욕심이었다. 곧 금고 안으로 돌아가야 하지만 단 한 시간이라도 더 목에 걸고 싶은 찬란한 에메랄드 목걸이에 대한 욕심.

저를 쳐다보는 남자의 눈을 더 보고 싶은 거, 제게 당신이라 부르는 드라마틱한 남자의 목소리가 더 듣고 싶은 거, 그리고 지금은 소주와 고약스러운 안주 때문에 포기해야 하는 남자의 달짝지근한 입술까지. 가져서는 안 되는 것에 대한 제 적나라한 욕심이었다.

"그걸 확인해 주세요. 부사장님이라면, 그 정도의 능력은 되잖아요?"

"어떻게?"

"사람을 보내서 구채구에 그런 사람이 사는지 알아볼 수도 있고……."

"그런가?"

"제가 그곳이 어딘지는 대충 아니까……."

"그게 얼마나 번거로운 일인 줄은 아나?"

남자의 얼굴이 싸늘했다. 그건 그랬다. 제가 나오는 대로 말하긴 했지만, 사람을 보내서 구채구를 뒤지다니……. 아무리 돈이 많아도 그렇지.

"그러네요."

수현은 급하게 대답했다. 술이 너무 취해서 그런가 보다 싶었다. 홀짝거리던 소주병이 반 이상이나 없어졌으니까. 남자는 물론 단 한 입도 대지 않은 게 분명했다. 수현은 물방울이 잔뜩 매달린, 아까는 시원했지만 밍밍해진 물 잔의 물의 마셨다. 밍밍하고 끝 맛이 영 좋지 않았다.

그래, 왜 저 남자가 그렇게까지 해야 하는 걸까. 지레 포기를 하고 있는데 남자가 되물었다.

"내가 그 A라는 사람을 찾아낸다면, 당신은 어쩔 건데?"

"네?"

어째야 하는 거지……. 수현은 뭐라 말을 해야 할지 알 수가 없었다.

"좋아. 내가 알아보지. 제의를 먼저 한 건 나니까. 나는 여기서 당신도 나에게 호감이 충분히 있다는 결론을 도출하면 되는 건가?"

메뉴 선택을 잘못한 덕에 그는 택시를 타고 사라졌고, 저는 대리기사를 불러 집으로 와야 했다. 뭘 바라고 있었는지는 모르겠지만 그래도 뭔가 한 발짝 나선 것 같은 기분이었다. 내내 그 이상스러운 기분을 어쩔 수 없었으니까. 뭔가 밝혀질 것이었다.

절대, 그 건장한 남자는 이현태 사장의 동생이 아니었다. 신장이식이라면…… 분명히 투석 같은 것도 했을 것이었다. 제가 말한 것처럼 투석 받는 게 얼마나 힘든지도 어렴풋이 알고 있었고, 절대 그 사람은 환자가 아니었다. 아니 그냥 비슷한 사람이었을 확률이 더 많아 보였다.

박 세무사가 가르쳐 준 정보에 의하면 2년 전에 수술을 했다고 했다. 그거야 카더라, 같은 것이기에 본인이 3년 전이라면 그게 맞을 것이었다. 3년 전에 수술을 하고 일 년간 괜찮다가 갑자기 나빠진 것일까?

수현은 술기운이 올라왔지만, 인터넷 검색을 해 보았다. 이리저리 신장이식에 대해 찾아보다 한 그림에 눈이 갔다. 신장이식에 관한 것인데, 신장 공여자는 복강경으로 수술하기 때문에 구멍 두개와 아랫배에 3센티 정도의 절개창만 낸다는 설명이었다. 분명히 그의 상처는 길고 컸다. 그냥 아주 우연히 상처 자국이 있는 사람을 알게 된 걸까?

머릿속이 확 헝클어지는 느낌이었다. 아니 이제 곧 알게 될 것이다. 그가 알아본다고 했으니까. 컴퓨터를 끄면서 수현은 다음번에는 메뉴 선정을 잘 해야겠다고 다짐했다.

9. 내일은 있지만 미래는 없는

"식사는 하셨습니까?"

"네."

"자, 그럼 시작하지요. 자 편안하게 눈을 감으시고…… 숨을 천천히 들이마시고, 천천히 내뱉으세요. 하나, 둘, 셋, 넷……."

어두운 조명 사이로 백색 소음이 흘러나왔다. 나른한 노인의 목소리는 그 소음 사이로 천천히 스며들듯 들렸다.

"뭐가 떠오릅니까?"

"상대가 터무니없는 금액을 부르고 있습니다."

잠든 것 같은 남자가 천천히 대답했다.

"그렇군요. 신경이 많이 쓰이시겠군요. 그럼 일 외에는 뭐가 있습니까."

"사람을 만나고 있습니다."

옆에 앉아 있던 노인이 자리에서 일어났다.

"여자인가요?"

"네."

"약혼하셨다더니……."

"다른 사람입니다."

"그래서…… 어떤가요?"

"모르겠습니다."

"뭐가요?"

"그 여자를 보면, 현우가 생각납니다. 왜 그런지 모르겠지만, 현우가 불쌍해요."

"……."

오늘따라 기분이 찜찜해졌다. 아무도 없는 텅 빈 공간이지만, 저하나를 위해 이 광활한 공간에 냉방장치가 돌아가고 있었다.

그는 재빨리 이곳을 벗어나는 게 세상을 위하는 길이라 생각하고 긴 다리를 성큼성큼 내디며 하얀 무중력상태 같은 공간을 가로질러 가고 있었다. 막 모퉁이를 돌자마자 이 과한 냉방이 저 혼자를 위한 것은 아니었다는 것을 알게 되었다.

"끝났나 보네. 잘돼 가는 거니?"

"……."

그의 발걸음이 멎었다. 가운데 공간에 있는 가정집에서 쓰기에는 지나치게 전위적인 입술 모양의 새빨갛고 커다란 구조물에 누군가 앉아 휴대폰을 보고 있다가 시선을 들더니 말했다. 밖은 막 넘어가는 해가 작열하면서 모든 것이 타들어 가는 듯한 열기가 이글거리고 있었지만, 회색의 매끈한 내장재로 된 실내에는 찬 공기가 가득했다.

가운데 앉아 있는 젊은 여자는 그 회색의 공간에 잘 어울리는 매끄러운 그레이의 칠부 소매가 달린 원피스를 입은 채 반짝거리는 실버

까르띠에 목걸이와 팔찌로 포인트를 주어 청량감을 나타냈고, 긴 머리카락은 말끔하게 올려 시원한 목선을 드러내고 있었다. 매끄러운 종아리를 팽팽하게 꼬고 새빨간 스틸레토 힐을 까닥거리고 있었다.

"여기 일은 잘 처리해 줘서 고마워."

"네."

같은 나이라고 해도 믿을 만큼, 마치 작품 같은 커다란 가죽 쇼파 위에 앉아 있던 여자는 일어섰다. 힐 덕이지만 원체 키가 큰 여자는 늘씬하고 서구적인 미모를 지녔고, 우아함이 넘쳤다.

"현수는 잘 있죠?"

의례적인 인사였지만 여자는 갑자기 신경질적으로 웃었다.

"오호호호, 그럼 잘 있지. 이렇게 멋진 형님 덕에 말이야."

"그럼 가 보겠습니다. 볼일 보십시오."

소름 끼칠 것 같은 여자의 날카로운 목소리에 신경이 거슬린 그가 막 발걸음을 떼려는데 여자가 입을 열었다.

"주말에 식사 같이 하자. 재연이도. 약혼녀한테 너무 소홀한 거 아냐?"

대답을 바라고 하는 말이겠지만 그는 의례적인 대답만 했다.

"비서한테 연락하십시오. 그럼."

"그래."

여자를 뒤로하고 그는 재빨리 그곳을 벗어났다.

수현은 저도 모르게 힐끗 다시 한 번 거울을 보았다. 솔직히 제가 올 필요가 없는 자리였다. 그러나 와야 했다. 세무팀에서는 이미 할 일이 다 끝나 있었다. 회계팀이나 법률자문팀이 중요한 자리였다.

"분리 매각 쪽으로 가는 것으로 결정했습니다. 연구 분야 외에는 쓸모가 없기 때문입니다. 하지만 그에 대한 반발은……."

팀장이 설명을 하고 있었다. 회의실에는 굳은 표정의 사람들이 지금 발언을 하고 있는 금테 안경을 쓴, 한눈에 봐도 어마어마한 연봉과 어마어마한 분량의 일을 하고 있을 명석한 두뇌의 남자에게 시선을 집중하고 있었다. 그러나 단 한 사람, 수현만은 딴 곳을 보고 있었다. 물론 티가 안 나게 조심조심.

[폴란드 공장 신축 때문에 3박 4일간 동부유럽.]

지난번 곱창집에서의 만남 뒤로 다음번엔 이런 식의 계획을 짜선 안 되겠다 싶어 뭔가 새로운 것을 준비하려 했지만, 딸랑 도착한 문자 덕에 그 계획은 일주일이나 미뤄졌다. 수현도 워크샵과 다른 일들 때문에 바빴기 때문이었다.

원래 빠르면 한 달이면 끝날 수도 있는 인수 작업이 자꾸만 질척거리는 통에 오늘 전체 계획 수정을 하겠다는 말에 백라 본사에 들어가는 오 팀장에게 부탁을 해서 따라온 수현은 어두침침한 회의실 상석에 앉아 찌푸린 얼굴로 화면을 바라보고 있는 그를 보느라 제 손에 들린 서류 따위는 잊은 지 오래였다.

표정은 완벽하게 굳어 있었다. 눈이 빠지게 관찰하고 있지 않아도 불편한 심기를 한눈에 보여 주고 있었다. 그린 것 같은 입술은 꾹 다문 채였다. 시선은 화면에 완벽하게 고정되어 이마부터 반듯한 콧대를 지나 날카로운 턱 선까지 매끈한 선이 프레젠테이션용 조명에 의해 돋보였다.

분명히 야외 행사도 있었을 것인데 창백한 얼굴은 작열하는 바깥의 태양 볕과는 반대로 오히려 더욱더 핏기를 잃은 듯 보였다. 매끄러운 어깨선에서 미끄러지듯 내려오는 짙은 슈트의 팔소매 밑으로 신사복의 교과서라도 되는 듯 일 센티 정도 나온 하얀 드레스 셔츠의 소매, 그리고 이어지는 긴 손은 아까부터 고급 만년필을 불만을 토로하듯 톡톡 서류 위로 내리치고 있었다.

미쳤지…….

단 한 마디의 말도 귀에 들어오지 않았다. 이런 적은 처음이었다. 물론 제가 서류나 들고 오는 심부름꾼을 자처해서 왔고, 이쪽이 분리 매각을 하든 전체 매각을 하든 이미 세무 관계 분석은 끝났기 때문에 바뀔 일은 없었다.

매각이 끝나야 그다음 단계로 일을 처리할 수 있는 거였다. 그래도 가장 중요한 프레젠테이션인데 아무것도 귀에 안 들어오다니……. 오로지 남자의 작은 움직임에 제 모든 신경이 다 쏠려 있는 게 느껴졌다.

"이상입니다. 질문 있으십니까?"

불이 켜지고 회의실이 밝아졌다. 프레젠테이션을 하던 남자의 샤프한 얼굴도 굳어 있었다. 다들 침통하고 딱딱한 표정이었다. 금액이 걷잡을 수 없이 커지면서 작은 중소기업은 원천 기술 하나를 믿고 거대 그룹의 자본에 눌리지 않으려는 듯 발악을 하고 있었다.

모두 다 적막한 가운데 수연의 시선이 움찔거렸다. 그녀의 시선을 받고 있던 단 한 명이 자리에서 일어났기 때문이었다.

"원천 기술만 분리해서 일을 진행합니다. 그 외에는 모두 쓰레기나 다름없으니까. 질문 있습니까?"

과연 그게 가능할까 싶은 사람들이 잠시 수군거렸지만 질문은 없었다. 일을 추진하는 사람이 어떤 능력으로 그것을 가능하게 할지가 중요할 뿐이었다.

"다음 회의는 개별로 통보하겠습니다. 이상입니다."

회의가 끝났음을 통보하자 다들 짓눌리는 것 같은 분위기를 피해 달아나려는 듯 분분히 일어났다. 회의가 끝나 버린 걸 안타까워하는 사람은 딱 한 사람 수현뿐이었다.

분명히 자신을 봤을 텐데 단 한 마디도 안 하고 지나친 걸 서운해 하지는 않았지만, 내심 차를 타고 돌아올 때는 묘한 기분이었다.

"이현태 부사장, 진짜 잘나긴 했어."

옆에서 운전을 하다 긴 신호에 걸려 적막해지자 오 팀장이 말했다.

"그거야 그렇죠."

"금 숟가락 입에 물고 태어난 것도 대단한데 생긴 것도 무슨 배우 뺨치잖아. 게다가 이번 일도 저쪽에서 저리 난리인데 딴 사람 같음 손 뗐을 거야. 하여튼 지독하다니까. 그러니까 제일 노른자인 전자 부 사장으로 발령 났지. 안 그랬음 건설로 갔었어야 했는데 말이지."

"그렇죠."

갑자기 재연이의 심정이 이해가 갔다. 마치 자기 남편이 칭찬을 받는 것 같은 기분? 이런 배은망덕한 기분이라니. 차가 움직이기 시작하자 오 팀장은 다시 운전에 집중했다. 수현은 느릿느릿 움직이는 차들이 가득한 타들어 가는 듯 이글거리는 도로를 내다보았다.

그리고 문득 생각했다.

그가 보고 싶다고.

그러나 계획을 옮기기까진 시간이 걸렸다. 아무리 여왕 대접을 해 준다고 해도 상대는 일하는 도중에 잠시만요, 하고 나올 수 있는 말단 직원 따위가 아니었다.

[9시에 오피스텔 앞으로 가겠어.]

일방적인 통고였다. 그때 무슨 일이 있을 수도 있고 약속이 있을 수도 있는 거였다. 여왕이니 뭐니 하는 건 그냥 입바른 소리에 불과했다.

그러나 바보 같은 건지, 아니면 눈이 먼 건지 그것도 아니라면 길고 긴 시간 얼굴 한 번 보여 주지 않다가 그 대단한 얼굴을 보여 준 걸로 한 방에 제 정신을 우주로 보낼 수 있는 잘난 남자의 특권인지 모르겠지만 달랑 문자 한 줄을 보냈고 그건 톡톡히 제 역할을 해냈다. 거의 부작용에 가까우리만큼.

'오늘 예쁘군.'

여자를 5분 안에 침대로 이끌 수 있는 남자치고는 평범한 멘트였다. 게다가 제 스스로 평범한 여자라고 생각해 본 적이 없는 자존심 만땅의 최수현에게는 더더욱 그랬다. 그러나 그게 누구 입에서 나왔느냐가 문제였다.

"오늘 조금 몸이 안 좋네요. 감기 기운이 있는 거 같아서 퇴근하면서 병원 좀 들르려고요."

저답지 않은 거짓말까지 하면서 30분이나 일찍 퇴근할 필요까지는 없었다. 9시라는 시간은 한참이나 남았으므로. 그러나 문제는 제 정신이 멀쩡하게 책상에 앉아 있지 않는다는 거였다.

평소에도 재연이 덕에 옷장에는 턱없는 가격의 옷들이 잔뜩 들어 있었다. 그러나 하나같이 가격 대비 효용이 없어 보였다.

"왜 이렇게 다들 칙칙해."

저번에 입은 하늘색 원피스를 또 입고 나갈 수는 없었다. 그러나 그렇게 화사한 옷이 쉬이 눈에 띄지 않았다. 이럴 줄 알았으면 좀 화사한 것들로 구비해 놓을 걸 하는 후회가 앞섰다.

망설이는 사이에 시간은 다가오고, 제 당황스러운 쇼도 얼른 끝을 내야 했다. 결국 예전에 샀다가 왜 샀을까 하고 후회가 막심했던 바비인형이나 입혀야 할 것 같은 원피스를 입었다. 그러나 짧디짧은 길이에 놀라 다시 벗으려 했지만 시간이 다 되어 가고 있었다.

그래도 나름 딱딱한 정장 차림과는 달라 보여서 마음에 들었다 말았다를 반복하고 있기에 화장을 하고 머리를 올려 묶고 하다 보니 시간이 다 되어 버렸다.

엘리베이터를 타고 내려오면서 거울에 비친 제 모습을 보니 헛웃음이 날 지경이었다.

"대체 웬 주책이니."

대학교 다니던 시절에도 해 본 적 없는 짓이었다. 이 터무니없이 짧은 치마는 대체 무얼 작정하고 입은 걸까. 그러나 이미 시간은 코앞에 닥쳤고, 제 한심스러움은 일전에 본 적이 있는 하얀색 그랜저 승용차가 오피스텔 앞에서 비상등을 켜고 서 있는 것을 보자 어디론가 사라지고 말았다.

수현은 벌렁거리는 가슴을 부여잡고 최대한 우아하게 차 쪽으로 다가갔다. 가까이 가자마자 차창이 내려갔다.

"타."

남자의 목소리를 듣는 순간 두어 시간 동안 했던 제 옷에 대한 근심 걱정은 어디론가 휙 날아가 버렸다.

지나치게 짧은 치마가 앉으면서 올라갈까 봐 막 손으로 정리를 한 후 차 문을 닫고 수현이 막 입을 열었다.

"저기……."

그러나 더 이상 말을 할 수가 없었다. 커다란 손이 올려 묶은 머리카락 덕에 드러난 가느다란 목을 감싸는 게 느껴지자마자 뜨거운 것이 제 입을 틀어막았기 때문이었다.

싸한 남자의 스타일링젤 향이 제 앞에 확 흐트러졌다. 제가 아까 내내 쳐다보기만 했던 그린 것 같은 입술이 실체가 되어 몇 번이고 칠하고 그리느라 애썼던 립글로스와 립스틱을 뭉개 버리고 있었다.

그의 혀가 금방 제 입속으로 흘러들었고, 살아 있는 생명체처럼 격렬하게 제 감정을 쏟아 내고 있었다. 뻐근하도록 혀를 물고 빨고 다시 빨아들이기를 반복했다.

"음……."

어느새 제 허리를 감싸고 있는 남자의 다른 쪽 팔이 저를 끌어당기고 있는 게 느껴졌다. 남자의 입술이 격하게 제 속을 휘젓다가 사라지면서 그 손도 빠져나갔다.

"하아……."

저도 모르게 숨을 내쉬며 눈을 떴을 때 제 눈 바로 앞에 남자의 얼굴이 있었다.

"아……."

그러다 다시 다가온 남자의 입술은 가볍게 쪽 소리를 내며 붙었다 다시 떨어졌다.

"보고 싶었어."

온몸의 피가 얼굴로 사악 모이는 것 같은 느낌이었다. 이제야 하얀색 드레스 셔츠의 단추를 푼 채, 소매를 걷어 올린 남자의 모습이 보였다. 메뉴에 어울리는 옷을 찾아보겠다던 남자는 분명히 그럴 시간조차 없어 겨우 매끈한 디자이너의 슈트를 벗어 던지는 것으로 성의를 표하는 것으로 보였다.

"저도요."

어디론가 가야 했다. 제 오피스텔의 문 앞이었으니까. 그러나 남자의 차는 움직이지 않았다. 차마 옆을 볼 수 없었던 수현이 고개를 돌렸다. 계기판의 불빛들에 비춰진 남자의 얼굴이 빤히 저를 쳐다보고 있었다.

"예쁘군."

두어 시간의 수고가 보상받는 느낌이었다. 그러나 수현은 고개를 돌리고 퉁명스럽게 말했다.

"핑크색 립스틱이 포인트였어요."

제 가방을 뒤적거리는데 남자가 말했다.

"예쁜 원피스야."

제가 아니라 옷이란 말인가? 수현이 다시 뭐라 한마디 하려는데 남자가 말을 이었다.

"당장에 벗기고 싶을 만큼. 주차하고 올라갈까."

남자의 말은 내용하고는 달리 억양이 없었다. 그러나 수현은 다시 뒷목이 빳빳해지는 듯한 느낌이었다. 이건 또 뭐란 말인가.

"이런 식으로 하면 5분이 안 걸리는군요."

"아, 전에 미처 말 못 한 게 있었군. 그거 농담이었어."

수현은 못 들은 척 말했다.

"여기 차 대는 곳이거든요. 차 빼야 해요."

입구로 들어오는 차량의 불빛이 보이자 수현은 붉어진 얼굴을 가리려는 듯 가방 속의 화장품이라도 찾는 것처럼 고개를 숙였다.

"주차장으로 가야겠군."

"그 결과는 연락이 왔나요?"

"결과라니…… 아."

그제야 남자가 뭔가 알겠다는 듯 고개를 끄덕였다.

"아니. 아직 연락이 안 왔으니 다음 기회로 미뤄야 하는 건가?"

"……."

간신히 제 속에서 부글거리는 것을 가라앉히려 애썼다.

고개를 들자 핸들을 잡은 남자의 팔뚝이 계기판의 불빛에 의해 푸르스름하게 빛났다. 차를 출발시키려는 듯 남자는 기어를 바꿨다. 손등에 드러난 힘줄이 파랗게 도드라졌다. 이 남자와 제 방으로 올라갔다 온다면, 지금 같은 때 저 파랗게 도드라진 힘줄이 보이는 저 손등을 마음대로 쓰다듬어도 되는 걸까.

제 마음을 남자가 들여다보기라도 하는 것 같은 생각이 들어 수현은 더욱더 고개를 숙이고 제 가방 속을 뒤질 뿐이었다.

남자는 얼굴이 알려진 사람이었다. 두꺼운 여성용 주간지나 혹은 경제 사이트니 재벌닷컴이니 하는 매체에는 자주 오르내리는 인물이었고, 워낙에 잘난 얼굴이라 한 번 보면 쉬이 잊히는 인상이 아니었다. 오히려 우연히 본 사람들이 한 번쯤 다시 되돌아보게 만들고 기억하게 될 만한 외모였다.

그러니 어딘가 가는 것도 신경이 쓰이는 것은 어쩔 수 없었다. 게다가 공식적으로 약혼했다고 온 세상에 일부러 떠벌리기까지도 했었다. 현행법상은 아니지만 도의상 이건 외도나 마찬가지였다. 그러니까 솔직히 어디론가 가기도 뭣했다. 차라리 그런 곱창집 같은 곳이 나았는지도 몰랐다.

이리저리 찾다 들어온 곳은 관광호텔로밖에 보이지 않는 소규모 호텔의 스카이라운지였다. 단지 밖에서 볼 때 조명이 어둡다는 이유로 들어온 것이었고, 그것밖에는 딱히 마음에 드는 구석이 없는 곳이었다.

저녁을 먹지 않았지만 뭔가 먹기에는 늦은 시간이었다. 그 시간까지 아무것도 안 먹고 옷이나 고르고 있었다는 게 한심해질 지경이었으니까 배가 고파도 참아야 했다.

"데이트라는 건 이렇게 하는 건가? 대체 뭘 하는 거지?"

"밥 먹고, 차 마시고, 술 마시고, 시간이 많이 나면 영화 보고, 드라이브 가고……. 뭐 그러나 보죠."

"경험이 없는 건가?"

"고시생이랑 사귀었었어요. 데이트는커녕 화장실 갈 시간도 없다는. 도시락 싸다 주고 도서관 자리 잡아 주고 나중엔 고시원에 간식 갖다 주는 게 데이트였죠."

"이젠 검사가 된?"

저번에 성환을 본 적이 있어 바로 유추한 듯했다.

"고시에 붙으면 같이 영화라도 보러 갈 거라 기대했었나 보죠."

"대개 여자들은 과거의 남자 이야기 같은 거 꺼리지 않나? 굉장히 기분 나쁠 만큼 솔직한데."

"기분 나쁘셨어요?"

수현은 제 앞에 놓인 칵테일 잔을 만지작거리면서 물었다. 눈앞에 있는 이 싸늘하게 생긴 남자가 제 과거 때문에 기분이 나빠질 만큼 설 생각하리라고는 예상해 본 적이 없었다.

"보편적인 의견 아닐까."

"절대 부사장님이 보편적인 사람이라곤 생각해 본 적이 없어서요."

어두운 조명은 푸르스름한 빛을 띠고 있었다. 끈적거리는 재즈 음악이 바닥에 깔리고 있었고, 꽤 사람들이 있는 바에는 이곳저곳에서 유쾌한 웃음소리나 대화 소리도 들렸다. 으슥한 구석에는 바싹 마주 앉은 커플들도 보였다.

그러나 가장 신경이 쓰이는 것은 제 앞에 앉은 남자였다. 일부러 그런 건진 몰라도 셔츠 바람의 남자는 약간 흐트러진 것같이 보이기도 했다. 그러나 두 눈은 온전히 저를 보고 있었다.

언뜻 스쳐도 감당하기 힘들 만큼 강렬한 눈빛이 정확히 초점을 제 얼굴에 꽂고 있는 걸 보고는 얼굴이 볼록렌즈로 모인 햇볕에 의해 타들어 가는 종잇조각같이 느껴졌다. 다시 시선을 내려 칵테일 잔에 떠 있는 올리브를 보고 있어야 했다.

"그렇군. 그럼 여자들이 꿈꾸는 데이트는 어떤 거지?"

이 남자한테 이런 질문을 받다니……. 수현은 문득 이 공간이 실제가 아닌가 싶었다. 너무나 비현실적이지 않은가. 이런 남자에게 이런 질문을 받는, 어딘지도 모르는 곳이라니. 어두침침하고 끈적끈적한 실내에 퍼지고 있는 이름 모를 재즈 가수의 질척한 목소리까지 그 비현실에 일조하고 있었다.

"웃으실지도 모르겠는데요."

"웃어 보지."

"질투 날 만큼 예쁜 여자 주인공이 시한부인 눈물 나는 영화를 단둘이 본다거나, 이름도 모르고 어딘지도 모르는 낯선 작은 바다가 있는 항구에 내려서 하염없이 백사장을 걷는다거나, 아, 물론 시외버스에서 내려서 말이죠. 혹은 소설책에서 보았듯이 그냥 전화를 해서 전철역이나 이름만 아는 동네에서 만나는 거죠. 그래서 거기서 내려 아파트가 즐비한 곳 말고 언덕도 있고 좁은 골목도 있고, 가끔은 하수구 냄새도 나고 까마득한 계단이 있는 뒷골목도 걷고……. 그러다 발견한 작은 동네 가게에서 쭈쭈바도 사 먹고……."

"의외군."

수현은 웃었다.

"그러라고 말씀드리는 거예요. 대학교 다닐 때나 고등학교 다닐 때는 그런 걸 꿈꿨으니까. 그런데 어느 날부터 공부 잘하는 법대생을 보고 느낀 거죠. 아, 저 남자를 잘 만나면 나도 판검사, 아니 하다못해 변호사의 와이프라도 되어 그럴듯하게 살 수 있는 거 아닐까."

"그게 더 현실적인 거 아닌가?"

"글쎄요. 그래서 외제차도 끌고 다니고 명품 가방도 들고 다니고 사모님 소리도 듣고 하면 행복한 게 아닌가 생각했었죠. 그러려다가 그 멍청하게 생긴 고시생한테 뒤통수를 맞고 정신을 차렸다고나 할까요. 오히려 잘됐다고 생각해요. 자수성가한 건 아니지만, 누구 사모님이 아니라 제 이름으로 불릴 수 있으니까요. 게다가 할부가 까마득하게 남긴 했지만 외제차도 있고 얻은 거라 하지만 명품 가방도 있는데다 회사에 가면 비서도 있는걸요. 뒤에서 절 무시하기는 하지만. 아, 게다가 하이라이트는 이렇게 대단한 부사장님하고 데이트랍시고 마주 앉아서 고해성사도 하는 거 아니겠어요?"

"솔직하군."

남자의 대답에 수현은 저도 모르게 말문이 막혀 버렸다. 솔직하다? 생전 처음 듣는 소리였다. 전 솔직해 본 적이 없었다. 늘 가식이었고, 체면이 중요했다. 제 마음이 따르지 않아도 이익이 되는 거라면, 아니 손해를 입지 않으려면 솔직이란 것과는 거리가 멀어야 했다.

그런데 지금 이 상황은 뭘까. 왜 이 남자 앞에서 저도 모르게 이런 소리를 하는 걸까. 그냥, 이 남자가 제 곁에 머물다 어느 날 사라질 걸 알기 때문에? 제가 머릿속에서 무슨 생각을 하는지 모르는 남자는 다시 말을 이었다.

"자, 그럼 우린 이제 뭘 해야 하나? 영화를 보거나 뭐, 바닷가를 가거나 전철역에서 내려서 걷는 거 따위 나한테 별로 어울리지도 않고 전혀 흥미 있어 보이지도 않는데 말이지."

정신을 차린 수현이 재빨리 대답했다.

"그건 저도 마찬가지예요. 나이 들다 보니 그런 건 이제 하라고 해도 못 하겠어요. 그냥 옛날의 꿈을 말해 본 것에 불과하죠. 그걸 듣고 싶어 하셨잖아요."

"그럼 지금은 뭘 하고 싶은데?"

뭘 하고 싶은 거지. 그냥 이렇게 잘난 당신이 눈앞에 있잖아. 수현은 저도 모르게 꼴깍하고 침이 넘어가는 것이 느껴졌다.

"감정에 솔직해지는 게 어때."

이다음에는 뭘 꿈꿔야 하는지 적어도 생각이라도 좀 해 봐야 했다. 아니, 생각해 봐도 아마 아무것도 없을 것이 분명했다. 넘어야 할 산이 많은 게 아니라 아예 넘지 못할 벽뿐이니까.

잘난 남자와 연애를 하는 꿈같은 거, 아니 좀 더 적나라하게 말해서 백마 탄 왕자와 사랑하는 꿈을 꾸는 건 모든 여자아이들의 희망이고, 정말로 리얼한 꿈이었다. 그리고 제가 재연이 같은 공주로 태어나지 않은 이상 백라의 황태자인 이현태는 완벽한 왕자였다.

왕자와 연애를 하고 결혼해서 행복하게 잘 살 수 없다면, 어차피 한 번 뿐인 인생 연애라도 아니, 불륜이라도 한 번 저질러 보는 건 어떤가. 지금이라면 적어도 법적으로는 무고할 테니까.

이 남자의 간판이니 직함이니 집안이니 같은 것을 다 떼더라도, 그 구채구의 오지에 있던 지저분한 거구의 남자가 셋집이 분명한 그 비좁고 오래된 작은 방 한 칸에서도 제 마음을 끌었듯이 이 남자의 잘난 몸뚱이 하나와 독사의 갈라진 혓바닥같이 독을 품은 혀만 있다 하더라도 남자는 제 마음속을 뒤흔들어 놓을 만큼 완벽했다.

내일은 있지만 미래는 없는 이 남자와의 연애 같은 거…… 지금

215

이 1초에 충실해야 하지 않을까.

남자의 혀가 제 속을 옭아맸다. 같은 장소였지만, 아까의 맛보기 같은 키스하고는 완전히 달랐다. 당장이라도 절 끌고 가 예쁜 원피스를 벗겨 버리고 싶다는 남자의 말이 농담이 아님을 독을 품은 혀로 말해 주고 있었다.

목과 얼굴을 감싸고 있는 기나긴 손가락이 제가 아까 화장실에 들어가서 열심히 고친 화장을 엉망진창으로 만들고 있었지만, 그걸 느낄 새가 없었다. 제 손도 그렇게 욕망하던 남자의 목줄기를 더듬고 있었다.

열심히 제 입술을 삼키는 남자의 목에는 끊임없이 굵고 힘찬 근육이 드러났다 잠기기를 반복하고 있었다. 남자의 입술이 물고 빨고 하기에 싫증이 났는지 입 안을 벗어나 목 줄기를 타고 내려왔다. 뜨거운 화인이 제 속을 움찔거리게 만들었다.

쇄골 사이에 뜨거운 화상 자국을 만든 입술이 더욱더 아래를 향하기 위해서 제 어깨를 덮은 캡소매를 내리려 하자 그제야 수현은 흘러내리는 옷을 추스르려 뒤로 물러섰다.

"안 돼요."

제 가슴께에 내려다보이던 남자의 머리통이 올라왔다. 저도 모르게 남자를 잡고 있던 손을 놓은 수현은 제게 떨어지는 남자의 체온에 뭔지 모를 아쉬움을 느끼면서도 말했다.

"아직은……."

"알았어. 다음엔 마저 할 수 있도록 하지."

그렇게 뜨거운 화인 자국을 남기면서 저를 타들어 가게 만들었던 남자는 금방 명료하게 대답했다. 희미하게 웃기까지 하면서.

제 당황스러운 얼굴을 보고 남자는 손을 내밀어 턱 선을 매만지더니 손가락으로 립스틱이라곤 한 방울도 남아 있지 않은 붉게 부푼 입술을 쓰다듬으면서 말했다.

"즐거운 데이트였어."

시동이 켜진 차 안에는 에어컨이 가득 냉기를 뿜어내고 있었지만, 대답하기도 힘든 수현은 열 오른 붉은 얼굴을 하고 차에서 내려야 했다.

10. 화인

"저녁 잘 먹었어요, 어머님."

"입맛에 맞았다면 다행이야."

화사한 아이보리색 블라우스, 레이스로 된 미니스커트에 붉은색 가죽 벨트로 포인트를 준 재연은 화사하게 웃으면서 언뜻 보면 제 또래로 보일 만한 여자에게 인사를 했다.

"점점 예뻐지는 거 같아."

"어머님도요. 전혀 나이를 안 드시는 거 같다니까요."

넉살인지 가식인지 모를 말들이 오가는 가운데 무표정으로 있던 이현태는 시계를 흘끗 보더니 말했다.

"저는 이만 가보겠습니다."

"아니 왜? 비서한테 물어보니 스케줄 오늘은 더 이상 없다던데."

검은색의 민소매 드레스에 우아한 진주 목걸이를 목에 드리운 여자는 매끈한 얼굴과 길고 검은 머리카락을 가져 언뜻 보면 나이를 가늠하기 힘들어 보였다.

"좋은 분위기가 아쉬우시다면 두 분이서 한잔 더 하시든지요. 저는 스케줄은 없지만 할 일이 많아서요. 검토할 일들이 많습니다."

"하긴. 요즘 일이 좀 많아야지. 그래서 우리 재연이랑은 만나지도 못하나 봐. 이렇게 예쁜 약혼녀를 자주 보지도 못하고 말이야."

그는 미미하게 입술 끝을 올렸다. 이게 누굴 위한 일인지.

"그러게 말입니다. 그럼 즐거운 시간 보내십시오."

"아쉽지만 그래야겠네. 아, 이번 주 금요일 기념회에서 연설하기로 했다면서?"

"네."

"이현중 사장을 제치다니. 우리 이 부사장 대단하지 않아?"

"그럼요."

두 여자들이 가식에 젖어 웃는 것을 보고 그는 꾸벅 인사를 하고 돌아섰다.

"어머님, 이번에 입을 옷 좀 골라 주세요. 아무래도 어머님 안목이 훨씬 더……."

착각에 빠진 두 사람에게 조금의 동정도 하고 싶지 않았다.

"최 세무사님, 대표님께서 부르시네요."

"네? 아, 또 무슨 일이지. 나 뭐 실수한 거 있나요?"

"그럴 리가요. 좋은 일일 거라 생각해 봐요."

윤임이 웃으면서 말했다. 수현은 일어나 거울 앞에 섰다. 무슨 일일까 고민을 하면서. 그런데 뒤에서 윤임이 물었다.

"요즘 연애해요?"

"네?"

놀란 수연이 고개를 돌렸다.

"아니 왜 그렇게 놀라요?"

"아…… 아니에요. 그냥요. 그런데 왜요?"

뭔가 제가 티를 내고 다니나 싶어 수현은 양심에 찔려서 되물었다.

"예뻐진 거 같아서 말이죠. 여자는 연애를 하면 예뻐진다잖아. 최 세무사 원래 예쁘긴 한데 요즘 갑자기 미모가 확 피는 거 같아서. 게다가 옷차림도 좀 바뀐 거 같고 말이죠. 전엔 칙칙한 옷 일색이더니……."

"아, 너무 좀 그래요?"

괜히 밝은 옷이 어울린다는 소리에 연일 유채색 옷들만 입고 다녀서인가 싶은 수현이 지금 입은 연한 보랏빛 정장을 돌아보면서 머뭇거렸다.

"아니 좋아요. 아직 젊은데 이럴 때 화려한 옷을 입어야죠. 그리고 뭐 일도 못하면서 옷만 요란하면 뭐라 하겠지만 똑 부러지게 일 잘하는 사람이 옷도 잘 입으면 더 좋아 보이는 거지. 아, 얼른 가 봐요."

"네……."

수현은 좀 자제해야겠다 마음을 먹으면서 대표실로 향했다. 뭣 때문일까.

"이거 우리 쪽에서 두 사람 가야 하는데 아무래도 최 세무사가 가는 게 좋겠다 싶어서."

"네?"

"백라 창립기념회인데 그쪽에서 일 년에 한 번씩 하는 대대적인 행사야. 이번엔 우리도 그쪽 일을 맡아서 우리한테도 초정장이 왔거든. 나랑 부대표가 가면 너무 칙칙하잖아. 그러니 최 세무사가 가는 게 낫겠다 싶어서 말이지. 게다가 다들 쌍쌍이 올 텐데 올 마누라 데리고 가 봤자 말도 안 통하니 말이야. 이번 주 금요일이니까 미리 준비 좀 하라고. 나도 미인을 옆에 두고 그런 데 한번 가 보게."

웃으면서 말을 하고 있었지만 수현은 그러질 못했다.

"아니, 대표님……."

"뭐, 거 대봉 막내딸하고 친구라면서, 그런데 많이 가 봤을 거 아니야."

"하지만……."

"왜, 파트너가 마음에 안 들어서?"

"그게 아니라……."

"하여튼 그렇게 알고 금요일 날 오전근무만 하고 퇴근한 뒤에 준비해. 시간 맞춰 차 보낼 테니까. 알겠지?"

"대표님……."

창립기념회라니……. 백라의 창립기념회라면 어마어마한 규모일 터였다. 대봉에서도 재연이네 DB전자나 엔터프라이즈의 행사만 해도 규모가 상당했었다. 물론 백라가 대봉보다 재계 순위는 낮지만 백라 계열사도 아니고 그룹 본사 창립기념회라면 성대하게 할 것이 분명했다. 특히 이번에 순위가 오르면서 한참 백라전자가 상승세를 타고 있기에 일부러 더 크게 보이려고 애쓸 것이 뻔했다. 그런 자리라니.

하지만, 문제는 백라 아닌가, 그가 있는 백라.

그런 어마어마한 자리를 가는데 이제 혼자 준비를 해야 했다. 제가 대종상 시상식의 여배우들처럼 차리고 갈 것은 아니었지만, 그래도 그런 행사에 여러 번 참석해 보았기에 어떤 준비들이 필요한지는 잘 알고 있었다.

"휴……."

남자들이야 그저 멋진 정장이나 쫙 빼입고 가는 게 다였지만, 여자들은 그렇지 않았다. 게다가 분명히 백라 창립기념회라면 재연이가 백라전자 부사장의 잘난 약혼녀로 어마어마하게 주목을 받으면서 참석할 것이 분명했다.

'넌, 내가 없으면 그렇게 구질구질했구나.'

하는 목소리가 들리는 것만 같았다. 이를 어쩐다. 게다가 금요일이라니…… 당장 백화점이라도 가 봐야 할 것 같았다.

저번에 갔던 대봉의 행사는 어땠더라? 거기의 꽃이야 재연이었으니까 화려한 여왕 같은 재연이 옆에서 그냥 수수하게, 그것도 재연이의 취미대로 꾸미고 가서 있다가 재연이의 말벗이나 해 주고 물러서던 자리였다. 그런데 이제 이런 자리를 당당하게 제 역할을 하면서 가야 하는 거였다.

의외로 눈썰미가 좋은 재연이 덕에 쟁취했던 구두나 옷 같은 것은 입고 가고 싶지 않았다. 수현은 재빨리 제 카드에 남아 있는 할부라든지 혹은 이번 달 지출 내용이나 아직 받지 않은 부가세 시즌의 보너스 등을 생각해 봐야 했다.

솔직히 대충 점잖은 정장이면 되는 거였지만, 그래도 백라의 행사였다. 그를 볼 테니까…….

제 이런 허영심이 싫어졌지만, 그래도 그저께의 여운 때문인지 수현은 다시금 제 살림살이를 머릿속으로 뒤적여야 했다.

"최 세무사님!"

"왜요?"

막 외근을 나갔다 온 그녀를 윤임이 찾았다.

"이거 퀵서비스로 왔거든요."

납작한 서류 봉투 하나를 내밀었다.

"뭐지?"

수현은 봉투를 받자마자 발송인란으로 눈이 갔다.

— 백라전자 비서실.

"……?"

아무래도 이상해진 수현은 윤임의 눈을 피해 봉투를 들고 제 방으로 들어갔다. 대체 뭘까. 수취인이 제 이름으로 쓰인 봉투를 뜯자 그 안에는 두꺼운 종이로 싸인 것이 들어 있었다. 그걸 뜯으니 안에는 검은색의 카드가 들어 있을 뿐이었다. 처음 보는 모양의 신용카드였다.

"아니 웬 신용 카드지?"

혼잣말로 중얼거렸다. 뒤쪽에는 사인도 없었지만, 새로 발급한 카드도 아닌 모양이었다. 밑도 끝도 없이 이름도 없는 신용카드라니. 백라전자 비서실이라 쓰여 있으니까 거기다 전화를 해 봐야 하나 하다가도 수현은 조금 이상한 생각에 망설이고 있었다.

그때였다. 그녀의 휴대폰이 울렸다. 메시지가 도착해 있었다. 수현은 급하게 확인을 눌렀다.

[기념식 참석 준비에 사용해.]

감동받아야 하나? 수현은 답장 따위 보낼 생각도 하지 못하고 그 메시지만 내려다보았다. 어느새 화면이 꺼져 버려 시커먼 전화기만 손에 들려 있는데도……. 헷갈리게 만들고 있었다. 분명 유효기간이나 영양가 따위 하나도 없는 이 연애라는 것에 대해.

수현은 카드를 꺼내 제 가방에 든 지갑에 넣었다. 이 정도면 횡재 아닌가. 이제 친구라는 명목상의 물주에게 들러붙어 아부를 떨지 않아도 될 테니까. 그런데 왜 마음 한구석이 아릿한지 이해할 수 없었다.

"뭘 더 바라니, 최수현. 그냥 지금 이대로를 즐겨. 그럼 되는 거야."

라고 혼잣말을 했지만 그래도 뭔가 텅 빈 것 같은 이 느낌을 지워 버릴 수 없었다.

"……지나온 50년을 이끌어 주신 회장님 휘하 발전의 주역분들께 경의를 표하면서 새로운 50년을 더욱더 빛낼 젊고 힘찬 백라로 거듭 날 것을 이 자리를 빌려 여러분들 앞에 약속드립니다."

우뢰와 같은 박수가 쏟아져 내렸다. 넓디넓은 식장 안에 가득 찬 박수 소리는 한동안 꺼지지 않을 정도로 요란했다. 박수를 받으면서 연단에서 물러서 인사를 하는 남자의 얼굴은 도도하고 자신에 가득 차 있었다.

"이 자리를 빛내 주신 이현태 백라전자 부사장님의 답사였습니다. 이로써 백라전자 창립기념식 본행사는 마치겠습니다. 감사합니다."

다시 박수 소리가 쏟아졌다. 화려한 얼음 조각들, 그것을 둘러싼 화환들 그리고 그 화려한 꽃들이 무색하리만큼 화려한 옷차림을 한, 이름조차 번쩍거리는 사람들…….

한창 상승세를 타고 있는 백라의 자축 잔치는 그 명성에 걸맞게 화려하게 빛났다. 그리고 그 자리에서 단연코 가장 돋보이는 사람은 이현태였다. 매끄러운 연회색의 슈트는 그의 타고난 외모를 더욱 빛나게 해 주었다. 잘 넘긴 머리카락, 단 한 올의 흐트러짐도 없어 보이는 단정한 그의 얼굴은 보는 사람의 눈을 호강하게 만들 정도였다.

그리고 그와 잘 어울리는 우아한 하얀색의 단순한 미니멀 드레스를 입고 긴 머리를 단정하게 뒤로 묶어 넘긴 하재연 또한 마치 안주인이라도 되는 듯 제 역할을 하고 있었다.

'약혼도 내가 하는 M&A와 똑같은 거야.'

분명히 저 남자의 입으로 들었던 설명이지만, 이럴 땐 저런 자리에 나설 수 있는 재연이가 부러웠다. 결단코 평생 제가 그녀를 부러워한 것보다 훨씬 더.

"아, 이 아름다운 여성분은……?"

"우리 안사람이 아니라 놀라셨죠? 하하하, 저희 영림 법인의 새 에이스, 최수현 세무사입니다. 지성과 미모를 겸비했지요."

"무슨 그런 말씀을……."

쥐구멍에라도 들어가고 싶은 심정이었다. 수현은 미소를 띠며 맞받아치긴 했지만 내내 무안함의 연속이었다. 그러나 저는 다른 남자들 옆에 서 있는 와이프라는 이름의 들러리는 아니었다.

"……여러 가지 리스크가 있습니다만, 아무래도 적정선이 중요하겠죠. 게다가 이번 년도에 개정된 법인세 조항에서 보면 외국인이 발행한 채권 또는 증권에서 발생하는 소득을 내국인에게 지급하는 경우, 지급을 대리하거나 그 지급권한을 위임 받은 쪽에서 원천징수 하는 조항이 신설되었습니다. 그래서 그전 같이 상계 처리하면 예기치 못 한 손실이 발생하실 수 있습니다."

"아, 그걸 몰랐군요."

상대가 고개를 끄덕이고 있었다. 옆에선 차 대표가 자랑스럽다는 듯 말했다.

"조세법이라는 게 매번 달라져서 말이죠. 이거 일일이 다 대조하기가 힘든데 우리 최 세무사가 정확하게 짚고 있어서 다행입니다. 자세한 상담은 언제 한번 사무실로 들러주시죠."

"아, 그래야겠군요. 이렇게 훌륭한 외모를 가지신 분이 날카로우시기까지 하니 말입니다."

"그럼……."

백라의 관계자들도 많았지만 협력업체나 대기업들의 사람들도 많았다. 얼굴도장을 찍으려는 차 대표의 얼굴에 흐뭇한 미소가 돌았다.

"언제 그런 걸 다 외웠어?"

"이번 일 하면서 배운 거예요."

"오늘 아주 잘 왔네. 잘하고 있어."

그러나 수현은 대화를 하면서도 계속 단 한 곳만을 보고 있었다. 그리고 그럴 수밖에 없었다. 제 시선이 닿는 곳에 그가 있었기 때문이었다. 오늘의 주인공이나 다름없는 그가 여러 사람에게 둘러싸여 대화를 나누고 있었다. 머릿속에 걷잡을 수 없이 떠오르는 남자의 '감촉'이 정신을 태워 버리는 것 같아 수현은 연거푸 샴페인을 홀짝거려야 했다. 뭘 바라고 온 건 아니었다.

한도도 없는, 눈치 보지 않아도 되는 카드를 들고, 단지 이 카드의 주인에게 예쁘게 보이고 싶다는 이유만으로 가격 따위 생각하지 않고 옷을 고르고 신발을 고르고 화장을 한다는 건 짜릿한 경험이었다.

누군가의 비위를 맞추지 않고, 모든 사람이 제 비위를 맞춰 준다는 것 또한 색다른 기분이었다. 그러나 가장 중요한 건 제가 옷을 사고 예쁘게 꾸미려는 이유가 단 한 사람 때문이라는 것이었다. 단지 남자의 그 무심한 듯한, 목소리를 듣고 싶어서.

그때였다. 제 시선이 꽂혀 있던 남자가 어디론가 가고 있었다. 주변 사람들에게 가볍게 인사를 하던 남자는 곧 옆쪽으로 나 있는 작은 문으로 사라졌다. 그것을 보고 있던 수현은 저도 모르게 지나가는 도우미의 쟁반에 샴페인 잔을 올려놓고 급한 걸음걸이로 그 문을 향해 갔다.

그가 없을 수도 있었다. 그리고 밖은 사람이 득시글한 복도일 수도 있었다. 그러나 제 머릿속은 텅 빈 것처럼, 그가 사라진 문을 향해 가기 시작했다. 누군가 저를 보고 있을지도 모르지만, 그것조차 생각할 여유가 없었다.

수현은 높은 신발 때문에 발목이 시큰거리는 것도 무시하고 눈으로 좇던 그가 나간 작은 문을 열었다. 벽과 비슷한 검은색이었기에 자세히 보지 않으면 문이 있는 것도 모를 정도였다. 아마 일하는 사람들 용으로 만들어진 문 같았다.

문을 열고 나선 수현은 바로 계단 앞인 것을 보고 잠시 멈칫했다. 서늘하리만큼 강한 냉방이 되어 있던 커다란 공간과는 달리 터무니없이 좁은 비상계단은 숨이 턱 막힐 정도로 뜨거운 공기가 가득했다. 그리고 안에서 나는 음악 소리나 사람들의 목소리는 차단되어 어디선가 냉방기계가 윙윙거리는 소리만 들릴 뿐이었다.

그는 어디로 갔을까. 수현은 고개를 돌려 지그재그 모양으로 생긴 계단의 위아래를 둘러보았다.

"날 찾나?"

계단이 아닌 계단 옆으로 난 모퉁이에서 들리는 목소리에 수현은 잠시 멈칫했다. 날씬하게 보이기 위해 졸라 묶은 제 허리가 갑갑해졌다. 제가 원하는 건 뭘까. 이곳이 얼마나 위험한 곳인지 잘 알고 있었다. 그러나 마치 머릿속의 회로란 게 멎어 버린 듯 제 시선 속에 있던 남자를 좇아 여기까지 왔다. 그리고 그가 저를 불렀다.

멈칫거리면서 다가가고 있는데 갑자기 어둠 속에서 불쑥 손이 튀어나왔다. 그리고 그 손은 제 허리를 감아쥐었다. 헐떡거리는 심장이 주는 명치 근처의 통증보다 어둠 속에서 빛나는 것 같은 남자의 하얀색 얼굴만이 제 시야에 들어왔다.

저도 모르게 당장이라도 저 하얀 얼굴에서 미묘하게 입꼬리를 올리는 남자의 입술을 삼켜 버리고 싶다는 강렬한 충동이 일었다.

"잘 어울려."

뭐가? 이 비싸 빠진 옷이? 아니면 이 머리 모양이? 그러나 수현은 제 입에서 무슨 말이 나올지 몰라 입을 뗄 수가 없었다.

그때였다. 남자가 제 드러난, 후덥지근한 비상계단의 열기 덕인지 아니면 이 지나치게 무방비한 곳이라는 환경이 주는 긴장감 때문인지 금방 끈적거릴 듯한 제 팔을 들어 올렸다. 그러고는 제 팔목의 안쪽, 그러니까 파닥거리는 심장의 움직임이 드러나는 팔목 위에 고개를 숙여 입술을 찍었다.

뜨겁고, 끈적거리는 남자의 입술이 살짝 수현의 하얀 팔목을 베어 물었다. 그리고 그 속의 뜨거운 무언가도 살짝 닿아 제 끈적거리는 피부를 타들어 가게 만들었다…….

"화장을 망칠 순 없잖아. 그럼 들어가 봐."

그는 말을 마치고는 곧장 계단 옆의 좁은 복도로 사라졌다. 마치 연기처럼.

수현은 아무런 흔적도 없지만, 마치 지독한 화상을 입은 것처럼 화끈거리는 제 팔목을 멍하니 잡고 있을 뿐이었다. 곧 정신을 차리지 않으면 이 높은 구두와 짧은 치마를 입은 채로 급격한 경사를 가진 계단 위를 흉측하게 굴러 내려갈 것만 같아서, 다시 그 작은 문을 통해 찬 공기가 가득 찬 공간으로 돌아와야 했다. 아까와는 달랐다. 이 화려한 사람들로 가득 찬 공간이 제게 주는 느낌이.

제가 뭘 하는지, 뭘 해야 하는지 그런 것 따위는 상관없었다. 사랑이니 연애니 하는 시시한 감정 따위도 별다른 느낌 같은 것을 주지 못했다. 남자가 찍어 놓은, 그와 저에게만 보이는 이 짙고 유혹적인 낙인이 제 팔목에 찍혀 있는 한 저는 그런 것들이 다 우습게만 느껴졌다. 아주

228

짧은 시간이었지만, 수현은 알고 있었다. 제가 원하는 게 뭔지…….

마치 물속에 있는 듯, 이 검은 색조의 커다란 공간은 거대한 수조 같이 느껴졌다. 우아한 현악기의 소리들도 저 건너편에서 들리는 듯했다. 사람들은 아쿠아리움의 물고기들처럼 뻐끔거리고 있었다. 화려한 비늘 같은 옷들을 희번덕거리면서…….

수현은 마치 물속을 헤엄치는 한 마리의 물고기처럼 유려하게 사람들 사이를 헤치고 나섰다. 그리고 다들 그렇듯 장식품처럼 손에 샴페인 잔을 들고 그 사람들 사이로 스며들었다. 아까까지 이 자리에 어울리지 않는 사람이라 생각해 어색하고 긴장되었던 것과는 완전히 달랐다. 남자의 화인이 주는 힘은 컸다.

"……합병과세 특례시에 지배주주 요건 판단을 할 때 포합수식에 대해 합병대가를 교부하지 않더라도 합병대가를 주식으로 교부한 것으로 보아 요건을 판단하는 것으로 개정되었습니다. 그러니까 그 자료가 꼭 필요한 거죠."

평소에 잘 기억나지 않던 것이 술술 제 입에서 나오는 것도 그것의 효과인지 몰랐다.

"어머나…… 수현이구나."

한창 다른 기업의 사람들과 대화를 하고 있을 때 누군가의 목소리가 끼어들었다.

"아, 재연아."

수현은 우아하게 미소 지으려 애쓰면서 아까와는 달리 느긋하게 대답했다.

"두 분이 아시는 사이십니까?"

"그럼요. 제 동창이거든요. 여기 온 줄 몰랐네."

마치 제가 데려오지 않았기 때문이라는 듯 하재연이 말했다.

"저희는 영림 세무법인에서 나왔습니다. 우리 최 세무사가 대봉의 따님과 친분이 있었군요."

차 대표의 설명에 훑어 내리는 듯 제 위아래를 보는 재연의 표정은 변함이 없었다. 살짝 눈꼬리가 접히는 듯 미소 짓는 것까지.

그러나 수현은 달랐다. 이제 너 아니어도 이런 곳에 얼마든지 참석할 수 있는 거였고, 남들이 행커치프에 꽂고 다니는 꽃 같은 존재가 아니라 그들과 대화를 하고 협상을 하고 당당하게 의견을 교환하는 자격을 가진 사람이라는 거. 그리고 더 중요한 건…….

"음, 재연아? 아는 사람이야?"

"아, 어머님. 제 친구예요. 최수현 세무사라고…… 아, 어머님 아일화랑 기장 맡은 친구죠. 인사드려, 수현아. 우리 예비 시어머니. 현태 씨 어머님이셔."

언뜻 재연이보다 더 젊어 보이는 늘씬한 미녀는 우아한 긴 드레스를 입고 있었다. 단 한 조각도 그와 닮아 보이지 않는 여자는 손을 내밀면서 미소 지었다.

"반가워요."

그러나 가느다랗고 긴 손은 이상하게 차가운 느낌이었고, 그 미소 또한 살짝 살얼음이 덮인 것마냥 차가웠다.

"반갑습니다."

대답하는 수현은 저도 모르게 소름이 끼치는 것 같은 느낌이었다.

"오늘 스케줄은 이게 답니까?"

〈네.〉

"알았습니다."

그가 막 스피커폰의 버튼을 누르려는데 저쪽에서 급한 목소리가 들렸다.

〈부사장님, 장 실장님 오셨습니다.〉

그의 손이 멈칫했다. 그러나 곧 말을 이었다.

"들어오시라고 해."

문을 열고 들어오는 남자를 보고 그는 저도 모르게 인상이 굳어지는 게 느껴졌다.

"……그럼, 결론은 어떻게 내려야 하는 겁니까?"

"글쎄요. 하여튼 집을 빌린 건, 아무래도 가명 같습니다. 그쪽에서야 뭐 집세만 준다면 아무에게나 빌려주니까요. 게다가 한 달 치씩 선불로 받는 게 보통이라……. 마지막에 집세 받고 난 뒤로 언제 나갔는지도 모르고 그냥 사람이 없어서 다른 사람에게 다시 세를 줬다는군요. 그쪽에서는 원래 잘 그런답니다. 짐도 뭐 별로 없었는데 쓸 만한 건 자기네들이 다 처분해 버렸다더군요. 원래 그쪽 인심이 그래서요. 증거가 될 만한 건……."

"그림 도구 같은 것은?"

이현태가 여전히 굳은 인상으로 건성으로 서류들을 넘기면서 시선도 두지 않은 채 물었다. 질문을 받은 남자는 말했다.

"전혀 없었답니다. 그런데 뭐 그걸 믿을 수가 있어야죠. 다 팔아 버렸는지도……. 다만, 이걸 가져왔습니다. 그 집에서 발견했는데 분명히 그쪽 사람들 물건이 아닌 게 확실했거든요. 이게 그 사람 거냐 물으니까 처음에는 자기네들 거라고 우기더니 추궁하니까 내놓더라고요. 다른 것들은 완성작이라 팔아 버렸는지도 모르죠. 이건 미완성이라 팔 수가 없었던 거 같습니다."

정장을 잘 차려입은 남자는 그제야 발밑에 있던 넓적한 물건을 꺼
내 탁자 위에 올려놨다. 그리고 온통 테이프로 도배를 한 듯한 포장
을 풀기 시작했다. 한참 만에 수북하게 쌓인 포장지와 테이프 사이에
서 내용물이 드러났다. 그것을 본 이현태는 저도 모르게 이마를 찌푸
렸다.

"부사장님……?"

"됐습니다. 이 사실 아는 사람 또 없는 거 확실합니까?"

"네."

"그럼 절대 발설하지 마시기 바랍니다. 이 이야기가 새 나가면 좋
을 거 없으니까."

"알겠습니다."

"그럼 가 보십시오."

남자는 깍듯하게 인사를 하고 사무실을 나섰다. 남자가 나간 뒤에
야 그는 천천히 탁자로 다가갔다. 그리고 수북한 쓰레기 사이에 있는
물건을 보고 저도 모르게 입술을 깨물었다.

변한 건 없었다. 아니, 변했을지도 몰랐다.

"최 세무사, 전에 뵀었던 계명실업 박 사장님하고 점심 식사하기로
했는데 오늘 선약 있는 거 아니지?"

"아, 네. 그런데 전 왜요?"

"그냥 최 세무사도 식사 같이 하자는군. 이따 11시 반까지 준비하
라고. 아, 그리고 일식 괜찮지?"

"네."

"그럼, 이따 보자고."

직접 제 방까지 와 전달 사항을 이야기해 주는 대표의 행동에서 수현은 윤임의 표정이 바뀌는 게 보였다.

"파티 대단했나 봐요?"

"재벌가에서 자랑질 하려고 사람 모아 놓는 거죠. 뭐……."

"세무사님도 드레스 입었어요?"

그쪽 세계에선 별것도 아닌 일이지만, 이렇게 평범한 사람들에게는 별일일 것이었다. 하긴 저도 처음에는 재연이의 파티 같은 것에 부가되는 그 어마어마한 뒷일들에 대해 놀람의 연속이었으니까.

"그랬죠. 그냥 그래요. 뭐 대단하지도 않아요."

대단하지만 수현은 이제 존경심까지 보이는 윤임의 표정에 아무렇지도 않게 대답했다. 알아서 좋을 일 같은 건 아니었다. 적어도 제 지갑에 고이 들어 있는 저 무기명의 검정 신용카드 따위가 아니라면 제가 아무리 잘나가는 세무사라 할지라도 그런 곳에 드나들기에는 벅찰 만하니까.

"오늘 봐야 할 서류들 주세요."

수현은 웃으면서 말했다.

가끔, 제 마음속을 휘젓고 있는 남자가 조금쯤 평범한 사람이었으면 할 때가 있다. 그리고 그 가끔은 자꾸 자주가 되고 있었다.

한 번도 먼저 연락을 한 적은 없었다. 자기도 이렇게 스케줄 조절이 힘든데, 그 사람은 더할 테니까.

대부분의 사람들은 그런 대기업 총수나 최고 경영자쯤 되면 그냥 놀고 먹는 줄 알고 있는 경우가 많았다. 드라마니 소설이니 보면 그런 재벌들이 다들 연애질이나 하고 골프나 치고 개인 전용 비행기를 타고 휘리릭 우동이나 먹으러 도쿄로 날아가곤 하니까.

그러나 곁에서 보면 그건 순전히 작가들의 꿈이고 바람일 뿐이었다. 그들이 전용 비행기를 타는 것은 이동하는 시간이 금이기 때문이었다. 오히려 잠도 못 자고 일에 파묻혀 있는 게 태반이었다.

게다가 그는 그게 더했다. 제가 알고 있는 우주전자의 합병 따위는 일도 아니었다. 전에 기획실에 있을 때는 그가 하는 일이 M&A에 한정되어 있었지만, 지금 부사장으로 승진한 뒤에는 백라전자의 전반에 대한 일을 하고 있었다. 그러니 저는 공허한 휴대폰의 메시지란을 가끔 쳐다보고 있을 뿐이었다.

그리고…… 또 한 가지. 제가 남몰래 빌고 있는 건…… 헛된 망상인지도 몰랐다.

똑똑…….

수현은 놀라 휴대폰을 쳐다보았다. 메시지였다. 발신인이 그 사람으로 되어 있는.

[오늘 9시.]

늘 일방적인, 제 사정 따위는 고려도 하지 않는…… 남자의 통고였다. 그러나 휴대폰을 들고 그것이 스팸이나 그 밖의 다른 것이 아닌 단지 그 남자의 메시지라는 사실 하나만으로도 수현은 파르르 제 손끝이 떨릴 만큼…… 기뻤다. 적어도, 남녀 간에 호감이 있고 애정의 감정이 생기려면 공감대가 있다거나, 좋아하는 것이 같다거나 혹은 무언가 상대의 맘에 어필하는 것이 있어야 한다는 게 보편적인 것이었다.

그러나 수현은 아까부터 세팅기로 말았던 머리를 묶었다가 다시 풀었다를 반복하다 문득 손을 놓고 생각에 잠겼다.

단지 그 남자의 어마어마한 배경 때문에, 혹 만에 하나라도 그 남자를 사로잡아 제가 넘볼 수 없었던 재연이와 같은 세상에 당당하게 입성하고 싶어서일까? 아니면 남자가 너무 뛰어난 외모를 지녀서 스크린에 나오는 스타를 미친 듯이 좋아하는 것 같은 그런 감정일까?

대체 그 남자가 뭘 좋아하고, 어떤 음식을 잘 먹으며, 어떤 노래를 좋아하고 어떤 어린 시절을 보냈는지도 모른 채 이렇게 정신없이 빠져드는 이유가 뭘까. 이 모든 것이 복합적으로 작용한 것일까……. 아니면 어차피 소나기처럼 제 인생에 한 번 후루룩 쏟아지고 말 기회니까 앞뒤 가리지 말고 빠져 보는 거라 여기는 걸까.

수현은 다시 손을 들어 머리를 묶어 올렸다. 매끈한 목선이 드러나는 게 더 시원해 보였다. 그리고 엷게 립스틱을 발랐다. 어차피 지워질 것이지만. 바닥에 흐트러진 머리카락들을 주우면서 그녀는 생각했다.

일회용이니까……. 그러니까 간절해지는 것뿐이라고.

흘끗 시계를 보고 그녀는 말끔하게 정리된 제 방을 한 번 휘둘러보고 문을 나섰다. 짧은 소매의 원피스가 하늘거렸다. 막 도어록을 잠그는데 제 드러난 하얀 손목이 보였다. 남자가 그날 찍어 준 화인은 자국 따위를 남기지 않았지만, 그녀는 아직도 붉은 멍이 든 듯 남자의 입술 모양이 찍혀 있는 것이 보이는 듯했다.

그래, 어차피 한때인걸.

K가 그랬듯. 이 남자가 K인지, 혹은 그와 연관된 사람인지는 몰라도, 어차피 제겐 K만큼의 의미밖에 없는 거였다.

결혼을 하든 말든, 혹여 이렇게 제 상사인 채로 일적 관계가 지속되든 말든 제 마음이 변하는 날이면 이 관계는 끝이었다. 단지 그 남자의 마음이 변해서 이 관계가 끝나 스스로 비참함을 느끼지 않기만을 바라면서, 수현은 땡 하는 경쾌한 소리와 함께 열린 엘리베이터 밖의 텁텁한 공기 속으로 발을 내밀었다.

11. 그

입구를 바라보고 있던 남자의 이마가 굳어졌다. 여자가 나오고 있었다. 경쾌한 걸음걸이로, 가늘고 긴 팔이 드러나 하얗게 빛나고 있다. 물방울무늬의 앞에 단추가 있는 민소매 원피스에 가느다란 벨트를 하고 얇은 스트랩 슈즈를 신어 늘씬하고 경쾌한 모습이었다.

가슴 한구석이 욱신거리는 느낌이었다. 정말…… 저 여자를 좋아했을까?

"……오늘은 치료받는 날이 아닌데, 스트레스가 심하신 모양이군요."

창가에서 서성거리던 그가 돌아섰다. 백발의 노인이 이마의 땀을 닦으면서 문을 닫고 있었다.

"문 박사님……. 죄송합니다."

남자의 목소리가 마치 꿈속에 있는 듯 몽롱했다.

"아닙니다. 앉으시죠. 오신 지 오래되셨습니까?"

"좀 됐습니다."

그는 제가 늘 눕는 긴 카우치에 다가갔지만 눕지는 않았다.

"커튼 칠까요?"

"아닙니다. 오늘은 치료 때문이 아니라 말씀드릴 게 있어서입니다. 저 때문에 스케줄에 차질이 생긴 건 아닌지 모르겠습니다."

"괜찮습니다. 부사장님 일이 가장 중요하지요. 그럼 무엇 때문이십니까? 우선 물 한 잔 하고요."

건장한 백발의 노인은 재킷을 벗고 옆에 있는 작은 냉장고에서 생수병을 꺼내 들었다. 핑크빛의 부드러운 피부에 뿔테 안경을 쓴 노인은 보기에도 편안한 인상이었다. 짧은 반팔 셔츠를 입은 문 박사는 물을 마시고는 늘 자신이 앉는 의자에 앉았다. 그러자 이현태도 긴 카우치에 걸터앉았다.

"말씀해 보십시오."

"제가…… 어떤 비밀을 알게 됐습니다."

"그렇습니까?"

문 박사는 절대 먼저 뭘 묻거나 하지는 않았다. 조용히, 부드러운 목소리로 상대의 이야기를 들어 줄 뿐이었다. 그게 그의 기술이자 재주였다.

"어쩌면 아주 사소한 것일 수도 있고, 아니면 그렇지 않을 수도 있습니다. 오로지 저만 그 의미를 알고 있습니다."

"그 사실이…… 현태 씨를 불편하게 합니까?"

그는 한동안 말이 없었다. 그러다가 결국 결심한 듯 대답했다.

"네."

"음, 더 말씀해 주실 수 있습니까?"

"……아니요."

그는 바로 대답했다.

"제게 어떤 말을 듣고 싶으신가요? 그 어떤 정보도 없는데 말입니다. 그냥 제가 그렇다 아니다 하는 데 따르시겠다는 겁니까?"

조금의 소리도 안으로 새 들어오지 않게 설계된 방이었다. 늘 백색 소음이 나는 음향도구가 있었지만 지금은 그것도 작동하지 않고 있었다.

"그…… 일은 제게 심한 양심의 가책을 줍니다. 그러나 그 심한 양심의 가책 외에는 그 어떤 해도 없습니다. 제가 이 일을 영원히 묻어 버리면 그만입니다."

"그런데요?"

"그런데……."

문 박사는 굵은 뿔테 안경을 벗더니 주머니에 있는 안경닦이를 꺼내 알을 문지르기 시작했다. 아무렇지도 않은 듯 천천히…… 그러고는 잘 닦여졌나 안경을 들어 밖을 내다보더니 또다시 닦기 시작했다.

그 동작은 아주 느릿느릿했고, 부드러웠다. 보는 사람으로 하여금 그 행동을 무심코 보고 있다가 마음이 천천히 가라앉게 할 만큼.

"제게…… 구하고 싶은 건, 그 비밀의 내용을 공유하고 싶으신 게 아닌 거죠."

"네."

"그 양심의 가책을 제게 이야기함으로써 완벽한 비밀을 혼자 가지고 있는 답답함을 해소하고 싶으신 겁니까."

그는 말이 없었다.

"괜찮습니다. 그게 제 역할이니까요. 자, 그럼 그 비밀을 묻어 버리고 나면, 당신에겐 어떤 일이 생깁니까?"

"욕구에 충실해질 수 있습니다."

그가 천천히 대답했다.

"그렇군요."

문 박사는 천천히 안경을 썼다. 굳은 얼굴로 그가 앉아 있는 것을 보고 천천히 입을 열었다.

"외람된 질문이지만……그게 혹시 현우 씨의 일입니까?"

대답하지는 않았지만 그의 얼굴이 굳어졌다.

"전…… 이현태 씨 외에는 그 어느 누구에게도 이 이야기를 하지 않기로 했습니다. 절 믿으셔야 합니다. 더 이상은 제가 알지도 못하고 알려고 하지 않겠습니다. 그러나 제가 한마디 하겠습니다. 이미…… 끝난 일입니다. 그냥 모든 건 마음에 묻으시면 됩니다. 그러니까 하고 싶은 대로 하십시오."

하고 싶은 대로 하라. 그는 갑자기 웃음이 날 것만 같았다. 그러나 그의 굳은 얼굴은 변함이 없었다. 문 박사의 부드러운 목소리가 이어졌다.

"양심의 가책은 제가 나누어 드리겠습니다. 처음부터 절 믿고 시작하셨듯이 지금도 그러시면 됩니다. 인생은 단 한 번뿐이고, 당신은 그만큼 충분히 상처 입었습니다. 앞으로만 생각하십시오. 그리고 원하는 걸 하십시오. 그게 제가 당신 주치의이자 친구로서 하는 충고이자 당부입니다. 아시겠습니까?"

이야기를 듣고 있던 그가 벌떡 일어났다. 그리고 냉랭하게 대답했다.

"비싼 진료비 값을 하시는군요. 알겠습니다."

그러나 그 냉랭한 대답에 아랑곳하지 않고 노인은 희미하게 미소까지 지으면서 대답했다.

"그럼요. 제가 비싼 진료비를 받는 건 사실이니까요."

수현은 늘 그 자리에 있는 하얀색 그랜저의 문을 열고 조수석에 올라탔다. 긴 치마가 구겨지지 않게 조심하면서. 방금 전까지도 차에 시동이 걸려 있었는지 차가운 냉기가 가득한 차 안의 운전석에는 지난번과 똑같이 와이셔츠 바람의 그가 저를 쳐다보고 있었다.

저번에는 어땠지? 차에 타자마자 와락 저를 끌어당겼던 것 같은데……. 이번에는 시동도 걸려 있지 않은 차의 핸들에 손을 올려놓은 채 저를 쳐다보고만 있는 남자가 어색해졌다. 시동 꺼진 차는 어둡고 조용했다.

"여기 차 대면 안 되는 곳이에요."

무얼 바라고 있었는지도 모르겠다 싶었다. 그러나 수현은 화장도구가 든 작은 클러치 백을 두 손으로 꼭 쥔 채 말했다. 안전벨트라도 해야 하나? 그 전에 뭔가 할 일이 있지 않았나……. 그러나 여전히 옆의 남자는 제게 시선을 둔 채 아무런 말도 행동도 없었다.

"어디로 가죠?"

어디론가 가야만 했다. 그러나 여전히 남자는 말이 없었다. 제 기다림과 조바심이 어색해질 지경이었다.

"오늘 뭐 안 좋은 일이라도……."

"당신 집으로 가지."

적막을 깨고 그가 말했다.

"네?"

되물었지만 그는 대답하지 않았다. 헛것을 들었나? 수현이 고개를 돌려 그를 쳐다보았다. 그러자 그는 손을 들더니 그녀의 턱 가까이에 가져가 그녀의 엷게 립스틱을 바른 입술에 손가락을 대었다. 그냥 가볍게 손가락을 댔을 뿐인데도 마치 감전이라도 된 듯 드러난 팔에 오롯이 소름이 돋는 제가 오히려 무안해진 수현은 다시 물었다.

"뭐라 하셨죠?"

그러자 그가 마치 기다렸다는 듯 몸을 기울였다. 뭔가 기대라도 하고 있었던 듯 수현은 저도 모르게 눈을 감았다.

남자의 싸한 스타일링젤의 향이 사르륵 제 곁을 스치고 지나가더니 뜨거운 무엇인가가 드러난 제 목에 닿았다. 수현은 저도 모르게 놀라 몸을 뒤로 빼려 했지만 차 안의 좌석이었다. 수현의 긴 목에 입술을 찍은 남자가 그녀의 귓가에 속삭였다.

"오늘은 꼭 이 예쁜 원피스를 벗은 걸 보고 싶군."

차를 주차선에 댔다. 시동을 끄고 자리에서 나설 때도 여자는 그 자리에 가만히 있었다. 빙 돌아 조수석의 문을 열었다. 제가 이 문을 열어 본 것은 아무래도 처음인 것 같은 느낌이 들었다.

여자가 얌전하게 앉아 있었다. 후끈거리는 열기가 밀려드는 게 느껴지는 건지 여자가 그제야 저를 올려다보는 게 느껴졌다. 그는 손을 내밀어 여자의 하얗고 가느다란 팔을 잡아끌었다.

반항 없이 끌려 나오긴 했지만, 여자는 약간 머뭇거리는 것 같았다. 그러나 상관없었다. 분명히 차가운 차 안에 있었기에 써늘한 느낌이었지만 제게 잡힌 여자의 팔목에서는 금방 축축한 물기가 느껴졌다.

여자가 차에서 나왔다. 그는 매너를 가장해 문을 닫았다. 입구로 들어가는 저를 순순히 따라오는 여자를 돌아보고 싶지만 그는 꼭 참고 회전문을 향해 성큼성큼 걷기만 했다. 제 발소리를 따라 여자의 가느다란 굽이 달린 샌들에서 나는 또각거리는 소리조차 제 속을 부글부글 끓게 만들었다.

찌르는 듯 쏟아지는 조명이 있는 밝은 로비에서 엘리베이터로 가면서 그는 힐끗 여자를 돌아보았다. 어떤 표정인지 읽을 새는 없었다. 하얀색 물방울무늬가 있는 민소매 원피스를 입은 여자의 둥근 어깨가 너무나 새하얗게 보였기 때문에…….

땡 하는 소리와 함께 엘리베이터가 내려오더니 근처 슈퍼에라도 가는 듯 헐렁한 옷차림의 남자가 내려섰다. 그 남자는 흘끗 그들을 쳐다보았다. 아마 그 흘끗거리는 시선에서도 두 사람이 무얼 하려 하는지 알아챈 것 같아 보였다.

그런 시선 덕분인지 여자는 고개를 돌렸다. 그러나 그는 아랑곳하지 않고 엘리베이터에 들어섰다. 그리고 익숙하게 번호가 있는 버튼을 눌렀다.

여자를 돌아본 그의 눈에 올려 묶은 머리카락 밑으로 드러난 하얀 목줄기에 흘러내린 머리카락이 들어왔다. 흘러내린 게 신경이 쓰이긴 했지만 그걸 건드렸다간 이 엘리베이터란 개방된 공간에서 무슨 일이 벌어질지 장담할 수 없었다.

다만 아까보다 더 축축해진 여자의 팔에서 손을 뗀 그는 여자의 가느다란 손가락을 휘어잡았다. 그제야 여자가 고개를 돌려 자신을 쳐다보는 게 느껴졌다. 환한 조명 밑에서 정성껏 화장을 한 여자의 매끄러운 누드색 입술이 제 속을 휘저었다. 얼른 도착지에 닿아야 했다. 저 매끄러운 입술을 삼켜야만 했다.

땡 하는 경쾌한 소리와 함께 그는 엘리베이터를 힘차게 나섰다. 그러나 잠시 어디가 어딘지 알 수 없어 머뭇거리자 제 손안에 잡혀 있던 여린 손가락의 주인공이 살짝 방향을 틀기 시작했다.

잠시 머뭇거리던 제 마음도 여자를 따라 성큼성큼 걷기 시작했다. 늘어선 철문이 보이고 비슷비슷한 문 중 하나 앞에서 여자는 버튼을 누르기 시작했다. 번호를 유심히 보고 있었지만 무엇을 누르는지 보이질 않았다.

제 속안에 있는 그 무언가가 폭발하기 직전이었다. 그건 단순히 생리적인 욕구 따위가 아니었다. 이율배반 같은…… 지금 이 순간 참아 넘겨야 하는…… 그러나 그렇지 않기로 한 그 무엇.

삐리릭 소리와 함께 문이 열리고 여자가 어둠 속으로 발을 딛자 센서 등의 노란 불빛이 쏟아졌다. 그는 등 뒤로 철문이 닫히고 삐리릭 하고 저절로 잠기는 소리가 끝나기도 전에 제게 등을 돌리고 있던 여자를 휘릭 감아 안았다.

뭔가 놀라는 듯한 소리를 낸 것도 같은데 잘 들리지 않았다. 그리고 신경 쓰고 싶지도 않았다. 그는 한쪽 팔에 휘감기는 여자의 가느다란 허리를 안고 다른 손으로 턱을 잡았다. 손에 여자의 화장품이 묻어났지만 신경 쓰지 않고 저를 유혹하는 듯 살굿빛으로 빛나던 여자의 입술을 감쳐물었다.

껄끄러운 화학 약품이 묻어났지만 그는 곧장 여자의 입 안을 열고 들어섰다. 제게 머릿속이 쩡할 정도로 갈증을 느끼게 했던 매끄럽고 보드라운 이 여자의 혀를 거침없이 빨아들였다.

제 손안에서 움쩍거리는 여자의 가느다란 목줄기를 제게 떨어지지 않도록 그는 더욱더 힘을 주어 잡아당겼고 제 머릿속에 떠오르는 생각을 어디론가 처박아 버리려는 생각에 그는 더욱더 여자의 입안을 거칠게 휘저었다. 도망가려 했던 여자의 일부는 서서히 제게 돌아서기로 한 듯했다. 부드럽게 제 속으로 녹아들었다.

그러자 그는 더욱더 힘을 주어 여자의 허리를 당겨 제게 붙였다.

어딘가 뻣뻣하게 피가 몰리는 느낌이었다. 그는 말캉거리는 여자의 혀를 내버려 두고 입술을 한참 동안 빨아 물어 있던 것을 다 없애 버리고 여자의 가느다란 목줄기를 공략했다.

"잠……시만요……! 잠깐만."

말을 막았던 무엇이 빠져나가자마자 여자가 소리치듯 말했다. 왜 그러는지 알 것 같았지만 왠지 대답 따위 해 주고 싶지 않다는 묘한 심술 같은 게 스멀스멀 저를 휘감았다. 그는 아랑곳하지 않고 여자의 쇄골을 핥으면서 다른 한 손으로 원피스의 단추를 풀기 시작했다. 여자의 뽀얀 가슴이 드러나기 시작했다.

그때 여자가 가느다란 손을 들어 그의 손을 잡았다. 묘한 느낌이었다. 가느다란 손가락이 제 힘을 제지할 수는 없을 테지만, 그 가느다랗고 하얀 손가락이 제 손에 얽혀 들자 그는 여자에게 시선을 돌렸다.

"이러시는 거……."

"뭐?"

제 목소리가 갈라지는 게 느껴졌다. 또다시 갈증이 제 목을 훑어 내렸다. 그러나 이 갈증은 물 따위로 풀 수 있는 게 아니었다. 팽팽하게 긴장한 제 허벅지 위로 찌르르하는 통증 같은 게 느껴지는 듯했다.

"확인……하셨으니까, 여기 온 거죠?"

"그래."

그는 원피스의 단추 부분을 잡고 있는 여자의 손을 치우려 했다. 그러나 그 손은 여전히 옷자락을 꼭 잡아 구겨지게 하고 있었다. 여자의 가느다란 손에 힘이 들어가자 그는 슬몃 웃음이 새어 나올 것 같은 기분이 들었다.

"정말 다른 사람이던가요?"

그는 잠시 머뭇거렸다.

"부사장님!"

"여기 왔잖아. 확인했으니까 여기까지 온 거 아니겠어?"

"정……말인가요?"

갑자기 움직임이 없어지자 푹 소리라도 나듯 센서 등이 꺼졌다. 적막과 어둠이 동시에 찾아왔다. 남자의 입술이 다시 여자의 목에 닿자 센서 등은 그 미묘한 움직임을 감지하고는 다시 어둠을 찢듯 노란 불빛을 쏟아 냈다.

여자의 턱이 젖혀지는 게 느껴졌다.

"진짜……."

"그래."

대답을 하는 그는 0.1초쯤 머뭇거렸다.

'인생은 단 한 번뿐이고, 당신은 그만큼 충분히 상처 입었습니다. 앞으로만 생각하십시오. 그리고 원하는 걸 하십시오.'

내가 무슨 상처를 입어? 나 따위가 뭘 했다고…….

그는 걷잡을 수 없이 쏟아져 내리는 기억들을 떨치려는 듯 힘을 주어 여자를 안아 올렸다. 그리고는 신발을 벗어 던지고 여자를 안고 어둠 속으로 걸어 들어갔다. 노란색 불빛에 의해 희미하게 비치는 이 공간의 제일 안쪽으로…….

"저기……."

여자는 낮게 소리쳤다. 그러나 그는 아무런 대답을 하지 않았다. 여자는 가벼웠고, 매끈거리는 원피스 덕에 부드러웠다. 아니, 이 거추장스런 천 조각이 없어지면 아마 더욱더 매끄러울 것이었다. 그는 그것만 생각했다.

좁은 공간이었기에 성큼거리는 발걸음으로 금방 목표하는 곳에 도달했고 푹신한 곳에 닿은 그는 여자를 그곳에 내려놓았다. 어둠 속에서 희끄무레하게 보이는 여자의 가느다란 다리를 찾아 샌들을 벗겨 바닥에 던졌다.

툭 하고 둔탁한 소리를 내며 어디론가 떨어져 내리는 소리를 듣고는 그는 가느다란 다리를 더듬어 올라갔다. 부드러운 다리 선을 따라 속치마 속을 타고 올라간 그의 손은 매끄러운 여자의 속옷에 닿았다.

"아……."

움찔거리는 여자의 위로 올라간 그는 놀란 여자가 상체를 들어 올리자 그것을 제 몸으로 누르면서 다시 여자의 입술을 찾아 물었다. 제 다른 한 손은 이미 여자의 속옷 속의 매끄러운 엉덩이를 움켜쥐고 있었다.

반항을 해야 할까, 아니면 호응을 해야 할까 여자는 잠시 망설이는 모양이었다. 그는 이 미묘한 움직임을 눈치채고는 치마 속의 손을 뺐다. 그리고 천천히, 여자의 입술이 마치 금방 녹아 버리는 소프트 아이스크림인 양 부드럽게 빨아들이기 시작했다. 이미 립스틱 따위가 다 지워져 버린 여자의 젖은 입술은 실제로 아이스크림처럼 달콤하고 보드라웠다.

그러면서 그는 천천히 여자의 원피스에 달린 단추들을 풀기 시작했다. 차라리 시퍼였으면 나았을 텐데…… 눈에 익기 시작하는 희끄무레한 어둠 속에서 여자의 하얀색 가슴이 드러났다.

입술을 뗀 남자는 여자의 원피스를 벗겼고. 가느다란 벨트가 걸리자 여자는 제 손으로 그것을 풀었다. 원피스를 벗으려고 상체를 일으킨 여자의 가느다란 선이 제 피를 더욱더 빠르게 돌게 하고 있었다.

기시감…… 데자뷰…….

이 여자를 기억해 내려고 했지만, 처음 이 여자를 보았을 때 제 명치 근처를 둔탁하게 쳤던 그 느낌은 그 뒤로 아무런 실마리도 없이 자취를 감췄다. 제가 가증스럽게 말한 것처럼, 그건 제 피붙이의 기억이었을지도 몰랐다. 성년기를 거치면서 저와 완전히 다른 삶을 살았던 제 하나뿐인 피붙이는 어떤 삶을 살았을까……. 정말 이 여자는 그에게 어떤 의미였을까.

깊은 사이는 아니었을 거야…….

서로 이름도 모르는 사이니까.

제 머릿속은 점점 하얗게 바래 가고 있었다. 그걸 원했으니까.

여자의 매끄러운 가슴 돌기를 제 혀 위에서 굴렸다. 여자가 가을 하늘의 색과 비슷한 옷을 입고 제 사무실에 나타났을 때부터 이 순간을 생각하고 있었다. 그때 멀쩡하게 서류를 보고 있었지만, 봉긋한 그 원피스 밑의 이 아름다운 맨가슴을 생각하고 있었는지도 몰랐다.

제 귓가에 여자의 목구멍에서 돌고 있는 신음 소리가 들렸다. 더 큰 소리가 듣고 싶어졌다. 그는 마른 몸에 비해 탄력 있는 여자의 다른 쪽 가슴을 양껏 탐했다. 여자의 입술을 타고 아까보다 더 큰 소리가 명료하게 들렸다.

들어올 땐 서늘한 느낌이었는데 두 사람의 몸에서 나는 열기 때문에 냉방이 꺼진 방 안은 후끈거리고 있었다. 그러나 짠 기가 느껴지는 여자의 매끄러운 살갗이 더욱 그의 속을 타오르게 했다.

머릿속이 텅 비어 갔다. 어느새 둘 다 거치적거릴 것이 없는 맨몸이 되었고 그는 여자의 이마에 들러붙은 머리카락을 쓸어 올리면서 다시 욕구에 충실하게 여자의 혀를 빨아들였다. 그러나 이제 이것으로는 제 타는 듯한 몸을 막을 수는 없었다.

여자의 매끄러운 다리를 들어 올리고 제가 원하는 것을 찾았다. 땀인지 아니면 다른 것 때문인지 벌써 젖어 있는 듯했다. 여자의 가느다란 팔이 제 목을 감싸 안았다. 그도 여자의 허리를 감았다. 제가 강렬하게 원하는 만큼은 아닐지 몰라도 여자도 원하고 있었다. 매끄러운 가슴을 물어뜯듯 삼키던 그가 더 이상 참지 않고 여자의 속으로 파고들었다.

"아아……!"

여자의 잇새로 탄성인지 비명인지 모를 소리가 흘러나왔다.

분명이 제 속의 것을 다 토해 내고 나면 후회하고 말 것이었다.

내가 도대체 무슨 짓을 하고 있는 건가, 아무리 그 사기꾼 같은 의사가 책임을 진다 해도 제 양심은 성치 못할 것이고, 그 청옥 항아리에 한 줌의 재로 변한 이 앞에 당분간 서지 못할 수도 있었다.

아니 대체 그 노인네가 무슨 책임을 질 수 있단 말인가? 왜 순진한 바보처럼 고해성사 따위를 했던가. 이제 와서 누구 것인지도 모를 한 줌의 먼지로밖에 남지 않은 이가 하룻밤을 보냈을 뿐인 여자를 탐했다고 뭐라 할 수 있을까…….

그의 힘찬 허릿짓이 멎었다. 격한 숨소리와 살가죽이 부딪치던 소리가 요란하던 어둠이 갑자기 적막으로 뒤덮였다. 제 이마에서 땀방울이 뚝뚝 떨어져 내리는 소리가 들리는 것 같은 착각이 들었다. 제 밑에서 숨이 넘어갈 것 같았던 여자가 저를 올려다보는 게 느껴졌다.

"……."

뭐라 묻고 싶어지는 듯했다. 여전히 제 모든 피가 모조리 몰려 있는 듯 고통과 쾌락이 함께 느껴지던 제 분신은 여자의 몸 안에 깊이 잠긴 채였다.

그는 몸을 굽혀 저를 올려다보는 여자의 입술을 물었다. 여자의 혀가 무슨 일이 있냐는 듯 제 입술을 핥는 게 느껴졌다. 짠맛이 느껴졌다. 그는 여자의 목 밑으로 제 몸을 지탱하고 있던 팔을 밀어 넣었다.

후덥지근한 공기로 전해지는 체취 사이로 여자의 달큰한 향이 느껴지는 듯했다. 나긋한 여자의 온몸이 제 벗은 몸에 고스란히 느껴졌다.

갖고 싶다.

가져야겠다.

그다음이 어떻게 되든, 지금 이 순간은 내 여자니까.

남자는 멎었던 움직임을 다시 시작했다.

"아악."

갑작스런 격한 움직임에 놀란 여자가 낮게 소리쳤다. 그러나 제 감각에 온 정신을 다 집중한 남자는 아랑곳하지 않았다. 움직임은 더욱 더 격렬해졌다. 모든 것을 잊어버리려는 듯. 여자의 입에서는 고통인지 혹은 열락인지 모를 소리가 작게, 작게 그리고 자꾸만 새어 나왔다.

숨이 턱에까지 찬다는 게 이런 거였나.

요란한 물소리가 났다. 그 때문에 까무룩하던 정신을 깨울 수 있었다. 몸을 일으켜야 하는데 온몸에 힘이라곤 단 한 올도 남지 않은 것만 같았다.

마치 무슨 찜통 속에 들어 있는 것만 같았다. 머리카락이 목이고 이마고 들러붙어 있는 게 느껴졌다. 실오라기 하나도 걸치지 않고 침대 위에 널브러져 있다는 걸 겨우 저쪽, 암흑으로 넘어가기 직전의 제 정신이 깨닫고 있었다.

수현은 겨우 몸을 돌려 침대 옆에 있는 티슈 통으로 손을 뻗었다. 쏙쏙 부드럽게 잘만 나오던 가볍디가벼운 티슈 한 장도 뽑기 힘들 만큼, 손끝마저 떨리는 것 같았다. 실제로 제 아랫배는 처음 느끼는 미미한 경련 때문에 아직도 후들거리고 있었다.

수현은 뽑아 든 티슈로 배 위에 있는 뜨끈한 것을 닦아 냈다. 그제야 겨우 몸을 일으키고 침대 옆 협탁 위를 더듬었지만 제가 찾는 것을 찾지는 못했다. 아까 화장을 하고 나서면서 화장대 위에 에어컨의 리모컨을 뒀다는 걸 생각해 내곤 잠시 한숨을 내쉬었다.

여전히 불빛이 새어 나오는 욕실에서는 물소리가 요란했다. 희미한 어둠 속에서 바닥에 떨어진 옷가지들이 보였다. 게다가 흉하게 나뒹굴고 있는 샌들까지 보였다. 이제야 부들거리는 다리가 멈춘 듯해서 수현은 몸을 일으켜 리모컨을 찾아 들고 전원을 켰다. 삐리리릭 소리를 내면서 불빛이 비치고 찬 공기가 새어 나오기 시작했다.

그제야 정신이 났다. 그토록 오랜 시간을 들여 화장을 하고 머리를 하고 옷을 입었건만, 머리는 온통 헝클어져 있었고 원피스는 바닥에 흉하게 떨어져 있었다. 제 얼굴에는 단 한 톨의 화장품도 남아 있지 않을 게 분명했다.

물소리가 멈춘 것을 알아챈 수현은 재빨리 옷걸이에 걸려 있던 잘 입지는 않지만 예쁘다는 이유로 사다 놓은 바스가운을 걸쳤다. 그러나 거의 샤워를 한 것같이 흥건하게 젖은 제 몸을 생각해 내고는 밑에 떨어진 제 속옷들을 주워 들었다.

그때 달각 소리가 나면서 빛이 쏟아지고 실오라기 하나 걸치지 않은 매끈한 남자가 머리카락을 닦으면서 나오는 것이 보였다. 수현은 저도 모르게 시선을 감추면서 몇 발짝 나서는 남자를 피해 욕실로 들어갔다.

수현이 욕실에서 나왔을 때, 불은 환하게 켜져 있었다. 원피스는 화장대 의자 위에 얌전히 걸쳐져 있었다. 그리고 바닥에 떨어져 있던 샌들도 보이지 않는 걸 보니 있어야 할 곳에 있는 모양이었다. 보기에는 나갈 때와 다름없었지만 시원한 기운 가득한 공기 중에 후끈거리는 땀 냄새 같은 것이 떠다니는 듯했다.

문을 닫고 보니 부엌의 냉장고 쪽에 생수병을 꺼내 물을 마시고 있는 남자가 서 있었다. 가 버렸을지도 모른다고 생각했는데 이제야 마음이 놓였다. 수현은 샤워 가운을 여미면서 제 얼굴에 화장기 하나 없다는 것을 알고 얼굴을 붉히고 말았다.

"마셔."

그가 다가와 물병을 내밀었다. 바지를 입은 채 셔츠를 걸치긴 했지만 단추는 채우지 않았고, 머리카락도 흐트러져 있었다. 수현은 저도 갈증이 났기 때문에 물병을 받아 들다가 벌어진 셔츠 사이로 드러난 남자의 하얀 윗몸을 보았다. 그리고 왼쪽 아랫배 쪽에 희미한 상처 자국에 시선을 멈추고 말았다.

제 기억에 있던 상처와…… 똑같아 보였다.

"왜?"

제 몸에 시선을 꽂은 여자에게 물었다.

"그거 좀…… 보여 줘요."

"뭘?"

수현은 손을 내밀어 셔츠를 젖혔다. K에게 있었던 상처와 똑같은 부위였다. 그러나 창백하리만큼 하얀 남자의 몸에 있는 상처는 이미 희미한 자국만 있었다. 분명히 그녀가 저번에 그의 이야기를 듣고 검색을 했을 때 공여자는 더 작은 상처가 아래쪽에 있다고 했었는데…….

"신장 공여자는 이렇게 큰 상처가 안 난다던데……."

"중국에서 받아서 그래. 한국에 와서 주치의도 그러더군. 한국에서는 복강경으로 하기 때문에 상처가 거의 안 남았을 텐데 중국에서는 왜 이리 크게 절개를 했냐고 말이야."

아무렇지도 않은 듯 딱딱한 남자의 목소리를 듣고 수현은 잠시 멍한 느낌이었다. 분명히 아니라고 했다. 기억 속의 남자는, 여릿한 듯 마치 모델처럼 마른 이 남자와는 비교도 안 되게 단단한 근육질의 거구였다. 그리고 그 구릿빛 피부에 선을 그어 놓은 듯 보이는 상처가 있었었다. 이건……. 어찌 된 노릇일까.

그러나 그녀가 더 생각하기도 전에 남자가 손을 내밀어 저를 안음으로써 수현의 머릿속에 든 생각은 자취를 감췄다. 찬물에 샤워를 한 듯 싸늘한 기운이 있는 남자의 쇄골 부근에 아직도 화끈거리는 제 볼이 닿자 머릿속은 멎어 버렸다.

남자의 손이 그녀의 목줄기 사이로 새어 들었다. 그러고는 생수 때문에 차갑게 식은 입술이 아직도 열기를 지닌 수현의 입술을 막았다. 아무것도 없는 매끄러운 입술이 남자의 마음에 들었는지 남자는 여자의 입술을 천천히 빨았다. 그러다가 쪽 소리를 내면서 떨어졌다. 새빨개진 얼굴을 돌리자 그가 말했다.

"맨얼굴도 괜찮아."

수현은 그 말에 더욱더 얼굴을 물들이면서 돌아서서 손에 들고 있던 물을 마셨다. 그도 돌아서서 셔츠의 단추를 채우기 시작했다. 그러더니 말했다.

"쉬어. 갈 테니까."

그 말에 수현은 돌아섰다.

"……."

묘한 기분이었다. 그냥 이렇게…… 간다고?

분명히 제가 그동안 느끼지 못할 만큼 만족스러운 섹스이긴 했었다. 그러나 막연하게 생각만 하고 있다가 급작스런 준비도 없이 몸을 섞고 말았고, 이렇게 남자가 옷을 입고 가 버린다고 생각하니 이상한 느낌이었다. 아니 이상하다 못해 서운하기까지 했다.

물론, 이 남자는 약혼녀도 있고 저와는 단지 이것이 목적이었는지도 몰랐다. 그리고 그건 저도 각오하긴 했었다. 그러나 막상 이런 상황에 닥치니 갑자기 제 기분이 싸하게 가라앉는 듯했다.

"뭐…… 팁이라도 받아야 할 것 같은 느낌이네요."

수연의 차가운 말에 그가 말했다.

"카드에 한도 따위는 없을 텐데."

남자는 분명 농담이었을 것이다.

"카드에 한도가 없다 해도 집을 살 순 없을 거 같은데요."

그러나 제 입에서는 농담이 나오지 않았다. 그러나 그는 피식 웃었다. 그러고는 그녀에게 다가와 돌아선 수현의 앞에 섰다.

"그럼, 팔베개라도 하면서 옆에서 잠들길 바라나?"

"……."

뭐라 대답을 할 수는 없었다.

"그건 다음에 스케줄을 맞춰 보지."

문을 나서는 남자를 배웅하진 않았다. 아까 갈아입은 속옷을 다시 갈아입고 땀에 흥건하게 젖어 버린 이불과 침대 시트를 벗겨 세탁기에 넣었다. 다만 시간이 너무 늦어 세탁기를 돌릴 순 없었다.

새 시트와 이불을 꺼내 갈고 허기가 져 냉장고에 있던 두유 한 팩을 마시고는 침대에 누웠다. 퀸 사이즈라 넓은 침대 위에서 평소에는 협탁 쪽에서 잠들었었는데 수현은 창가 쪽으로 바싹 붙어 누웠다.

아까 그 일이 있었던 곳에 눕기는…… 싫었다.

이건 당연한 거였다. 이런 감정을 느끼는 것 자체가 우스운 것이 맞다. 여기는 그 산골 오지도 아니었고, 남자는 아마 으리으리한 대궐 같은 엄청난 대저택에 광장 같은 침실을 가졌을 게 분명했다. 그러니까 할 일을 했으면 돌아가는 게 맞았다. 앞으로도 남자가 팔베개를 해 주며 제 옆에서 잠드는 일 따위는 없을 것이다.

제가 원하는 게 남자의 몸과 마음이었기에 잠시나마 그걸 가졌으니 됐다고 여겨야 했다. 더 이상 욕심을 내서도 안 되는 게 이 허무한 연애의 전제 조건이었다. 그런데 이 느낌은 뭘까.

문득 사춘기 시절에 읽었던 소설이 생각났다.

그녀의 세 번째 남자…… 그 비슷한 제목이었던. 거기서 나온 어떤 아프리카 부족에서는 하나, 둘까지 세고 그다음에는 많다……라고 센다고. 아마 결혼을 하고도 현금인출기에서 빵빵한 통장의 잔액을 인출하듯 연애 감정과 섹스를 인출해 가던 옛 남자를 잊어버리려고 그 남자와 언약식 비슷한 걸 했던 절을 찾아갔던가. 그 절이 댐 때문에 수장되고 없어서 새로 생긴 절에 가서 어떤 목수를 만났던 거 같았다. 그리곤 결국 제 삶을 찾아온 그 여주인공은 말했던 거 같았다. 하나, 둘…… 그 이상은 많다 속에 속한다고…….

제 인생에서도 이 남자는 세 번째였다. 순진하게도 제 인생을 바꿔 줄 줄 알았던 그 높디높은 고시생 성환과 어떤 의미인지 깨닫기도 전에 잊기로 했던 K, 그리고 위험하게도 이 남자 이현태…….

시작도 하기 전부터 무의식적으로 그 많다……의 범위에 넣어 버린 남자였다. 제가 아무리 열렬히 원한다 해도 가질 수 없는 남자. 사랑이란 단어의 'ㅅ'도 써 본 적 없는 남자.

갑자기 수현은 생각했다. K가 이 남자였다면…….

그 잊어버린 남자를 자꾸 생각해 내는 자신이 바보스러웠다. 아니, 지금 제 몸속을 파고들었던 남자를 기억해 내는 게 더 바보 같은 짓인 걸 알기 때문인지도 몰랐다.

차창을 열었지만 그는 곧 후회하고 닫아야만 했다. 탁하고 후덥지근한, 밤인데도 불구하고 매연이 가득한 공기는 제 답답함을 해소할 수가 없었다.

그는 곧 익숙한 동네에 들어섰고, 그의 차가 언덕 끄트머리에 있는 회색의 거대한 성 같은 건물 앞에 서자마자 굳건한 성채의 철문 같던 문은 서서히 열렸다. 콘크리트로 된 성벽 안에는 이미 여러 대의 차가 있었고, 그는 차의 시동도 끄지 않은 채 기어를 P에 놓고 차에서 내렸다. 서늘한 콘크리트의 향을 맡자마자 갑자기 피로가 몰려왔다.

"오셨습니까?"

"……."

대답도 없이 그는 가운데로 난 계단을 올라갔다. 저를 맞는 일을 하는 대가로 돈을 받는 사람들 사이를 지나 그는 계단을 올라 제 방이라는 이름의 넓은 공간으로 들어섰다.

아까 샤워를 하긴 했지만 그는 다시 익숙한 넓은 공간에서 몸을 씻고는 잘 정리된 책상이 있는 곳으로 갔다.

그의 명령으로 가져다 놓은 자료들이 가득 쌓여 있었고, 화면은 꺼져 있지만 24시간 내내 켜져 있는 커다란 화면의 컴퓨터에는 보아야 할 수많은 것들이 가지런히 잘 정리되어 그가 클릭하기를 기다리고 있을 것이었다.

그는 자기도 모르게 지끈거리는 관자놀이를 눌렀다. 그러다가 책상 위에 놓여 있는 플라스틱 케이스에서 하얀 알약을 꺼내 마른 목으로 넘겨 삼켰다.

시계는 열두 시를 가리키고 있었다. 커다랗고 푹신한 의자에 앉아 얌전히 놓여 있는 마우스를 건드렸다. 그러자 푸르스름한 어둠을 뚫고 커다란 화면이 밝아졌다. 그것을 한참 동안 바라보던 남자는 인상

을 찡그리다가 일어나서 제가 던져 버린 옷가지 쪽으로 다가갔다. 그
러고는 주머니에서 휴대폰을 찾았다.

설핏 잠이 들었던 거 같았다.

똑똑⋯⋯. 메시지가 오는 소리였다. 평소 같으면 그냥 잠들었을 것
이다. 그러나 수현은 주섬주섬 휴대폰을 찾았다. 그러고는 떠 있는 메
시지 버튼을 눌렀다.

[잘 자.]

수현은 한참 동안 그것을 보고 있었다. 화면이 꺼져 어둠이 내려앉
았다. 그렇지만 수현은 어둠 속에서 이미 까만 막대로 변해 버린 휴
대폰을 계속, 계속 쳐다보고 있었다.

마치⋯⋯ 그의 얼굴인 듯.

12. 그 & 그녀

어느 순간인가 사랑이라는 감정을 이해할 수 없게 되었다.

드라마고, 책이고, 영화고 모든 것의 귀결은 사랑이었다. 우스갯소리로 일드의 주제는 교훈을 얻는 것이고 미드의 주제는 지구를 구하는 것이고 한드의 주제는 사랑이라고 했었다. 그만큼 텔레비전을 켜거나, 소설책을 펴거나, 유행가를 듣거나 혹은 지나가는 웹툰을 열어봐도 어디를 가나 사랑 투성이였다. 그러나 사랑과 끌림의 차이를 이해할 수 없다는 건 나이가 들었다는 증거라고 여겨졌다.

연일 폭염주의보를 내리는 무책임한 기상대의 정보는 뚜렷한 해법도 없이 덥다를 연발하고 있었다. 그러나 넉넉하게 오피스텔에 에어컨을 켤 수 있었고, 엘리베이터에는 옷깃이 날릴 정도의 바람이 불고 있었으며, 후덥지근한 지하 주차장을 지나 차에 오르고 시동을 켜기만 하면 흘러내리던 제 화장이 피부에 딱 달라붙어 쪼그라들 만큼 에어컨이 냉기를 쏟아부어 준다.

역시 으리으리한 회사의 지하 주차장만 무사히 벗어난다면 냉기가 콸콸 쏟아지는 엘리베이터에 탈 수 있었다. 그리고 카디건이나 재킷이 없으면 하루 종일 콧물을 훌쩍거릴 만한 냉기가 흐르는 쾌적하고 호화로운 사무실에서 종일 냉방병을 걱정하며 뜨거운 커피를 마셔야 하는 하루를 보낼 수 있었다.

창밖의 폭염이 그냥 창밖의 일인 것처럼, 사랑이라는 감정도 저 창밖에서 벌어지는 해프닝에 불과한 것일지도 몰랐다. 그가 약혼 따위를 화려하고 견고한 M&A로 여기는 것처럼.

그와 보낸 하루, 아니 잠시는 후유증이 컸다. 그러나 그건 심리적인 것일 뿐이었다. 아무리 후유증이 크다 할지라도 멀쩡하게 제가 보아야 할 장부를 보면서 세세한 것에 잔소리를 하는 수현의 모습을 보고 타인이 무언가 별다른 일이 일어났다는 걸 유추하기는 힘들었다.

"이건 관례적으로 하던 건데요?"

"이번에 세법 바뀐 거 다들 안 봤어요? 외국인 주식 계상하는 방법 바꿨거든요. 이거 담당자 누구죠? 불러와요."

"네⋯⋯."

일은 일일 뿐이었다. 자신의 직업에서 보람을 느끼고 자아실현을 하는 건 극히 일부분의 축복받은 사람들이나 가능한 이야기였다. 아무리 적성에 맞다 하더라도 숫자를 보고 국가에 내야 할 세금을 이리저리 머리를 써서 줄이는 일은⋯⋯ 일일 뿐이었다.

"아⋯⋯ 바뀐 거 교육을 받긴 했는데."

"맞죠? 앞으론 이렇게 하세요."

"네, 최 세무사님."

그러나 이럴 때는 살짝 희열과 기쁨을 느끼긴 했다. 아주 사소했지만, 늘 무시당하다가 제 권위를 찾는 거⋯⋯. 생각해 보면 유치하긴 했지만 그래도 이런 것에서라도 기쁨을 찾을 줄 알아야 했다.

칙칙한 색이지만 한 달 치 월급의 삼분의 일이나 되는 옷 이었다. 옷을 득템하기 까지의 추억 따윈 잊어버리려고 애썼다. 회색의 마크 제이콥스의 원피스를 입은 수현이 힐끗 본 시계는 열한 시 반을 넘기고 있었다. 여느 사무직처럼 30분 남은 점심시간을 어찌 보내야 할지 벌써부터 고민에 싸여 있었다. 평범한 하루의 반이 넘어가려는 시간이었다.

똑똑.

노크 소리로 설정해 놓은 제 휴대폰이 소리를 내고 있었다. 스팸인가. 수현은 아무 생각 없이 휴대폰을 들었다.

[점심은?]

뜬금없는 소리였다. 그러나 발신인 때문에 수현은 멈칫하고 말았다. '그 사람'이라니…….

뭐라 대답해야 하는 거지? 대답 대신에 떠오르는 건, 제가 잊으려고 애썼던 남자의 입술, 제 가슴을 물어뜯던 느낌, 제 속에서 움찔거리던 남자의 분신, 나른하게 흔들리던 제 사지……. 저도 모르게 얼굴이 확 달아올랐다.

[약속 없다면 나랑 하지?]

답장을 보내야만 했다. 그렇게 매정하게 남자가 나가 버린 이후로 제 속 좁은 여심은 남자를 원망했지만, 또 다른 바보 천치 같은 조바심은 남자의 그 별것도 아닌 메시지에 두근거리지 않았던가. 그리고 이건…….

[어디서요?]

무시했어야 했다. 그러나 제 빈속이 배가 고프듯, 제 머리는 남자가 고팠다. 다른 그 누구도 아니고 이 남자가…….

[그 근처로 가지.]

수현은 저도 모르게 자리에서 일어났다.

"맛은 없네."

그건 동감이었다. 주변에 사무실이 그득한 빌딩이 밀집한 곳이었다. 그런 곳에서 붐비지 않는 곳이라면 가격이 터무니없이 비싸거나 맛이 없는 곳임에 분명했다. 터무니없이 비싸면서 맛도 없으니 조용한 건 당연한 거였다.

"그러게요."

라고 대답은 했지만, 맛 따위는 필요 없었다. 남자의 얼굴만 빨아 먹고 살 거 아니라고, 그 언젠가 누군가에게 들었던 말이 있었다. 그러나 거기에 동감할 수는 없었다. 충분히 남자의 얼굴만 빨아 먹고도 살 수 있는 거였다. 이 경우에는.

남자는 시크하게 생겼다. 아니 첫인상부터 냉기가 흐르고 있었고, 싸늘했고 어마어마한 백라의 황태자라는 꼬리표가 아니더라도 말을 붙이지 못할 만큼 차가운 외모를 지녔다.

그런데 지금 남자는 그 냉랭한 얼굴값을 제대로 못 하는 중이었다. 남자는 나이프를 내려놓는 수현은 손을 슬그머니 잡았다. 남자의 길고 커다란 손이 제 손을 뒤덮자마자 수현은 저도 모르게 얼굴에 열이 확 오르는 게 느껴졌다.

그러나 제 손을 뺄 수는 없었다. 남자의 손길이, 차가운 냉기가 쏟아지는 공간과는 어울리지 않게 촉촉한 물기가 서린 남자의 커다랗고 마른 손이 제 손등을 덮자 싸하던 속은 한순간에 무너지는 것 같았다.

당장이라도 저를 쳐다보고 있는 남자의 분홍빛 마른 입술을 물어 뜯고 싶다는 생각이 불끈 치솟아 올랐다.

"좀처럼 시간이 나질 않아."

싸늘하고 매끈한 외모하고 전혀 어울리지 않는 투덜거리는 듯한 남자의 말이 무슨 뜻인지 잘 알고 있었다. 발소리가 났다. 그릇을 치우려는 종업원이었다. 남자는 손을 뺐고 수현도 제 손을 얌전하게 무릎 위로 가져가야 했다. 빈 그릇을 담는 예쁘장한 종업원이 원망스러워지는 순간이었다.

한 번도, 단 한 번도 사람에 대해 간절함 따위를 느껴 본 적이 없었다. 그건 소설 속이나 가능한 일이라고 생각했다. 성환도 그가 가진 고시생이라는, 그것도 가능성 있어 보이는 고시생이라는 타이틀이 매력적이었을 뿐이었다. 그 오지에서 만난 K라 불렸던 남자도 단순히 다시 볼 일이 없을 거라는 전제하였을 뿐이었다.

그러나 제 눈앞에 멀쩡하게 제 손을 잡았던 남자는 100% 리얼한 실체였다. 다만 그 실체라는 게 제 것이 되지 않을 확률 또한 100%라는 절망을 동반하긴 했지만. 그건 어쩌면 양면의 칼날 같은 거였다. 눈앞에 앉아 있지만 제 미래에 존재할 수 없으니까 더욱더 간절할 수 있다는 그런 역설이 가능한.

"시간 따위 만들 수 있는 위치에 있는 거 아닌가요?"

이건 단순한 도발이었다. 넘어가면 다행이고 아니면 말고…….

"그런가?"

이 싸늘하고 철두철미한 남자의 새로운 면을 알아 가는 것도 흥미로웠다. 다만 그 흥미라는 게 도가 지나쳤지만.

막 서빙 되어 온 값비싼 가격표를 달았지만 맛은 별로 시답잖은 커피와 모양만 요란한 디저트들이 앞에 놓여 둘의 대화는 잠시 끊어졌다.

"팔베개를 원하는 거 같아서."

커피 잔을 들면서 남자가 무심하게 말했다.

"보기보다 세심하시네요."

팔베개라니……. 그건 그때의 즉흥적인 느낌이었다. 지금 이 넓은 테이블을 두고, 말끔하게 짙은 색의 디자이너 슈트와 청색의 스트라이프가 멋들어진 넥타이를 맨 백라의 황태자가 수많은 약속 따위를 물리치고 하찮은 하청 업체의 세무사와 점심 식사를 하면서 하는 말로는 전혀 어울리지 않는 소리였다.

제게 성욕 따위가 있다고 생각해 본 적은 별로 없었다. 전자 발찌를 차고도 외간 여자를 덮치는 건 뼛속까지 미친놈들이나 걸리는 병이었고, 나이트에 가서 남자에게 헌팅당하는 척 원나잇을 하는 것들은 선천적으로 창녀 기질을 타고났기 때문이라고 생각하고 있었다. 클럽 따위에 안 가 본 건 아니었지만, 아무나 찝쩍거리는 모양새가 골 비고 여자나 후려 보겠다는 사상으로 무장한 게 눈에 보였기 때문이었다.

비구니도 평생을 무병장수하며 살고 신부니 수녀니 하는 사람들도 전혀 인생에 지장 없이 살고 있었다. 첫애 낳기도 전에 세상을 떠난 남편을 그리며 유복자를 데리고 평생을 수절하면서 사는 여자들도 있었다. 그러니까 아랫도리에서 느끼는 성욕 따위는 단순한 허기에도 못 미칠 몹쓸 욕구라고 생각하고 있었다.

제가 남자를 보고 잘났다 느꼈을 때도 농담으로 너무 남자에 굶주려서라고 생각은 하고 있었지만 그게 전적인 원인이 될 수는 없었다.

그러나 지금은 달랐다. 눈앞에 저를 쳐다보고 있는 이 잘난 남자의 매끄러운 속살과 제 속살을 헤집는 남자의 입술과, 저를 제정신과 그렇지 않음의 경계에까지 몰고 가던 남자의 '스킬'에 대해서는 절대 냉철한 이성 따위가 선을 그을 수 없었다.

배는 채웠지만 채워지지 않는 그 무엇이 더욱더 허기를 느끼고 있었다. 남자의 저 붉은, 완벽한 커브를 그리고 있는 입술이…… 고팠다. 저 하얀 손이 제 온몸을 쓰다듬어 주기를 원하고 있었다.

"일어나지."

그래도 꽤 가격대가 있는 곳이라 음식이 나오는 데 시간이 한참 걸렸기에 수현의 점심 시간은 거의 끝나가고 있었다. 아는 사람의 얼굴은 없었지만, 제 사무실과 먼 곳이 아니었다. 남자는 먼저 나가서 계산을 했고 수현은 얌전하게 따라나설 뿐이었다. 후회가 밀려왔다. 차라리 얼굴 따위 보지 말 것을.

엘리베이터에도 여러 사람이 탔기에 두 사람은 그냥 아무 말 없이 벽 쪽에 붙어 있어야만 했다. 그리고 그는 제 차를 타고 가야 했다.

"또 연락하지."

그 말 한마디만 남기고.

몸은 여전히 일을 하고 있었다. 해야 할 일도 많았고, 우아한 척 예쁜 척하면서 거기다가 똑똑한 척까지 더해 눈앞에 펼쳐진 먹으라는 건지 눈으로 구경이나 하다 말라는 건지 모를 음식들 앞에서 눈요깃감이 되는 걸 감내하면서 일에 대해 이야기를 해야 하는 시간 외 근무도 해야만 했다. 룸살롱이니 단란주점이니까지 동행하자고 하지 않아 그나마 다행이라 생각해야만 했다.

어차피 나이도 어리고 경력도 없는 저를 이 어마어마한 곳에서 뽑아 준 이유는 이런 옵션도 포함되어 있음을 알기 때문에 수현은 그것에 모멸감을 느끼거나 억울하다고 여기지는 않았다.

확실히 제 대우가 달라진 건 눈에 띌 정도였고, 이대로 승승장구한다면 제가 꿈꾸고 있는 성공한 커리어우먼의 미래는 점점 가까워질 것이 분명했다.

이동식 디스크와 잔뜩 출력한 서류 뭉치를 들고 지하 주차장에 내릴 때까지는 이것들을 검토하고 좀 더 획기적인 기획안을 만들어야겠다고 생각하고 있었다. 그러나 아무렇지도 않게 들어선, 근 일 년이나 살아온 불 꺼진 집에 들어서 저를 반기는 노란색의 센서 등의 불빛 아래 서면, 저도 모르게 망연해지는 것이었다.

그러나 아무렇지도 않음을 가장해 수현은 잔뜩 들고 들어온 것을 탁자 위에 올려놓고 후덥지근한 공기를 환기시켰다. 저를 질식하게 만들 것 같은 두꺼운 화장과 타이트한 정장을 벗고 늘 하듯 욕실에 들어서자, 또다시 저도 모르게 머뭇거리고 말았다.

제 손에 생생한, 뼈 위에 가죽만 씌워 놓은 것 같던 남자의 하얀 몸이, 제 온몸을 쓰다듬던 뜨거운 손길이, 제 속을 휘젓던 남자의 입술이, 그리고……

"그만하자, 최수현. 일해야지."

혼자 공허한 욕실에서 굳이 입 밖에 소릴 내뱉을 것까지는 없었지만, 그러지 않으면 저 거울 속에 멍한 여자는 정신을 차릴 것 같지 않았다.

원하지만, 세상은 원하는 깃을 호락호락하게 주지 않았다. 그러기에 온갖 수단을 다해 원하는 것을 얻으려고 다들 발버둥 치는 것일지도 몰랐다.

저는 그에게 여왕일지 모르겠지만, 그건 허울 뿐이었다. 유배된 여왕처럼, 언제가 될지도 모를 면회를 기다며 조바심을 감춘 채 우아함을 가장하고 제 할 일을 하고 있는 것처럼 보일 뿐이었다.

"기장 확인하셨습니까?"

"어디요? 매화 룸살롱?"

"거기하고, 또 일신물산요."

"아, 거기 잘못된 거 있던데."

"그래요? 아래서 확인 여러 번 했다던데."

수현은 자리에서 일어나 윤임이게 다가갔다.

"두 페이지 넘겨 봐요. 어젯밤에 내가 분명히 다시 계산했거든. 거기…… 거기 계산 잘못됐어요."

"그래요?"

"확인해요."

우주전자의 일은 잠시 보류가 된 모양이었다. 수현은 그쪽 팀의 일원이긴 했지만 그건 일시적인 것이었다. 따라서 인수가 되고 나면 그 다음에 어디를 어떻게 쪼갤 것인가에 따라 해야 할 일이 바뀌기 때문에 지금은 솔직히 개점휴업 상태였다.

전에 기획실에 있을 때는 그쪽 일이 전문이었기 때문에 일의 진척이 빨랐지만, 요즘 백라전자는 해외 공장을 동시 다발적으로 운영하려는 듯 그의 출장이 잦아 보였다. 그제도 폴란드라는 메시지가 찍혀 있었다.

당장, 제 앞에 그 잘난 얼굴을 대령하라는 명령을 하고 싶었지만 수현은 아무 일도 없는 듯 제 할 일만 할 뿐이었다. 그게 정신 건강에도 좋았다. 그러나 막 늦은 퇴근을 하면서 허기진 배를 뭐로 채워야 하나를 걱정하다 종종거리고 제 차에 타 똑똑 하는 메시지 소리를 들었을 땐 혹시나 하는 조바심조차 우스워졌다. 그러나 휴대폰을 본 순간 제 심장은 갑자기 미친 듯이 뛰기 시작했다.

[어디야?]

수현은 손이 떨리는 것 같다고 느꼈지만 제 손은 멀쩡했다. 떨리지 않는 손으로 재빨리 답장을 썼다.

[퇴근하는 길이에요.]

그리고는 차에 시동을 걸었다. 이 남자가 한창 연애를 하듯 저와 이런 사소한 문자를 주고받을 거라는 건 상상이 되지 않았기 때문에 뭔가 용건이 있을 거라 생각했다.

뭘까 용건이란 게. 다시 똑똑 하고 메시지 알림 음이 울렸다. 막 차를 출발시키려고 할 때였다. 그러나 메시지 창에 뜬 글자를 보고 수현은 온몸이 멎었다.

[프레스티뉴 호텔 1401호.]

이것의 정체는 뭘까. 아니 모른 척하는 스스로가 웃겨졌다. 뻔하지 않은가. 새삼스러울 것도 없었다. 그냥 그 남자와 저는 성인 남녀이고 서로 호감을 가지고 있었다. 물론 걸리는 게 없는 건 아니지만, 법적으로는 불륜도 아니었다. 거기까지, 거기까지만 의미를 주면 되는 일이었다.

수현은 재빨리 내비게이션에 주소를 입력하기 시작했다. 제 손끝이 떨리는 건…… 차의 에어컨이 너무 강하게 나오고 있어서일 뿐이었다.

모든 직장인들이 퇴근 무렵에는 지치고 시들기 마련이었다. 게다가 늦은 퇴근에 힘든 일을 하고 난 다음에는 더욱더 그랬다. 벨보이에게 차 키를 맡기고 커다란 호텔의 로비에 들어서면서 수현은 화장을 고쳐야 했나 고민하다가 쿨 하게 어차피 지워질 거라고 생각하고 엘리베이터를 탔다.

그러나 엘리베이터의 화려한 벽면에 비친 제 모습이 마음에 들지 않았다. 오로지 그것만 생각을 해서일까. 수현은 엘리베이터가 어느

새 맨 꼭대기 층까지 올라온 걸 보고 다시금 상대가 어떤 사람인지 생각해 봐야 했다. 기껏해야 모텔을 두 시간에 2만 원에 대실하면서도 돈이 아까운 생각이 들었던 휴학생 따위의 신분은 아니었으니까.

수현은 커다란 룸에 적힌 번호를 다시 확인하고 벨을 눌렀다. 객실이 망망대해처럼 넓은지 한참 있다가 문이 열렸다.

"……그건 나중에 이야기합시다. 아무래도 자료를 검토해 봐야 하니까. 비서실에 연락하면 시간을 조정해 볼 수 있을 겁니다."

하얀색의 고급스러운 목욕 가운을 입은 남자가 젖은 머리카락을 한 채 들어오라는 듯 손짓을 했다. 수현은 푹신한 카펫이 빈틈없이 깔린 넓은 객실 안에 들어섰다.

"……그런 줄 알겠습니다. 그럼……."

그가 전화를 끊었다. 남자의 등 뒤에 보이는 넓디넓은 창에는 한강의 화려한 야경이 까마득히 내려다보였다. 가끔 재연이가 파자마 파티 따위를 하자고 호텔 객실을 빌려 시답잖은 애들을 모으곤 했기 때문에 몇 번 와 본 적은 있었다. 그러나 이런 용도로…… 와 본 적은 처음이었다.

"퇴근이 늦는군."

남자가 다가와 물 냄새를 풍기면서 이야기를 하자 정신을 차렸다.

"말단 세무사가 다 그렇죠."

샤워를 한 지 얼마 되지 않은 남자는 검은색 머리카락이 젖은 채였다. 푹신한 질감이 보이는 고급스러운 샤워 가운 밑에는 하얀 쇄골이 비치고 있었다. 쫙 뻗은 콧대 밑에 색칠이라도 한 것 같은 붉은색 입술 한쪽 끝이 삐죽이 올라가 만족스러운 지금의 기분을 나타내 주고 있었다.

당장이라도 남자에게 와락 안겨 저 물기 젖은 목덜미에 입을 맞추고 싶다는 강렬한 충동이 일 정도였다. 그러나 그런 은밀한 욕구와는 상관없이 제 입에서는 왜 바쁜 사람을 불러냈느냐는 듯한 볼멘 목소리만 나왔다.

억울해서, 아마 억울해서 그럴 것이다. 제가 보고 싶을 때, 제가 시간이 날 때 불러낼 수 없는 남자에 대한 억울함 때문에…….

그러나 와락 저를 껴안는 남자의 행동 때문에 그 억울함은 또다시 눈 녹듯 사라져 버렸다. 그리고 찬물에 샤워를 했는지 차가워진 입술이 화장기가 지워져 가는 제 입술에 내려앉았다. 차가운 입술을 지나 뜨거운 혀가 말캉거리면서 제 속을 휘젓자 저도 모르게 비싼 가방마저 바닥에 떨어뜨려 버리고 남자의 헐렁한 가운에 싸인 허리를 감싸 안았다.

"씻고 올게요."

한참 만에 수현이 먼저 입술을 떼고 말했다.

"그래."

불도 환하게 켜진 채였다. 더할 수 없이 쾌적한 공기도 딱 적당히 시원한 온도였다. 푹신하고 과도하게 넓은 침대에 씌워진 침구는 깔끔하고 적당히 부드러웠다. 그리고 남자의 눈빛조차도…….

둘 다 암묵의 약속을 한 듯했다. 조급함과 불안함 따위는 없다는 듯 가장을 하며……. 남자의 부드러운 입술이 그녀의 잘록한 허리를 베어 물자 그녀는 저도 모르게 움찔거렸다. 그게 재미있는지 남자의 붉은 혀까지 가세하자 여자는 저도 모르게 웃고 말았다.

넓고 환한 침대 위에 웃음소리가 울리자 남자는 이마에 흩어진 새까만 머리카락을 넘기면서 입꼬리에 미소를 머금었다. 하얀 천장을 배경으로 저를 내려다보는 남자의 미소가 제 속을 헤집자 수현은 손을 내밀어 남자의 그 매끄러운 입술이 있는 얼굴을 잡아당겨 입을 맞췄다. 그러고는 더욱더 힘을 주어 남자를 제 옆에 눕히고는 그의 쇄골과 납작한 가슴에 입을 맞췄다. 어느새 그의 위에 올라간 여자는 제 욕심껏 남자를 마음껏 탐했다.

지금 이 순간은…… 내 것이니까.

넓디넓은 룸에는 세심한 관리를 하기 때문인지 뭔지 모를 미미한 향이 떠다니고 있었다. 그러나 그것은 분명히 인공 향이었다. 그리고 거기에는 약간의 마취제와 함께 마약 같은 게 섞여 있는 듯했다. 사람을 제정신이 아닌 상태로 만드는 듯 보이니까.

아삭 하는 소리와 함께 금방 그 향기 위에 풋물이 연상되는 싸한 초록색의 사과 향이 퍼졌다.

"배고픈가?"

"네에."

한 다스의 사람이 앉아도 될 만한 의자가 사방에 널려 있는 넓은 객실이었다. 그러나 장식용으로 놓여 있을 확률이 더 큰 커다란 은쟁반 위에 올려놓은 아름다운 장식품 같은 과일 더미 속에서 초록색 풋사과를 꺼내 베어 물고 있는 수현은 일인용 소파에 앉아 있는 남자의 무릎 위에 앉아 있었다. 새로 갈아입은 뽀송뽀송한 샤워 가운을 입은 채.

"뭐 좀 시킬까."

"아니에요. 괜찮아요."

허기가 지긴 했다. 저녁도 먹지 않았고, 방금 전에 꽤 극심한 운동으로 열량 소비를 어마어마하게 했으니까. 그러나 쟁반 위에는 온갖 과일이 잔뜩 있었다.

"당신 생각만 하나?"

"여기 누군가 들어오는 게 싫어요."

수현은 아그작아그작 사과를 베어 물면서 말했다. 남자가 또다시
웃는 게 보였다. 제기랄…… 사과를 던지고 저 입술을 다시 물고 싶
은 마음에 수현은 고개를 돌렸다.

남자는 그 때문에 벌어진 여자의 가운 사이로 손을 집어넣었다. 남
자의 손이 제 가슴에 닿자 수현은 얼른 제 가슴을 여몄지만 이미 늦
었다. 남자의 입술이 다시 그녀의 가슴 위로 파고들었다. 그리고 그
새빨간 혀로 그녀의 유두를 부드럽게 물었다.

"아……."

예민해진 가슴 위에 통증이 느껴졌지만 남자는 아랑곳하지 않지
않았다. 남자의 혀는 더욱더 집요하게 그녀의 가슴을 헤집었다.

"내일…… 출근 안 해요?"

수현이 신음 소리를 삼키면서 겨우 말을 내뱉었고, 그제야 남자가
입술을 뗐다. 아쉬운 마음이 들긴 했지만 수현은 그사이에 재빨리 가
운을 여몄다.

"피곤하겠네."

벌써 열두 시를 넘긴 것 같았다. 불행하게도 내일은 멀쩡한 평일이
었고, 출근을 해야만 했다. 아무리 최고 경영자라고 해도 이 남자도
그럴 것이다.

수현은 마지막 사과 과육을 베어 먹어 씨앗이 매달린 갈비만 남긴
사과의 잔해를 탁자 위에 올려놓았다. 이제 아쉽지만 남자의 무릎에
서 일어나려 했다. 그러나 남자는 그런 그녀의 허리를 잡더니 오물거
리며 사과를 씹고 있는 입술을 물어 왔다.

"음……."

입에 잔뜩 사과가 들었는데……. 그러나 그는 수현의 입술을 쪽쪽 빨더니 그녀를 놓아주었다.

"사과 맛이 괜찮나 보네."

저도 모르게 제 입술에 묻은 사과즙을 닦으면서 얼굴이 붉어진 수현은 놔두고 그는 한쪽에 놓인 자기 옷을 입으러 갔다. 수현은 그런 그의 뒷모습을 멍하니 바라보았다.

13. 사실

"음…… 그래. 잘 적응하니 다행이구나. 다음 주쯤에 엄마가 갈게. 그래…… 엄마도 현수 사랑해. 그래…… 그때 보자."

아쉬운 듯 전화를 끊는 여자는 우아하게 머리를 올리고, 검은색의 매끈한 원피스에 화려한 커다란 코르사주를 하고 긴 속눈썹을 드리웠지만, 목소리만은 자기 아이를 걱정하는 평범한 엄마였다. 막 문이 열리고 여자와는 어울리지 않는 중년의 남자가 방 안에 들어섰다.

"오셨어요?"

"현수는 잘 지내고 있나?"

"그럼요. 어린 게 기특하죠. 그래서 말인데 다음 주에 뉴욕에 가 보려고요. 잘 지낸다지만 마음이 놓이지 않아서……."

중년 남자가 재킷을 벗자 그것을 받아 들면서 여자가 말했다.

"너무 어린애를 일찍 밖에 두는 거 아닌가? 나도 그 녀석 눈에 밟히는데 말이야."

남자는 넥타이도 풀었고, 여자는 그것도 받아 들었다.

"아니에요. 잘 견딜 거예요. 그리고 그게 필요하고."

"당신이 어련히 잘 알아서 하겠지만, 자꾸만 눈에 밟힌다니까. 늦둥이라 그런가. 허허."

남자의 웃음소리에 여자는 기분이 좋아졌다. 그래서 슬쩍 말을 꺼냈다.

"그건 그렇고…… 이 부사장 말이에요."

와이셔츠 단추를 풀던 남자가 의아하다는 듯 물었다.

"왜?"

"약혼까지 했는데 사이가 너무 소원한 거 같아서요."

"그거 너무 성급했던 거 아니야? 아무래도 대봉 따위, 영……. 그리고 그런 건 오히려 현중이 몫으로 했어야 했어."

"이현중 사장은 결혼했잖아요. 무슨 소릴……."

"아니 현태는 잘못한 거 같아. 하긴 뭐 약혼이니까……. 여차하면 판을 깨 버리든지."

"네?"

여자의 얼굴이 살짝 일그러졌다.

"재계 쪽은 더 필요 없어. 우리만으로도 다 커버된다고. 정 총재네 말이야. 그 집 막내딸이 딱 혼기야. 그제 라운딩하면서 이야기하는데 그 집에서 우리 현태를 좀 보고 있었나 보더라고. 아쉽다고 계속 이야기를 하는데……. 정 총재 아마 다음에 대선 준비하고 있는 거 같아. 하는 걸로 봐서는…… 다들 새한국당에서 이수형 원내 대표를 밀고 있는 거 같은데, 안에서는 다르거든. 정 총재야. 내 생각이 딱 그래. 아무래도 그쪽이 나을 거 같아. 아직 뭐 그 집 딸내미가 스물댓 살밖에 안 됐다니 늦진 않았는데 현태를 너무 떠벌렸어."

"아니 그게……."

"내가 너무 경솔했던 거 같아. 당신도 그렇게 알고 있어. 괜히 대봉 쪽하고 왕래하지 마."

"그게 말이죠……."

"됐어. 그리고 다음 주에 뉴욕에 간다고? 다음 주에 나도 애틀랜타에 가야 하는데 잠깐 들르든지 해야겠어. 우리 현수 없으니까 속이 다 허해."

"그렇게 하세요……."

그러나 여자의 얼굴이 어두워졌다.

누군가 제게 손가락질을 한다면…… 그건 어쩔 수 없는 거였다. 어차피 잘한 건 없으니까. 왜 그런 짓을 하냐고, 왜 그런 생활을 하냐고 묻는다면…… 궁색한 변명이지만 이렇게밖에 말할 수 없었다. 그 남자가 좋으니까. 그 사람 몸이 좋고 그 사람의 배경도 좋지만, 적어도 그 사람이 좋으니까…….

누군가를 좋아하는 데는 이유가 없다. 그냥 좋은 거였다. 그러나 이 사람은 좋아해야 할, 좋아하지 않을 수 없는 그런 조건을 주렁주렁 달고 있었다. 그러니 대전제가 이건 잘못이고, 끝이 없고, 새드 엔딩이 분명하다고 선을 그어도, 그럼 거기까지만…… 끝날 때까지만, 이라고 말하면서 뛰어갈 수밖에 없는 트랙이었다.

길은 정해져 있고 저는 거기까지만 숨이 가쁘게 뛰어가고 싶었다. 그 남자가 저를 그렇게 만들었다.

하루에도 수십 번 회상과 체념과 후회와 갈등을 반복하지만, 그건 제 머릿속을 열어야만 볼 수 있는 거였다. 그러니 그 어느 누구도 이해할 수 없고 알아챌 수 없었다. 몸은 피곤했지만 마음은 그렇지 않았다. 하루에도 수십 번 그녀는 저도 모르게 자신을 돌아보고 있었다. 위에 뭔가 모를 다른 감촉들이 느껴져서.

사랑이라니……. 당치도 않았다. 아마 이런 감정은 사랑 따윈 아닐 것이었다. 그냥…… 쾌락일 뿐. 뒤끝이 강렬한…… 그런 쾌락일 뿐.

그러나, 그럼에도 불구하고, 그가 보고 싶었다. 열심히 일을 하고 있었지만, 잠깐 머릿속에서 숫자들이 사라지는 시간들이면, 화장실에서 나와 손을 씻을 때, 윤임이 센스 있게 내미는 커피 전문점의 톨 사이즈 종이컵을 받을 때, 점심을 뭘 먹어야 하나 하며 서류에서 눈을 떼는 사이, 복사기가 번쩍이며 종이를 토하는 그 잠깐의 사이에도 그는 뭘 하고 있을까…… 하는 생각이 드는 건, 병이었다.

언젠가 열이 내리고 나면 허탈해질 것이 뻔한 열병.

아침에 일어나면서부터 머리가 멍한 느낌이었다. 밤새 약하게 틀어놨다지만 도저히 에어컨을 끄고는 잠들 수 없는 날들이 이어지고 있었다. 열대야니 폭염이니 하는 단어는 눈을 돌리기만 하면 포진하고 있었고, 작열하는 햇볕만 봐도 숨이 막힐 지경이었다.

그러나 상반되게도 에어컨 덕에 아침이면 늘 부어 있는 듯 칼칼해진 목과 꺼끌거리는 눈, 으슬거리는 감기 기운을 달고 살아야 했다.

일어나 나갈 준비를 하고, 엘리베이터에서 지하 주차장 사이의 열기에 놀랐다가, 과한 냉방이 되는 사무실에서 안도를 하다가 곧 카디건을 꺼내 걸치고 아침으로 배달된 차가운 샐러드와 과일로 시작되는 평범한 하루였다. 뭔가가 달라질 것 같아 보이지는 않았다. 물론 침묵하고 있는 메시지도.

"세무사님, 오늘 아일 화랑에서 연락이 왔는데요."

"네?"

"그쪽 관장님이 좀 뵙자고…… 상의할 것도 있고 해서, 그쪽 비서실에서 시간 약속 체크해 달라고 하네요."

"아, 그래요? 오후에 비는 거 같은데, 시간 조절해서 연락하고 나한테도 이야기해 줘요."

아무렇지도 않게 말했지만, 아일이라는 단어 하나에 벌써부터 미친 듯이 제 심박 수가 올라가는 게 느껴졌다.

아일 화랑의 관장이라면 그의 두 번째 계모가 하는 곳이었다. 전에 백라에서 봤던 그 어마어마한 미녀……. 솔직히 그와 커플이라고 해도 믿겨질 만한 외모였다. 그런 사람을 어머니라 불러야 하다니. 아니, 그 사실 전에 혹시나 그가 거기 있을지도 모른다는 생각이 먼저 들었다.

하지만 제가 요즘 주시하고 있는 백라전자가 얼마나 일이 많아졌는가. 미국에서 열리는 신제품 발표회 때문에 거의 우주전자 일이 마비가 된 것도 잘 알고 있었다.

백라에서 이번에 사활을 건 새 생활가전 제품으로 업계 1위를 달리고 있는 SL전자와 정면 대결을 벌일 거란 이야기가 있을 정도였다. 그러니 부사장이 아니라 이번에는 이치성 사장까지 전부 애틀랜타로 가려는 모양이었다. 그러니 그를 볼 확률은 0이었다. 그래도…… 그래도 수현은 저도 모르게 거울을 보고 있었다.

왜 이렇게 칙칙한 옷을 입은 거지.

"아무것도 아닌 일에 시간을 뺏었나 보네요."

"아닙니다. 궁금한 것이 있으시면 물어보시는 게 당연하고, 또 기장을 맡게 된 이상 얼굴을 뵙는 게 도리지요. 다시 한 번 감사드립니다."

수현의 감사 인사는 진심이었다. 이것 덕분에 제 위치는 완전히 달라졌기 때문이었다.

"그거야, 재연이한테 해야겠죠. 재연 양 친구라서 믿은 거니까."

하얀색의 민소매 블라우스와 하이웨스트의 아이보리빛의 롱 슬랙스 팬츠를 입고 아름다운 이마가 돋보이도록 깨끗하게 뒤로 넘겨 하나로 긴 머리를 묶은 아일의 관장이자 그의 새어머니인 박 여사는 성악가 출신이라지만, 너무나 가느다랗고 우아한 선을 가지고 있어서 무용가 출신이라 해도 믿을 만했다.

게다가 자세히 보니 차가운 인상이긴 했지만 실크처럼 매끈한 피부와 서구적인 이목구비, 그리고 드라마틱한 화장이 더해져 무슨 영화배우나 유명한 텔런트를 보는 느낌이었다. 이런 여자가 그의 새어머니라니, 아니 그것도 믿기 힘들지만 열 살쯤 되는 아들, 그러니까 그의 배다른 동생도 있다는 걸 믿기가 힘들 정도였다.

"네. 그렇죠."

그러나 이 아름다운 여자의 입에서 나오는 재연이의 이름은 제 한 구석을 불편하게 했다. 죄송하지만 관장님 당신의 예비 며느리로 낙점한 재연이의 친구인 저는 의붓아드님과 그렇고 그런 관계랍니다…….

"하여튼 여기까지 와 준 거 감사해요."

"아닙니다. 제가 더 감사드립니다. 앞으로도 성심성의껏 이곳 일 잘 돌보겠습니다."

"그래요. 그래 주면 고맙고."

박 여사가 자리에서 일어나자 그녀도 덩달아 일어났다. 저도 꽤 높은 굽의 신발을 신긴 했지만, 긴 슬랙스에 가린 어마어마한 킬힐 덕분인지 한참이나 시선이 올라가는 것을 보고 수현은 저도 모르게 놀라면서 그녀가 내미는 연한 피치빛의 네일이 반짝이는 하얀 손을 맞잡았다.

"전에 오고 처음이죠? 이번에 새 작품 많이 들어왔는데 좀 둘러보고 가셔도 될 텐데 말이에요. 바쁘지 않다면. 어차피 차로 가겠지만, 지금 정말 더울 거 같아. 난 여름이 정말 싫다니까."

"그러게요. 그림에 문외한이지만 전에도 작품 감상 참 잘 했습니다. 큐레이터가 능력이 좋으신 거 같더라고요. 저같이 하얀 건 종이고 까만 건 선인가 보다 하는 사람도 흥미 있게 잘 봤답니다."

"호호호…… 그랬군요. 다행이에요."

둘러보고 가라고 했지만, 수현은 한가하게 그럴 시간은 없었다. 인사치레에는 역시 인사치레를 하는 것으로 끝내야 했다.

"조만간 기회 되면 또 뵙겠습니다."

수현의 완곡한 거절에 그녀도 더 이상 잡지는 않았다. 오히려 천천히 걸어와 배웅이라도 하듯 어깨를 나란히 했다.

"우리 백라 미술관에도 좋은 작품은 많아요. 여기야 뭐 개인 컬렉션에 가까우니까."

"네. 그렇군요."

별로 이 아름다운 귀부인과 이야기를 하고 싶지는 않았지만 수현은 성심성의껏 응대를 했다. 막 접견실을 나서면서 박 여사가 말했다.

"이건 미완성작이지만, 그래도 의미가 있는 그림이라."

"……!"

화려한 채색이 된 그림들의 맨 끝에 작은 그림 하나가 걸려 있었다. 그 작은 그림에 시선이 모일 수 있는 단 하나의 이유는 한눈에 봐도 그 그림은 완성작이 아니었기 때문이었다. 아니 이건 거의 스케치에 가까웠다. 배경만 대충 칠해져 있었고 가운데 그려진 사람은 선만 있었기 때문이었다.

"여긴 외부사람이 오는 곳이 아니라서 걸었어요. 이 그림은 이제 고인이 된, 이치성 사장님의 작은아들인 현우 군이 마지막으로 남긴 그림이거든요."

그냥 그렇구나…… 그럴 수도 있었다. 왜냐하면 이미 이 층에도 구채구를 그린 그림이 있었으니까. 그 구채구를 그리려고 했었는지 비슷한 색감의 배경이 밑색만 칠해져 있었다.

유화의 기법이 그런 건지, 비교적 어두운 색으로 그려진 바탕이 있었고, 가운데 인물은 채색은 전혀 없이 맨 바탕에 스케치처럼 선만 그려졌지만 어디 다리 같은 곳에 쪼그리고 앉아 등만 보이고 있었다.

그러나 수현은 제 얼굴에 핏기가 가시는 것이 느껴지는 것만 같았다. 왜냐하면…… 그 남자인지 여자인지 모를 인물이 메고 있는, 거친 선으로 그려진 배낭의 모습이 낯익었기 때문에. 아니, 그럴 수도 있었다. 유명한, 해외여행을 가는 사람은 누구나 멜 수 있는 그런 가방이니까……. 그러나…… 수현은 돌아서고 말았다.

"현우 군은 이 사장님이 정말 사랑했던 아드님이죠. 아, 혹시 모르고 있으셨나? 백라전자 이현태 부사장의 동생이죠. 현우 군은 이 부사장과는 달리 예술가 기질을 타고났었죠. 자주 보지는 못했지만. 아마 이 층에는 현우 군의 작품도 몇 점 있을 거예요. 대부분의 그림은 팔아서 자선단체에 기부했던 걸로 알고 있어요."

수현은 마치 굳은 조각상이 된 것 같았다. 그러나 그것을 알리 없는 박 여사의 목소리는 유려하게 이어졌다.

"이 그림은 고인이 되기 직전에 그린 그림인데 용케도 이 부사장이 구했더군요. 완성되었더라면 더 좋았겠지만, 그래도 마지막 숨결이나마 느낄 수 있을 거 같아 걸었어요. 작품들이 뒤죽박죽이라 가을에 새 작품이 들어오면 다시 정리를 좀 해야죠."

잘 귀에 들어오지는 않았지만 적당히 대답을 하던 수현이 고개를 숙이면서 말했다.

"일이 있어서 그만 가보겠습니다. 오늘 감사했습니다."

제 입속에서 혀가 굳어 부서지지 않는 게 신기했다.

"그래요. 또 봐요, 그럼."

언제나 그렇듯 멀쩡하게 고개를 숙이고 돌아서는 수현은 목이 타 들어 가는 느낌이었다. 아니 다시 돌아가 자세히 보고 싶었다. 그러나 그러지 못했다. 아니 그럴 필요가 없었다. 제 눈에 선명하게 보이는 그림 한 귀퉁이에 쓰여진 알파벳 J는 누구나 알아볼 수 있을 만큼 또 렷했기 때문이었다.

수현은 냉기가 가득하던 공간에서 자동문이 열리자마자 마치 최대 로 틀어 놓은 온풍기에서 풍기는 것 같은 어마어마한 열기가 들어오 는 게 느껴졌지만, 멍하니 서 있었다.

이게 무슨…… 일이란 말인가.

자동문은 도로 닫혀 버리고 말았다. 뜨거운 열기는 곧 사라지고 다 시 찬 공기가 가득했다. 그제야 정신을 차린 수현은 제 가방을 다시 고쳐 잡고 발을 내디뎠다.

다시 문이 열리고 뜨거운 열기는 그녀의 뺨을 때리듯 몰아쳤다. 푸 른빛이 가득한 인공 정원은 그 푸른빛이 무색하게 이글거리는 듯했 다. 발을 내딛기가 무서워질 정도였지만 수현은 그것을 잘 느끼지 못 하고 있었다.

다행히 주차는 위에 차단막이 있는 직원 전용 공간에 해 두었기 때 문에 이 직사 일광에 들끓지는 않겠지만 그래도 오후의 작열하는 햇 볕은 끔찍스러울 정도였다. 그러나 수현은 그것을 느끼지 못하고 천 천히 제 차로 걸어가고 있었다.

그때였다. 고요한 시동음도 없이 차 한 대가 미끄러지듯 들어오고 있었다. 수현이 막 제 차 키를 꺼내 문을 열려고 하는데 그 차는 곧장 입구로 향하다가 갑자기 수현의 차가 있는 곳에 섰다. 그러고는 벌컥 문이 열렸다.

수현은 제 얼굴이 굳어지는 걸 느꼈다. 이걸 어찌해야 하는 걸까. 문이 열리고 차에서 내리는 남자를 보고 수현은 스스로에게 소리쳐야 했다.

어쩔래…… 어떻게 할래…….

"여기에는 무슨 일로? 관장님을 뵈었나?"

작열하는 햇살 아래서도 창백하고 잘난 남자는 그답지 않게 은근한 미소까지 띠고 있었다.

'이 그림은 고인이 되기 직전에 그린 그림인데 용케도 이 부사장이 구했더군요.'

"네. 그럼 가보겠습니다."

제 갈라진 목구멍에서 목소리가 나오는 게 신기했다.

"어디 아파? 시간이 있으면 좀 들어가지."

들어가서…… 뭘 하게? 구석에 가서 또다시 열렬한 키스라든지 아니면 그보다 더한 거라도 하게?

"아니요. 가보겠습니다."

수현이 제 차 문을 열었다. 차 안에서는 후끈거리는 열기가 새어 나왔다. 그런데 그가 차 안에 가방을 밀어 넣는 수현의 한쪽 팔을 잡았다.

"무슨 일이야?"

남자의 인상이 차갑게 굳어졌다. 아마 제 얼굴이 평소와 다르다는 것을 알아서일 것이었다.

"바빠서요."

"무슨 일이냐고 묻잖아."

"박 관장님 계십니다."

수현이 싸늘하게 말했다. 그제야 그는 그녀의 팔을 놓았다.

"이따 저녁에 연락할게."

"......"

그가 저를 잠시 쳐다보는 게 느껴졌다. 수현은 그것을 무시하고 차에 올라탔다. 후덥지근한 공기 때문에 시동을 걸고 에어컨부터 켰다. 창문을 열어 놔야 했지만 그냥 문을 닫아 버렸다.

잠시 머뭇거리던 남자는 몸을 돌려 땡볕의 잔디밭을 가로질러 화랑의 정문으로 가고 있었다. 매끈한 연회색의 슈트가 새파란 잔디 위에서 더욱더 돋보였다. 새까만 머리카락, 그 밑에 창백하지만 날 선 콧대가 매끈한 옆선이 멀리서 봐도 머리와는 상관없이 제 심장을 두근거리게 만들고 있었다.

이걸...... 어떻게 생각해야 하는 걸까.

남자가 들어가는 모습을 끝까지 보고 싶다는 충동을, 당혹스러운 제 이성이 밀쳐 내고 있었다. 수현은 액셀을 밟아 그곳을 빠져나갔다.

"어서 와요. 이 부사장!"

별로 듣고 싶시 않은 목소리였지만, 그는 고개를 까닥이면서 인사를 했다.

"최 세무사가 왔었나 보네요."

"그냥 이래저래. 얼굴도 한번 보고 싶었고, 일이 어찌 되나 해서 말이야. 오늘 치료 있는 날인가?"

그의 인상이 굳어졌다.

"네."

"이제 그만 벗어날 때도 되지 않았나? 벌써 이 년이 다 돼 가는데……."

"올라가 보겠습니다."

그녀의 목소리조차 별로 달갑지 않은 이현태가 돌아서려는데 갑자기 그의 발걸음이 멎었다.

"이……건."

"아, 위에 있던 거, 내가 여기다 걸라고 했어. 미완성이지만, 그래도 기억하고 싶어 하는 거 같아서."

그의 얼굴이 더욱더 굳어졌다. 혹시…….

"나중에 수소문을 좀 해서 작품을 좀 더 모은 다음에 한곳에 전시하려고 해……."

"올라가 보겠습니다."

그는 걸음을 빨리해서 입꼬리를 올리고 있는 여자의 곁을 지나 계단으로 향했다. 그리고 제 전화기를 꺼냈다. 복도를 지나면서 그는 전화를 했다.

전화기에서는 의미 없는 통화 연결음이 들렸지만 상대방이 받지는 않았다. 한동안 받지 않는 전화를 걸던 그가 메시지를 남기고는 맨 끝에 있는 방으로 들어섰다.

그 방에는 늘 그곳에 있는 것 같은 백발의 문 박사가 여전히 안경알을 닦고 있었다.

"오셨습니까."

그는 굳은 얼굴로 재킷을 벗고 넥타이를 풀었다. 그리고 달그락거리면서 와이셔츠의 커프스를 풀어 탁자 위에 올려놓았다.

"무슨 일 있으십니까?"

"그렇게 보이십니까?"

"네……."

"……아무 일도 아닙니다."

방이 어두워지고, 백색소음이 깔렸다.

그리고 나서도 한참이 지나서야 문 박사의 부드러운 목소리가 바닥에 깔리듯 울렸다.

"지금…… 뭐가 보이나요?"

한동안 남자의 감은 눈꺼풀 아래로 눈동자가 급격하게 움직거리다가 그 움직임이 멎었다. 그리고 마치 취한 듯, 흐느적거리는 것 같은 목소리로 말했다.

"물이 보입니다."

"어떤 물인가요? 바다입니까? 아니면 호수? 강물인가요?"

"초록색…… 파란색…… 보라색도 있고. 속이 보이는 투명한 물입니다. 나무도 보이고…… 그 옆으로 다리도 있습니다."

"그리고 또 뭐가 보입니까?"

"……사람이…… 사람이 있습니다. 안내판에…… 물에 들어가지 말라고 했는데……. 그 사람은 쪼그리고 앉아서 물에 손을 담그고 있습니다."

"그래서요?"

"거기에 있는…… 안내원한테 들키면…… 벌금을 내야 합니다……. 그래서…… 그 사람을 계속 보고 있었습니다……."

"그런데요?"

"그 사람이 고개를 돌립니다."

"아는 사람입니까?"

"……네."

"누구죠?"

"······그 사람은······."

K는 정말 그의 동생이었다.

아니, 사람의 탈을 쓰고 어떻게 그럴 수가 있는 거지?

아니, 그와는 원나잇이었잖아. 그게 무슨 대수야······. 게다가 이미 이 세상 사람도 아닌데······.

그는 그 사람의 친형이라고, 게다가 쌍둥이 형제야, 무슨 삼국시대의 형사취수제(兄死娶嫂制)도 아니고······ 인간이라면 그럴 수 없는 거 아닌가?

그 사람도 알고 있으면서도 숨긴 건, 널 원해서잖아.

원하면······ 그냥 즐기고 싶어서, 이 몸뚱어리가 끌려서 그런 거 아니야······.

"바보 같으니라고!"

길이 막혀서 소리를 지른 것뿐이었다. 음악 소리도 없는 차 안에 공허하게 제 목소리가 울렸다. 무슨 만화의 한 장면도 아니고, 그녀는 지금 저 자신과 싸우고 있었다.

전화벨이 울리고 있었다. 누군지 알 것만 같았다. 힐끗 보고는 그녀는 마치 못 들은 듯 전투적으로 차선을 바꿨다. 뒤에서 요란한 경적 소리가 울렸기에 그녀는 비상등을 몇 번 깜빡여 주고는 사무실로 향하는 대로로 들어섰다.

똑똑, 하고 메시지 도착음이 울렸다. 당장이라도 뭐라 했는지 보고 싶었지만 그녀는 꾹 참고는 빌딩의 지하 주차장으로 향했다. 주차를 하고 제 짐을 다 들고 나서야 옆에 놓인 휴대폰을 들었다. 그리고 메시지를 확인했다.

[밤에 좀 보자.]

수현은 한참이나 그것을 보고 있다가 아무 일도 없다는 듯 엘리베이터로 향했다.

❖❖❖

"어머, 이게 다 웬일이래!"

화려한 네일아트가 된 손톱이 달린 손에서 우르르 사진들이 쏟아져 내렸다.

"개도 찬밥을 얻어먹으면 꼬리를 흔드는 법인데 말이지. 정말 개한테 물린 기분이네."

"아가씨⋯⋯."

"됐어. 아빠 뭐 하시지?"

"회장님은 지금 제주도에서 라운딩 중이십니다."

"언제 오셔?"

"글쎄요⋯⋯."

"그놈의 골프는!"

푹신한 소파에 파묻히듯 앉아서 쿠션에 기대어 사진들을 뒤적거리던 그녀가 나른한 목소리로 물었다.

"쟤가 있는 법무법인이 이름이 뭐라고?"

"세무법인입니다. 알아볼까요?"

"그래. 그거 알아보고⋯⋯ 흥, 이현태 부사장이 지금 하는 게 뭐랬지? 그것도 알아봐."

"네."

재연은 다시 탁자 위에 시선을 내렸다. 거기에서 집어 든 사진에는 익숙한 여자가 호텔 문을 나서는 사진이 있었다. 그리고 그 몇 장 뒤에는 남자가 나서는 사진이 있었다.

"재밌어. 정말 세상은…… 안 그래, 윤 비서?"

곁에 선 여자는 말이 없었다.

"이 남자 취향이 이상한 걸까? 머리가 이상한 걸까. 의외로 취향이
저렴한가. 생긴 건 그렇게 안 생겼는데 말이야."

약혼식이 끝나고 나서 그가 꼭대기에 있는 스카이라운지로 올라갔
다는 걸 알고 올라갔을 때였다. 어설프게 제 친구와 나란히 엘리베이
터를 타는 제 남자를 본 건.

그때부터였다. 혹시나 했던 건 역시나였다.

"데리고 놀아 주니까, 자기도 이 세계의 사람이라고 착각하나 봐."

재연은 화사하게 미소 지었다.

"재밌네. 윤 비서."

"네, 아가씨."

"이거. 다 태워."

"네."

"여보세요?"

〈무슨 일이야.〉

다짜고짜 묻는데 뭐라 대답을 해야 할까. 나는 당신 동생이랑도 잔
걸 알게 됐으니까 이제 그만 만나자고?

〈혹시…….〉

뭐라 할 말이 없었는데 남사의 목소리에 수현은 대답했다.

"혹시 뭐요? 제게 뭐 말하지 않으시거나 잘못 말한 거 있으신가요?"

제 목소리 끝이 갈라지는 것 같았다.

〈그림 때문이야?〉

남자의 말이 단도직입적으로 나왔다.

"박 관장님께서 말씀하시더군요. 이현태 사장님이 친히 동생분의 그림을 구해 오셨다고."

남자가 한참 침묵을 하더니 말했다.

〈그…… 그림을 알아?〉

그림을 본 적은 없었다. 적어도 그 남자의 집에서 그 비슷한 도구도 본 적이 없으니까. 그러나 그 그림 속의 사람이 누군지 몰라도 적어도 이니셜은 명확했다.

비슷한 풍경, 비슷한 그림에 이니셜까지 우연이라고 이야기할 수는 없는 노릇이었다. 그것까지 우연의 우연이라고 우겨서까지 이 남자 옆에 있어야 할 이유도 없고……. 차라리 잘된 일이었다.

"본 적은 없지만, 알아요. 자, 이제 부사장님이 말씀해 보세요. 제게 사실을 이야기하신 건지."

〈……〉

남자의 침묵이…… 이제는 홀가분해졌다. 이 고리는 누군가에게 꼬리를 잡혀서 갈가리 찢겨져야 끝나는 것이었을지도 몰랐다. 적어도 제가 스스로 끊기는 힘들 거라는 걸 잘 알고 있었으니까. 이렇게 끝나는 것도 괜찮았다. 적어도, 제가 원하는 건 잠시나마 얻었었으니까.

"그럼 결론 난 거네요."

〈……〉

이 남자답지 않았다. 매사에 그렇게 자신감이 넘치는 남자, 오만함이 아우라처럼 서려 있는 이 남자가 제게 침묵하고 있었다.

"그러니 이제 그만……"

〈나 하나만 침묵하면 될 거라 생각했어. 나 하나만 모른 척하면. 난…… 현우에게 기꺼이 내 신장도 줬어. 아까울 게 없었으니까. 현우가 당신을 만나긴 했지만, 적어도 서로에게 소중한 사이거나 하지는 않았을 거라 생각했어. 적어도 그런 사이라면 이름조차 몰랐을 리는 없었으니까.〉

사실이었다. 하지만…… 그래도, 그래도 안 되는 건 안 되는 거였다.

"제 입장에서는 전혀 생각을 안 해 주시는군요."

비상계단에서 공허하게 제 목소리가 흩어지고 있었다.

〈그랬는지도 모르지.〉

정말 너무하는 거 아닌가. 수현이 막 대답을 하려 했다.

〈하지만, 내가 더 당신을 갖고 싶었으니까.〉

뭐……뭐라고? 수현은 멍하니 계단을 내려다보다 말했다.

"그게…… 말이나 되는 소리예요?"

그냥…… 갖고 싶었을 뿐이겠지. 손에 다른 것을 쥐면 놓아 버릴 생각으로.

〈말해 봐. 정말 현우가 당신한테 어떤 의미라도 있었는지.〉

"난…… 아니, 내가 그걸 이야기할 필요는 없는 거 같아요. 중요한 건, 그러면 안 되는 거였고, 그걸 부사장님이 속이셨다는 거니까. 그리고 부사장님이 말씀하신 대로 우리 사이는 내일은 있지만 미래는 없는 거였으니까. 여기서 끝내면 될 거 같아요. 그동안 즐거웠어요."

매몰차게 전화를 끊고 싶었지만 그러지 못했다. 한 마디라도…… 더 남자의 목소리가 듣고 싶었기에.

머리가 깨질 것 같았다. 약을 먹어야 하는데…… 저는 지금 말을 해야 했다. 무엇이라도…… 그러나 제 입속에서 빙글빙글 돌기만 하는 것들이 도무지 나오질 않았다. 혀가 굳어 버린 것처럼.

여자의 말이 100% 맞았다. 제가 약혼을 결혼으로 이끌어 갈 것은 아니지만, 적어도 이 여자는 제 삶의 테두리 안으로 들어오기 힘들 거란 걸. 그런데 이 고통의 정체는 뭘까.

"좀…… 보자고. 이따 밤에……."

〈아뇨. 그럴 필요 없어요. 그럼 안녕히 계세요.〉

전화는 매정하게 끊겼다. 그는 바로 떨리는 손으로 서랍을 뒤졌다. 플라스틱 통이 보이자마자 급하게 뚜껑을 열었고 그 기세 덕에 하얀 알약이 커다란 책상 위로 흩어졌다.

아무렇게나 몇 개를 집어 든 그가 약을 삼켰다. 마른 목에 넘어가는 알약의 이물감을 느끼면서 그는 의자에 주저앉았다.

한참이나 그렇게 있다가 몽롱한 듯 퍼지는 약기운에 그는 시선을 돌렸다. 책상 위에 있는 액자에는 덥수룩한 수염과 긴 머리를 한 남자가 하얀 이를 드러내고 환하게 웃고 있었다.

"웬일이야? 니가 날 다 보자고 하고."

"그냥. 오랜만이야. 잘 지내고 있나 보네."

"나보다 니가 더 잘 지내지. 그 어려운 세무고시 붙더니 완전 성공한 커리어우먼으로 변신이네?"

수현은 차가운 맥주잔을 들고 웃을 뿐이었다.

몇 년 만에 불러낼 친구가 있다는 게 다행스러웠다. 대학원에서 박사과정을 밟고 있는 친구는 아직도 학생 같은 분위기였다.

"너 진짜 예뻐졌다. 어디 고친 건 아니지?"

저도 모르게 까르르 웃으면서 수현이 대답했다.

"아우, 돈이 없어서 못 고쳤지."

"무슨! 몇 백짜리 가방 들고 다니는 세무사가 돈이 없어!"

문득 제가 들고 있는 판도라 백을 돌아보고는 수현은 그냥 웃어넘겨야 했다.

"아, 너 참 재연이하고 친했지? 요즘은 어때?"

"재연이…… 음, 잘 만났었는데 내가 바빠져서 말이야……."

"하긴 뭐 그런 재벌가의 공주가…… 내가 주변 사람한테 동창이라고 해도 안 믿어. 그런 사람들이 뭐 그냥 사람 같진 않잖아? 아, 그건 그렇고 너 결혼은 안 해? 전에 무슨 사법고시생하고 만났다면서, 고시 합격했다고 하지 않았나?"

"헤어진 지가 언젠데."

수현은 술친구가 필요했지만, 자꾸 이런 이야기가 나오는 게 쓸쓸해졌다. 그리고 힐끗 꺼진 제 전화기를 보고는 다시 술잔을 들었다.

전화는 계속 꺼진 채였다. 그가 다시 통화 버튼을 눌렀을 때 똑똑하는 노크 소리가 났다.

"부사장님."

그는 전화를 내려놓고 고개를 돌렸다. 박 비서였다.

"오늘 11시 반 비행기입니다. 공항 가셔야 합니다."

"알았어."

잠깐 얼굴이라도 보고 가려고 했었다. 그게 아니라면 전화 통화라도……. 애틀랜타에서 열리는 세계가전 전시회(Consumer Electronics

Show)는 늘 후발주자로 있던 백라를 선발로 끌어올리기 위해 몇 년 전부터 준비를 한 행사였다. 야심차게 준비한 핵심기술을 발표하는 행사였고, 백라전자뿐만 아니라 그룹 차원에서 전폭적으로 밀고 있는 행사였다.

그래서 핵심 실무자인 그는 행사가 닷새나 남았지만 미리 가야만 했다. 이 일 때문에 바빠져 우주전자의 인수 합병도 무기한 연기된 상태였고, 거의 모든 업무는 마비되다시피 했다. 이제 가면 적어도 열흘 이상은 연락도 못 하게 될 게 뻔했다. 오해는 풀고 가야 할 텐데…….

문득 그는 생각했다.

오해란 게 있기나 했나?

간단한 거였다. 그냥 그 여자의 말대로 여기서 정리하면 되는 일이었다. 그리고 정말로 현우와 관계가 있던 여자라면 그래서는 안 되는 게 맞는 거였다.

그런데…… 왜 천륜과 순리마저 거스르려고 애쓰는 걸까. 그는 휴대폰을 챙기고 문을 나섰다.

그다지 잘 마시는 술은 아니었는데도 불구하고 수현은 꽤나 술을 마셨고, 그 이유는 뻔했다.

그러나 다행히 정신이 온전해서 헛소리를 하지 않고 무사히 대리 기사에게 키를 받아 집까지 올 수 있었다. 텅 비고, 후텁지근한 제 방……. 수현은 비틀거리면서 에어컨을 켰다. 지긋지긋한 에어컨 바람이었지만, 어차피 그냥 잘 수는 없었으니까.

옷을 갈아입고 샤워를 하고 나오자 후끈거리는 정신은 다시 가라앉았다. 속된 말로 필름이 끊어지도록 술을 마시고 싶었지만, 사회생활에 닳고 닳은 제 정신은 이 지경이 되도 정신줄을 놓지 못하고 있었다.

단지 알람을 맞추기 위해서…… 그래서 꺼졌던 휴대폰을 켰을 뿐이었다. 대여섯 통의 부재중 전화, 그리고 남겨진 메시지.

[속인 건 미안해. 그러나 그러고 싶었기 때문이야. 애틀랜타에 열흘 일정으로 가게 됐어. 갔다 와서 다시 이야기하지. 그때까지 잊혀지지 않았다면.]

전화기를 던져 버리고 싶었다.

그러나 스마트 폰이란 게 화가 난다고 집어 던질 만한 물건은 못 되었다.

나는…… 왜 화가 나는 걸까?

정말 이 남자의 말처럼, 그냥 아무런 사이도 아니었으니까, 그러니까 된 거 아니었나? 제 도덕성이 그렇게 훌륭하고 대단했다면 그런 오지에서 함부로 만난 남자와 밤을 보내는 일 따위를 하지 말았어야 하는 거 아닌가?

수현은 저도 모르게 젖은 머리카락을 움켜쥐었다. 머리가 아팠다. 아니 제 명치 속이 아픈 걸지도 몰랐다. 이렇게든, 혹은 다른 어떤 방법으로든 끝날 걸 알면서…… 그러면서도 남자를 만났던 거였다. 너무 일찍…… 이렇게 끝나는 게 그렇게 아플 일인가?

그 싸늘한 얼굴로 보는 이의 속을 뒤흔드는 미소를 제게 보여 줬던, 한구석은 따뜻한 남자란 걸 영원히 저 혼자만 알고, 갖고 싶었던 거 아닐까.

수현은 아무렇지도 않게 휴대폰의 알람을 확인했다. 그리고 늘 하듯 내일 아침에 입고 갈 옷들을 챙기기 시작했다. 만나던 남자와 헤어진다고 해서 세상이 무너지거나 하지는 않는다는 걸, 잘 알고 있었다. 이젠 다 놓고 여행을 갈 만큼 제 마음이 여리지도 않다는 것도 알고 있었다.

주말이면 휴가였다. 수현은 윙윙거리는 에어컨을 보다가 이번 휴가 땐 에어컨이 필요 없는 곳으로 가고 싶다고 생각했다.

"천오백 억이 무슨 애 이름이냐?"

"그걸 달라는 건 아니죠."

"얘야…… 대체 왜 그러니? 이현태 부사장이 하는 일 이거 아니 냐? 그런데 그걸 왜? 싸웠어?"

"그런 거 아니에요."

눈에 넣어도 아프지 않을 자식이란 건 바로 제 눈앞에 있는 이 인 형 같은 여식을 두고 하는 말일 것이었다. 하 회장은 머리가 아파졌 다. 아무래도 일이 많은데……. 제 눈앞에 앉은 딸은 늘 그렇듯 예쁘 고 사랑스러웠다. 그러나 오늘 저 예쁜 입에서는 엉뚱한 소리가 나오 고 있었다.

"그런데 그걸 왜? 우린 그런 거 필요 없다."

"아빠는 제가 그냥 노는 거 싫어하셨잖아요."

화사하게 웃는 모습하고는 안 어울리는 말들이었다.

"언제? 괜찮아. 넌 너 하고 싶은 거 하고 재미있게 살면 돼. 그리 고……."

"그리고 뭐요? 나도 이제 일 할게요. 하고 싶어요. 배우고 싶다니 까요."

"재연아…… 그럼 저번에 준다는 호텔, 거기 맡아 봐. 그게 딱 너 하고 맞아."

갑자기 막내딸이 튀어나와 하는 말을 듣고 있자니 관자놀이가 쑤셨다. 갑자기 웬 전자회사를 인수하겠다고……. 이건 뭐 장난감을 사 달라는 것도 아니었다.

느지막이 본 막내딸은 사랑스러웠고, 저 애가 해 달라는 건 다 해주려 애썼다. 가끔 얼토당토않은 일을 하긴 했지만 그것도 애교라고 생각했다. 그 사랑스러운 막내딸을 볼모로 써야 할 때는 마음이 아팠지만 그래도 아무 말 없이 잘 따라 줘서 다행이라 생각하고 있었던 하 회장은 영문을 알 수가 없었다.

"아빠, 저 농담 아니에요. 저 제정신이라고요. 저도 이제 오빠들처럼 일할게요. 하고 싶어요."

"해. 하고 싶으면 해야지. 도와줄 사람도 많고……."

"그런데, 그 전에. 우주전자 인수해 주세요."

"아니, 그걸 왜? 우리 대봉에서는 필요 없어. 그거 이현태 그 자식이 작업하고 있는 거잖아. 그런데 그걸 왜 우리가…… 너 약혼이 마음에 안 들어서 그래? 아빠가 일 년만 그 상태로 있으라고 했잖아."

"아뇨. 마음에 들어요. 결혼도 할 거예요. 그런데, 우주전자는 인수해야겠어요. DB전자 외삼촌하고도 이야기할게요. 그쪽 휴대폰 배터리 원천 기술 엄청 좋은 거라던데요. 그거 있으면 우리도 휴대폰 사업에 끼어들 수 있잖아요."

"아니 무슨 그런 헛소리를. 얘, 재연아, 그건 필요 없어. 휴대폰 사업이 뭐 애들 장난인 줄 아니? 그냥 그건 필요 없어."

"아니요. 그걸 다른 데 되팔기라도 해서 절대 손해는 안 나게 할게요. 하여튼 그거 인수해요. 제 소원이에요."

저를 똑바로 쳐다보는 딸의 얼굴은 여전히 미소가 가득했다.

아무렇지도 않다, 아무렇지도 않다…….

그리고 아무 일도 없었다. 바뀐 것이라곤…… 제 옷 색깔 정도일 것이었다. 차분한 회색의 투피스를 입은 수현은 열심히 계산기를 두드리고 있었다. 그러다 손이 멎었다. 등 뒤에 있는 창밖으로는 뜨거운 햇살이 쏟아져 내리고 있었다.

그 사람은…… 이 땅에 없다. 있다고 해도 상관은 없었지만, 없다. 그게 다행이었다.

선이라도 봐야 하나. 아까 지방에 있는 엄마에게 전화가 왔었다. 주변에서 그렇게 혼처 물어보는 사람이 많다고……. 아무렴 저 정도면 그냥그냥 한 혼담 중에선 어디 빠지진 않을 테니까.

그러나 그 누가 제 눈앞에 나선다 한들 눈에 찰 수 있을까 싶어 아직은 생각이 없노라고 대답하고 전화를 끊어 버렸다. 또 어떤 남자가 있어 백라의 황태자 이현태를 제 머릿속에서 밀어 낼 수 있을까. 그런 일은 아마 없을 것이었다.

시간이 약이겠지. 적어도 보름은 그 남자를 안 볼 테니, 그사이에 차차 잊어야지…….

수현은 다시 계산기와 복잡한 장부로 시선을 돌렸다.

이현태의 인상이 굳어졌다. 어젯밤의 꿈 때문인지, 아니면 시차 적응을 못해서인지 머리가 무거웠다. 그리고 마음 한켠도.

그러나 제 손에 들린 태블릿 PC를 보며 얼굴이 굳어진 건 그 때문은 아니었다. 두통 때문에 진통제를 처방받느라 한국에서 제가 진료와 검진을 받는 병원의 홈페이지에 접속을 했을 때였다. 여러 가지 개인 진료 자료가 있었다. 마침 전시장까지 이동하는 시간이었고, 잠시 한가했기 때문에 처음 보는 제 의료 기록을 보고 있었을 뿐이었다.

저번에 한 건강 검진의 각종 결과와 이번에 처방받아야 하는 약들이 있는 칸이 있었고, 그동안 제가 받은 치료들의 데이터가 떠 있었다. 아무 생각 없이 전 페이지로 넘긴 그는 저도 모르게 인상을 굳히고 말았다. 3년 전, 아니 그 전의 기록들이 있었는데 두 페이지 이상이 계속 같은 기록이 반복되어 있었다.

hemodialysis(혈액 투석)

AV fistula(동정맥루) 시술

그 전 페이지도 내내 같은 글자들뿐이었다. 그러다 중간에 다른 기록이 있었다.

신장을 공여한 건 저였다. 동생에게 신장 이식수술을 해 준 건 제 자신인데……. 왜 혈액 투석 기록이 페이지를 꽉 채우고 있는 건지…….

그는 저도 모르게 희미한 상처가 남아 있는 제 허리춤을 쓰다듬었다.

14. J

"그냥 그렇게 불러. 어차피 의미도 없으니까. 그리고 일회용이고. 그쪽은 뭐라고 불렀으면 좋겠어?"

한참 만에 여자의 목소리가 들렸다.

"J라고 해요."

J?

벌떡 일어난 그는 저도 모르게 시계를 보았다. 아직 한밤중이었다. 시차 적응이 힘들어 수면 유도제를 먹었지만 채 서너 시간도 자지 못한 것이었다.

바로 오늘이 디데이였다. 물론 시작은 저녁 일곱 시였지만, 각종 점검을 위해서는 아침부터 행사 장소에 나가 봐야 했다. 그러려면 더 푹 자야만 했다. 그러나 이상한 꿈 같은 것 때문에 잠을 깨 버렸다. 무슨 일일까.

요즘 들어 꿈 같은 걸 꾼 적이 없었다. 늘 익숙한 백색소음이 든 오디오를 켜 놨었는데 그게 없어서였을까. 계속 삼 일마다 받던 심리 치료를 엿새나 걸렀기 때문일까. 그런데 중요한 건 꿈의 내용이 막상 생각이 나지 않는다는 것이었다. 뭐였지…….

그는 다시 눈을 감았다. 그러나 정신은 싸늘한 가을 날씨처럼 오히려 더욱더 맑아지는 것 같았다. 지독한 두통 때문에 일찍 잠자리에 들어 서너 시간쯤 깊이 잤기 때문일지도 몰랐다.

그는 다시 휴대폰을 들었다. 듀얼로 해 놓은 한국 시간은 썸머 타임 덕분인지 세 시간밖에 차이가 나지 않았다. 다만 날짜상 내일일 뿐.

전화를 할까 말까 하다가 그는 다시 휴대폰을 내려놓았다.

그리고 다시 눈을 감았다. 방금 전에 스쳐 간 글자는 뭐였을까. 곰곰이 생각해 보려 했지만 점점 더 머릿속의 기억은 흐릿해지는 것 같았다. 약을 바꿔서일까. 그는 뒤척거리면서 생각에 잠겼다.

병원에 들렀다 사무실에 들어온 수현은 멍한 표정으로 앉아 있었다. 가끔 콧물까지 훌쩍이면서.

오뉴월에는 개도 안 걸린다는 여름감기는 지독했다. 매번 집에 가면 약 기운에 쓰러져 자기 일쑤였다. 차라리 그게 나았는지도 몰랐다. 적어도 그 남자가 제 머릿속에 스며들 사이가 없었으니까.

처량하게 집에서 혼자 즉석밥이나 먹으면서 앓기는 싫었기에 요 며칠 아픈 몸을 이끌고 윤임이나, 아니면 사무실 여자들이나 혹은 대학 친구들을 만나 꼭 거한 저녁을 먹고 집에 들어간 것도 다 그 이유에서였다.

그러나 그것도 사람을 지치게 했다. 어제는 저녁도 먹지 못하고 쓰러져 잠만 잤으니까. 몸은 좀 괜찮아진 것 같았지만 푹 가라앉은 목과 맹맹한 코끝은 여전했다. 그렇다고 사무실에서 에어컨 바람을 안 쐴 수도 없는 노릇이라 카디건과 따뜻한 녹차로 버텨야 했다.

"좀 괜찮아요?"

"주사 맞았어요. 어제보다는 좀 낫네요."

"아…… 네."

그런데 어쩐지 윤임의 얼굴이 안 좋아 보였다. 기분 탓일까.

"괜찮으시면…… 오 팀장님이 잠깐 오시라는데요."

"네? 무슨 일이지……."

새 일을 맡으면 안 될 것 같았다. 아니, 이제 내일이 금요일이니 하루만 버티면 그다음부터 일주일간 휴가였다. 휴가를 어디로 갈지는 생각해 놓지 않았지만 적어도 새 일을 줄 것 같지는 않다고 여긴 수현은 자리에서 일어나 훌쩍이는 코를 풀고는 휘청거리면서 오 팀장 방으로 향했다.

윤임의 얼굴이 어두웠던 이유를 알 것만 같았다.

"뭐 실수한 거 있나?"

"글쎄요……."

제가 생각하기엔 없었다. 직어도 일이 있다면 그와의 일일 테지만 그가 그랬을 리는 절대 없었다.

"거기 엄청 규모 크잖아. 왜 갑자기 자료를 다 달라는 거지?"

"주초에 관장님하고도 만났어요. 대화도 잘 했고, 물어보신 것도 아주 사소한 거였고……."

"그런데 왜 갑자기 계약을 파기한다는 거야? 세상에, 이런 일은 처음인데. 겨우 한 달이었잖아."

"네…… 저도 잘 모르겠어요."

그러나 수현은 문득 생각난 게 있었다. 혹시…….

"이거 대표님한테 어떻게 말씀드리냐고. 우리도 큰 실수하거나 하지 않으면 이런 일은 없었잖아. 기장이라는 게 한번 맡기면 거의 끝까지 쭉 가는 게 관례라고. 대표가 바뀌거나 하지 않는 한 말이지. 이거 최 세무사 친구 때문에 맡게 된 거라던데……. 그쪽하고 무슨 일 있었나?"

수현은 저도 모르게 얼굴이 굳어졌다. 뭔가 알아낸 걸까? 그래서 그런 걸까. 그렇지 않고서야 갑자기 이럴 수가 없는 거였다.

"제가 한번 알아보겠습니다."

"그래. 그런데……."

"알아보고 다시 말씀드릴게요."

"거 감기 기운도 있는 거 같은데. 하여튼 좀 잘 해 봐."

"네."

그러나 그녀의 목소리는 자신이 없었다.

윤임의 걱정스런 표정을 뒤로하고 수현은 자리에 앉자마자 전화를 했다.

"네……. 영림 세무법인 최수현 세무사입니다, 장 팀장님 계십니까?"

〈전데요.〉

"오늘 연락을 받고 당황해서요. 이게 무슨 일인지 여쭤 봐도 되겠습니까?"

〈말씀대로입니다. 저희 쪽 기장 계약 해지하려 합니다.〉

"아니 갑자기 무슨 일로……. 제가 뭔가 실수를 했나요? 저번에 관장님하고도 말씀 잘 된 걸로 알고 있는데요."

〈글쎄요. 저희는 밑에서 하는 일이라. 위에서 계약 해지하고 다른 쪽으로 옮기시겠다고 하시니 알 도리가 없지요. 서류 보내 주시고 나머지는 파기하시기 바랍니다. 그럼.〉

쌀쌀하고 사무적인 목소리는 용건이 없다는 듯 전화를 끊으려는 기세였다.

"저기…… 잠시만요. 관장님께 연락할 방법이 없나요? 오늘 제가 방문을 하든지……."

〈박 관장님께서는 일이 있으셔서 뉴욕으로 가셨습니다. 언제 오실지는 모릅니다. 저희가 요구한 대로 해 주시기 바랍니다. 그럼 수고하세요.〉

전화는 허무하게 끊어져 뚜뚜 소리만 내고 있었다. 이게 무슨 일일까. 아니, 그럴지도 모르지……. 백라의 창립기념파티에서 본 재연과 나란히 서 있는 박 여사의 모습이 떠올랐다. 뭔가 알아냈을까.

수현은 제가 너무나 안일했다는 생각이 들었다. 적어도 그 남자는 재연의 약혼자였다. 그리고 재연이 급속하게 호감을 가지고 있었고, 제게 여러 번 뻔한 거짓말을 할 정도로 그 정도는 깊어져 있었다.

'그래서 말인데, 그냥 결혼할까 생각 중이야.'

'잘됐네.'

잊고 있었다. 제가 어떤 짓을 한 건지 지금에야 깨달았다. 그리고 그 깨달음은 점점 더 크게 되돌아올 것이라는 것도 어렴풋이 알게 되었다. 저는…… 단지 그 남자와의 연애란 걸 남녀 관계로만 생각했었다. 그건 착각이었다. 그만큼 이현태는 대단한 사람이었다.

「이거 좀 더 부탁합니다.」

「아…… 네. 잠시만 기다리세요.」

「네.」

빈 접시를 들고 나가는 것을 보고 있던 이가 물었다.

"난 이렇게 푸짐한 게 좋더라고. 잘 대접하라고 신신당부했는데, 이따 저녁에 기운 쓰려면 좀 푸짐하게 먹어야 할 거 같아서. 여기 스테이크 정말 좋다니까. 남부 토박이들 중에도 미식가들만 아는 데야."

"네, 괜찮네요. 저도 괜히 번거롭게 격식 차린 음식 별로입니다."

테이블 위에는 전형적인 미국식의 기름기 가득한 음식이 잔뜩 쌓여 있었다. 아마 박 비서가 봤으면 기절했을 것만 같은 고열량의 어마어마한 음식들이었다.

"자네 베지테리언인 줄 알았더니."

"병원에서 조심하라고 하긴 했었죠. 생각해 보니 그만 먹어야겠어요."

속이 더부룩한 것 같기도 했다. 매번 유기농 채소나 스무디, 절제된 고단백 저열량의 저염식만 먹어 왔던 그였다. 철저한 식단 관리를 받고 있었고, 밖에서 먹을 때는 거의 먹는 시늉만 해 왔었다.

그런데 제 개인 수행비서인 박 비서가 갑자기 상을 당하는 바람에 어제 급히 귀국을 해 버렸다. 그 후임을 맡은 비서는 꽤 단단히 임무를 부여받은 것 같긴 한데 제가 필요한 서류 심부름으로 자리를 비웠기에 제 식단 관리를 할 겨를이 없었다.

저도 번거로운 생각에 미국 현지 지사장으로 있는 사촌 형뻘인 이와 식사를 하게 됐고, 건장하다 못해 이제 비대해지려는 몸매에 맞게 현지식으로 먹자는 통에 여기까지 온 거였다.

"나도 관리를 좀 하긴 해야 하는데, 세상에 먹는 거 관리하는 게 제일 힘들지. 거…… 현우는 몸집이 좋았던 거 같은데 말이야."

"아…… 네."

"그렇게 멀쩡하던 애가…… 갑자기 그렇게 가리라고 누가 알았겠어. 생각해 보니 더욱더 살을 빼야 하긴 하겠는데 말이야. 자넨 좀 더 살이 붙어도 되겠어. 앞으로 그 큰 사업 맡아 하려면 무엇보다 체력이 중요해. 안 그런가?"

"네."

그때 다시 제 앞에 음식들이 들어왔다. 아쉬운 마음은 있었지만 그는 더 이상 손대지 않았다.

이제 몇 시간 뒤면 백라전자에서 몇 년간 준비한, 그리고 제가 부사장으로 발령 났을 때 보고 그 규모에 놀랐던 일들이 처음으로 공개될 것이었다. 약간의 긴장감마저 느껴졌다.

한국 못지않은 애틀랜타의 뜨거운 열기가 창밖에서 이글거리고 있었다. 제가 오늘 해야 할 일의 중요성도 중요성이지만, 어제부터 그러니까 정확하게 수면제를 먹은 후부터 전혀 두통이 없다는 게 다행스럽게 여겨졌다.

"부사장님, 지사장님!"

박 비서 대신으로 저를 수행하고 있는 최 비서가 도착해 저를 부르고 있었다. 그는 과하게 차려졌던 테이블 위를 흘끗 보다가 최 비서 쪽으로 향했다.

이건 재연이의 짓이 분명했다. 이럴 땐 어떻게 해야 하는 걸까.

"대체 무슨 일이 있었던 거야?"

이제 좀 서로 안면이 있다고 생각한 차 대표가 사람들을 물리고 제게 물었지만 뭐라 대답해야 하는지 알 수가 없었다.

"거, 대봉 막내딸과 친구라더니, 싸우기라도 한 거야? 거참……."

"……."

여전히 할 말이 없었다.

"내가 살다 이런 일은 처음이네. 아니 뭐 그 집은 딸내미 교육을 어떻게 시키는 건지. 정말 재벌들 눈먼 자식 사랑이라더니 그 꼴을 여기서 봐야 하나."

이럴 때 저도 어떻게 이야기를 해야 할지 알 수가 없었다.

"어떻게 둘이 해결할 수 있는 법은 없나?"

이미 헤어졌는걸. 그러나 하재연의 성격에 제가 하기로 한 일을 무를 리가 없다는 걸 그 누구보다 수현은 잘 알고 있었다. 차라리 이럴 바엔 그냥 관계를 유지했었어야 했나?

"나도, 솔직히 말해서 일 잘하고 미모도 뛰어난 최 세무사가 필요해. 아직 젊으니까 얼마든지 앞날이 창창하잖아. 게다가 요즘 젊은 사람답지 않게 일도 잘 배우고 처신도 잘하고……. 그런데 DB에서 하청 업체 기장을 다 몰아줄 테니 최 세무사를 해고하라는 거야. 금액이 좀 커야 말이지. 요즘 너도나도 전부 다 모여서 법인 만드는 게 추세인 데다 자기네들 몸집 불리고 그거 유지하려고 다들 눈이 시뻘게져서 달려들고 있는 거 알잖아. 기장 한두 개가 뭐 그리 중요하냐고 할 수도 있겠지만, 이거 뭐 숫자로 밀고 나오니까. 내가 참……."

마치 죄를 지은 것 같은 표정으로 있다가 정말 죄를 지은 게 되니 당황스러웠다. 그러나 수현은 이런 일이 겨우 막내딸의 응석으로 될 리가 없을 거라 생각했다. 아일 정도야 친분으로 맡게 된 거고 그냥 단순 기장이니까 얼마든지 뺄 수도 있는 일이었다. 그러나 하청 업체에 일방적으로 기장하는 곳을 옮기라고 할 수 있는 게 말이 되는 건가.

"누가 그런 이야기를 하고 가던가요?"

"DB 고문 변호사라고, 하무일 변호사가 와서 그러데."

"대표님께서는 그게 가능하다고 보시나요? 그 많은 하청 업체들이 자기들 거래하던 곳을 일거에 빼서 이리로 가져오는 거 말이에요."

"거야⋯⋯."

"그게 말이 된다고 생각하신다면, 원하는 대로 하세요."

수현은 담담하게 말했다. 제 존재가 해가 된다면 어차피 일을 할 수가 없는 거였다. 이렇게 뱉고 나니 제 스스로가 한심해졌다. 제가 재연이를 이용하고 있었다지만, 그건 제 생각일 뿐이었다.

그런 대단한 집의 딸은 저 같은 건 한낱 노리개나 장난감에 지나지 않은 거였다. 그런 제가 주제도 모르고 그런 남자를⋯⋯. 약혼자가 있는 남자를 넘본 대가로는 참 치졸하고 잔인했다. 그러나 그걸 어디에 하소연 할 수는 없는 노릇이었다. 어차피 잘못은 제가 먼저 시작한 거니까.

"그래⋯⋯ 그게 좀 그렇지. 말이 안 되는 일이니까. 최 변호사 이번 주 휴가지?"

"네."

"일주일이던가?"

"아니요. 오 일입니다."

"뭐, 좀 미안하게 됐지만, 한 열흘쯤 푹 쉬어. 기장 업무야 뭐 아래서 다 할 거니까. 기한 되면 내가 다른 사람한테 검토시킬 테니. 그때 나 좀 보자. 그리고 무슨 일인지는 모르겠지만, 좀 알아서 해결해 봐. 이게 무슨 어이없는 노릇이야. 안 그래?"

"네, 죄송합니다. 심려를 끼쳐서."

"알았어. 알았으니까 좀 푹 쉬고. 잘 해결해 보자고."

"네."

어차피, 그들의 세계와 제가 사는 세상은 차원이 달랐다. 그걸 자신은 일부라도 알고 있었다. 손바닥으로 하늘을 가리고 있었단 걸 이제야 깨달은 수현은 허탈한 웃음이 나왔다. 훌쩍거리면서 티슈를 뽑아 든 수현은 창밖을 내다보았다. 이제 휴가철이 시작되어 한참 한산해진 거리는 여전히 이글거리고 있었다.

그는…… 잘 하고 있겠지.

악당이고, 나쁜 남자이고, 사냥꾼인 줄 알았었다. 그러나 그는 매끄럽고 따뜻한 입술을 가졌었고, 부드러운 목소리도 숨겨져 있었었다. 한동안 그가 평범한 사람이길 빌었듯이 지금도 그런 바람은 가지고 있었다.

그러나 수현은 잘 알고 있었다. 그건 그냥 바람일 뿐, 저 기계에서 흘러나와 후루룩 사라지고 마는 그런 바람하고 똑같다는 것을.

어차피 내일은 있으나 미래는 없는 일이었다. 결말이…… 조금 의외이긴 했지만, 차 대표도 말하지 않았던가 아직은 젊으니까.

"최 세무사님……."

윤임의 걱정스런 표정이 오히려 정다웠다. 수현이 웃으면서 물었다.

"어디, 에어컨 없어도 편히 잘 수 있는 데 혹시 알아요?"

"부사장님 괜찮으십니까?"

"음? 왜 묻는 건가?"

오히려 묻는 사람이 당황하는 듯했다.

"아…… 그게, 박 비서님께서 약 잘 챙겨 드리라고 했는데 안 찾으시는 거 같아서……."

"걱정하지 않아도 돼. 괜찮으니까."

"네."

박 비서 옆에 늘 있던 최 비서가 겸연쩍은 듯 대답하고는 돌아섰다. 전혀 생각하고 있지 않았었다. 그러고 보니 이틀째 약을 먹지 않았다. 약이란 게 두통이 오면 찾던 것이었기 때문에 약을 안 먹었다는 건 두통이 없었다는 증거였다.

두통이란 게 간헐적으로 오는 것이어서 일정하게 시간을 두고 약을 먹을 수도 없었다. 게다가 그 깨질 것같이 저를 괴롭히는 두통은 아무리 정밀 검사를 해도 그 원인을 찾을 수 없었다. 그래서 일반 두통약보다 더 강도가 강한 진통제를 처방받고 있었고, 슬슬 내성이 생기는 약은 점점 숫자가 늘어 가고 있었었다.

기대에 미치지는 못했지만 그래도 신제품 발표회는 성공적이었고, 즉석에서 바이어들과의 계약도 마쳤다. 게다가 고무적으로 현지 공장 설립에 대한 이야기도 좋은 쪽으로 오가고 있었다. 행사는 끝났지만 이리저리 로비나 혹은 얼굴도장 삼아 행사에 참석하느라 귀국을 지체하고 있는 중이었다.

그런데 늘 지끈거리며 자신을 괴롭히던 두통을 잊고 있을 정도라니……. 딱히 이곳의 기후가 좋은 것 같지는 않았다. 여기도 연일 30도를 넘나드는 폭염이었으니까.

다만 건물마다 에어컨이 잘 돌아가고 있었기에 차로 이동하는 순간만 내리쬐는 해를 피하면 되었고, 나름 공기가 건조해 그늘에 있으면 한국에서처럼 끈적거리면서 불쾌한 더위는 느껴지지 않았다. 다만 서울보다야 공기는 깨끗한 느낌이었다. 그 때문일까?

제가 늘 먹던 약은 처방전이 필요한 전문의약품이었고, 이곳에서 병원에 가서 처방을 받기엔 복잡해서 그냥 단순한 두통약과 수면 유도제를 구입했을 뿐이었다.

수면 유도제의 효과일까? 아니, 그제부터 시차 적응을 한 뒤로는 그것도 먹지 않았었다. 그는 제 손에 들린 타이레놀 약통을 만지작거렸다. 전에 먹었던 약은 무엇이었지?

노크 소리가 들렸다.

"부사장님, 저녁 만찬 때 입을 옷입니다."

밖으로 나갔던 최 비서가 부직포 케이스에 든 옷을 가지고 들어왔다.

"거기 둬."

그런데 옷을 들고 있던 최 비서의 인상이 조금 굳어 있는 듯했다.

"무슨 일이지?"

"저기, 옷 한번 입어 보시겠습니까?"

"왜 그러는데?"

"외람된 말씀이지만…… 지금 입으신 옷도 좀 불편해 보이셔서……."

"……?"

그제야 그는 콘솔에 달린 거울을 보았다. 신경을 안 쓰고 있었는데 문득 최 비서의 말을 들으니 좀 그런 느낌도 있었다. 갑자기 몸무게가 는 걸까? 셔츠 목둘레도 조금 답답해 보이기는 했다.

지사장과 같이 다니면서 두어 번 스테이크니 정찬이니 하는 걸 즐겼고, 평소와는 다르게 자극적인 음식을 먹긴 했었다. 그러나 몇 끼나 먹었다고…….

"입어 보십시오. 아직 시간이 있으니까 불편하시면 수선을 하든지 하겠습니다."

"알았어."

최 비서는 옷을 입기 편하게 펼쳐 두고는 방을 나섰다. 하도 바쁜 일도 많고 정신이 없어서 최 비서가 귀국한 박 비서처럼 제 곁에 찰싹 붙어서 하나부터 열까지 다 관리를 하지는 못했다.

늘 먹던 과일이나 야채 위주의 식단을 지키기가 힘들었다. 게다가 저도 바쁘게 다니고 많은 사람을 만나다 보니 체력이 달리는 느낌도 들었고, 또한 나름 남부의 음식이 입에 맞았던 거 같아 평소보다 과식을 한 적이 많았던 거 같았다. 게다가 워낙 평소에 먹는 음식들이 양이 적기도 했었다. 그 때문일까.

옷은 출국할 때 가져온 것들이었다. 근 이 년 동안 제 몸무게는 거의 g 단위로 딱 맞춰 왔던 거 같은데……. 역시나 드레스 셔츠의 목 부분이 갑갑했다. 게다가 하의 허리도 그렇고.

"최 비서!"

최 비서는 득달같이 달려왔다.

"좀 불편하긴 한데."

"아…… 금방 고쳐 오겠습니다. 표시 좀 하겠습니다."

이리저리 옷에 표시를 하던 최 비서가 말했다.

"오늘 저녁 만찬에서는 식사하지 마십시오. 가시기 전에 야채 스무디 준비하겠습니다."

"알았어."

최 비서가 옷을 가지고 나간 사이에 그는 거울 속의 저를 돌아보았다. 어딘가 낯선 느낌이 들었다. 이건 뭘까. 뭔가 알고 있던 것들이 하나둘 귀퉁이가 잘 맞지 않는 느낌이었다. 그는 전화를 찾았다.

"음…… 닥터 길? 내가 뭐 좀 물어볼 게 있는데 말이야."

"네…… 사무실 사람들하고 워크숍이 있어요. 그래서…… 끝나면 시간이 좀 될 텐데 그때 잠깐 내려갈게요……. 그러게, 왜 휴가 때 워크숍 같은 걸 하는지……. 하여튼 그렇게 알고 있어요. 언니네랑 잘 보내고. 네."

수현은 전화를 끊었다. 배터리가 거의 다 된 것 같았지만 차에 있는 충전기를 가져올 생각 따위 없었다.

"아, 참 좋다……."

고즈넉하다는 말이 딱 맞을 만큼 조용했다. 저쪽에 있는 별채에는 공부하는 사람이 여럿 있다는데 고시 공부 중이라 저에게도 조용히 해 달라고 부탁했지만, 그건 별로 필요가 없었다.

'에어컨 안 켜도 되는 곳이요? 음…… 저희 집이 강원도인데 태백 근처가 시원할 거예요. 다만 한우촌 뭐 그런 데 근처 말고 시골 사람들만 있는 데로 가 보세요. 다들 요즘은 펜션풍이라 취사 시설도 있고 바비큐 시설도 있어요. 그런데 그런 곳은 이미 다 예약이 꽉 찼을

걸요.'

'아니 그냥 좀 머리 식히고 며칠 푹 쉬려고요. 밥이야 뭐 사 먹으면 되고…….'

'아, 그럼 사람들은 잘 모르는데 영춘사라는 절이 있거든요. 그 근처에 한번 가 보세요. 태백이 여름에도 날이 시원해서 전지훈련 한다 뭐다 해서 복잡하긴 한데 그쪽은 주로 고시 공부 같은 거 하는 사람들이 장기로 투숙하는 그런 민박집이 있더라고요. 내비게이션에 영춘사 찍고 가서 알아보세요. 절에 가서 물어봐도 되실걸요.'

윤임도 제 사정을 대충 눈치는 채고 딱한 맘에 이리저리 연락을 하더니 알려 준 곳이었다. 아마 윤임이 아니었다면 이곳도 방을 못 얻을 뻔했었다.

그냥 아무것도 없이 이부자리와 앉은뱅이책상만 달랑 하나 있는, 정말로 작정하고 산속에 공부만 하러 온 사람을 위한 그런 공간이었다.

식사도 그곳에서 해결하는 모양인데 수현은 방만 필요하다고 했다. 그러니 가격은 생각도 못 하게 저렴했다. 다만 이불이 허름한 데다 샤워 시설이나 화장실이 공동이라는 게 조금 맘에 걸리긴 했지만, 여자는 저밖에 없는 듯해서 거의 혼자 쓰는 편이라 옆쪽 칸에 불이 켜지지 않았을 때 다녀오면 아무하고도 마주치지 않을 수 있었다.

정말 조용했다. 한밤중에도 아무렇지도 않은 듯 가게가 문을 열고 심지어 세탁소나 병원까지도 갈 수 있는 서울의 한복판 도심에 살던 그녀였다. 밤에 불을 끄면 정말이지 단 한 조각의 인공조명도 창으로 넘어 들어오지 않을 만큼 완벽하게 깜깜해지는 곳은 정말이지 처음이었다.

그녀의 고향인 지방의 중소도시도 이렇지는 않았으니까. 게다가 에

312

어컨은커녕 늦은 해가 지고 나면 슬쩍 서늘한 기를 품은 바람이 부는 듯했다. 그리고 잘 땐 문을 닫고서도 꺼림칙하고 허름한 이불이라도 덮을 수밖에 없는 그런 날씨였다. 세상에 이런 곳이 있다니…….

처음 서울 요금소를 지나면서 엄청난 교통체증 속에 이게 뭐 하는 짓인가 싶었지만, 기진맥진한 상태로 도착한 수현은 하루 종일 내리 잠만 잤다. 차 안에서조차 머리가 아프도록 틀던 에어컨 바람 탓에 소리가 없는 적막은 낯설기도 했지만 그녀의 지친 마음을 보듬어 주는 것만 같았다.

얼음같이 찬물에 세수를 하고 뻣뻣해지는 얼굴에 아무것도 바르지 않았다. 휴대폰은 아버지와의 마지막 통화가 끝남과 동시에 커다란 가방에 처박혀 배터리의 수명을 다한 채 침묵을 지켰다.

입고 있던 정장을 벗고 속에 입었던 슬립만 입은 채 수현은 그동안 바쁜 탓에 채 자지 못한 잠들을 한꺼번에 몰아서 잤다. 시끄러운 소음 대신 풀벌레 소리와 바람 소리뿐인 조그마하고 찬 기운이 올라오는 딱딱한 바닥의 방에서.

그러나 만 하루 반을 내리 자고 나니 눈을 감아도 감은 것 같지가 않았다.

나무로 된 문을 여니 좁은 나무 마루가 있고 그 밑으로 쨍쨍한 해가 내려앉는 흙 마당이 보였다. 마당 한켠에는 고추며 호박 등을 화초처럼 심어 놓은 밭이 있었고, 저쪽 끝에는 오랜만에 보는 장독대 위에 갈색의 통통한 항아리들이 햇볕에 바싹 말라 있었다.

언뜻 기와 비슷한 모양이지만 슬레이트 지붕을 한 저쪽 안채는 나이 든 노부부가 밭일을 하러 출타를 했는지 개 짖는 소리조차 없이 조용했다.

허기도 지고 무작정 내려왔기 때문에 아무것도 없어서 어디 세면

도구라도 사러 가야 했기에 수현은 뻣뻣한 얼굴에 물을 끼얹어 세수만 하고 구겨진 정장을 입고서 일어섰다.

가방 안에는 꺼진 휴대폰이 있었고, 옆에는 충전기도 있었지만 수현은 그것을 꺼낼 생각 따윈 하지 않고 저쪽 바깥 담 근처에 주차된 제 하얀색 렉서스로 갔다.

"아따 서울 아가씬갑네. 오늘 마침 통리 장날이야, 거기 가 봐. 열흘에 한 번 서는 거 오늘이라 가면 구경할 거 많은데……."

시내라고 나왔지만 정말 아무것도 없어서 당황한 수현이 마트라도 찾아보려고 길가에 지나가는 아낙에게 시장이 어디냐고 물었을 때 그녀의 말끔한 모습에 수다스러운 대답이 돌아왔다.

"여기도 저 밑으로 가면 마트 있는데, 아무래도 장날이 더 재밌지. 차 있지요?"

특별히 사투리랄 만한 단어는 없는데 묘한 억양이 표준말은 아님을 가르쳐 주고 있었다.

"통리. 거 내비게이션 있잖아요. 통리 장에 가 보라니까."

구경을 갈 생각은 없었다. 그러나 할 일도 없었고, 산속임에도 한여름 해는 기울어질 줄 몰랐다.

배가 고프기도 했고, 필요한 것들도 좀 있었다. 겨우 뻣뻣한 얼굴에 가방 속을 뒤져 꺼낸 샘플 스킨로션을 바르고 내비게이션을 따라 낯선 곳에 도착했다.

처음에는 어설퍼 보였지만, 안쪽으로 들어가니 장사하는 사람들도 북적거렸고 이 더위에도 관광객이니 동네 사람이니, 구경하는 사람도 북적였다.

어렸을 적 시골 할머니 댁에 가서 본 장날처럼, 개와 고양이도 철

망에 갇혀 그늘에서 헐떡거리고 있었고, 돼지 족발이니 닭꼬치니, 호떡이며 찐빵 같은 것들도 있었고, 한눈에 봐도 장터풍인 옷가게도 여럿 있었다.

그러나 대도시만은 못해도 내리쬐는 햇볕 덕에 그곳까지 가서도 농협 이름이 붙은 슈퍼마켓만 한 마트를 찾아 들어가 거기에서 나오는 에어컨 바람에 안도하는 제 자신이 어느 순간 딱해졌다.

샴푸와 린스, 저렴하고 작은 크기의 스킨로션과 속옷 세트, 그리고 생수 한 병을 사 들고 나온 수현은 제 옷차림을 생각해 냈다.

바로 근처에 싸구려 옷을 잔뜩 걸어 놓은 옷 노점상에서 뭐라 말을 붙이는 주인장의 시선을 피해 얼른 고무줄 반바지와 조잡한 날염이 된 반팔 티 두어 개를 사 들고 계산을 하고 돌아섰다.

카페인 생각이 간절했지만 결국 천 원에 세 개 하는 호떡 한 봉지를 사 들고, 허기를 달래려 하나 베어 물었다가 머리가 핑 돌 정도로 단맛에 봉지를 닫아 버리고 숙소가 있는 곳으로 향했다.

그러다가 수현은 그 산동네에도 있는 자그마한 이마트를 보고 들어가 미처 생각하지 못했던 수건이니 캔 커피 등을 샀고, 저도 모르게 스프링이 달린 노트와 검정색 볼펜, 그리고 한구석에 쌓여 있는 50% 할인하는 소설책 몇 권을 골라 들고 나섰다.

제 차 조수석에 바리바리 쌓아 둔 검은 비닐봉지들을 보고 수현은 잠시 인상을 찌푸렸다.

난…… 여기 왜 있는 거지?

첫날, 둘째 날은 잠만 잤고, 셋째 날은 장기 숙박을 위해서 주변을 탐색하러 다니느라 바빴다. 그러나 사 일째 되자 수현은 나름 이 적막한 산속의 낯선 생활을 즐기게 되었다.

인터넷도 컴퓨터도 저를 괴롭히는 세상 이야기도 없었다. 가끔 운동을 하러 나서는 사랑채에 있는 고시생들이 내는 소리를 빼면 대낮에는 죽은 듯 조용했다.

아침저녁으로는 안채에 사는 주인 내외의 소리도 들렸고, 밥을 하는지 음식 냄새도 났다. 그러나 아직 그쪽에 낄 생각은 없어서 수현은 간단하게 사 온 빵이나 우유 같은 걸로 허기를 때우고 말았다.

홀쩍 살이 빠진 것 같은 느낌도 들었다. 학생 때 외에는 거들떠보지도 않던 소설책을 읽었고, 그게 머리가 아프면 해 질 녘 동네 뒷산이나 혹은 옆에 있는 절 주변을 돌아다니기도 했다. 차가운 물에 머리를 감고 샤워를 하면 이가 덜덜 떨릴 듯했고, 밤엔 이불을 꼭 여미고 자야 했다.

그러나 그 와중에도 여름날의 하루는 길고 길었다. 그리고 밤은 너무나 조용했다. 그 무엇 하나도 제 시선이나 정신을 끌 만한 것이 없었다.

멍하니 천장만 쳐다보니 드러나 있는 형광등에 파리똥이 묻은 것까지 보였다. 그러니 제 머릿속은 소설책의 내용 따위가 연상이 되지 않았다.

뭐가 잘못된 걸까.

K……

그 낯선 남자를 만나지 않았더라면, 새연이의 멋진 약혼자 따위에 시선을 돌릴 일이 없었을 것이다. 그와 닮았다는 유기감에, 그런 낯선 남자와 위험한 하루를 보냈기에, 그랬기 때문에 그에게 시선을 주었고, 그를 돌아보았을 것이다.

K를 잊어버린 것처럼, 이현태도 잊어버리면 그만이었다. 제게 아직 며칠의 시간이 있었다. 그 뒤로는 어찌 될지 모른다. 제가 잠시 만

족을 느꼈던 제 일, 제 사무실, 제 오피스텔 같은 것들의 운명이 어찌될지는 모르는 일이었다.

열흘이라는 시간은 의외로 길지도 모르니까. 재연이같이 나른한 재벌의 상속녀에게는 다채로운 다른 일들이 얼마든지 일어날 수 있는 시간이었고, 이현태 같은 대기업의 황태자에게도 그랬다.

백라전자의 주식이 폭락한다든지 아니면 신제품이 선풍적인 인기를 끌어 반대로 주가가 폭등할 수도 있었다. 그런 일들에 신경을 쓰다 보면 저 같은 하찮은 친구나 혹은 일회용 애인 따위는 금방 잊힐 수도 있었다.

그걸…… 바라야 하는 건가?

한심해라.

저는 열심히 살아온 것 같은데, 아무 노력도 없이 그저 명품 가방이나 스키 타기 좋은 유럽의 스키장이니 생각하던 재벌의 딸 따위가 내뱉은 분노 때문에 하루아침에 제가 쌓은 커리어 따위는 그냥 허공에 물거품처럼 사라지게 되었다는 게 기가 차다 못해 억울했다. 이럴거라면…… 정말 그를 잡았어야 했나? 그래서 한밑천 챙겼어야 했나? 그랬었나…….

"아서라, 최수현."

그런 생각을 하는 제가 한심해서 수현은 저도 모르게 제 말을 들어줄 이 없는 빈 방에서 한 소리를 하고 말았다.

몇 시인지는 모르겠지만, 해가 지고 나서 꽤 시간이 흘렀다. 그러나 수현은 자리에서 일어났다. 전 같으면 이 시간에 혼자 낯선 곳을 돌아다닐 생각을 하지는 못했을 것이었다. 그러나 수현은 방을 나섰다. 문을 열자 마치 가을밤처럼 서늘한 바람이 제 헐렁한 티셔츠 속을 파고들었다. 드러난 제 다리도 선뜩해졌다.

참 좋은 날씨였다. 에어컨 바람 따위가 없어도 공들여 한 화장이 잘 붙어 있을 거고, 땀 날 걱정 안 하고 예쁜 옷을 맘껏 입을 수 있는 그런 날씨……. 이런 데 사는 건 어떨까. 문득 내일 날이 밝으면 태백 읍내를 한 바퀴 돌아봐야겠다고 생각했다. 혹시 세무사 사무실이 있나 하고.

수현은 작은 마루 밑에 있는 섬돌에 놓인 파란색 플라스틱으로 된 슬리퍼에 발을 꿰었다. 제 높다란 힐은 옆에 가지런히 놓여 있었다.

맘 좋은 주인아줌마가 그 힐을 신고 화장실에서 나오는 걸 보고 신으라고 갖다 준 앞이 막힌 슬리퍼는 밑창이 물컹물컹해서 욕실에서나 써야 할 것 같은 느낌이었지만, 제 힐보다는 지금 입은 옷에 잘 어울렸다.

트리트먼트니 영양제니 따위도 없이 그저 샴푸와 린스만 한 머리카락은 오히려 물이 좋아서인지 찰랑거리는 느낌이었다. 싸하고 맑은 바람이 산뜻하니 차 있는 어두운 마당으로 내려섰다.

저쪽 골목 어귀에 있는 가로등에 날벌레들이 모인 게 보였다. 가까이에서 풀벌레 소리들이 요란했고, 까만 하늘 위로는 별들이 가득 흩어져 있었다.

"좋다."

저도 모르게 제 입에서 툭 튀어나온 소리를 주워 담지 못해 수현은 얼른 종종걸음으로 마당을 빠져나갔다.

동네를 한 바퀴 도는 데 30분도 걸리지 않은 것 같았다. 물론 산길도 있었고, 절로 가는 길도 있었지만 정말 개 짖는 소리와 풀벌레 소리 외에는 아무 소리도 들리지 않는 적막이 그런 곳으로 갈 만한 용기를 갉아 없애 주는 듯했다.

고요한 풍경들은 물론 좋았지만 푹 쉬어야지라고만 생각했던 하루하루가 너무나 느릿느릿 지나가자 그 속도에 이제는 질식할 것만 같았다. 당장 해라도 떠야 어딜 갈 텐데…… 아니 차가 있으니까 어디든 가고 싶으면 가면 되는 거였다.

갑자기 떠들썩하고 눈이 황홀한 안주가 나오는 벅적거리는 생맥주집이 생각났다. 그러나 근처에는 변변한 가게 하나 없었다.

이런 곳에서는 대체 어떤 생각을 가지고 사는 걸까. 분명히 빈집이 아닌데도 벌써부터 불이 꺼져 깜깜한 집들 옆을 지나면서 수현은 궁금해졌다. 방에 돌아가서 다시 책이라도 봐야겠다 싶어 막 제가 머무는 민박집으로 향하려던 때였다. 갑자기 그녀는 멈춰 서고 말았다.

마당으로 들어가는 입구 쪽에 그곳 풍경과는 어울리지 않게 주차되어 있는 하얀 렉서스 승용차 옆에 웬 차 한 대가 서 있었다.

제 차가 이 고즈넉한 동네와 어울리지 않는 것보다 더 그 정도가 심한 둔중한 외제차는 시동이 켜진 채였고, 심지어 뒷좌석 문도 열려 있었다. 그리고 낯선 사람 하나가 서성이고 있었다.

무슨 일일까……. 어두워서 무슨 차인지는 잘 보이지 않았지만 수현은 혹시나 하는 생각을 하면서 종종걸음으로 서늘한 공기를 헤치고 마당으로 들어섰다. 그러다가 그녀는 멈춰 서고 말았다.

"아, 저기 오네. 아가씨!"

분명히 저를 부르는 소리를 들었는데 수현은 그 소리가 들리지 않았다.

"이 밤에 어딜 쏘다녀?"

열흘하고도 하루 만이었다. 그걸 세고 있었던 건 아니라고 말하고 싶지만, 제 무의식은 하루하루 바를 정(正) 자의 획을 긋고 있었던 거 같았다.

단정한 어두운 색의 디자이너 맞춤 슈트와 하얀색의 드레스 셔츠, 짙은 색의 날렵한 넥타이를 맨 채 단정하게 머리를 넘긴, 그러니까 딱 회의실에서 금방 나온 듯한 남자는 자다 깨난 게 분명한 민박집 주인아줌마 앞에 서 있었다.

잔뜩 출력된 종이를 넘기다가 그 하얗고 매끄러운, 뭐 하나 남을 해칠 만한 구석도 없이 걸핏하면 구겨지고 찢겨질 운명을 지닌 하얀 A4지에 사락 하고 손끝을 베인 느낌이었다.

그 아릿한 통증 뒤에 아무렇지도 않은 듯 보이는 손가락 끝에 선명히 드러나는 빨간 핏빛 선이 제가 어이없이 손을 베였다고 느낀 순간 그 신경 끝을 지분덕거리는 날카로운 통증에 어쩔 줄 몰라 하듯이.

이 남자를 잊고 싶었다. 불가항력으로, 이 남자를 탐한 죗값이 너무 어처구니없이 저를 엄습하지 않았어도 이건 명백한 잘못이라는 걸 알고 있었기에.

게다가 그걸 증명이라도 하듯 이제 서서히 제 목을 죄어 오는 징벌 때문에 이 몇 년 열심히 고생한 대가를 즐거운 마음으로 누릴 거라 생각했던 게 착각이었다는 것을 알게 되었으니 정신을 차리고 이 남자를 잊어야 했다.

그리고 이 고즈넉하고 암묵적인 휴가는 그 옛날 요란한 중국 나들이 대신 정신 차리라고 하는 두 번째 실연여행의 다른 이름이었다.

인천공항에 내려서면서 혹 성환이 저를 기다리지 않았을까 했던 착각처럼, 저 남자가 저를 찾으러 오리라고는 생각하지 않았다. 제가 일방적으로 화를 내고 남자의 잘못을 꾸짖고 이별을 고했지만, 그래도 제 어딘가에서는 이 남자를 밀어내지 못했다.

그래서 지금 머뭇거리고 있는 거였다.

"왔으니 됐네요. 번거롭게 해서 죄송합니다."

그의 근사한 목소리가 제 방 앞에서 들렸다. 그리고 뭔가 손을 내밀었다.

"아녀. 됐어. 난 또 저 처자가 어디 잘못된 줄 알았는데 왔으니 됐지……."

"아닙니다. 늦은 시간에 소란을 피웠으니까요."

"아따. 됐다는데……."

라고 하면서도 아줌마는 제대로 보지 않고 남자가 찔러 준 수표를 흘끗거리며 졸린 눈을 비비면서 안채로 사라졌다.

멍하니 서 있는데 아까 그 둔중한 차 앞에 서 있던 남자가 종종거리면서 뛰어가 그에게 뭔가 이야기를 하더니 곧 인사를 하고 마당 밖으로 사라졌다. 그러고는 금방 차가 떠나는 소리가 들렸다.

수현은 그제야 라이트를 희번덕거리면서 마른 흙 위에 소리를 내며 방향을 바꿔 사라지는 차를 돌아봤다.

"차는…… 왜 보내요?"

"열하루 만에 보는데 나보다 차가 더 궁금해?"

그렇지는…… 않았다.

"게다가 당신 차가 여기 있는데 두 대씩이나 있어서 뭐해. 기사도 가서 쉬어야지. '거기 계속 있을 건가?"

그제야 수현은 제가 장터에서 산 어정쩡한 반바지와 벌써부터 늘어나려는 기색이 보이는 어처구니없는 프린트의 반팔 티 차림인 데다 화장은커녕 머리도 질끈 묶은 채란 걸 깨달았다. 반면 슬레이트 지붕이 있는 허름한 민박집의 흙 마당에 서 있는 남자는 그야말로 풀메이크업을 한 배우 같은 모습이었다.

"여기야? 당신이 묵는 방이?"

그가 불 꺼진 제 방의 방문을 여는 게 보였다.

"여긴 어떻게 알고 오신 거예요?"

수현은 저쪽 방에 불이 켜진 것을 흘끗 보고 그에게 다가갈 수밖에 없었다. 방문인 나무 문은 얇디얇아서 그야말로 마당에서 참새가 폴짝거리는 소리도 들린다는 것을 잘 알고 있었기 때문이었다. 최대한 소리를 적게 내기 위해서는 다가갈 수밖에 없었다.

"유능한 수하들을 데리고 있으니까."

그는 맵시 있는 구두를 섬돌에 있던 제 힐 옆에 나란하게 벗어 놓고는 제가 며칠째 살고 있는 작은 방으로 들어섰다. 제 복잡한 속을 규정해야 했다. 대체 이게 무슨 상황이란 말인가.

"벌레 다 들어오네. 들어와. 문 닫게."

그가 문 옆을 더듬어 불을 켜더니 말했다. 그건 맞는 말이었다. 금방 눈앞에 날벌레들이 날아다니는 게 보였다. 그리고 우선 소리가 덜 들리는 곳에서 말을 해야 할 것 같았다.

수현은 얼른 파란색 슬리퍼를 벗고는 방 안에 들어갔다. 막 문을 닫자마자 버스럭 소리를 내며 남자가 저를 잡아채는 걸 느꼈다. 머릿속은 분명 남자의 이 손길을 피해야 한다는 걸 알고 있지만, 나긋나긋한 육신은 그러질 못했다.

남자의 고급스러운 슈트가 주는 말끔하고 청신한 향과 부드러우면서도 제 형태를 잘 잡고 있는 서늘한 질감이 느껴졌다. 그리고 남자의 유연하고 긴 팔이 저를 휘감는 게 느껴졌다.

"저⋯⋯기⋯⋯."

뭐라 말을 해야 했지만 남자는 제 입을 막아 버렸다. 방금 물이라도 마신 걸까. 싸한 남자의 입술이 제 입술에 맞물렸다.

열흘하고도 하루 전, 우린 어떻게 헤어졌지? 제가 싸늘하게 돌아섰고, 남자의 변명 따위 묵살해 버렸었는데⋯⋯. 다시는 안 볼 거라 생각했는데. 그러나 익숙한 남자의 매끄럽고 달착지근한 혀가 마치 제 집에 들어오듯 입술을 열고 들어와 제 혀와 엉키는 걸 저지할 이성 따위는 없었다.

남자의 굳건한 팔이 제 허리를 감싸고 얇은 싸구려 면 티 위를 쓸어내리고 있었다. 단단한 남자의 허벅지는 제 드러난 허벅지를 휘감았다.

"음……."

수현은 녹아내리는 이성을 찾아야만 했다. 그녀는 도리질을 쳤고 그제야 남자는 그녀의 혀를 놔주고 입술을 떼었다. 받아진 숨을 내쉬면서 수현이 작은 소리로 말했다.

"이런 식으로 여자의 입을 막아 버리는 건 부사장님의 스킬입니까?"

그러자 남자의 싸한 얼굴에 한 가닥 미끈한 미소가 스치더니 말했다.

"이런 식의 스킬, 딴 여자한테는 써 본 적 없어."

수현은 할 말을 잊고 말았다.

"좀 씻어야겠네. 어디서 씻어야 해? 오늘 아침 여섯 시에 비행기에서 내린 뒤로 숨 돌릴 시간도 없었던 거 같아."

하루 종일 일을 했다는 건데 남자의 차림새는 그렇지 않았다. 저 날렵한 슈트는 어느 한 구석 구겨진 데도 없었고, 머리카락 하나 흐트러지지 않은 채였다. 방금 피팅룸에서 나왔다고 해도 믿을 만했다.

"돌아가세요."

이런 산골짜기 허름한 민박집에 있을 만한 하등의 이유가 없는 남자였다.

"나도 휴가야."

남자는 뻔뻔스럽게 대답하고는 재킷을 벗고 넥타이를 풀었다. 남자의 하얀 드레스 셔츠가 낮은 천장 밑의 흐릿한 불빛 밑에서 푸르스름하게 빛났다. 그는 달그락거리는 커프스를 풀어 주머니에 넣고는 와이셔츠의 단추도 풀었다. 남자의 하얀 목덜미가 드러나는 것을 보고 있을 수는 없었다.

"돌아가시라고요!"

뻔뻔한 남자를 참을 수가 없었던 수현이 작은 방에서 작게 소리쳤다. 제발 사라져, 당신 때문에 내 모든 게 다 헝클어져 버렸잖아. 재연이하고도 그냥 그렇게 잘 지낼 수 있었던 건데…….

수현의 목소리에 그가 고개를 돌렸다. 남자는 지나치게 잘났고 또 한편으로는 선이 날카로워서 그 눈으로 사람을 쳐다보면 질식하게 만들 만큼 강렬한 눈빛을 지녔다. 그런 남자가 저를 물끄러미 쳐다보았다.

"정말 내가 돌아가길 원해?"

아니…….

그러나 그건 제 바람일 뿐이었다. 수현은 현실적인 여자였다. 늘 현실에 타협하고 현실에 적응 잘 하는 게 세상 사는 이치라고 여겨 왔었다, 이 남자는…… 그렇다. 여기 이 허름한 방 안에 있는 것조차 비현실이었다. 제발 현실로 가 버렸으면.

"네."

남자가 희미하게 웃는 것같이 느낀 건 제 착각일 것이었다. 수현은 그것을 감당 못 하고 고개를 돌렸다. 그때 남자의 희미한 체취가 가까워졌다. 바로 제 옆까지 다가온 그가 낮은 목소리로 말했다.

"왜? 왜 내가 돌아가길 바라는 거지?"

내 이성이 제대로 된 대답을 하게 해 줘……. 수현은 마른입을 축였다. 제 입안에는 아직도 남자의 타액이 남아 있었다.

"이건 잘못된 거니까요. 시작부터 옳지 않았어요. 부사장님은 약혼녀가 있는 사람이었고, 난 그 약혼녀의 친구였으니까요. 아, 네, 재연이와 내가 진짜 친구가 아니었든 그건 상관하지 말아요. 적어도 난 친구라고 여겼으니까. 됐나요?"

"상관없었던 거잖아."

남자의 목소리는 정말로 얄미울 정도였다. 정말 그게 문제였던가 싶을 만큼.

"게다가…… 중요한 문제가 있었잖아요. 부사장님은 절 속이셨구요."

"아…… 그거."

이제야 생각났다는 듯 그가 고개를 끄덕였다. 연기를 하자는 건가. 빨리 제 눈앞에서 사라져 버렸으면 좋겠다 싶었다. 이 작고 조용한 방 안은 혼자일 때는 넉넉했고, 고요했고, 고즈넉했었다.

그러나 이 어울리지 않는 대단한 남자 하나 때문에 금방 초라하고 좁고 옹색한 공간이 되어 버렸다. 이 남자는…… 그런 존재였다. 저 혼자 나서면 어디에도 빠지지 않을 존재였지만, 이 남자는 제 존재 자체를 초라하게 만들 수 있는 유일한 사람이었다.

"제 입으로 다시 말하지 않게, 돌아가세요. 전화 한 통화면 백라전자 부사장님을 모시러 어디든지 달려올 사람들이 수두룩하잖아요."

"우리 문제…… 내가 당신을 속인 거……. 그래, 내가 전에도 이야기했지 당신을 속인 이유는 그러고 싶었기 때문이라고. 그거 솔직히 우리 둘만 알면 되는 거잖아. 우리 둘만 입 다물고 있으면 아무런 문제가 되지 않는 거 아니야?"

"하……."

기가 막힌 수현이 저도 모르게 내뱉었다.

325

"그래서 어쩌란 말입니까? 이런 내연의 관계 유지하자는 건가요? 네?"

"내연 관계라니. 내가 유부남이라도 되는 것처럼 말하는군. 말했잖아. 하재연과는 법적으로 아무 관계가 없다고."

그건 당신 생각이지⋯⋯. 수현은 기가 막혔다. 이 남자 대체 왜 이러는 걸까. 그만큼 내 몸뚱이가 좋은 건가? 그래서? 지금 내가 처한 상황 따위, 그리고 앞으로 어떻게 될지 그런 걸 다 구질구질하게 당신에게 일러바치란 말이야?

"나 만 27시간째 눈 한 번 못 붙였어. 제발 좀 씻고 와서 이야기 마저 해. 앞에서 보기 흉하게 쓰러지는 꼴 보고 싶지 않다면 말이야."

"그러니까 호텔이고 어디고 가세요. 여기 이러고 있으시지 말고요."

수현은 겨우 있는 힘을 짜내 자그마한 소리로 외쳤다. 그때 그가 말했다.

"내가 이 상태로 여기 온 이유, 듣고 싶지 않아?"

"⋯⋯."

그게 뭐든 상관없지 않은가.

"미안했거든. 팔베개 해 주지 못해서. 그래서 휴가 받으면 해 주고 싶었어. 하루 종일 개같이 쏘다닌 덕에 지금부터 '휴가'란 걸 만들었거든."

이걸 믿으라고? 어이가 없어 비웃어 주기라도 해야 했다. 제 이성은 분명히 농담하냐고 묻고 있는데 제 속은⋯⋯ 그렇지 못했다. 왜 제 입은 헛소리만 하는 걸까.

"밖에 샤워실 있어요."

그가 나가려는데 수현이 말했다.

"수건 가지고 가야 해요."

이건 꿈일까. 그러나 제 앞에 떨어져 있는 디자이너의 슈트를 보고는 머리를 저어야 했다. 수현은 남자의 슈트와 넥타이를 집어 어울리지 않게 벽에 박혀 있는 커다란 대못에 걸어야 했다.

매끈한 슈트에서는 미미하게 남자의 향이 풍겼다. 이제 저 남자가 다시 눈앞에 나타나면 뭘 어찌해야 하는 걸까. 제 이성은 이 남자를 안 보면 그만이라고 선을 그어 놓았었다.

그가 이 산골 오지 마을까지 저를 찾아올 줄은 전혀 상상도 하지 못했었다. 그런데 눈앞에 나타났다. 그리고 제 본능은, 그러니까 제 본심은 남자의 말이 입바른 말이라 할지라도 마치 정신 나간 것처럼 기뻐 날뛰고 있었다.

K의 형이다. 그것도 친형. 제가 그를 어찌 생각했는지 기억나지 않아도 그 사실은 변하지 않는 거였다. 유일한 제 면죄부는 그가 이 세상에 없다는 것뿐? 정말 두 사람만 침묵하면, 세상의 천리니 인륜이니 하는 것들을 속일 수 있을까. 아니, 그런 다음에는 어떻게 되는 건데. 제 목을 죄는 재연이는, 또 세상의 눈은······.

그렇지만 지금 이곳엔 아무것도 없다. 저를 아는 사람도, 제가 세상을 엿볼 수 있는 것도. 그리고 본능이 원하는 남자가 제게 왔다. 어차피 열흘. 아니 이제 닷새······. 내가 뭘 했는지 누가 알 것인가? 누가······.

"아, 물 엄청 차네."

찬 기운을 한가득 몰고 남자가 젖은 머리카락을 푹 젖은 수건 하나로 닦으면서 들어왔다. 셔츠는 대충 걸치기만 한 듯 단추도 다 풀어진 상태였다. 수현은 저도 모르게 옆에 개켜 놓았던 아직도 휘발유 냄새 같은 게 풀풀 풍기는 새 수건을 집어서 건넸다.

"벌써 가을인가."

입술마저 퍼렇게 된 듯한 남자가 물기 젖은 목소리로 말했다.

이 남자를 그가 살고 있는 세상으로 보내야 한다는 이성과 하루쯤이면 어때 하는 본능이 제 목구멍을 옥죄고 있기에 단 한 마디도 할 수 없었다. 뭔가 말을 해야 하는데…….

목구멍에 있는 걸 꺼내기도 전에 남자는 나갈 때부터 펴져 있던 이불 위에 누웠다. 제가 있을 때는 그래도 넉넉해 보이던 얇은 요 위로 남자의 긴 다리가 삐죽 삐져나와 있었다.

"누워. 그리고 참, 할 말이 있어."

남자는 정말로 팔베개라도 해 주려는 듯 제 베개를 베더니 팔을 쭉 뻗었다.

할 말이라니.

수현은 그런 그를 내려다보았다. 그러나 할 말이 있다던 남자는 눈을 감더니 아무런 말이 없었다. 누워 있으니 덮개 없이 천장에 끼워져 있는 형광등이 눈이 부셔서일까? 뭐라 말을 해야 하는데 조용한 적막 속에 남자의 규칙적인 숨소리가 들렸다. 뭐야, 정말 잠든 건가?

수현은 어이가 없어 살그머니 남자의 옆에 쪼그리고 앉았다. 낮은 숨소리는 분명히 잠든 사람의 것이었다. 세상에나.

무슨 말을 하려는지 들었어야 했다. 그러나 정말 피곤하다는 건 사실이었는지 남자는 미리카락이며, 심지어 팔뚝에도 물기가 남아 있는데 거의 기절한 듯 잠들어 버렸다. 수현은 남자의 그런 얼굴을 가만히 내려다보았다.

애틀랜타라는 덴 해가 잘 드는 곳인가? 남자의 창백하던 얼굴은 피곤해 보이기는 했지만 그래도 훨씬 좋아 보였다. 그리고 어쩐지 날카로웠던 턱 선도 약간은 부드러워진 것같이 보이기도 했다. 너무 오랜만에 봐서 그런 걸까? 아니면 이 남자한테 가지고 있던 선입견이 없어져 그렇게 보이는 건가.

한참 그러고 있던 수현은 자리에서 일어나 문 쪽에 있는 형광등의 스위치를 껐다. 방 안 전등이 밝다고 생각되지는 않았지만 피곤한 사람의 눈에는 그럴 것 같아 보였다.

어제와 같은 적막한 밤이었고, 역시 창밖으로는 희미한 별빛밖에는 스며들지 않을 만큼 어두웠다. 그러나 어제와 같지는 않았다. 희미하게 푸르스름한 남자의 셔츠가 어둠에 익은 수현의 눈에 비쳤다. 혼자가 아니었다. 잊어버리려 했던 남자가 제 옆에 있었다. 팔베개를 해주겠다는 그런 이유 같지 않은 이유를 대면서……

남자는 한쪽 팔을 쭉 뻗은 채였다. 수현은 한쪽 귀퉁이에 있는 얇은 이불을 남자의 긴 몸 위에 덮어 주었다. 찬물로 샤워를 하고 나서의 으슬으슬한 느낌을 아니까. 그러자 갑자기 저도 졸리기 시작했다. 하루 종일 자고 아무 일도 하지 않았는데도 남자의 깊은 숙면이 제게 전염되는 것 같았다.

살그머니 남자의 곁에 누웠다. 어둠 속에 희미하게 보이는 남자의 얼굴선이 무척이나…… 아름다웠다.

왜…… 이건 제게 현실이 될 수 없는 걸까.

잠시 서글픈 생각이 들었다.

모르겠다. 내일이 어떻게 되는 건지……. 저는 아직 채 삼십 년도 살지 못했다. 통찰이니 성찰이니 이성이니…… 그건 좀 더 나이 든 다음에 따져야겠다.

16. A

〈트리니티아민이라…….〉

"분명히 그렇게 들었는데."

〈잠시만…… 좀 생소해서……. 찾아봐야겠어. 아, 여기 있네.〉

"성분이 뭐지?"

〈음, 성분은 뭐 내가 알려 준다고 해도 의미가 없어. 워낙에 복잡한 화합물이라. 그런데 이걸 왜? 설마 이걸 처방받으려고?〉

"왜? 처방이 안 되는 약인가?"

〈안 된다기보다는…… 논란이 많아서 허가는 났는데 이것을 제재해야 할지에 대해서 의견이 엇갈리고 있거든.〉

"단순 진통제가 아니야?"

〈뭐 물론 진통, 특히 전두엽계의 통증 완화에도 효과가 있긴 하지만, 그게 좀 복잡한 메커니즘 때문에 그런 거거든. 우선 이게 쓰임새가 정신분열이나 혹은 전두엽계 이상으로 인한 사고나 기억에 일시적인 장애가 있는 사람한테 쓰는 전문의약품이야. 미국에서는 상당히

쓰기가 까다롭지. 해외에도 별로 수출되고 있는 거 같지는 않은데 말이야.〉

"그래? 그럼 어디에 쓰는 건데."

〈그게 좀 웃기거든. 신경 전달 물질이 원활하지 못한 데를 활성시키는 물질이 다량 들어 있어. 음, 뭐랄까. 교통사고나 외상 후 스트레스 같은 일을 당한 다음에 일시적으로 기억을 잘 하지 못하는 경우가 있거든. 좀 당황스럽긴 하지만 흔한 증상이야. 대부분 완화가 되긴 하는데 그게 잘 안 될 때 기존의 기억을 되찾는 데 도움이 되는 거지. 좀 추상적이지? 하여튼 암시를 준다거나 할 때 뇌를 활성화시켜서 잃어버린 고리를 잘 이을 수 있도록, 그러니까 옛 기억의 조각들을 잘 받아들이게 한다는 거지. 거기에 대해서는 논란이 많아.〉

"그럼 그런 약을 왜 시판하는 건데? 그런 추상적인 쓰임새에 논란이 많다면서."

〈이 약이 그래도 쓰이는 이유가 적어도 전두엽의 신경 전달 물질을 활성화하는 것에 대해서는 확실하기 때문에야. 뭐, 최면 요법이나 암시 요법 같은 데 쓰인다는 거지. 음…… 보자, 치명적인 부작용으로는 식욕부진이 있네. 치명적이라는 단어를 쓴 거 보니 그 정도가 심한가 본데? 게다가 간헐적인 두통도 있고. 그런데 이 약은 왜?〉

공항에 내리자마자 박 비서가 건네준 약에는 선명하게 트리니티아민이라고 적혀 있었다.

"약 드셔야죠. 그리고 식단 관리가 엉망이었나 봅니다."

"통증은 없어. 회의 몇 시지?"

그는 슬그머니 약을 주머니에 넣어 버리고 물었다.

"네, 회장님 면담하고 바로 사장단 회의와 결과 발표회 준비되어 있습니다. 회의 끝나고 나면 주주총회 이사님들과 오찬이 있습니다. 발표 보고서는 여기……."

"그것보다 문 박사님은 어디 계시지? 내가 급하게 물어볼 게 있어서."

그가 달리는 차 안에서 서류를 보는 둥 마는 둥 하다 물었다.

"아, 문 박사님 북경에서 열리는 세계 정신과학 협의회 포럼이 있으셔서 오늘 밤에나 귀국하십니다. 일부러 부사장님 스케줄과 맞추신 듯한데요. 급하게 연락하실 일이라면……?"

그의 입가가 굳어졌다.

"아니, 어차피 오면 볼 테니까. 참, 이 약은 문 박사님 처방인가?"

"네."

그는 서류를 쳐다보는 척하고 있을 뿐이었다. 이미 비행기 안에서 결과 발표회 등은 검토도 다 끝난 상황이었다.

"박 비서 부친상이면 큰일인데 이렇게 빨리 복귀해도 되는가? 좀 더 쉬어야 하는 거 아니야?"

"아닙니다. 신경 써 주셔서 감사합니다. 화환도 잘 받았고, 과한 조의금도 다시금 감사드립니다."

"그 정도야…… 평소에 박 비서가 맡은 일을 잘 하기 때문이야."

안경 너머로 차갑지만 하등의 감정 변화 따위가 없는 박 비서의 눈을 보고 있다가 그가 생각이라도 난 듯 말을 꺼냈다.

"아일 화랑 기장 맡은 영림 세무법인 최수현 씨 말이지, 내가 아일 일로……."

뒤를 뭐라 말을 꺼내야 할까 하고 생각 중인데 박 비서가 그 사이를 파고들었다.

"부 사장님, 아일 측에서 기장 바꾸기로 했습니다. 그쪽 말고 우성

쪽으로 넘겼습니다."

"왜? 무슨 일 때문이지?"

"글쎄요. 박 관장님께서 그렇게 하시기로 했다고. 벌써 꽤 됐습니다."

그의 이마가 굳어졌다. 갑자기 이게 무슨 일 일까. 분명히 화랑에서 봤을 때 수현의 낯빛이 안 좋았던 건 그 그림 때문이었다. 박 관장과는 아무 일이 없었던 거 같았는데…… 혹시…….

"음. 그랬군. 그럼 그쪽 지금 연결 좀 해. 영림 세무법인."

"최수현 세무사 말입니까?"

"그래."

무표정하긴 했지만, 뭔가 못마땅하다는 듯한 표정의 박 비서가 태블릿을 확인하고 전화를 했다.

"영림 세무법인입니까? 백라전자 부사장님 비서실입니다. 최수현 세무사님 부탁드립니다……."

그러나 한참 침묵이 이어졌다.

"네? 네……. 알겠습니다."

기다리고 있던 그를 쳐다보던 박 비서가 말했다.

"휴가 중이라 출근을 안 하셨답니다."

분명히 아까 입국 수속을 마치자마자 건 개인 전화는 꺼져 있었다. 사무실에는 있을 줄 알았는데…… 그는 흘끗 박 비서를 쳐다보다 고개를 돌렸다.

"휴가 중이라고?"

산골의 해는 일찍 떴다. 처음에는 뭣도 모르고 문 반대쪽에 이불을 폈는데 손바닥만 한 창으로 쏟아지는 아침 해가 딱 얼굴에 걸리는 걸 보고 이부자리를 옆으로 옮겨야만 했었다.

저쪽 구석에 신문 크기만 한 햇살이 쨍쨍하게 떨어지고 있는 게 보였다. 요란한 참새 소리, 닭 소리, 개 짓는 소리⋯⋯. 무슨 소리인가 했더니 아침에 고시생들이 운동하는 소리였던 것까지 도시에서는 들어 본 적 없는 온갖 이상한 소리에 눈을 떠야만 했었다.

그러나 오늘은 달랐다. 그 신문지만 한 해가 쏟아지기도 전에 수현은 이미 깨나 있었다. 아니 주변에 푸르스름한 기운이 돌기도 전에 그녀는 설핏 든 잠에서 깨났다.

남자는 팔베개를 해 주겠다는 어이없는 이유를 대며 이 좁은 방을 찾아왔는지 모르겠지만 새벽 나절에는 모로 누운 채 죽은 듯이 잠들어 있었다. 흐트러진 머리카락 사이로 남자의 남자답지 못한 긴 속눈썹이 드리워져 있었다. 한 번쯤 쓰다듬어 보고 싶을 정도였지만 그녀는 꾹 참았다.

싸한 아침이었다. 얇은 이불 안에서 남자의 체온이 포근하게 느껴졌다. 비록 제가 적응하기 힘든 딱딱한 바닥의 얇은 스펀지 요와 무늬마저 바래 가는 이불이었지만, 제 숨결이 닿을 만한 곳에 그가 깊이 잠들어 있다.

격렬한 정사의 뒤끝 같은 것은 아니었지만, 남자가 제 옆에서 잠들어 있다는 게 묘하게 다가왔다. 냉랭한 가을 아침에 포근포근한 감자로 만든 크림 스프를 마시는 것처럼 부드럽고, 달콤하고 그리고 제 속을 따뜻하게 채워 주는 것 같은 그런 느낌.

참⋯⋯ 내⋯⋯.

또다시 제 한심한 생각에 한숨을 내뿜어 버렸다. 이제 어쩌지. 이 남자를 어떻게 돌려보내지…….

수현은 조심스럽게 자리에서 일어났다. 적어도 세수라도 하고 신경도 안 썼던 제 모습에 신경을 좀 써야 할 것 같아서였다. 금방 보내더라도 이건 좀 아닌 거 같았으니까. 왜 이런 조잡스러운 날염이 잔뜩 있는 요란한 티셔츠만 샀는지 이해가 가질 않았다.

수현은 조용히 수건을 들고 문밖으로 나섰다. 아침 운동 소리가 요란하던 남자들은 벌써 이른 식사를 하러 안채로 가 버린 모양이었다. 허름한 샤워실에 온수는 여전히 나오지 않았고, 얼음장 같다는 말이 딱 어울리는 찬물로 이를 닦고 세수를 하고 나니 정신이 확 나는 것 같았다. 반바지 덕에 드러난 제 다리에도 오스스 소름이 돋을 만큼 서늘한 아침이었다.

제 방 앞의 섬돌에 남자의 맵시 있는 고가의 신사화가 나란히 놓여 있었다. 한동안 그것을 내려다보다가 결심한 듯 문을 열고 방 안에 들어왔을 때 그녀는 멈칫하고 말았다. 자는 줄 알았던 남자가 일어나 앉아 있었다.

"난 또 어디로 가 버린 줄 알고."

저를 향해 흐트러진 머리카락을 넘기면서 말했다. 남자의 목소리는 막 잠에서 깬 듯 가라앉아 있었다. 그게 제 속을 긁는 듯, 어느 영화 속에 나오는 섹시하다는 말이 절로 나올 만큼 근사했다.

그러나 아무렇지도 않은 듯 수현은 구석에 놓인 책상 쪽으로 갔다. 남자가 없다는 듯 나란히 놓인 조그마한 스킨로션 병을 집어 들었다. 그러고는 말했다.

"깨나셨으니 유능한 수하들한테 전화하세요. 모시러 오라고."

등 뒤에서 부스럭거리는 소리가 났다. 그녀는 돌아보지 않으려 했다. 그러나 그럴 필요가 없었다. 다가온 그가 저를 등 뒤에서 와락 안

앉기 때문이었다.

"이러지 마세요!"

제발…….

남자의 맨살에서 나는 체취가 확 제게 쏟아져 내렸다. 제발 이러지 말아…….

그때 남자가 제 귓가에 속삭였다.

"내가 현우라면, 그러면 우린 아무 문제가 없는 거 아니야? 안 그래, J?"

"방법이 없나?"

"아가씨……."

"그 좋은 머리로 생각 좀 해 봐. 만날 식당 예약이나 하고 신상 백이나 정리하면서 살 거야?"

"……."

허브티를 홀짝거리던 재연이 굳은 얼굴로 옆에 서 있는 여자를 향해 말했다.

"뭐 그쪽으로 넘어갈 거라는 게 다들 하는 말인데, 아무래도 사장이 말을 안 듣는다는 게 요지인 거지? 게다가 그 사장은 원친 기술을 그렇게 넘기느니 차라리 외국 기업에 팔아 버릴 생각이라고?"

이제껏 저 조그맣고 예쁜 머리통은 심술이나 부리고 사치품이나 색깔대로 모으는 게 다인 줄 알았었다. 그러나 제법 이해력은 빠른 듯 보였다.

"그런데 그나마 애국심이라는 게 있어서 외국 기업을 상대로 머뭇거리고 있다는 거지?"

"네."

"그쪽에서 얼마 불렀대?"

"그거야 기밀이라……."

쨍그랑 소리가 나면서 유리 조각과 유기농의 브라운 슈거 토막이 바닥이며 테이블 위에 흩어졌다.

"월급은 다 뭐에 써? 그런 것도 못 알아내면서!"

그러나 그녀의 표정은 여전히 아이스크림처럼 달콤한 미소를 지은 채였다.

"죄송합니다."

요란한 소리를 듣고 어디에선가 제복을 입은 사람들이 나타나 흩어진 유리 조각과 설탕 조각들을 치우기 시작했다.

"아니, 이게 무슨 일이야?"

입구 쪽에서 누군가의 목소리가 들렸다.

"어머, 어머님! 제가 실수했어요."

"다치지는 않았고?"

"그럼요. 뉴욕에는 잘 다녀오셨어요?"

"뭐 그렇지. 그런데 웬일이야? 요즘 바쁘다더니."

"네, 저도 이제는 슬슬 일을 배워 볼까 하고요."

블랙의 미니 드레스를 입은 늘씬한 여자가 재연의 건너편에 앉았다.

"그래, 뭐 결혼을 하더라도 집에 딸이 재연 양 하나뿐인데, 내조만 하기엔 아깝지. 참…… 화랑 일은 처리했는데 무슨 일이야?"

재연의 얼굴에 웃음기가 걷혔다.

"아, 말씀해 주신 대로 해 주셔서 감사해요. 제가 정말 어이가 없어서……."

"무슨 일인데? 전에 친구라고 하지 않았어? 싸우기라도 했어?"

"그게…… 전 선의로 일을 도와주려고 한 건데, 그 친구…… 아니 친구라고 하기에도 정말 입이 써서. 걔가……."

"왜? 무슨 일이야?"

"현태 씨한테 꼬리를 쳤더라고요."

"뭐?"

박 여사의 얼굴에 놀랍다는 표정이 어렸다.

"정말…… 어처구니가 없지 않나요?"

"아니, 어떻게…… 재연 양 정말 너무 속상했겠어. 아니, 우리 이 부사장 그런 사람 아닌데 말이야."

"네, 저야 잘 알고 있죠. 하지만……."

"절대 그런 데 동요하지 말고. 이 일은 내가 잘 알아볼 테니 말이 야. 제발 마음 상하지 말고, 내가 이야기해서 이 부사장한테 사과하라 고 할 테니."

"아니에요. 그게 뭐 현태 씨 잘못인가요. 꼬리를 친 게 나쁜 거지."

"그렇지!"

"안 그래, J?"

남자의 입술이 제 목에 닿았지만 수현은 그것을 느낄 수 없었다. 제 몸이 뻣뻣하게 굳은 것도 느껴졌다. 누구야, 이 사람은……. 수현 은 저도 모르게 고개를 돌렸다. 눈앞에는 익숙한 남자, 백라전자의 부 사장 이현태가 부스스한 머리카락을 한 채 제 얼굴 바로 앞에 코끝을 맞대고 싸한 미소를 짓고 있었다.

"지······금 뭐라고 하신 거죠?"

"내가······ 당신이 그 중국의 오지에서 만난 현우라면, 그러면 당신이 걱정하는 그 도덕적 문제 따위 없어지는 거 아니냐고."

그러나 뭐라 대답하기도 전에 남자의 입술이 제 입에 닿았다. 여전히 달고, 부드럽고, 관능적이어서 제 사고를 마비시킬 만했다. 그러나 머릿속은 너무 큰 충격에 싸여 있어 제 속을 헤집는 부드러운 혀를 인식하지 못하고 있었다.

J라니? 정말 이 사람이 K? 그렇다면 왜······. 뭔가 이건. 정말 그 드라마에 나오는 기억상실증이라도?

설마······.

남자의 입술에 제 목으로 흘러내리며 커다란 손이 헐렁한 반팔 티 안으로 들어오는 걸 깨달은 수현이 뒤로 물러서다 앉은뱅이책상의 모서리에 등이 닿았다.

"아야······."

"음? 왜?"

그제야 남자의 손길이 멎었다.

"잠시만요. 그게 무슨 소리예요?"

"사정이 있어서, 그래서 내가 형 대신 형의 역할을 하고 있다면······. 그렇다면 우린 아무 문제가 없는 거잖아?"

아니, 그럴 리가 없었다. 전혀 다른 사람 아닌가? 하지만······ 그 상처······.

수현은 남자의 미소가 살짝 걸린 입술 끝을 믿을 수 없었다. 이 사람이 K라니······. 아니 J라는 건 어디서 알았을까. 그때 갑자기 그녀의 머릿속에 화랑이 걸려 있던 그림이 생각났다. 누구나 알아볼 수 있으리만큼 크게 쓰여 있던 이니셜…….

"그럼…… 당신이 A란 말이에요?"

"그래."

"……."

갑자기 미친 듯 두근거렸던 심장이 툭 하고 바닥에 떨어져 버린 기분이었다. 그럴 리가 없는데 혹시 기적이니 아니면 드라마틱한 반전 따위를 예상했던 제 속은 싸한 아침 공기 속에 흩어졌다.

이 남자가 왜 그러는 걸까. 왜…….

남자의 부드러운 입술이 제 입술을 다시 덮었다. 이제야 온 신경이 입술 끝으로 모이고 있었다. 부드럽고 관능적이고 섹시하기까지 한 입술이 제 안에 머물렀다.

저는…… 이제 모든 것을 다 잃을지도 모른다. 그래도…… 죽었다 다시 깨나도 만나기 힘들 것 같은 남자가 저를 원해서……. 아니 솔직히 말해서 이 순간만이라도 저를 원해서 이런 엄청난 거짓말까지 하는 거 아닌가.

아무렴 어때, 다들 제 삶을 잊고 싶어서, 찌든 생활을 내려놓으려고 휴가 따위를 가는 건데……. 휴가란 건, 현실을 잊어버리기 위해서 가는 거니까.

"어디로 가요?"

"그거 하고 싶다고 하지 않았어? 차 타고 가다가 그냥 아무 바닷가에나 내려 걷고 싶다고."

별걸 다 기억하는 남자였다. 그런 남자가 왜…….

그러나 수현은 잊기로 했다. 난 그 K를 좋아한 게 아니니까. 제 맘속에 있던 남자는 잊어버리려고 했던 그 오지의 남자가 아니라 이 오

340

만한 백라의 황태자니까. 그가 K인 척을 하고 싶다면, 그래서라도 제 곁에 있고 싶어 한다면 기꺼이 속아 줄 수 있었다. 스스로 A든 아니면 Z라고 말해도 상관없었다. 중요한 건 지금 그가 조수석에 앉아 있다는 사실 하나뿐이었다.

그녀의 하얀색 렉서스는 한적한 산길을 내려가고 있었다. 어디로 가는지는 중요하지 않았다. 그냥 이 길로 가면 바다로 갈 테니까. 어디든 상관없는 거였다. 이 남자가 제 옆에 있으니.

"바람의 감촉이 느껴져!"

전혀, 그 빌딩 숲에 어울리는 남자의 멘트는 아니었다. 그러나 차장을 활짝 열고 손을 내민 채 바람을 느끼고 있는 남자의 입에서는 지극히 자연스럽게 나오고 있었다.

구겨진 드레스 셔츠의 단추를 대충 채운 남자는 흐트러진 머리카락을 한 채 정말 손끝으로 바람의 감촉이라도 느끼려는 듯 두 눈을 감고 있었다.

남자의 긴 속눈썹이 드리워져 있는 게 보였다. 한창 휴가철이었지만, 산속의 도로는 한적했다. 그래서 저는 운전을 하면서도 남자의 긴 속눈썹 따위를 흘끗거릴 수 있었다.

아무렴…… 아무렴 어때.

수현은 다시 한 번 속으로 다짐했다.

버석거리는 소리를 낼 만큼 쏟아지는 햇살이 손등에 느껴졌다. 그러나 산속의 바람은 청량하고 후덥지근함을 상쇄할 만큼 상쾌했다.

알아볼 시간 따위는 없었다. 모든 걸 잃을지도 모른다는 생각을 안 한 것도 아니었다. 제 주머니에 들어 있는 약, 저를 괴롭히는 뭔가 머뭇거리는 꿈들, 제 몸의 상처, 병력 기록, 그리고 푸른색의 항아리가 든 유리 상자에 곁에 있는 저를 보고 웃는 건장한 미소를 지닌 저를 닮은 이의 사진…….

무언가 귀퉁이가 맞지 않는 퍼즐이라는 걸 알고 있었다. 그 퍼즐을 다 완벽하게 풀어야만 했다. 그러나 풀고 난 다음엔? 그 결론이 나 버린다면…… 저는 어떻게 되는 걸까?

배후는 누구인가, 문 박사? 아니면 박 비서? 아니면…… 아버지? 진실은 언젠가 드러날 것이다. 그러나 그게 무엇을 변화시키지는 않을 것이다. 그는 힐끗 제 옆에서 운전을 하고 있는 여자를 돌아보았다. 기억이 날 듯 말 듯 한 여자의 말간 얼굴…….

제 운명이 정해져 있다는 것을 잘 알고 있었다. 이건 단순한 일탈일 뿐이다. 바뀌는 게 있을까? 무엇인가에 집착해 본 적이 있던가?

제 과거를 기억해 내려고 하면 뭔가 뒤죽박죽이 되어 버린 느낌이었다. 제가 다닌 초등학교, 고위층 자제들이 다니던 클럽, 명문 사립 학교…… 그러나 그 기억들 중에 또렷한 건 하나도 없었다. 심지어 이 여자조차도…… 그러나 분명히 느꼈었다. 이 여자를 하재연이 초대한 저녁 식사에서 처음 본 것은 아니었다고. 그거 하나면 되지 않은가?

지금은 휴가다.

평생 단 한 번도 가져 본 적이 없는 제대로 된 휴가. 얼마나 많은 일들이 제 앞에 쌓여 있는지는 누구보다 잘 알고 있었다. 그러나 지금 중요한 건 그게 아니니까.

그는 바람을 가르고 있던 손을 갈무리했다. 그러고는 제 옆에서 낯설게도 맨얼굴에 반팔 티셔츠와 반바지를 입은, 마치 막 꺾어 놓은 꽃처럼 싱싱한 여자의 얼굴을 향해 손을 내밀었다. 그 어떤 화학 약품도 없는 여자의 말간 얼굴이 제 손에 닿았다. 여자가 제 손길을 느끼고 고개를 까닥이는 것을 보고 저도 모르게 웃음 지었다.

지금 중요한 건 이것이니까.

"잘 어울리네요. 비슷한 색으로 몇 개 더 사죠."

"그래."

막 피팅룸에서 나온 그를 보고 수현이 한 말에 그는 대답했다. 고속도로를 달려오다 들른 중소도시였다. 아무래도 고급스러운 디자이너 슈트와 드레스 셔츠로는 휴가를 즐길 수는 없을 것 같아서 수현은 그나마 보이는 이름 있는 브랜드의 옷가게 앞에 잠깐 차를 세웠다.

"내 카드 있잖아."

"이 정도는 살 만큼 벌어요."

남자의 말에 수현이 대답했다. 혹시나…… 카드 사용 내역이 추적되지 않을까 하는 데까지 제 생각이 머무는 게 신기했다. 그리고 이곳이 이름 있는 브랜드이긴 해도 적어도 이 정도 값을 치를 만큼은 제가 벌고 있다고 생각했다.

늘 슈트에 드레스 셔츠를 입던 남자는 반바지에 반팔 브이넥 티셔츠를 입은 채였다. 마치 모델처럼 마른지라 옷가게 점원이라든지 옷을 사러 온 다른 사람들이 입에 침이 마르게 칭찬할 정도로 근사하게 어울렸다. 덕분에 저도 민소매 원피스와 반팔 원피스나 반바지 등을 몇 개 샀다. 장터표 싸구려 옷보다야 남자한테 어울릴 테니까.

잔뜩 종이 쇼핑백을 챙기고서 힐끗 보니 옆에는 속옷 가게도 있는지라 남자를 차로 들이밀고 제 속옷과 남자의 속옷도 몇 개 사서 얼른 담았다. 과연 이 휴가란 게 며칠이나 갈지 고민하면서…….

"웬 비가……."

"왜 덥지도 않고 좋은데."

그동안 아주 온 세상을 태워 죽일 듯이 작열한 태양은 어디로 갔는지 모호했다. 물론 제가 바다에 뛰어들며 괴성을 지를 거라 생각하진 않았지만, 그래도 여름휴가라 하면 작열하는 태양 밑의 바다 아니었나?

겨우 반바지 같은 복장을 준비하고 해안도로를 달리다 근사하고 조용한 해변만 보이면 뛰어들어야지 하고 작정을 하자마자 어디선가 꾸물꾸물 먹구름이 모이더니 기어이 소나기가 쏟아져 내렸다.

해안 도로에는 파라솔 같은 것들이 보이긴 했지만 사람들은 회색빛 구름 아래에서 푸르딩딩한 입술을 하고 비를 피하기 바빠 보였다.

"바다에 왔는데 좀 들어가 봐야지."

"싫어……."

'요' 라는 말은 붙이지 못했다. 남자의 손길에 그녀는 놀라 끌려가기 바빴다. 젖은 모래는 발끝에서 뭉치고 있었다. 회색의 바다는 썩 내키지 않았지만 남자의 억센 손이 저를 이끌고 있었다.

바닷물은 하늘에서 떨어지는 빗줄기보다 따뜻했다. 살아 있는 듯 끊임없이 밀려오는 하얀 포말이 제 몸에 휘감겼다. 남자의 웃음소리가 바로 귓가에서 들렸다. 옆에서도 서로를 회색빛 바다에 던져 넣으면서 낄낄거리는 젊은 청년 무리가 여기저기 있었다. 보기보다 뜨뜻미지근한 바닷물이 제 다리께에서 출렁거렸다.

한 번쯤 뛰어들고 싶었던 바다였다. 그러나 둥둥 떠다니는 해초 같은 것들과 곱지 않아서 발끝에 어스럭거리는 모래가 눈에 들어오지 않는 건 물에 푹 빠질까 봐 저를 잡아끄는 남자의 커다란 손 때문일 것이었다.

"나 보기보다 수영 잘해!"

그리고 마치 어린아이로 돌아간 듯한 남자의 목소리 때문이었다. 그리고 그 남자의 긴 사지는 짜고 미적지근한 바닷물 속에서 버둥거리는 제 몸을 부드럽게 옭아매었다.

꿈이었다. 꿈이라고 생각하면 간단했다. 그리고 즐거웠다.

"역시 바닷가라 싱싱하네요."

빗소리가 요란하게 울리고 있었다. 그러나 시즌이니만큼 횟집은 북적거렸다. 어딘지도 모르는 한적한 어촌이었는데도 불구하고. 그리고 그만큼 회는 모양새가 부실해 보였지만 서울의 유명한 일식집보다야 신선해 보였다.

"그러게."

제 눈앞에서 뭘 먹는 걸 본 적이 별로 없는 남자였다. 그러나 남자는 먹음직스런 회를 시뻘건 초장에 푹 찍어 입으로 가져갔다. 그리고 제가 따라 준 소주잔에 담긴 투명한 소주를 삼켰다.

"캬!"

"회가 달착지근해요. 역시 산지에서 먹어야 하나 봐."

"맞아. 잔 비었네."

남자가 제 빈 잔에 술을 따라 주었다.

이 여행은 시작부터 잘못된 거였는지도 몰랐다. 제게는 이건 좌천, 아니 해고여행일지도 모르는 거니까. 실연여행보다는 제 일상에 줄 데미지는 더 클 것이었다.

제가 아무것도 아닐 때 제가 당한 실연의 아픔을 잊기 위해서 떠난 여행은 돌아오면 치유가 되고 제가 다른 일을 하기 위한 에너지가 되었었다. 그러나 이제는 달랐다. 그렇게 힘들게 취직을 하고 제자리를 찾았는데 그게 어찌 될지 모르는 상황이었다.

제가 사무실에 돌아갔을 때, 제가 없던 열흘 동안 어떤 일이 사무실에 일어났을지는 상상도 할 수 없었다. 아니 어렴풋이 알고 있지만 상상하지 않으려 했다.

달칵.

그러나 그런 생각 따위는 욕실 문이 열리는 소리에 의해 사라졌다. 막 커다란 타월 하나로 허리춤을 가리고 나온 남자의 물기 어린 맨몸이 제 사고의 회로를 끊어 버렸다. 남자는 곧장 제게 다가와 싸구려 스킨 병의 뚜껑을 닫고 있던 손을 잡아끌었다.

"불 끌까?"

채 대답을 하지도 않았지만 저를 안아 올려 대체 얼마나 많은 사람들이 거쳐 갔을지 상상하기도 힘든 작은 모텔의 침대 위에 내려놓고 불을 끄고 돌아왔다. 비가 내려 뜨거운 공기는 없을 테지만 후덥지근한 습기가 가득한 덕에 온도를 높인 에어컨이 돌아가고 있었다.

채 물기가 가시지 않은 싸구려 바디클린저의 향기가 물씬 풍기는 남자의 마른 몸이 제 몸 위에 겹쳐졌다. 분명히 찬물에 샤워를 한 듯했지만 남자의 마른 몸은 뜨거웠다. 그리고 남자의 입술은 더욱더 뜨거웠다.

누구든……. 제 입술과 제 목줄기와 제 젖가슴에 화인을 찍는 남자가 누구든 상관없었다. 제가 이 남자를 원하고 있으니까. 그러면 된 거였다.

다들 여름이면, 이렇게 해가 작열해서 미쳐 버릴 것 같은 여름이면 멀쩡한 사지 육신을 가진 젊은 청춘들은 이러는 거 아닌가. 제가 좋아하는, 그냥 첫눈에 보았을 때 마음에 드는 겉껍데기만 근사하면 그만인 이성에게 제 몸 따위를 허락하고 뜨거운 밤을 보내는 거…….

그런 거 누구나 하는 거 아닌가?

남자의 입술이 한참 저를 들볶다 다시 올라와 입술에 닿았다. 그러고는 귓가에 속삭였다.

"당신을 본 적이 있어."

아니…… 그런 말은 의미가 없어. 당신은 절대 K가 아니니까. 당신은 그냥 A일 뿐이야. 수현은 그런 남자의 턱에 입을 맞췄다. 굳이 당신이 K인 척할 필요가 없다고…….

남자의 뜨거운 분신이 제 흠뻑 젖은 아래를 더듬고 있었다.

"언젠가…… 당신을 다시 만나면……."

?

갑자기 수현은 머릿속이 멍해지는 느낌이었다.

뭐라고?

그러나 그 순간 마치 불덩어리처럼 뜨거운 남자의 분신이 제 속을 파고들었다. 쾌감인지 아니면 아릿한 고통인지 모를 느낌이 제 온몸을 훑어 내렸다. 남자의 움직임이 격해졌다. 그의 뜨거운 입김이 귓가와 얼굴 언저리에 쏟아져 내렸다. 온몸에 퍼지는 짜릿한 쾌감과 아릿한 통증이 사고를 덮었다.

'언젠가…… 다시 만나면…….'

뭔가 기억을 해내야 했다. 그러나 남자의 분신은 제 안에서 격렬하게 움직이고 있었다. 숨이 가빠졌다. 남자의 긴 손가락이 제 손가락을 옭아맸다. 남자의 뜨거운 숨결이 제 맨몸 위에 흩어졌다.

제 사고가 점점 하얗게 쏟아져 내렸다. 남자의 분신이 쑥 빠져나가더니 몸이 뒤집어졌다. 남자의 커다란 손이 제 가슴을 움켜쥐고 다시 엉덩이와 허벅지 사이로 뜨거운 남자의 분신이 파고들었다.

남자의 뜨거운 입술이 등에 화인을 찍었다. 제 몸을 커다란 두 팔로 부스러질 정도로 껴안았다. 머릿속이 하얗게 부서져 아무 생각도 할 수 없었다. 남자의 입술이 목덜미를 더듬다가 제 목덜미를 가볍게 무는 게 느껴졌다.

그러고는 더욱더 격렬하게 제 속을 파고드는 남자의 뜨거운 일부 때문에 수현은 저도 모르게 소리를 지르면서 제 가슴을 감싸고 있는 남자의 팔뚝에 제 손톱을 박았다. 그러나 그는 아랑곳지 않고 더 격렬하게 저를 탐할 뿐이었다.

"이리 와."

"에어컨이 너무 센 거 같아요."

"괜찮아. 내가 안아 줄게."

찬바람에 에어컨의 리모컨을 찾던 수현을 끌어 잡아당긴 남자는 정말로 뜨거운 제 몸으로 수현의 벗은 몸을 안았다. 남자는 팔다리가 길었기에 수현의 마른 몸은 남자의 맨몸 사이로 쏙 들어갈 수 있었다.

물기가 채 가시지 않은 남자가 돌아누운 수현의 목덜미에 또다시 따뜻한 입술을 댔다. 익숙한 느낌이었지만 왠지 눈물이 핑 돌 것 같은 기분이었다. 아마 며칠 뒤면…… 이 순간을 희미해지는 기억 속에서 더듬어야 할 테니까. 남자의 긴 팔뚝이 제 맨가슴을 꼭 안았다. 그리고 낯선 말을 꺼냈다.

"사랑한다는 건 어떤 느낌일까."

"……."

그게 어떤 느낌일까. 자신은 성환을 사랑했나? 그가 저를 다른 세상으로 데려갈 수 있을 거라 생각했기에 저를 보고 짜증을 내고 화를 내고 무시해도 참을 수 있었나? K는 그 칙칙한 침대 위에서 저를 사랑해서 손에 깍지를 낀 채 저를 탐했을까.

"그건…… 그냥 소설에나 나오는 대사일 뿐이에요."

수현은 최대한 무미건조하게 대답했다.

저를 안고 있는 이 남자의 뜨끈뜨끈하고 매끄러운 길고 긴 팔다리가 주는 감촉이…… '그것' 일지도 모른다고 느낀 건, 제 성기가 좀 전에 느낀 격렬한 경련이 아직도 남아 제 신경 끝에 그 여운을 흐트러뜨리고 있기 때문일 것이다. 사랑이라니……. 그건 유행가 가사일 뿐이야.

남자의 뜨거운 손길이 더욱더 저를 옥죄면서 가슴을 꼭 끌어안았다. 그리고 귓가에 작게 속삭였다. 아니 그건 환청일지도 몰랐다. 그만큼 아주 작았던 거 같으니까.

"사랑해."

17. 이현우

날이 개었다.

그동안 제가 사무실 유리 안에서 원망하며 내다보았던 작열하는 햇살이 온통 새파란 바다 위에 쏟아지고 있었다. 그런 해가 내리쬐는 곳으로 나가기 무서워질 지경이었다.

"휴가답네."

낯선 남자가 그레이의 브이넥 티셔츠에 반바지를 입은 채 밖을 내다보면서 말하고 있었다. 남자의 하얀 얼굴이 쨍쨍한 햇살과 어울리지 않았다.

"본격적으로 바다에 뛰어들어 봐야지?"

"……."

수현은 고개를 저었다. 어제도 잠깐 바다에 뛰어들었다가 옷이고 차고 온통 모래투성이가 되지 않았던가. 게다가 어제는 빗속이었다. 고급 리조트 안에 고운 모래사장이 있는 곳이나 풀에서 우아하게 수영을 즐기는 게 반가운 것이지, 이렇게 길가에 굵은 모래나 바윗돌들이 울퉁불퉁하게 드러나 있고 화장실이나 샤워실 같은 것도 제대로 없는 바다에 이 작열하는 자외선을 맞으면서 나갈 생각은 없었다.

"보기만 해도 껍질이 홀랑 벗겨지겠어요."

툴툴거리는 대답에 남자가 웃었다. 별것도 아닌 거 같은데 남자는 웃고 있었다. 정말…… 이 남자는 이현태가 아닌 거 아닐까? 갑자기 그녀는 의심스러워졌다. 누군가 이 남자는…….

"그래도 저렇게 색깔이 근사한데 한 번쯤은 들어가 줘야 하는 거 아닌가?"

정말로 바다에 뛰어들 듯 차 문을 열려고 했다.

"난……."

수현이 막 입을 열려는데 갑자기 전화 벨 소리가 울렸다. 분명히 며칠 전에 배터리가 나가 버린 제 전화기는 아닐 터였다. 물론 보조 배터리가 있긴 했지만 그녀는 그냥 가방에 넣어 둔 채였다. 그렇다면 뒷좌석에 쌓여 있는 종이 가방들 속에 구겨진 채 들어 있는 이 남자의 재킷 주머니에 든 전화기일 것이었다.

어제 식사 때나 방에 있을 때도 전화가 왔었을까? 남자의 전화기는 제 앞에서 울린 적이 없었다. 아마 급한 일이니까 오는 거 아닐까.

수현은 남자의 눈치 따위 보지 않고 몸을 돌려 뒷좌석에서 쉴 새 없이 울리고 있는 전화기를 구겨진 남자의 재킷 주머니에서 찾아냈다. 그러자 전화는 끊어졌다.

"그냥 놔둬. 나 휴가야."

아무리 대통령이라도 휴가 기간에 쿠데타라도 일어날 수 있는 거였다. 하물며 백라전자같이 큰 회사에 큰일이 있을 수도 있는 거였다. 다시 전화가 안 오면 그만이지만……. 그러나 전화는 금방 다시 울렸다. 수현은 전화기를 내밀었다.

"받으세요."

짙게 선팅 된 차창 밖으로는 그 짙은 필름이 감당하기 힘들 만큼 새파란 하늘과 새파란 바다가 펼쳐져 있었다. 고속도로를 내려오다 옆으로 빠져 국도에서도 한참 샛길을 타고 내려온 한적한 어촌이었다. 이름도 제대로 알 수 없는.

그러나 여름을 즐기러 온 사람은 어딜 가나 있었고, 따로 주차장 따위가 없는 바닷가의 도로 옆에 세워 둔 차 밖으로는 단 열 발자국만 가도 발바닥을 태워 버릴 것같이 바싹 달궈진 모래들이 눈이 부시게 반짝거리고 있었다. 그 하얀 모래들 뒤로는 눈이 시리게 푸른 바다가 넘실거렸고, 그 바다의 끝에는 또다시 새파란 하늘이 펼쳐져 있었다.

그러나 그와는 달리 차 안은 차가운 바람이 가득했다. 비정상적일 만큼. 단지 금속과 유리로 된 문을 사이에 두고 세상이 완전히 달라지는 것처럼, 아무리 저와 침대 위에서 내내 실오라기 하나 없이 뒹굴고 제 이름을 부르고 저와 같이 먹고 자던 사람이라 할지라도 아마 이 전화를 받으면 남자는 제 세상으로 소환되어 싸늘한 재벌 2세라는 본 모습으로 돌아갈 것이다.

남자가 제 곁에서 살갗을 부비고 제 입김을 나눠 주며 낯선 미소를 지을 때마다 제 마음은 양쪽으로 찢어져 싸워야 했다.

하루만…… 더.

아니, 이 부질없는 짓을 왜 하는 거지…….

"전화 받으세요."

수현은 싸늘하게 다시 말했다. 막 놀러 나가려던 아이를 공부하라고 붙잡은 것 같았다. 남자는 마지못해 전화를 건네받았다. 그러고는 계속 울리는 전화기를 잠시 내려다보았다. 전화 통화를 하게 나가 있어야 하나? 수현은 차창 밖을 내다보았지만 나갈 용기가 없었다.

"음…… 왜?"

전화를 받은 남자는 그 말밖에는 하지 않았다. 전화기 안쪽에서 뭐라 윙윙거리는 여자의 목소리가 들렸다. 아마 그 대단한 비서겠지.

한동안 남자는 침묵을 일관했다. 다만 그 표정이, 비록 반팔 티셔츠와 반바지를 입은 채 머리카락이 흩어져 있다 해도 그 남자가 원래 가지고 있던 굳은 표정으로 변했다. 남자가 가볍게 한숨을 내쉬었다.

"그러지. 그쪽 경찰에서 온 연락 내게 보내 봐. 알았어. 여기는……."

수현은 고개를 돌렸다.

"나곡요. 울진 나곡."

"나곡 해수욕장. 거기로 와서 전화해. 알았어."

그가 전화를 끊었다. 그는 다시 '그'로 돌아가 있었다. 그래, 이게 맞는 거지.

"뭐 좀 먹지."

갑자기 허기가 졌다.

"그래요. 그래야겠죠."

최후의 만찬이 이것보다 나았을까.

그래도 피서 철이라 사람이 꽤 있었다. 자리가 없어서 한참이나 기다려야만 했다. 작고 알려지지 않은 해변이라 가족끼리 온 식구들이 많은지 주변에는 아이들이 칭얼거리는 소리가 들렸고 이리저리 테이블 사이를 뛰어다니는, 새빨갛게 여름 해에 익은 얼굴을 한 아이들도 있었다. 남자는…… 웃으려는데 웃음이 나지 않는 그런 표정이었다.

"언제까지야, 휴가는?"

"글쎄요."

한 열흘 푹 쉬다 오라고 했었다. 아직 사나흘 정도 더 여유가 있었다. 그러나 그 뒤 서울로 올라가면, 사무실로 돌아가면 어떻게 될지는 잘 몰랐다. 그냥 아무 일 없길 바라고 있는 게 참……. 제 자신이 한심해졌다. 다 이 남자 때문이지 않은가.

"화랑 일이 뭔가 문제가 된다면, 내가 그것만큼은 해결해 줄게."

"괜찮아요."

수현은 회가 잔뜩 들어 푸짐하고 얼음이 시원하게 동동 떠 있는 물회를 플라스틱 대접에 퍼서 남자 앞에 놓아 주었다. 송송 썬 청량고추 향이 훅 하고 나는 국물을 뜨는데 쉬이 먹고 싶은 마음이 들지는 않았다.

"당신에게는 아무런 해가 없을 거야."

저도 모르게 피식 웃음이 났다. 당신이라니…….

"궁금해요."

"뭐가?"

뜬금없는 제 질문에 그는 시뻘건 회와 야채들을 집어 들었다가 물었다.

"대체 왜 이러시는 거예요?"

"뭘?"

그는 괜한 걸 물어본다는 듯 들었던 것을 먹기 시작했다.

"A인 척하는 거요."

"……."

아마 입에 뭔가가 잔뜩 들어서 대답을 못 한 것일 것이다.

"J라는 건 그 그림에 커다랗게 쓰여 있었으니까요. 그만큼 재미있다는 거겠죠?"

"왜 그렇게 생각해?"

"그래요. 나도 재밌었어요. 짜릿한 일탈 같은 느낌이니까. 이 낯선 바다…… 대체 어딘지도 모를 이런 곳에서 이런 음식이라니……. 세상은 자기가 계획한 대로만 살 필요는 없는 거니까요. 그러나 그건 가끔 그래야 재밌는 거거든요. 재밌었어요, 이현태 씨."

그는 잠자코 그 시뻘건 물회를 먹고만 있었다.

"그러나 계획 없는 여행 같은 건, 단지 색다른 여행이고 해프닝일 뿐이에요. 이제 현실로 돌아가야죠."

"……."

여전히 남자는 먹는 데만 열중한 척했다.

"전에 이런 웃기는 관계…… 시작하기 전에 말씀하셨죠? 우선권은 제게 있다고. 한 번도 그런 우선권 따위 써 본 기억이 없네요. 그러니 이제 한번 써 보려고요."

여왕이니 어쩌니 하는 것까지 들먹이기는 우스웠다.

"어떻게?"

"이게 마지막이에요. 다음에…… 다음에 볼 일이 있을지는 모르겠지만 다음에 본다면 우린 전혀 모르는 사람인 거예요. 아니, 아직 우주전자 일이 마무리되지 않았으니 어찌 될지는 모르겠지만, 전 그냥 세무사 최수현일 뿐이에요."

과연 그 이름이나마 유지할 수 있을까. 그러나 그건 그때 일이었다. 남자가 저를 쳐다보았다. 그리고 물었다.

"왜 그런 말을 하는데?"

"당연한 거 아니에요? 이런 관계가 더 유지돼야 하는 건가요? 스릴이 넘쳐서 재미있으신가 본데 전 제 생활을 감당하기도 바빠요. 이제 이런 데 신경 쓰고 싶지 않네요."

내 욕심이 더 커져 정신 나간 짓을 하기 전에 멈춰야 하는 거니까. 수현은 남자를 쳐다보았다. 흐트러진 머리카락 사이로 사람을 태워 버릴 것 같았던 그의 눈이 저를 응시하고 있었다. 그러나 그 눈은 저를 태우려고 하지 않았다. 그냥 물끄러미 쳐다보고 있었다.

"그래서?"

"저한테 더 이상 연락하지도 말고, 사적으로 생각하지도 말라고요."

그는 또다시 잠자코 음식만 먹기 시작했다. 그것도 왼손으로.

남자의 침묵이…… 왠지 서운하다는 생각이 드는 건 왜일까. 허름한 식당의 창밖으로 눈이 시릴 정도로 파란 바다가 넘실대고 있었다. 정말로 비정상적일 만큼. 게다가 이 창 안쪽에서는 비정상적이게도 제가 이 남자를 내치려 하고 있었다.

이제 다시는 이 남자를 이렇게 볼 일이 없겠지, 이 남자의 매끄러운 입술이 제게 닿지는 않겠지. 수현은 저도 모르게 비릿하지만 그래도 새콤달콤한 냄새를 풍기는, 이제는 녹아서 얼음 알갱이가 작아진 새빨간 국물에 든 야채를 집어 먹었다. 생각보다는 괜찮았다. 그리고 마침 허기도 졌고. 수현이 먹는 것을 보더니 남자가 무심하게 말했다.

"맛있네. 먹어."

왜 내 말에는 대답하지 않는 거죠? 묻고 싶었지만 수현은 잠자코 먹을 뿐이었다. 귀머거리가 아닌 이상 다 들었을 테니까. 그런 거였다. 앞에 있는 남자도 생각하는 머리가 있는 이상 이 관계가 지속될 수 없다는 것쯤은 잘 알고 있을 것이다. 그러니까 여기서, 이쯤에서 이렇게 분위기 있게 끝나는 것도 좋을 것이다.

얼마만큼의 시간이 남아 있을까. 서울에서 출발해서 오려면 꽤 시간이 걸릴 텐데……. 수현은 흘러내리는 머리카락을 쓸어 올리다가 제 얼굴이 맨얼굴이라는 걸 깨달았다. 이 남자와 맨얼굴로 마주 앉아 이런 걸 먹을 수 있었다니. 참⋯⋯.

"걱정하지 마. 아무것도."

제 상념을 휘젓듯 남자가 무심하게 말했다. 뭘? 대체 뭘 걱정하지 말라는 건가? 이렇게 깔끔하게 끝내는 거? 알아서 연락 따위는 안 해 주겠다는 거? 그건가. 아니 그렇겠네.

수현은 젓가락을 놓았다. 더 이상 뭔가가 목구멍에 넘어갈 것 같지 않았다. 왠지 비릿한 느낌이었다. 어디론가 가서 진한 아메리카노 한 잔이나 마셨으면 싶었다. 제발 이 세상에 존재하지 말아야 할 이런 남자 따위가 없는 그런 곳에서.

남자의 전화가 울렸다. 남자는 금방 전화를 받았다.

"벌써? 여기가⋯⋯ 무슨 가게 앞인데⋯⋯. 영미네 횟집? 거기 같아. 그쪽 앞으로 와."

"빠르네요."

수현이 참지 못하고 한 마디 했다. 분명히 전화한 것이 한 시간 정도밖에 안 된 거 같았다. 식당을 찾느라 시간도 걸렸고, 여기도 사람이 많아 한참 기다려 막상 먹기 시작한 지 얼마 되지 않았다.

"근처에 헬기장이 있다니까. 당신은 어디로 갈 거야?"

그가 싸구려 냅킨으로 입을 닦으면서 말했다. 정말 아무렇지도 않지 않은가. 이 남자는 그런 사람이었다. 헬기로 모시러 올 만큼 대단한, 그런 사람이었다. 수현은 제 울컥하는 심정 따위 보여 주고 싶지 않았다.

"가고 싶은 델 가겠죠."

가고 싶은 데가 있나?

"걱정하지 마. 그리고 좀 살이 **빠졌어.** 남은 휴가 기간 동안 맛있는 거 좀 잘 챙겨 먹어."

대체 저런 말은 왜 하는 걸까. 남자는 여전히 제가 골라서 입힌 회색 브이넥 티셔츠에 반바지 차림이었다. 헐렁한 샌들까지……. 그냥 좀 잘나게 생긴 관광객 같은 복장이었다. 그러나 이제 제 세상으로 돌아갈 것이다.

수현은 자리에서 일어났다. 처음 만남부터 정상이 아니었던 것처럼 이별도 이렇게 그냥 흘러가는 게 맞는 거였다.

"안녕히 가세요."

계산을 하기 위해 수현은 카운터 쪽으로 갔다. 그때였다. 남자는 저를 따라오더니 제 차가워진 손을 잡았다. 익숙한, 따뜻하고 커다란 손이 제 굳어 가는 손을 감쌌다. 그러나 수현은 지갑에서 카드를 꺼내려고 남자의 손을 무심하게 뿌리쳤다.

카드를 꺼내고 사인을 했다.

"조심해서 가."

의미 없는 영수증을 받는 사이 남자는 한마디를 남기고 햇빛이 쨍쨍 내리쬐는 식당의 마당으로 나섰다. 이 차선 도로변에는 시커먼 차가 한 대 서 있었고, 완벽한 아이보리색의 정장을 입은 그의 비서가 차에서 내리고 있었다.

수현은 식당 밖으로 나가고 싶지 않았다. 그냥 유리문 너머로 내다볼 뿐이었다. 차 뒷좌석의 문이 열리고 그는 반바지와 반팔 티셔츠 차림이었지만 익숙하게 열려진 문으로 들어가 제 자리에 앉았다. 시커먼 차의 문은 닫히고 곧 차도 도로 위에서 사라졌다.

그렇게…… 그렇게 그는 가 버렸다. 아무 생각 없이 왔다가 아무렇지도 않게.

문득 수현은 식당 안의 에어컨 바람이 차게 느껴져 유리문을 열고 나섰다. 헉 하는 소리가 나올 만큼 쨍쨍한 햇살이 열기를 뿜어내고 있었다. 그건 제 하얀 차 안도 마찬가지였다. 차의 뒷좌석에는 주인을 잃은 종이 가방들이 잔뜩 놓여 있을 뿐이었다.

"그러니까, 다른 건 괜찮고 UD-20만 없어졌다고?"

"네. 차가 통째로 분실됐다가 나중에 근처에서 발견됐는데 그중에 UD-20만 사라졌답니다. 다른 건 다 있고……."

정장을 입은 남자가 태블릿을 내밀었다.

"그쪽 경찰과 FBI에 공조 수사 요청했습니다. 곧 잡힐 것입니다."

"그걸 말이라고 하나? 그 많은 물건들 중에서 딱 그것만 없어졌어. 그건 명백하잖아? 일부러 빼 간 거라고. 그런 용의주도한 자들이 잡힐 것 같나? 당장 그쪽 담당자 연결해."

이현태가 여전히 반팔 셔츠와 반바지만 입은 채 차 뒷좌석에 앉아 소리쳤다.

"네."

"5분 뒤 헬기 착륙장에 도착 예정입니다."

박 비서가 말했다.

"알았어."

그는 인상을 찌푸린 채 대답했다.

참, 멀리도 왔다. 수현은 내비게이션에 찍힌 목적지까지의 거리를 보고는 인상을 찌푸렸다. 언제 가나……. 그러나 곧 그곳을 향해 차를 출발시켰다. 혼자 어디론가 다니다간 머릿속이 이상해질 것 같았다.

"네. 가는 중이에요. 거꾸로 가는 길은 별로 안 막혀서……. 아마 저녁 되기 전에 도착하겠죠. 이따 봐요……. 신경 쓰지 말아요."

뭐 먹고 싶은 거 없냐는 엄마의 말에 그녀는 울컥 눈물이 날 것 같아서 얼른 전화를 끊어야 했다.

햇살이 내려앉았다. 전 같으면 차를 세우고 자외선 차단제를 바르거나 콘솔박스에 있는 팔 토시라도 꼈을 것이었다. 그러나 수현은 제 가는 팔뚝에 내려앉은 햇살을 보면서 말없이 운전만 하고 있었다. 요즘 무슨 개그 프로에도 나오듯 의미 없는 짓 같아서.

아마 다시는 이곳에 올 일이 없을 것 같았다. 어딘지도 모르는 이 곳, 아까 남자가 물어보지 않았더라면 지명도 몰랐을 곳. 그래도 한 가지 소원은 푼 거 아니었나. 아무 데나, 지나가다 파란 바다를 보고 내려서서 뛰어들어 보는 거…… 그거면 된 거지.

오히려 홀가분했다. 제 옆에 부담스러운 그 남자가 내내 앉아 있는 것도 마음이 편하진 않았다. 그리고 어렸을 때의 그 심정 같지도 않았다.

나이가 든다는 건 이런 거였다. 이게 당연하니까, 그리고 이게 정상이니까, 그러니까 이 콱 막히게 아픈 심장 따위는 무시하고 오디오에서 흘러나오는 유행가를 흥얼거리면서 반대편의 막힌 차선을 보면서 쭉쭉 뻗은 차로를 신나게 달릴 수 있었다.

"옷 갈아입으시죠."

익숙한 자신의 사무실이었다. 그는 말없이 그의 방 옆에 달린 욕실에서 이를 닦으면서 거울 속의 사람을 쳐다보고 있었다. CES(The International Consumer Electronics Show, 세계 가전 전시회)에서 발표한 신제품을 상설매장으로 옮기던 트럭이 통째로 사라졌다 발견되었다.

그 와중에 감쪽같이 사라진 UD-20은 가장 중요한 신제품으로, 신기술로 만든 세계 최대의 곡면 고해상도 티비였다. 늘 후발 주자로서 선두 SL일렉트로닉스의 뒤에 가려 있던 백라가 야심차게 준비한, 이번 행사에서 가장 많은 시선을 받은 기술이었다.

이미 상용화됐기에 분실했다고 해서 기술 유출 같은 문제가 생기는 것은 아니었다. 그러나 그게 어느 쪽 짓인지는 알아야 했다.

거울 속의 남자는 약간 낯설었다. 또다시 옷이 좀 끼는 느낌이었다. 저번보다 치수를 늘린 것 같은데……. 게다가 별로 나다녔다고 생각하지 않았는데 얼굴이 전보다는 그을린 것 같은 느낌이었다.

"체중이 느신 것 같네요. 시간이 없어도 관리를 좀 하셔야겠습니다."

불만인 듯 박 비서가 차가운 소리로 말하면서 재킷을 케이스에서 꺼내 들었다. 그는 아무 말을 하지 않았다.

"아무래도 다시 애틀랜타로 가셔야 할 것 같습니다. 사장님실에서 호출 있습니다. 가서 대책 회의에 참석하셔야 합니다."

"알아."

그는 인상을 찌푸리면서 재킷을 입었다.

"그리고……."

"문 박사님은?"

"네?"

"북경에 가셨다더니 오셨나?"

"네."

"전화 연결 좀 해."

제 앞에 일이 산더미 같았다. 말없이 자리를 비운 게 잘못일 수도 있었다. 이건 비상사태니까. 그리고 제 앞에 놓인 태블릿에 떠 있는 여러 가지 서류 중에 우주전자에 관한 서류 또한 제 인상을 구기게 했다. 그러나…… 그러나 알아야 할 것이 있었다.

"전화 연결됐습니다."

"나가 있어."

물론 박 비서가 전화 내용을 들을 수도 있었다. 밖에서도 연결되어 있으니까. 그렇지만 저 여자의 눈앞에서 묻고 싶지는 않았다.

"문 박사님?"

〈잘 다녀오셨습니까? 휴가 다녀오셨다고요. 어떻게, 두통은 괜찮으시고요?〉

두통이라……. 생각해 보니 잊고 있었다.

"여쭤 볼 게 있습니다."

〈무엇이 궁금하십니까?〉

"제가…… 왜 문 박사님한테 심리 치료를 받고 있는 겁니까? 누구의 지시입니까. 그리고 약 처방은 문 박사님이 직접 하신 겁니까?"

〈약 처방은 제가 한 게 맞습니다. 그런데 그게 왜 궁금하십니까?〉

지극히 부드럽고 평온한 목소리였다. 금방이라도 제 눈을 감기게 할 만큼.

"약에 부작용이 있는 거 같아서 그렇습니다."

당장 전화로 말을 하자니 머릿속에서 말이 두서없이 떠올라 일단은 둘러댔다.

〈**트리니티아민의 치명적인 부작용으로는 전두엽계의 과도한 활성화 효과에 의한 두통과 식욕 부진이 있습니다. 아이러니하게도 그런 두통이 유발되면 그 두통을 유발한 트리니티아민이 또 급속한 진통**

효과를 내지요.〉

그는 며칠 전 닥터 길이 했던 말과 똑같은 대답을 듣고는 오히려 당황했다. 알면서도 쓴 건가?

"그럼, 그 약이 왜 필요했습니까?"

〈그거야, 이 부사장님의 치료에 딱 맞는 효과를 가졌으니까요.〉

"문 박사님……."

그때 노크 소리가 들렸다.

"부사장님!"

박 비서가 다급하게 부르는 소리가 났다.

"알았습니다. 그 점에 대해서는 다시 이야기하죠. 그럼 끊겠습니다."

"사장님 내려오셨습니다."

"알았습니다."

그는 넥타이를 바로잡고 굳은 표정으로 나섰다. 제 사무실에 딸린 접견실에 노한 기색이 등등한 중년의 남자가 앉아 있었다.

"오셨습니까, 사장님."

큰아버지였지만 그는 깍듯하게 인사를 했다.

"자리를 비우고 휴가를 갔었다면서?"

단지 이틀이었다. 이 사고가 일어나지 않았더라면 아무렇지도 않았을 것이었다.

"죄송합니다."

"당장 애틀랜타로가."

"네, 그럴 생각입니다. 이 사건에 대해서 뭔가 짚이는 것이라도……."

"그거야 당사자인 부사장이 알아야 할 거 아닌가!"

늘 저를 눈엣가시처럼 여기는 사람이란 걸 잘 알고 있었다. 그는 표정의 변화도 없이 대답했다.

"죄송합니다. 빠른 시간 내에 처리하도록 하겠습니다."

"저녁은?"

"이따…… 아버지 오시면 같이 먹어요."

"그래? 많이 피곤했나 보구나. 무슨 이 더위에 워크숍 같은 걸 하는지……."

제 편을 들어 주려는 말을 불편한 마음으로 잘라야 했다.

"좀 잘게요."

"그래."

조용히 문을 닫는 소리조차 나지 않게 하려는 엄마의 배려에 수현은 새삼스레 미안해지긴 했지만 기운이라곤 단 한 조각도 없었다. 오랜만에 누워 보는 제 방의 싱글 침대는 여전했지만 왠지 불편했다.

문을 열어 놓고 선풍기도 돌아가고 있었지만 후덥지근한 공기는 나아지지 않았다. 마치 물속에 누워 있는 기분이었다.

후덥지근한 열기와 선풍기에서 나오는 인공 바람, 털털거리는 선풍기 소리, 열어 놓은 문밖에서 아이들이 이 더위에서도 소리를 지르면서 뛰어다니고 있는 소리가 올라왔다. 아파트가 십 몇 층인데도…….

힘이 빠진 몸을 침대에 더 깊게 묻었다. 이게 무슨 노릇이람.

제가 평소에 그렇게 감정적인 사람이라고 여겨 본 적이 없었다. 텔레비전 드라마를 봐도 무덤덤했고, 소싯적에 연애 소설을 봐도 이게 소설이니까 이렇게 절절하지 하고 말 뿐이었다. 노래를 듣고 감동한

적도, 공연이니 연극이니를 보고 손바닥이 벗겨지도록 박수를 쳐 본 경험도 없었다.

사는 게 중요하고 일이 중요하고 공부가 중요하고 당장 내일 무슨 옷을 입고 나가야 지적이고 세련되게 보일까가 더 중요했었다. 그런데…… 그 당시에는 열렬하지도, 대단하지도 않았던 연애의 끝을 무슨 병을 앓듯 하는 제 자신이 한심했다.

성환이야…… 어렸으니까, 그리고 그게 전부였으니까 그럴 수도 있었다 치자. 제 인생의 목표가 판검사의 와이프였으니까. 그러나 이건 뭔가.

끝이 뻔했다. 그리고 그걸 알고 시작했다. 그러니 그런 저답지 않은 도발을 할 용기도 있었다. 마치 무슨 게임을 즐기듯 아니면 말고, 하는 그런 심정이었다. 그새…… 정말 사랑에 빠지기라도 한 걸까? 사랑이라니. 지나가는 개가 웃을 소리지.

남자는…… 어딘가 이상했다. 아니, 자기가 죽은 동생이라고 말 하는 거 자체가 웃기는 거 아닌가. 그런 일명 고위층 인사라고 하는 사람들이 그 자리에 오르기까지, 그리고 그 높은 자리에 올라가 있다면 그 자리를 지키는 데 얼마나 극심한 스트레스를 받는지 잘 알고 있었다.

그래서 다들 머리가 반쯤은 이상하다는 것도. 판검사 자리에 있으면서 길가에서 변태 짓을 하다 직위 해제된 사람도 있었고, 골프장에서 유독 캐디에게만 찝쩍거리는 사장들도 숱하게 봐 왔었다. 그러니까…… 그 남자도 그런 비슷한 욕구 분출을 했을 뿐일 거였다.

아니니까, 결론이 없으니까 보내는 게 맞았다. 옳은 결론을 내리고 제가 늘 하듯 적당하게 처신을 했을 뿐이었다.

그런데 왜 이렇게 질척거리는 기분이지. 더웠다. 거실에 나가 에어

컨을 켜든지 안방에 가서 에어컨을 켜 놓고 누워야겠다……라고 생각
은 했지만 제 손가락 하나도 움직일 기운이 없었다.

더우니까 땀이 나는 거야.

제 뜨뜻미지근한 얼굴의 감촉이 기분 나빠졌다.

"괜찮으십니까?"

"……."

그의 인상이 굳어지자, 박 비서는 조심스럽게 말을 꺼냈다.

"약 드릴까요?"

그가 고개를 끄덕이면서 박 비서가 내미는 하얀 알약 하나와 차량
용 냉장고에서 꺼낸 생수병을 받아 들었다. 차가운 물이 목구멍을 넘
어가서인지 아니면 약 때문인지 지끈거리던 두통이 금세 사라지는 것
같았다.

"문 박사님은?"

"네, 이미 도착해 계신답니다."

"……."

차창 밖의 초록빛은 기세가 무서울 정도였다. 짙은 선팅에 한 꺼풀
가려졌다 해도 작열하는 태양을 향해 마치 지금이 마지막이라는 듯
무시무시한 생명력을 자랑하며 뻗어 있는 나무들이 가득한 산길을 지
나 얼기설기 엮은 올무 같은 지지용 밧줄과 철사에 기대 있는 커다란
노송들이 마당에 작위적으로 배치된 화랑의 입구에 도착하자 그는 차
에서 내려섰다.

보기에는 쨍쨍했지만 그늘에 들어서자 며칠 전 느꼈던 숨이 막힐

것 같은 뜨거운 공기는 좀 사그라진 것 같았다. 그는 차에서 내려 화랑 안으로 들어섰다. 자동문이 열리고 안쪽의 문이 열리는데 누군가 급하게 나오고 있었다.

"아…… 이 부사장……."

"마침 계셨군요."

이현태의 얼굴에 싸늘한 조소가 비쳤다. 급하게 나오던 박 여사의 표정이 이상스럽게 굳어졌다.

"치료받는 날이군. 그럼……."

"바쁘신가 봅니다."

"마침 나가는 길이라서."

그녀답지 않게 허둥대는 걸 스스로도 느꼈는지 제 페이스를 찾으려는 듯 그녀는 화려한 뱀피 무늬의 클러치 백을 다잡으며 문을 나서려 했다.

"5분 정도 늦어도 상관은 없겠죠?"

"무슨……."

"들어오시죠."

그는 돌아보지도 않고 그녀의 옆을 지나 안으로 들어가 버렸다. 핏기가 가신 것 같은 박 여사는 제가 지금 나가는 타이밍을 놓쳤다는 사실을 깨닫고는 옆에 선 비서에게 말했다.

"차에 가 있어."

"네."

이 층 로비의 한가운데 자리를 차지한 짙은 붉은색 입술 모양의 소파는 Dalilips였다. 살바도르 달리가 여배우 메이 웨스트의 입술에 매료되어 그 입술 모양으로 오스카 투스케와 만든 소파의 하나밖에 없는 레플리카였다.

그 핏빛처럼 붉은 소파에 앉은 블랙의 슈트를 입고 차가운 얼굴을 한 남자는 다리를 꼰 채였다. 그는 긴 팔을 소파에 기대고 무표정한 모습으로 막 로비에 들어서는 여자를 쳐다보고 있었다.

손님을 접대하기 위한 장소이기 때문에 비싼 몸값을 자랑하는 작품들이, 그에 비해 결코 적지 않은 인건비를 지불한 큐레이터의 손에 의해 예술적으로 전시되어 있는 곳이었다.

그러나 새빨간 소파 위의 남자는 너무 강렬해서 그런 작품 따위가 눈에 들어오지 않을 만했다. 솔직히 나이 차이가 그다지 나는 건 아니었다. 남자는 이치성 사장이 젊은 나이에 얻은 아들이었고 사장은 저와 18년 나이 차가 나는 남편이니.

박연숙은 이현태를 처음 본 날을 기억하고 있었다. 조촐하게 비밀리에 한 결혼식에도 참석하지 않은 장성한 두 아들은 그녀도 별로 달갑지 않았다. 결혼식을 하고 며칠 뒤에 잠깐 귀국했던 쌍둥이의 동생 쪽인 시커먼 거구의 청년은 히죽거리면서 저를 묘하게 쳐다보다 가버렸었다. 그 뒤로도 몇 번 본 적도 없이, 병으로 중국에서 죽었다고 했을 때도 가 본 적은 없었다.

오히려 이 사장은 자신의 아들들과 저의 만남을 달가워하지 않았었다. 제 지식인 현수가 커서 그나마 배다른 형들에게 인사를 할 정도로 자랄 때까지는 거의 모르는 사람들같이 지내 신문이나 티비를 통해서 소식을 알 정도였다. 그리고 그녀도 제 자리를 찾기 바빴었다.

이현태는 막 뉴욕에서 학업을 마치고 정식으로 후계자 수업을 받기 위해 한국으로 돌아온 날 집으로 찾아와 처음 인사를 했었다. 지금보다도 더 야위었던 것 같은 그는 무표정 속에서도 노골적인 경멸을 표시했었다.

그러나 그것을 신경 쓰지는 않았다. 그게 당연할 테니까. 그래서 저는 웃는 얼굴로 대했다. 현수가 안전하게 성장해야 하니까, 이 사장이 살아 있고 현수가 나이 들 때까지는 저 형제의 기분을 거슬리게 할 필요가 없었다.

이현태가 중국 지사로 발령이 나기 전 일 년 정도 백라전자의 기획실에서 근무할 때 개인 오피스텔에서 살았지만 행사가 있거나 하는 날에는 다 같이 본가에 모여서 식사를 했었다.

항상 신경질적이었고, 단 한 마디 사적인 대화도 없었던 약간은 풋내기같이 파리한 그는 전혀 남자 냄새를 풍기지 않았었다. 그냥 조금 큰 아들…… 적어도 계모와 아들이라는 생각이 들 정도였다.

그러나 동생의 죽음을 겪고 3년 만에 귀국한 이현태는 달랐다. 기획실의 상무로 발령이 난 것에 대해서도 적절한 수순이니까 누구나 그러려니 했었다. 다만 아버지인 이치성 사장이 있는 백라건설이 아니라 백라전자로 발령이 난 것이 이상스러울 뿐이었다.

이 회장의 생신 파티에서 다시 만난 이현태는…… 완벽한 남자가 되어 있었다. 매끈한 슈트가 원래 잘 어울리긴 했다. 부친이며 남편인 이치성 사장 또한 중장년의 나이가 무색하리만큼 미남자이며 헌칠하고 중후한 외모가 돋보이는 호남형 인물이었다.

그러나 이현태는 달랐다. 싸늘한 눈매에선 완벽한 수컷의 냄새가 풍겼고 노골적으로 뿌리던 조소 대신 싸한 미소를 흘리며 완벽함을 과시했다. 계모와 의붓아들이라는 위치를 가끔 망각하리만큼.

그리고 완벽한 일 처리는 큰아들을 백안시하는 노 회장의 입맛에도 맞아떨어졌다. 아직 현수는 너무 어렸다. 현수가 클 때까지 이 자리를 지키려면 안심할 수가 없었다. 그렇다고 이현태가 자꾸만 입지를 굳혀 가는 걸 보고 있을 수는 없었다.

그래서 보험 삼아 연숙은 DB와의 결합을 생각해 냈다. 그게 득이 될지 실이 될지는 모르겠지만, DB에서 그의 진가를 알아보고 그쪽으로 끌어갈 수도 있다고 생각했기 때문인지도 몰랐다. 그리고 DB의 머리가 빈 외동딸은 제가 보는 걸 똑같이 보고 있었다. 저 완벽한 모습을.

"앉으시죠."

남자의 나른한 목소리가 회색의 공간에 흩뿌려졌다.

"치료는 잘 돼 가?"

연숙도 잘 알고 있었다. 이 건물의 원래 용도가…… 화랑 따위는 아니었다는 걸. 왜 여기에 수상 경력과 논문집을 크리스마스트리에 달린 장식마냥 주렁주렁 걸고 있는 세계적으로도 유명한 심리학 박사가 있는 건지. 그 대단한 사람이 왜 미국의 엄청난 자리에서 오는 수많은 컨텍을 물리치고 뒷방 영감으로 들어앉아 이 잘난 의붓아들을 끼고 있는 건지 그 누구에게 캐려고 해도 모두 함구하고 있다는 사실도 당혹스러웠다. 대체 이유가 뭘까.

'동생의 죽음 때문에 극심한 트라우마를 겪으셨기에, 이현태 부사장을 친아들처럼 여기는 문 박사님이 심리 치료를 하고 계시는 겁니다……'

백방으로 알아봐도 한결같은 대답밖에는 들을 수가 없었다.

열심히 뒤에서 이런저런 작업을 한 덕분에 화랑은 제 이름으로 되었고, 보통의 '사모님'들이 그러하듯 관장이라는 직함 두어 개를 제 어깨에 걸게 되긴 했다. 그러나 그것만으로는 만족할 수 없는 거 아닌가?

"제 치료야 뭐 늘 그렇지요. 제가 귀한 시간 뺏은 건…… 아시겠지만 제가 재미있는 사실을 알게 돼서죠."

묘하게 낮은 목소리에 실크드레스 밑의 명치끝이 근질거리는 듯했다. 10여 년 전 송년회 독창회에서 처음 제 이름을 묻던 이치성 사장의 목소리에 내려앉았던 그때의 심장 떨림과 같기도, 혹은 또 다르기도 했다. 정신 차려, 박연숙……. 이자는 네 아들이라고.

"무슨 재미있는 일을 알게 돼서 나한테까지 알려 주려는 걸까."

저를 보는 남자의 차가운 얼굴에서 입술 끝이 살짝 올라갔다. 그 차가운 미소는 조소였다.

설마…….

"보여 드릴게 있습니다. 보시죠."

그가 움직이자 이제야 빨간 소파 옆에 있던 검은 가죽 가방이 눈에 띄었다. 그는 가방에서 종이 몇 장을 꺼내 유리로 된 탁자 위에 올리더니 그녀의 앞으로 내밀었다.

물론 제대로 보지도 않았다. 볼 필요도 없다는 표정으로 그녀는 되물었다.

"이게 뭐지?"

"음, 뭐 모르신다면 제가 말씀드리지요. 닥터 이자르의 CHB은행에서 송금한 내역서입니다."

제 얼굴 표정이 변하지 않는 걸 다행으로 여겼다. 그녀는 계속 새빨간 소파에 앉은 남자에게 시선을 둘 뿐이었다.

"그리고 이건 닥터 이자르의 아내이자 새어머님의 이모의 시누이인 조 에스더 씨의 계좌에 입금된 명지은행의 차명 계좌와 금액입니다. 일치하는군요. 따로 소개비나 수고비는 받지 않았나 보죠. 아, 하긴 수고비 조로는 백라 휘하의 BL홀딩스의 비상장 주식이 양도됐군요. 양은 얼마 되지 않지만, 상장시 예상되는 금액을 보면 상당한 금액이 될 거 같습니다."

그러지 않으려 했지만 그녀의 얼굴이 굳어졌다.

"한 다리 정도 더 건너시지 그랬습니까? 이건 뭐 너무 간단해서…… 어처구니가 없을 정도군요."

"왜 이 부사장이 그런 생각을 하는지 모르겠군."

연숙은 매끈한 실크 스커트 밑으로 팽팽하게 드러난 종아리를 꼬아 앉았다.

목줄기에 이를 박아 넣어 숨이 헐떡거리는 먹이를 내뱉어 놓은 듯, 남자는 마치 사냥을 막 끝낸 맹수처럼 잔인하면서도 여유 있는 표정이었다. 딱…… 저를 매료시켰던 이 남자의 아버지와 똑같은 그런 눈빛.

"저를 견제하기엔 아직 현수가 너무 어린 거 아닙니까? 그렇다고 직접 경영에 참여하기엔 자리가 없을 거고."

정확하게 꿰뚫렸지만 그녀는 미소를 지었다.

"내가 왜 그런 모험을 할 거라 생각해?"

"모르죠. 그냥 전 결과만 볼 뿐입니다. 이건 경고입니다. 내가, 모든 걸 알고 있다는."

그가 천천히 말했다. 연숙은 차가운 미소를 뿌리면서 말했다.

"재미는 있었는데 이유는 모르겠네. 난 모임이 있어서 가 봐야겠어."

"잘 못 알아들으시는 건지, 아니면 그런 척하는 건지……. 이 사장님 건강할 때 조신하게 잘 행동하는 걸 권하죠. 그런 의미에서 이거 하나 더 보여 드리겠습니다."

차가운 목소리로 그는 다시 가방에서 서류 한 장을 더 꺼냈다. 익히…… 본 적이 있는 양식의 서류였다. 그러나 제 표정에 역시 변화가 없다는 걸 다행으로 여겨야 했다.

"그런 걸 할 시간도 있다니 한가한가 봐."

"제가 좀…… 일 처리가 빨라서 쉬는 시간도 많죠."

"그걸 가지고 날 협박이라도 하려는 거야?"

니코틴 생각이 갑자기 간절해졌다. 그러나 그녀는 아무렇지도 않은 듯한 표정이었다. 오히려 이현태가 피식 웃었다.

"솔직히, 그 결혼 10년이나 유지하리라고 생각하지 않았는데, 다 이런 이유가 있었군요. 아버지가 그런 매력에 반한 거였어요."

"아버지 험담을 하는 거라면, 상대를 잘못 골랐잖아? 그건 이미 이 사장님도 다 아시는 사실이야. 그럼 일어나지."

그러자 그는 말없이 다시 한 장의 서류를 꺼내 들었다.

"이 사장님이 그렇게 대범한 분이신지, 자식인 저도 몰랐는데 말이죠. 그러나 이건 어떻습니까? 현수의 진짜 아버지가 누군지."

"……."

그제야 연숙의 얼굴이 하얗게 굳어졌다.

"이것도…… 알고 있다면 진짜 아버지는 성인에 반열에 드신 분이시든지, 아니면 사랑에 완벽하게 눈이 멀었다는 걸 보여 주는 거겠죠."

"협박인가?"

참지 못하고 그녀는 클러치를 열었다. 막 담배를 꺼내 드는데 그가 말했다.

"이곳 화재 감지기가 굉장히 민감하다는 거 모르십니까?"

하는 수 없이 그녀는 다시 클러치를 닫아야 했다.

"감히 협박이라뇨, 새어머님. 전 경고를 하려는 겁니다. 그런 거…… 제 화를 돋우는 게 아니라 윗분들의 화를 더하는 것뿐이라는 겁니다. 적어도 어느 계열사 상무 자리라도 꿰차려면 적어도 현수 20

년은 기다려야 합니다. 그때까지 큰 사고 없이 지내시려면 조용히 맡은 일이나 잘 하라는 겁니다. 당신 의붓아들 그다지 멍청한 인간은 아니거든요. 아, 바쁘시다고 했죠. 저도 시간이 다 됐네요. 안녕히 가십시오, 새어머님."

그가 차갑게 가라앉은 목소리로 말했다. 회색의 공간에서 그 목소리는 묘한 울림을 가지고 있었다. 연숙은 천천히 일어나서 방을 나섰다. 그때 제 뒤에서 그의 말이 이어졌다.

"애틀랜타의 사고 같은 건…… 우리 둘 사이의 추억으로 남겨 놓겠습니다."

그러나 여자는 돌아보지도 않고 똑바로 걸어 나가 버렸다.

"안녕하십니까. 잘 지내셨나요?"

부드러운 목소리는…… 팽팽한 긴장을 단 한 번에 풀 만큼 대단한 위력을 지녔다. 그건 아마 오래된 훈련에 의한 조건반사 같은 것일지도 몰랐다.

제 동공이 풀어지는 것 같은 느낌에 그는 늘 하던 겉옷을 벗는 일을 하지 않았다. 그리고 자리에도 앉지 않았다. 제 몸에 맞게 제작된 카우치는 온몸이 녹아내리듯 푹신해 단 5초 만에 제 이성을 사그라뜨리고 만다는 것을 잘 알고 있었기 때문이었다.

"약을 2주나 안 드셨더군요. 그리고 치료도 3주 만이고……."

치료라…… 이게 치료인가?

"문 박사님. 오디오 꺼 주시겠습니까?"

그가 말했다. 제가 들어올 때부터 바닥에 깔리는 백색소음이 든 오디오 소리는 정신을 자꾸만 몽롱하게 만들고 있었다. 금방이라도 가수면 상태로 들어가 버릴 듯.

"불편하시면 그렇게 하지요."

문 박사는 순순히 탁자 위에 있는 리모컨의 버튼을 눌렀다. 그러자 회색의 방 안에 가득 차 있던 뿌연 연기가 싹 사라지는 듯한 기분이 들었다. 그제야 그는 좀 더 정신이 명료해지는 게 느껴졌다.

백발의 머리카락을 하고 반팔 와이셔츠와 굵은 뿔테 안경을 쓴 핑크빛이 도는 문 박사의 얼굴은 언제나 그렇듯 사람의 마음을 묘하게 가라앉혔다. 그러나 저는 지금 그 평온함에 휩쓸리면 안 됐다.

"누굽니까?"

"누구라니요."

문 박사가 버릇처럼 안경을 벗어 들었다. 그러고는 주머니에서 부드러운 헝겊을 꺼내 닦기 시작했다.

"제가…… 이현태가 아니란 거 알고 있습니다. 트리니티아민이 제게 형의 기억을 주입하고, 그의 체형에 맞게 체중을 조절하도록 해 왔다는 거, 저는 이 방에서 이현태의 사소한 기억과 그의 생각을 주입 받고 있다는 거. 아니, 북경에서부터 쭉 그래 왔다는 거……. 그것까지도 말입니다. 누굽니까? 절 방랑벽 있는 이현우에서 완벽한 후계자 이현태로 만든 게. 아버집니까? 아니면 조부님입니까? 물론 그 이유야 말도 안 듣고 제멋대로인 현우보다야 현태가 더 백라에 필요했지만 현태가 허무하게 가 버렸으니까 그랬겠죠. 이해는 합니다. 그러나 누가 이렇게 만들었는지는 알아야겠습니다."

그는 스스로 목소리가 격양되는 것을 알고 감정을 누르기 위해 애썼다. 여전히 문 박사는 안경의 알을 닦고 있었다. 그 부드럽고 조용한 동작이 저를 가라앉게 만들었다. 한참이나 더 안경의 알을 닦더니 공중에 들어 잘 닦였나 보더니 안경을 썼다. 그러고는 그를 쳐다보았다.

"그걸 알면…… 다시 이현우로 돌아가실 겁니까?"

그건…… 아니었다. 아니, 이미 그렇게 돌이킬 수는 없는 거였다. 그러나 이유를 알아야 했다.

그…… 여자 때문이 아니라도. 제 기억을 찾아야 했으니까. 어딘가에 있는 그 여자를 찾아내야 하니까.

"무슨 권리로…… 대체 누가 무슨 권리로 이런 일을 했는지 알고 싶단 말입니다."

그는 저도 모르게 입술을 깨물었다. 화가 나는 걸까? 억울한 걸까.

"이 부사장님."

문 박사의 목소리가 마치 부드러운 노랫소리같이 들렸다. 다시 격랑이 일던 제 속이 금방 잔잔한 수면처럼 가라앉는 게 느껴졌다.

"저는…… 40년 가까이 오로지 하나만을 연구해 왔습니다. 바로…… 사람의 마음이라는 것 말입니다. 그러나 제 연구는 아직도 보잘것없습니다. 마치 장님이 코끼리를 만지듯 이게 기둥인지, 아니면 긴 뱀인지, 아니면 커다란 부채인지 그 실체를 아직도 모른다는 거지요."

"그래서 하고 싶은 말씀이 뭡니까?"

그는 정신을 차리려는 듯 문 박사의 부드러운 목소리를 끊으려고 애썼다.

"이 부사장님 말씀대로, 사람에게 수년간 최면을 걸고, 부작용이 있는 약을 먹이고, 억지로 체중 조절을 하게 하고 다른 사람의 습관이며 생각을 주입하려 한다 해도…… 그건 절대로 가능한 일이 아닙니다."

"그렇다면……."

그의 머릿속이 혼란스러워졌다.

"그건 현대 의학으로도, 발달한 심리학이니 정신과학이니 약물이니 하는 것들로도 절대 할 수 없는 일입니다. 제 명예를 걸고 말씀드리는 겁니다."

"그럼! 저는, 이 자리에 있는 저는 뭡니까?"

그가 소리쳤다. 그러나 문 박사는 아랑곳하지 않고 부드러운 목소리로 말했다.

"오로지 그런 일을 할 수 있는 건, 그 사람 스스로일 뿐입니다. 사람의 의지는 우리가 상상할 수 있는 것에 비할 바가 아니기 때문입니다. 마치 빙산의 일각처럼, 인간의 의지란 건 우리가 초능력이니 마술이니 하는 것처럼 엄청난 것을 해낼 수 있답니다."

"네? 그게 무슨 말입니까. 대체……."

"이런 일을 할 수 있는 건 바로 이현태 부사장님 자신이라는 거지요. 아니 이현우 씨 바로 당신 말입니다."

18. k

문을 여는 손이 떨렸다. 이유가 뭘까. 이틀이나 아무것도 먹지 못
해서일까? 그럴 확률이 컸다. 제 마음은…… 아무렇지도 않으니까.
아무렇지도…….

"최 세무사님 오셨습니까? 오랜만이네요."

"휴가 잘 보내셨어요? 어머, 더 예뻐지셨네."

"역시 우리 법인 에이스다워. 어디 해외라도 갔다 왔어?"

"어이, 최수현! 빨리 와 봐. 내가 최 세무사 거 다 망친 거 같다.
얼른!"

약간은 어리둥절했다.

"아…… 네."

"최 세무사님 오셨네요. 무슨 휴가를 그리 오래 가세요? 문 세무사
님이 아주 일 가져가서 다 망쳐 오셨어요!"

윤임의 원망 섞인 목소리가 오히려 반가웠다.

제가 상상하고 있던 가장 해피한 엔딩이었는지도 몰랐다. 혹, 제

방 자체가 없어져 버리지는 않았을까, 아니면 있다 해도 제 책상 위는 깨끗하게 비워져 곧 정리를 하라는 소리를 들어야 할지도 모른다고 생각했다.

어제 아침 일찍 맘이 불편해지는 친가를 떠나서 엄마가 바리바리 싸 준 음식들을 마지못해 챙겨 넣은 차를 끌고 서울로 돌아왔다. 그리고 집에 도착해서는 오피스텔의 계약이 얼마나 남아 있는가, 혹은 친가가 있는 도시에는 세무사 사무실이 몇 개나 되나 따위를 알아보고 있었다.

집에서 엄마가 해 준 음식들을 겨우겨우 꾸역꾸역 넘기고 밤새 몰래 다 토해 버리고는 물 밖에 넘기지 못한 얼굴은 제가 보기에도 음영이 심했다. 그걸 보고 더 예뻐졌다는 소리를 하는 걸까. 아무렴 어쩌랴……. 수현은 작은 산만큼 쌓인 서류들을 뒤적거리느라 바빴다.

"세무사님 점심은요? 우리 점심 먹으러 갈 건데……."

"아, 그래요? 나도 같이 가요. 오랜만에 일을 하니 배가 고프네."

그건 사실이었다. 갑자기 극심한 허기가 느껴졌다.

속이 아릿한 건…… 며칠째 제대로 먹지 못하다가 너무 매운 것을 먹어서일 터였다. 갑자기 창밖의 하늘이 높아진 것 같은 느낌이었다.

생각해 보니 제가 재킷까지 입고 나갔는데도 그다지 후덥지근한 더위를 느끼지 못했다는 생각이 들었다. 물론 햇빛 아래는 여전히 타들어 가는 느낌이었지만, 그늘은 그렇지 않았다. 여전히 건물 안에는 어딜 가든 에어컨이 켜져 있기도 했다. 그렇지만 이미 한여름의 폭염 따위는 꼬리를 내리고 있는 느낌이었다.

줄줄 흘러내리는 듯한 열기는 자연이라는 거대한 수레바퀴에 의해 내년을 기약하면서 슬슬 밀려가고 있었다. 세상 사는 것도 그런 거겠지.

지금 어떤 일이 일어나고 있는지는 알 수가 없었다. 일이 있어서 자리를 비웠다는 대표의 방에 불려 가면 불현듯 미안하지만 떠나 줘야겠다는 안타까움 섞인 멘트를 들을 수도 있었다. 아니면 지금 이렇게 아무렇지도 않은 듯 저는 또다시 세금계산서며 세법 책에 깔려 허우적거려야 할지도 몰랐다.

어느 것이든 받아들일 각오는 되어 있었다. 다만 후자였으면 하는 생각이 가득했지만. 어떻게 되는 걸까, 마치 파리 목숨 같은 제 운명은……. 이 가벼운 목숨은 윙윙거리는 파리가 귀찮아서 훌쩍 스위스나 알프스 같은 곳으로 떠나 만년설 위에서 실컷 스키를 즐기다 이런 곳에서 일어난 일 따위 어물쩍 잊어버릴 수도 있는 누군가에 의해 바뀌는 거니까.

"윤임 씨, 이거 문 세무사님한테 가서 나머지 서류도 싹 찾아와요. 아주 욕먹기 딱 알맞겠네요."

"네! 최 세무사님!"

남자의 손에서 와인 잔이 빙글빙글 돌아가고 있었다. 긴 손가락 끝에 걸린 와인 잔 속에는 화이트 와인이 작은 소용돌이를 그리고 있었다.

하얀 메인 접시 위의 헤이크(대구의 종류) 구이 따위에는 전혀 관심이 없는 표정이었다.

지금까지 몇 번이고 서버들이 들고 온 갖가지 요리들도 단지 포크를 가지고 누군가 손을 댔다는 흔적만 내는 듯했고, 입에 가져가는 걸 본 적이 없었다. 그건 저도 마찬가지였다. 이 쉐프의 음식을 좋아하긴 했지만, 저 얼굴을 보고 대체 어떤 음식이 목구멍을 넘어가겠는가.

"왜 안 드시죠?"

참지 못한 재연이 물었다.

"별로 즐기지 않을 뿐입니다. 신경 쓰지 마십시오."

어떻게 신경을 쓰지 말란 말인가. 눈앞의 남자는 전에도 범접하기 힘든 그런 아우라 같은 것이 있었다. 그래서 더욱더 화가 났는지도 몰랐다. 이 천하의 하재연이 아까워서. 무서워서가 아니라 아까워서 건들지 않았던 남자를…… 감히…….

재연은 저도 모르게 뭔가가 울컥해서 눈을 감았다 그것을 가라앉히고서야 눈을 다시 뜰 수 있었다.

그때 저를 쏘아보듯 쳐다보는 남자의 시선에 잠깐 저도 모르게 손길이 굳어진 걸 느낄 수 있었다. 이래서야…… 뭘 더 먹을 수 있을까. 그녀는 손을 들어 서버를 불렀다.

"다 치워. 그리고 커피나 줘. 현태 씨는……."

"저도."

달그락거리는 소리와 함께 커다란 접시들과 커트러리들, 물 잔들이 눈앞에서 사라졌다. 그러나 남자는 여전히 손에 와인 잔을 든 채였다. 게다가 그 소용돌이도 여전했다.

"용건이 있으신 거면 말씀하세요."

모든 사람이 사라지고 나자 재연이 입을 열었다. 결코, 약혼녀와 식사를 하기 위한 정감 어린 자리는 아니었고, 저도 그걸 기대하진 않았으니까.

"아…… 용건."

그가 그제야 생각난 듯 와인 잔을 멈췄다. 그리고 잔을 내려놓았다. 남자의 하얗고 긴 손이 수현의 손을 잡았을 거라 생각하니 갑자기 화가 치밀어 오른 재연은 입술을 깨물었다.

"용건 말입니까?"

"네. 그래요."

마치 꿈에서 깨난 듯 잠시 몽롱한 표정이 스쳐 가던 남자의 눈이 곧바로 재연에게 향했다. 마치 쏘아보는 듯한 표정에 갑자기 재연은 한기를 느꼈다.

"원하는 게 뭡니까?"

"네?"

"그걸 묻고 싶어서 오늘 만나자고 했습니다."

"무슨……."

"하 회장님께서 그 누구보다도 금지옥엽 하나뿐인 딸을 사랑하는 마음이 크시다는 거, 아마 세간에 알려진 것 이상이겠죠. 그러나 하 회장님 허튼 돈이라곤 10원 한 장 안 쓰는 분이시라는 것도 잘 아는 사실입니다. 자, 그러니 누구한테 매달려야 하겠습니까? 천오백 억이란 게…… 그리 크지도 않지만 그렇다고 작은 돈도 아니니, 누군가 귀띔했겠죠. 전부는 필요 없을 거라고. 내가 원하는 게 그쪽 전자 파트의 원천 기술이라는 거니까 그거만 있으면 되는 거 아니냐고."

재연의 얼굴이 하얗게 굳었다. 그러나 그녀는 조용히 커피 잔을 들었다. 씁쓸한 커피를 목구멍에 넘겼지만, 생각보다 더 썼다. 남자는 다시 와인 잔을 집어 들었다. 또다시 와인 잔은 원을 그리면서 돌아갔다.

"그 누군가는 제 아랫선에서 이 일을 총괄하는 기획실의 누군가겠죠……. 누구나 돈을 좋아하니까. 그리고 그 사람은 자기는 자문을 했을 뿐이지 기밀을 누설한 게 아닐 테니 발을 뻗고 자지 못할 거라고는 생각 안 했겠죠. 자, 이제 들어가는 돈을 확 줄일 수 있는 길을 찾았으니까 실행에 옮겨야겠죠. 물론 귀찮으니 누군가 해야 할 거고……."

"다 알면서…… 왜 묻는 거죠?"

짜증난 재연이 커피 잔을 내려놓았다. 이 남자와 결혼을 하라고? 천만에…… 제가 원한 건 남자와의 근사한 섹스였는지도 몰랐다. 저 차갑고 싸늘한 남자가 보여 줄 열정 따위를…… 그러나 그건 이미 선수를 빼앗겼다. 그것도 자존심 상하게. 아마 이 남자와 평생을 산다면 질식해서 죽어 버릴 터였다. 저 하나만을 바라볼 남자도 쌔고 쌨을 텐데…….

"난 사업을 하는 사람이고 필요 없는 비용을 줄여야 하니까."

"나도 한 가지 묻고 싶은 게 있네요."

여전히 남자의 와인 잔은 빙글빙글 돌아가고 있었다. 신경이 거슬렸다. 당장에라도 와인 잔을 빼앗아 바닥에 내팽개치고 싶은 심정이었다. 그러나 꾹 누르고 있을 뿐이었다.

"무엇입니까?"

남자의 목소리가 낮고, 명료했다. 그래서…… 그게 더 화가 났다.

"왜 그런 거죠?"

"뭘 말입니까?"

재연이 피식 웃음을 터뜨렸다.

"제가 뭘 묻는 건지 정말 몰라서 그러는 건가요?"

그제야 남자는 와인 잔을 손에서 놓았다. 싸한 데스마스크같이 표정 없는 남자의 얼굴에 한 가닥 표정 같은 게 스쳐 지나갔다. 그게…… 제가 아직도 이 앞에 앉아 있는 이유였다.

"보기보단 저렴한 취미 생활이신가요?"

그러나 남자는 대답하지 않았다.

"하필…… 왜 수현일까……. 참 많이 생각해 봤어요. 그러나 아무리 생각해도 이해가 가지 않았거든요. 이현태란 남자는 그나마 제가 본 가장 고급스러운 남자였으니까. 그런데 제가 잘못 본 거였나 보죠?"

"좋습니다. 서로 한 번씩 흠집을 내 줬으니, 결론을 내야겠군요."

그가 내내 돌리기만 했던 와인 잔에 입을 댔다. 마치 그림같이 완벽한 입술이 둥근 와인 잔에 닿았다. 재연은 저도 모르게 울컥하는 것이 짜증났다. 이미 더러워진 손수건 같은 거였다. 새것이 아니면 버릴 수밖에 없는…… 그런데 이 느낌은 뭘까.

"이 거추장스러운 관계, 여기서 끝내는 걸로 알겠습니다."

그가 천천히 말했다.

"아뇨. 순서가 틀렸어요. 이유를 이야기해 봐요. 그냥 재미로 그랬다면, 난 지나갈 수 있으니까요. 얼굴도 반반하고 똑똑하게 구는 게 재미있어서 그랬다면, 아니, 뭐 그럴 리는 없겠지만 제 질투심을 유발하고 싶었다거나……. 그런 재미난 이유도 있을 수 있으니까요. 전 듣고 싶어요. 왜 그랬는지를……."

그는 재연의 눈을 마주 보았다. 저를 쳐다보는 눈에 가득한 건, 욕망이었다. 저는 그런 눈빛에 익숙했지만 그걸 매번 슬기기란 그니 쉬운 일이 아니었다. 사실을 말해 줄까? 갑자기 그런 기분이 들었다. 사실이라…….

이 치기 어린 아가씨의 화가 어떤 것들을 야기했는지를 따지자면 할 말이 많았다. 그러나 그는 참기로 했다. 어차피 시작이 잘못된 것이니까. 그냥 가볍게 생각했었지만, 당사자는 그렇지 않았는지도 몰랐다.

최수현에게 왜 그랬을까.

"매력적이니까. 화려한 장미보다 장미를 닮으려고 애쓰는 게 안쓰러워서?"

"하, 하하하……."

재연은 마치 코미디 프로라도 본 듯 웃었다. 웃다가 눈가에 눈물이나 아이라이너가 망가질 지경이었다.

"그게…… 그게 대답이라는 거예요?"

그러나 남자의 얼굴에는 웃음기가 없었다. 그걸 눈치채자 재연의 얼굴에도 금방 웃음기가 가셨다.

"내가 뭐라 해도 상관없는 거 아닙니까? 정식으로 파혼하겠다고 양쪽 어른들께 연락드리겠습니다. 그럼 일어나지요."

그가 일어섰다. 그러나 재연은 요지부동이었다.

"그렇게 일방적으로요?"

"제 잘못도 있으니까. 이 관계 유지할 수 없는 건 명백한 일이지 않습니까?"

"잘못을 안다면 적어도 사과라도 해야 하는 거 아닌가요?"

그가 고개를 까닥였다.

"죄송합니다. 사과드리죠."

재연이 피식 웃음을 흘뿌렸다. 고작?

"맘에 안 드네요. 우주전자……. 보면 볼수록 맘에 들어요."

그가 차가운 미소를 지었다.

"좋을 대로 하시죠."

남자는 그대로 돌아서서 똑바로 걸어 나갔다. 재연의 시선이 강제적으로 남자의 헌칠한 뒷모습에 꽂혀 움직이지 않았다.

이런 결말을 예상한 건 전혀 아니었다. 하지만 세상일이란 게 꼭

원한 대로 이루어지지는 않는다는 걸 그녀도 가끔은 느끼고 있었다. 그리고 그럴 땐 제 예상대로 움직이게 만들려고 하는 것도 재미있는 일이었다.

그야말로 폭풍 같은 5일이었다. 그러려고 애쓰기도 했다. 휴가 후 유증인지 집에 들어오면 툭툭 쓰러져 잘 수 있어서 좋았다. 그렇게 하기 위해 엄청나게 일을 했고 그게 좋았다.

출근할 때 짧은 거리인데도 불구하고 꽉꽉 막히는 길이라든지, 밤에도 불야성을 이루는 도시는 제게 살아 있다는 것을 느끼게 해 줬다. 이 얼마나 다행인가, 밤 아홉 시면 인적이 드문 동네에서 평생 구멍가게 소득세니 부가세 신고를 해 주면서 살지 않아도 된다는 게…….

어쩌면 폭풍 전야일지도 몰랐다. 차 대표님이 뭐라 말을 하려다 말았다는 것도 잘 알고 있었다. 제 말대로 하청기업의 기장을 모두 끌어다 준다는 건 재연이다운 발상이었을 것이었다. 하지만 재연이는 정말로 그럴 수도 있다는 걸 잘 알고 있었다. 갑자기 월요일 날 출근을 하면 뭔가 또 바뀌어 있을지도 몰랐다.

그러나 그 전에 피곤이 겹쳐 잡생각 없이 잠들 수 있다는 걸 다행으로 생각해야 했다. 에어컨을 꺼도 잘 수 있는 날이 왔듯이 오늘이 가면 내일이 올 것이었다.

수현은 환기를 위해 열어 놓은 창문으로 들어오는 자동차의 소음을 자장가 삼아 누웠다. 리모컨으로 불을 끄고 눕자 밖에서 환한 불빛들이 블라인드 사이로 새들어와 천장에 무늬를 만들었다.

퀸 사이즈의 침대지만 한쪽 끝 귀퉁이에서 잠드는 버릇이 있는 수현은 반대편의 넓은 공간을 힐끗 보았다. 아마 불금의 효과일 것이었다. 내일 출근을 하긴 하겠지만 느지막이 가도 된다는 생각에 피곤 속에서도 생기는 여유가 제 침대의 넓은 공간에 잠시 있었던 누군가를 떠오르게 하고 있었다.

"안 돼. 자."

저도 모르게 수현은 소리쳤다. 정말 잘도 참아 왔다. 아무렇지도 않게……. 그런데 이 금요일이 주는 묘한 느슨함이 제가 꽁꽁 묶으려고 했던 것을 자꾸 풀어내려고 하고 있었다.

대체 지금 와서 뭘 어쩌자는 건데…….

뭔가…… 살갗의 향이 묻어나는 것 같은 꿈을 꾸고 있었던 거 같았다. 그 꿈속에서조차 저는 자유롭지 못했다. 그래서 깨어나려고 애쓰고 있었는지도 몰랐다. 그래서 오히려 꿈 바깥에서 들려오는 명백하게 소리를 들었을 것이다.

띵동.

오피스텔에 산 지 반년도 훨씬 더 지났지만 낯선 소리였다. 저도 모르게 눈을 뜬 수현은 혼자 사는 여자답게 제 몸이 바싹 굳어 있다는 것을 알았다.

띵동.

또다시 어둠 속에서 또렷한 소리가 들렸다. 수현은 아직도 새카만 어둠이 내려앉아 있다는 것을 알고 머리맡의 휴대폰 버튼을 눌렀다. 찌르는 듯한 강렬한 불빛이 사방에 퍼졌다. 두 시 좀 넘은 시간이 아직도 이게 꿈결인가 싶을 만큼 비정상적으로 떠 있었다.

이 시간에 대체 누가…….

띵동띵동.

아까는 뭐랄까, 조금 조심스러운 분위기였다. 그러나 계속 대답이 없자 벨 소리는 조금 더 격해졌다. 혹시나…… 이대로 없는 척해야 하는 거 아닐까. 머릿속이 복잡해졌다. 그러나 그녀는 일어났다.

띵동.

또다시 벨 소리가 들렸다. 아마 다른 방에서도 들릴 듯했다. 그만큼 조용했으니까. 수현은 일어나 불을 켰다. 눈을 찌르는 듯한 밝은 빛이 가득 차자, 조금은 안심했다. 그녀는 주춤주춤 문으로 다가갔다.

띵동.

다시 커다란 소리가 울렸다. 화라도 내야 하는 걸까. 이 밤중에 대체 무슨 일인지, 다른 방에서도 한밤중에 무언가 배달시키는 일은 있었지만 살살 노크를 하는 게 예의였다. 대체 누구길래…….

생각해 보니 문밖을 내다보는 구멍도 없다는 걸 깨닫고 수현은 문을 열까 말까 고민했다. 문 앞에서 발소리가 나는 게 느껴졌다. 그제야 그녀는 문을 열었다. 혹시나…… 하는 생각에.

"자는 걸 깨웠나?"

돌아섰던 남자가 몸을 돌리면서 말했다. 어디선가 쿵 하는 소리가 들리는 것 같은 착각이 들었다. 아마 제 심장이 내려앉는 소리일 것이었다. 제 조급함이 돌아서려던 남자의 발길을 붙잡은 게 다행이라고 생각하고 있었다. 그러나 이성은 그러지 말아야 한다는 걸 잘 알고 있었다.

"이미 깨났으니 좀 들어가도 될까?"

"……."

당연히 안 되는 거였다. 그러나…… 남자의 몰골이 처참했다. 아니 처참이라는 말을 이런 데 쓰는 건 어울리지 않을 것이다. 셔츠 바람이었다. 소매는 아무렇게나 걷어 올렸고 머리카락은 흐트러져 있었다. 전혀 이 남자답지 않은 차림새였다. 게다가 밝은 불빛에 보니 눈이 새빨갛게 충혈 되어 있었다.

"무슨 일이에요?"

"들어가서 이야기할게."

그러면 안 되는 걸 아는데, 저도 모르게 몸을 비켰고 남자는 제 공간으로 들어섰다.

"괜찮은 거예요?"

돌아가라 이야기를 해야 하는 대신 제 입에서 그런 말이 나올 정도로…… 남자는 괜찮지 않아 보였다.

"잠을 못 자서……. 그래서 그래. 그것만 아니면 다 괜찮은데 말이지."

남자는 못 본 며칠 사이 아주 예전으로 돌아간 듯했다. 전에 태백에서 봤을 땐 몸이 좀 나아진 것 같았었다. 그을린 것 같은 혈색도 그렇고……. 단 일주일 만이었다. 그러나 창백한 남자는 툭 건들기만 하면 곧 쓰러져 버릴 것 같은 느낌이었다.

"좀 앉아요."

"그래."

남자는 소파에 무너지듯 주저앉았다. 처음 이 방에 왔을 때 그랬듯이.

"물이라도 좀 줄까요?"

"아니……."

뭘 어찌해야 하는 걸까. 병원이라도 가야 할 것 같았다. 그가 처음 이 방에 왔을 때보다 상태가 더 안 좋아 보였다.

"왜 이래요? 구급차라도 불러야 할 거 같은데……."

"아니, 다 괜찮아. 그냥 잠을 못 자서 그래."

그때도, 태백의 민박집에서 봤을 때도 바로 이러다가 쓰러져 잠들지 않았던가. 수현은 그제야 정상적인 생각을 해야 한다는 걸 깨달았다.

"그럼 사람들 부르세요. 여기서 이러고 있으면 안 되잖아요. 그렇게 잠이 안 오면 휘황찬란한 룸에서 폭탄주라도 같이 마셔 줄 사람 많을 텐데요."

싸늘한 제 목소리에 남자가 감고 있던 눈을 가늘게 떴다. 창백한 얼굴에 싸한 표정이 수현의 마음 한구석을 아릿하게 했다. 왜 이렇게 잘나게 생겨 가지고…….

"어제도, 그제도 그래 봤어. 다만 내 한쪽밖에 없는 신장이 이겨 내질 못해서 말이지."

남자는 제정신이었다. 그러니까 제가 이성적으로 하는 말을 들어 줄 것 같았다.

"우리…… 관계없는 사람이잖아요. 그런데 왜 이러시는 거예요? 지금 새벽 두 시가 넘었어요. 돌아가세요. 저도 백라 비서실 전화번호는 알고 있으니까 바로 연락해 드리죠."

억울했다. 제…… 마음은, 제 본심은 이 나쁜 남자를 잊어버리려고 무던히도 애를 썼다. 이 남자를 범한 내가로 노심초사 제 생계를 걱정해야 했고, 제 앞날을 저당 잡혀야 했다. 이 잘난 남자와의 불장난을 마음속에서 소거시키기 위해서 저는 이 며칠 아무것도 먹지 못하고 괴로워했다. 그래서 겨우 평상으로 돌아갔다.

그런데 왜 이렇게 불쑥 찾아와 제 속을 뒤흔드는 걸까, 어차피 아침에 해가 뜨면 또 아무렇지도 않게 백라의 황태자로 돌아갈 거면서…….

그러나 그런 제 맘을 아랑곳하지 않은 채 남자가 중얼거리고 있었다.

"머릿속이…… 지옥 같아. 뇌가…… 잠이 들려고 하지 않아."

무슨 헛소리야. 내가 알 바 없잖아. 수현은 남자를 보지 않으려 했다. 제 시각이 이성을 망각할 만큼…… 이 남자는 그런 존재니까. 수현은 신경질적으로 침대로 갔다. 협탁에 있는 제 휴대폰을 찾아 들었다.

"전화해. 내가 여기 있는 게 싫으면…… 그들이 올 때까지만 여기 있을 테니까."

다이얼 버튼이 떠 있는 화면이 있었지만 수현은 차마 누르지 못했다.

대체 나한테 왜 이러는데……. 수현은 더 이상 참을 수 없었다.

"대체 왜 이래요? 왜 내 인생에 끼어들어서 그러는 거예요? 이렇게 불쑥불쑥 나타나서……. 제발 사라지라고요! 난 당신 노리개가 아니에요. 나도 감정이 있는 사람이라고요. 당신은 그냥 재밌어서 그러는 거지만, 난 살아야 한단 말이에요. 피 터지게 공부해서 겨우 이제 먹고 살 만한데……. 당신들처럼 평생 먹고 살 걱정 없는 사람들은 그냥 당신들끼리 재미있게 살란 말이야!"

그때였다. 갑자기 제 어깨 위로 뜨거운 남자의 몸이 겹쳐졌다. 차마 남자를 쳐다보지 못하고 침대를 바라보고 있던 그녀를 그가 뒤에서 껴안았다. 남자의 몸은 마치 불에 타는 것같이 열이 올라 있었다.

"나도 이런 내 삶이 재미없어. 절대 재미로 그런 거 아니야."

"놔! 이러지 마!"

그녀가 그런 남자의 품에서 벗어나려고 애썼다. 그러나 남자의 팔이 그녀를 옥죄었다.

"당신을 찾으려고 했어. 당신 배낭에서 떨어진 네임텍을 봤었거든. 난 어떻게든 당신을 찾아낼 수 있을 거라 자신했어."

"……?"

수현의 몸부림이 멈춰졌다.

"난 K라고 해. 꼭 J를 찾을 수 있을 거라 생각한."

수현의 몸이 굳어졌다.

K…….

잊어버리려고 했다. 그건 그냥 일탈이었으니까, 낯선 남자와의 하룻밤이라니……. 내가 미쳤지라는 생각뿐이었다. 그 사람을 다시 만날 거라고 생각해 본 적도 없었다. 그러다 그를 만났다. 친구의 약혼자인 남자, 아주 언뜻 그 낯선 남자와 비슷한 느낌을 지닌 남자를.

얼마 되지 않은 시간이었다. 찌는 듯한, 제가 가장 싫어하는 계절 내내 그 남자는 저를 괴롭혔다. 아니 저를 설레게 하고 제 맘을 가져가고 제 속을 뒤집어 놓고 저를 열락에 차게 했지만, 결국 저를 괴롭게 했다.

그 남자를 생각하면 행복하거나 기쁘다기보다는 내내 양심에 찔리고, 마음이 아프고, 제가 처한 처지가 불쌍했으니까. 그러니까 잊어야 했지만 그럴 때마다 나타나 제 몸과 마음을 뒤흔들어 놓고 무책임하게 사라졌다.

그냥 모든 걸 털어 버리고 즐기려고 해도 남자는…… 단순한 눈요깃감 따위가 될 수 없는 남자였다. 그게 괴로웠다. 그리고 남자를 잊으려고 무던히도 애를 썼다. 내내 먹는 것이 사는 데 궁극적인 목적이라 생각했던 제 속 편한 인생살이의 좌우명을 바꿔야 할 만큼.

이 남자가 스스로를 A라고 할 때는 그냥 그만큼 제 몸뚱이가 좋은 가 보다……라고 생각했었다. 그러니까 그런 망언도 일삼는구나, 하고. 그런데…… 이 남자가 K라고? 아니 형제니까, 무슨 일기장에 낙서라도 한 거 아닐까. 그런 거 아닐까. 그랬을 거야. 다른 사람인 걸…… 전혀.

"이봐요. 이현태 부사장님!"

수현이 남자의 불타는 것같이 뜨거운 팔을 풀어 버리고 돌아섰다. 그러나 남자의 축 늘어진 몸이 제게 쓰러지듯 덮쳐 왔다. 저도 모르게 뒷걸음질 치며 결국 침대에 쓰러지고 말았다.

"이봐요……."

"왜…… 왜 밀질 않는 거야?"

"대체…… 뭘 말이죠? 일어나 보세요."

그러나 남자의 몸은 축 늘어진 채 수현을 덮고 있었다. 비썩 마른 것 같은 남자의 몸이 제 몸을 덮은 감촉은…… 무겁기는 했지만, 한편으로는 감미롭기까지 했다. 제가 뒤척거리던 건 이게 부족해서였을까. 그런 제 생각을 떨치기라도 하듯 수현은 남자를 일으키려 했지만 남자는 축 늘어진 채 제 어깨에 얼굴을 기대고 눈을 감고 있었다.

"이런 식으로…… 이런 식으로 날 어쩌려 하지 마세요. 난 당신의 노리개 따위가 아니라고요."

아까보다는 정신을 차렸다. 제 몸 위에 늘어진 남자는 백라전자의 부사장 이현태니까.

"임금님 귀는 당나귀 귀다, 하고 외치고 싶었던 모자장수는 속이 터져 버릴 것 같아서 구덩이를 파고 거기다 외쳤다잖아. 임금님 귀는 당나귀 귀라고 나도 외치고 싶은데, 구덩이가 없어. 그래서 미칠 거 같았어. 당신은 안 건드리려고 했거든. 어차피 다칠 테니까. 그래서 그냥 당신이 원하는 대로 하려고 했어. 그런데…… 내가 못 견디겠어. 나도 살고 싶으니까."

남자의 낮은 목소리가 제 귓가에 흩어졌다. 살고 싶다…… 그건 저도 외치던 거였다. 살고 싶었다. 제발 지긋지긋한 당신에게 벗어나서.

그런데 이건 무슨 노릇인가. 제 입은 남자에게 꺼지라고 말하고 있지만, 남자의 몸이 나른하게 덮인 제 몸뚱이는 이제 살 것만 같은…… 이 모순은 어쩌란 말인가.

수현은 저도 모르게 남자의 머리카락을 쓰다듬고 있었다. 비단결처럼 부드러운, 하얀 이마에 흩어진 남자의 머리카락을……. 어차피 우리에겐 미래 따위는 없지만, 지금 이 순간은 이렇게 존재하고 있으니까.

"잊어버리려고 했던…… 기억을 되찾는 데 이렇게 많은 대가를 치러야 하는지는 몰랐어."

남자는 뭔가를 이야기하고 있었다. 그러나 그게 뭐든 상관없었다. 남자의 숨결이 제 귓가에서 흩어지고 있었다. 정신이 아득해지리만큼 다디단 느낌이었다. 그게 중요할 뿐.

"지겹도록 그 물들을 그렸지만…… 내 솜씨란 건 형편없었거든. 난 어차피 예술가가 될 수도 없을 만큼 그냥 그런 찌질한 인간이었으니까. 내 주변에 내 숨통이 죄이는 것만 없다면…… 대단한 사람이라도 될 줄 알았던 거지. 그러나 그건 착각이었어. 내 조부님이나 부모들이 일궈 놓은 대단한 세상이 마치 내 세상인 양 여겼던 치기였던 거지."

눈을 찌르는 것 같은 불을 끄고 싶었다. 그러나 제 몸을 움직일 수가 없었다.

"문 박사가 말하더군. 사람의 정신만큼…… 대단한 건 없다고. 정말 그런 거 같아. 아무것도…… 아무것도 기억나지 않았으니까. 그러나 애썼어. 난…… 당신을 찾으려고, 내 인생에 끼어든 최수현이란 여자를 찾으려고……."

제 이름이 남자의 횡설수설한 말 속에 등장하자 저도 모르게 몸이 굳어지는 게 느껴졌다. 수현은 고개를 돌려 남자를 쳐다보았다. 새빨갛게 충혈된 눈으로 아까부터 저를 보고 있던 남자의 얼굴이 눈에 들어왔다. 남자의 눈이 마치 초점을 잃은 듯 붉은 핏발이 선 채 자신을 향하고 있었다.

"첫눈에 반했다는 말 있지. 그때, 그 일칙구 오화해에서 쪼그리고 손을 담근 당신을 보고…… 당신의 뒤를 쫓아다녔어."

수현은 제 몸이 뻣뻣하게 굳어지는 걸 느꼈다.

"당신이 발을 헛딛고 내 등에 업혔을 때, 난 생각했어. 이제 돌아가야겠다고. 의미도 없는 물을 그리는 것보다 이 여자를 찾아가야겠다고……."

맘속의 괴로움을 고해성사로 내뱉고 평화로운 잠이 든 듯, 남자는 제 비밀을 토로하고는 쓰러지듯 잠이 들어 버렸다.

믿고 싶은 건가? 아니, 믿기지 않는 게 정상 아닌가? 남자가 그동안 불면의 구덩이를 헤매다 꽥 마지막 비명을 지르고 숙면의 구덩이로 굴러떨어진 대신, 저는 그동안 머리만 대면 쓰러져 잠들 수 있었던 숙면의 축복에서 튕겨 나와 날 선 정신으로 이 밤을 보내야만 했다.

불을 끄고 남자를 침대에 눕히고 갑갑스러운 벨트와 양말을 벗겨냈다. 죽은 듯 남자는 아무 기척이 없어서 가끔 코끝에 숨을 쉬는지 손가락을 대 봐야 할 지경이었다.

모두 사실일까? 그 유기감은 정말 사실이란 말인가? 저를 열락과 죄책감에 빠지게 했던 그 거구의 지저분한 남자가 이 매끈하고 비쩍 마른 악당 같은 사람이라고? 믿어야 할까. 정말 믿어야 할까.

그리고 믿는다면, 앞으로는 어떻게 될까.

새벽은 쉬이 제게 다가오지 않고 어둠 속에 발을 담근 채 서성이고 있었다.

"이유가 뭡니까? 왜 내가 그랬다는 겁니까? 이게 말이 됩니까?"

그가 처음 느낀 것은 분노였다.

"저는 당시에 뉴욕 메모리얼 병원의 뇌 정신과학 센터에서 초청이 와 있었습니다. 정신학 분야에서는 누구나 선망하는 자리였습니다."

문 박사의 조용한 말투는 그가 버럭 지른 소리를 무안하게 만들 만했다. 그러나 그는 아직도 제 분을 삭일 수가 없어 씩씩거리고 있었다.

"부사장님의 아버님인 이치성 사장님과는 친분이 있었기 때문에 한번 와 달라는 부탁을 저버릴 수 없었습니다. 그때 막 사랑하는 아드님을 병으로 잃었다는 소식을 들었고, 정신과 의사로서 위로라도 해야겠다는 생각을 했기 때문이죠. 이 사장님이 그 아드님을 얼마나 아끼는지 잘 알고 있었기 때문입니다. 그리고 북경에 가서 이 계획의 전말을 듣고선 전 정중히 사양했습니다. 전혀 가능성이 없는 이야기이기 때문에."

"아버지가 이 일을 모의하신 거란 말입니까? 아까는……."

"아니요. 앉으십시오. 이 이야기는 길어질 수도 있으니까."

그는 제가 늘 눕던 카우치가 아니라 문 박사가 제게 최면을 걸 때 쓰는 등받이 없는 의자에 앉았다. 여전히 머릿속이 혼란했다.

"제가 처음 부사장님을 봤을 때는 두 사람이 일란성 쌍둥이라는 말을 절대 믿을 수 없을 정도였습니다. 완전히 다른 사람이었으니까요. 그런데 제게 말씀을 하시더군요. 형은 자신 때문에 죽은 거라고, 그리고 죽기 전에 마지막 부탁을 했다고…… 그래서 본인이 이현태가 되어야겠다고 말입니다."

"네?"

"아무것도…… 기억나지 않으십니까?"

다시 지독한 두통이 엄습했다. 그는 주머니에서 약을 꺼냈다. 그것은 단순한 진통제였다.

"그 약…… 트리니티아민을 고른 것도 바로 당신입니다. 제가 치명적인 부작용을 설명 드렸지만, 그게 가장 효과적일 거라고 주장하셨습니다. 중국에서는 비교적 쉽게 그 약을 구할 수 있었지만, 한국에는 정식으로 통관되지 않는 약이었죠. 이 년 동안 이쪽 식약청에 손을 써서 그 약이 통관되도록 만든 것도 바로 이 부사장님 자신입니다."

"네?"

그가 뭉툭해지는 두통을 참으면서 되물었다.

"이 계획은…… 오랫동안 사람의 정신을 연구해 온 저에게도 무모하게만 보였습니다. 사춘기 이후 완전히 다른 삶을 살아온 사람이 자신을 잊고 완벽하게 상대방이 될 수 있도록 정신 상태를 바꾼다는 거…… 그게 가능할 것 같지 않았기 때문입니다. 그런데…… 사람의 의자라는 것이 그렇게 무섭고 완벽하다는 걸 전 이 부사장님을 보고 알게 된 것입니다."

그는 할 말을 잃었다. 이게 모두 자신이 스스로 한 일이라고? 그 이유가 무엇인데……! 그러나 문 박사는 그 과정을 설명할 뿐이었다.

"우선 2년이나 급성신부전증과 혈액 투석에 시달린 이현태 씨는 극심하게 체력이 고갈되어 있었습니다. 엄청나게 야윈 상태였고. 그리고 성격도 완전히 이 부사장님과 극과 극이었죠. 반대로 이 부사장님은 활달한 성격에 엄청난 체격을 지니고 있으셨으니까요. 신장을 이식해 주고도 이틀 만에 퇴원할 정도로 건강하기도 하셨구요. 반면 이현태 씨는 신경질적이고 사소한 것에도 결벽이 있으리만큼 예민한 성격이었습니다."

본인들의 이야기인데도 불구하고, 그는 마치 무슨 영화의 줄거리를 듣는 듯한 느낌이었다. 그랬었나? 저 이야기의 주인공이 바로 저란 말인가.

"제가 듣기에도 한국에서 맞는 신장을 찾을 수가 없어서 가장 안전하게 일란성 쌍둥이인 이 부사장님한테 이식을 받았는데 거의 몇 만 분의 일의 희귀한 거부 반응으로 인해 극심한 고통을 받은 채 돌아가신 걸로 알고 있습니다."

그는 창백한 표정으로 그것을 듣고만 있을 수밖에 없었다.

"그 옆에서 내내 병상을 지키던 이 부사장님은 결국 이 일을 결심했고, 그 뒤로 곧 석 달인가 만에 몸무게를 30킬로 정도 **빼셨었죠**. 거의 생명을 유지할 정도로만……. 그리고 창백한 낯빛을 위해 거의 반년 동안은 햇볕 한 번 정면으로 본 적도 없으셨습니다. 그리고 당시에 이현태 씨 곁에 있던 사람을 통해 일거수일부족을 매일 악에 취한 상태로 무의식 속으로 외우고 익히셨습니다. 그건 제가 했고요. 전 흥미로웠습니다. 과연 이게 가능한 일인가 하고……. 순수히 학자로서 말입니다. 그리고 그건 정말 대단했습니다. 심지어 왼손잡이인 당신은 그것까지도 완벽하게 고쳐 내더군요. 그건 정말 불가능한 일인데 말입니다."

문 박사는 또다시 안경을 꺼내 닦았다. 그리고 말을 이었다.

"일 년 반쯤 후에는 그 누구도 당신인지 아니면 이미 사망한 형인지를 구분하기 힘들게 될 정도였습니다. 그곳은 중국이니까. 사망한 사람을 바꿔치기하는 것쯤은 가능했습니다. 외국인이니까, 담당 의사만 눈을 감으면 그만이었죠. 그리고 반년 정도 그곳 지사에 출근을 했었고, 그 주변 사람들이 완벽하게 다 당신을 이현태로 인식한 뒤에는 귀국을 하게 된 거죠."

"하…… 그게 가능한 일입니까?"

그가 비명을 지르듯 되물었다.

"저도 그게 가능하리라고 생각하지 않았습니다. 그런데 이렇게 실제로 일어나지 않았습니까? 깊은 최면 상태에 도달하기 위해서 이 방에 설치된 백색소음과 이 부사장님의 몸에 완벽하게 맞춘 카우치, 심지어 이 화랑 건물까지 모두 당신의 작품입니다. 한국으로 들어오실 때는 이현우 씨의 것은 완벽하게 아무것도 남아 있지 않았을 정도니까요. 무의식조차 말이죠. 이치성 사장님조차 처음에는 믿지 않으실 정도였습니다."

"그럼…… 이 사실을 아는 사람은 아버님과 문 박사님, 그리고……."

"네. 사장님의 충실한 박 비서만 알고 있는 것이죠."

"박 비서."

"네."

그녀는 아무렇지도 않은 표정으로 사인을 해야 할 서류들을 책상 위에 올려놓았다.

"……."

"무슨 더 하실 말씀이라도?"

금테 안경을 쓴 제 나이 또래의 여자는 무표정이었다. 제 기억 속에는 늘 그랬었다.

"이현태를 안 지 몇 년이나 됐나?"

"네?"

그녀는 무표정하게 되물었다. 무슨 말실수냐는 듯.

"나 말고, 진짜 이현태."

"부사장님……."

그제야 당황한 듯한 그녀에게 그는 담담하게 되물었다.

"언제야?"

"……십 년쯤 됐습니다."

그녀가 무감정하게 말했다.

"뉴욕에서 학교 다닐 때부터였겠군."

"네…… 같은 수업을 들었었거든요."

건조하던 그녀의 목소리가 살짝 떨리고 있었다.

"내 머릿속에 있던 학부 시절 친구의 이름이나 전공과목이니 밴쿠버에 간 여행이니 하는 건…… 다 박 비서의 자료첩에서 나온 거겠군."

"네."

그녀는 부인하지 않았다.

"브로콜리를 먹지 않는다거나, 굴에 뿌리는 레몬을 싫어한다거나, 실크로 된 셔츠를 싫어하는 건, 박 비서가 알고 있기엔 너무 퍼스널한 것 아닌가?"

"형광펜 중엔 주황색만 좋아하셨고, 농구팀 중에서는 LA레이커스를 좋아하셨죠. 가끔 경기도 같이 보러 갔었고……. 투석 하실 땐 항상 Dream Theater의 Another day를 들으셨죠. 그 그룹의 기타리

스트의 아버지가 암에 걸렸을 때 그걸 이겨 내라고 만든 노래라고……."

그녀의 말끝이 흐려졌다. 단 한 번도 이 여자의 이런 모습을 본 적이 없었다.

"현태를 사랑했나?"

그의 질문에 그녀는 조용히 대답했다.

"네. 그분은 어땠는지 모르겠지만."

"박 비서한테는 아무 말 없었나?"

"그냥…… 그동안 고마웠다고만……."

그녀는 더 이상 말을 잇지 못했다.

"죄송합니다."

"아니, 괜찮아. 이 일…… 다른 사람은 모르는 거 확실한가?"

"네."

"그래. 가 봐."

박 비서는 묵례를 하고 평소처럼 조용히 물러갔다.

머리가 깨질 것만 같았다. 왜, 대체 왜 그랬을까. 문 박사도 그건 알지 못한다고 했다. 왜…… 저 때문에 형이 죽게 됐다고 했을까. 부친은 출장 중이었다. 과연 아버지는 이 이유를 알고 있을까?

저는 왜 다른 사람으로 살려고 했을까. 왜…….

제 뇌는 모든 것을 알고 나서 잠들 생각을 하지 않았다. 마치 살얼음판에 서 있는 듯 위태로웠고 뭔가가 다리에 엉켜서 바닥에 질질 끌려다니는 느낌이었다. 커다랗고, 바닷속이나 웅덩이에 몇 년이고 가라앉아 이끼인지 뭔지가 잔뜩 낀 그런 커다란 밧줄 뭉텅이가 제 머릿속을 느릿느릿 배회하고 있었다.

"이런 걸 물어보실 줄 몰랐습니다. 본인이 스스로 과거를 완벽하게 잊어버릴 만큼 본인의 의지가 대단했다는 증거니까요."

결국 그는 또다시 문 박사에게 왔다. 해결 방법을 구할 수 있는 유일한 사람은 문 박사뿐이었다.

"내 과거를 다시 끄집어내는 건 가능합니까?"

"글쎄요. 한 번도 없었던 일이니까요. 아…… 그러나 본인이 잊지 않으려 했던 게 하나 있었던 거 같더군요."

"네? 그게 뭡니까? 모든 기억이 지워졌다고 하지 않았습니까?"

"그것도 사람의 뇌 속에서 일어나는 신비한 현상이니까요. 모든 것을 다 지워 버리려고 했지만, 마치 원하는 약효가 위액에 망가지지 않도록 캡슐에 싸서 넘기듯 아마 이 부사장님도 그랬던 기억이 있었던 거 같았습니다."

"그게 뭡니까?"

그가 다급하게 물었다.

"구채구에서 만난 사람. 항상 이 부사장님의 마지막 망각 밑에 있는 물에 손을 담그고 있던 여자분…… 말입니다. 기억나십니까?"

"……."

깜빡 잠이 들었던 거 같았다. 휴대폰의 알람 소리에 깬 그녀는 저도 모르게 급히 그것을 꺼야 했다. 꿈인 줄 알았는데…… 꿈이 아니었다. 블라인드의 틈으로 새는 빛 사이로 남자의 긴 사지가 제 옆에 죽은 듯 널브러져 있었다.

그녀는 손가락 끝을 남자의 마치 베일 듯한 코끝에 대 보아야 했

402

다. 마치 죽은 것 같아서……. 그러나 남자는 깊은 잠에 빠져 있을
뿐이었다.

어찌해야 하지? 저는 출근을 해야 했다. 꼭 확인해야 할 일들이 몇
가지 있었고, 아침에 나가 보겠다고 했었다. 그러나 남자를 여기 두고
갈 수는 없지 않은가.

수현은 나갈 준비를 하면서 남자가 깨나길 기다렸다. 그러나 그는
여전히 미동도 없었다. 그렇다고 깨울 수도 없었다. 홀연히 남자가 가
버린다 한들…… 뭐가 달라지겠는가. 잠을 못 잤다던데, 이렇게라도
잠을 잤으면 다행인 거지.

수현은 조용히 오피스텔의 문을 닫고 나섰다.

뭔가…… 이상한 기분이었다. 토요일이라 출근 러시가 없는 한적
한 도로를 하얀 렉서스는 시원하게 달리고 있었지만, 제 머릿속은 그
러질 못했다. 이제 어찌 되는 걸까. 저 남자가 K라 한들, 이현태라는
저 남자의 신분이 없어지는 건 아니었다. 그냥…… 어머, 그랬네? 하
고 놀라고 말아야 할 것 같은 기분이었다.

그때였다. 막 회사의 빌딩 지하 주차장에 차를 주차할 때 제 머릿
속에서 누군가 말했다.

'언젠가 당신을 다시 만나면, 그땐 당신과 진짜 사랑이란 걸 해 보
겠어. 이런 일회용이 아니라.'

19. K & J

　영화나 드라마에서 보면, 이럴 땐 무조건 핸들을 틀어 8차선쯤 되는 도로를 불법 유턴을 하면서 멋지게 돌아가야 하는 거였다. 거창한 배경음악과 함께. 그러나 현실은 그렇지 않았다. 수현은 잠시 머뭇거리다 차에서 내렸을 뿐이었다. 그리고 아무 일도 없다는 듯 엘리베이터로 향했다.

　'언젠가 당신을 다시 만나면, 그땐 당신과 진짜 사랑이란 걸 해 보겠어. 이런 일회용이 아니라.'

　다시 만난다 한들, 사랑이란 걸 한들 바뀌는 게 뭐 있을까? 그리고 이미 사랑이란 건…… 하지 않았나? 남녀가 보고 싶고, 만지고 싶고, 자고 싶어 잤고…… 그럼 그게 사랑이지. 또 뭐가 더 있단 말인가.

　"일찍 오셨네요, 세무사님!"

　"네, 서류들 어디 있어요?"

　아무 일도, 그 어떤 일도 일어나지 않는 거……. 그게 오히려 행복한 거였다.

늦은 점심을 먹고 가라고 했을 때, 수현은 다른 약속이 있다고 서둘러 나오긴 했다.

그는 아직도 집에 있을까? 그럴 리가 없을 듯했다. 뭐…… 일어나 문을 닫고 나가 버리면 그만이니까. 또 아직까지 거기 있다면 어쩔 건데.

수현은 군데군데 차가 있는 지하 주차장에 혹 남자의 야한 스포츠카나 아니면 거창한 벤츠가 있나 돌아봤지만 그 어느 것도 눈에 익는 게 없어 보여, 살짝 안도와 함께 어색한 아쉬움을 뒤로하고 엘리베이터에 올라탔다.

갑자기 허기가 느껴졌다. 직원들은 같이 몰려서 근처 잘하는 부대찌개 집으로 향하던데 얼른하게 한 그릇 먹고 올 걸 하는 후회를 하면서 그녀는 약간 긴장한 채로 현관문의 도어록을 열었다.

삐익 소리와 함께 문이 열리고 어두침침한 실내를 돌아보기도 전에 수현은 아직도 현관에 놓여 있는 남자의 신발의 보고 저도 모르게 멈칫하고 말았다.

제 심장 박동이 빨라지는 이유를 설명하기 힘들었다. 그냥 계속 잤나 보다…… 그렇게 미친 듯 뛰는 심장에게 귀띔해 줬지만 제 자율신경은 그걸 알아듣지 못하는 듯했다. 아무렇지도 않은 듯 수현은 제 신발을 남자의 구두 옆에 나란히 벗어 놓고 침대 쪽으로 향했다. 그러다 멈춰 서고 말았다.

"날 두고 출근을 하다니 당신은 정말 매정한 여자군."

남자의 잠에서 막 깬 듯한 목소리가 익숙한 제 공간을 낯설게 만들었다.

"월급쟁이의 비애죠."

막 잠에서 깨었을 때만 들을 수 있는 남자의 섹시한 목소리를 아무렇지도 않게 넘기려는 듯 수현은 가방을 화장대 위에 올려놓으면서 무감정의 어투로 말했다.

제 노력을 아는지 모르는지 남자는 침대에서 일어났다.

"전에 샀던 내 옷들 여기 있나?"

왜 그러는데요……. 뭐 그런 걸 물었어야 했다. 불규칙한 파동을 그리는 제 심장과는 달리 수현의 목소리는 정말로 아무렇지도 않게 나왔다.

"어디 있을걸요. 가지고는 올라왔으니까."

"좀 줘 봐. 씻을 테니까 문 앞에 놔둬."

키가 큰 남자는 제 앞을 휘익 스치고, 마지 제집인 듯 욕실로 사라졌다. 남자가 사라지고 달칵 문 닫는 소리가 나자마자 수현은 저도 모르게 옆에 있는 소파에 주저앉아 버렸다. 요란한 물소리가 귓가에 넘칠 동안 수현은 여전히 멍한 표정으로 앉아 있을 뿐이었다.

그는 익숙한 모습으로 제 눈앞에 나섰다. 며칠 전 색깔별로 샀던 브이넥 티셔츠와 반바지 차림으로, 아마 속에는 제가 속옷가게에서 골랐을 드로즈를 입었을 것이었다.

젖은 머리카락을 수건으로 닦으면서 나선 남자는 여전히 멍하니 있는 제게 다가왔다. 그러고는 정말로 아무렇지도 않게 제 입술을 물어 왔다. 차가운 남자의 물기 묻은 입술이 당황한 입술을 물고 텁텁한 제 혀까지 뒤적인 뒤에 말했다.

"배고프네. 밥 먹으러 가야겠어. 전에 샀던 그 민소매 원피스 예쁘던데, 그거 입어."

"저기요……."

당황한 수현이 결국은 입을 열었다.

"왜?"

"지금…… 이게 뭐예요. 뭐 어떻게 돼 가는 거죠?"

제 질문이 바보 같다는 것을 알고 있었다. 그러나 이렇게 물을 수밖에 없었다.

"어떻게 되어 가긴. 예쁜 옷 입고 같이 밥을 먹으러 가자는 거지. 닭살 돋게 손도 잡고."

"이현태 씨! 제발 그만해요."

저도 모르게 수현은 소리칠 수밖에 없었다. 제발 이런 숨바꼭질 따위 그만해 줬으면 싶었다.

돌아서려 했던 그가 멈칫했다. 그러더니 다시 그녀에게 다가왔다.

"뭘?"

"이런, 이런 재미없는 장난 따위 그만하란 말이에요. 난 당신들 장난감이 아니라고!"

그때였다. 그가 손을 내밀었다. 그리고 마치 아기를 안듯 조심스럽게 수현을 안았다. 그 손길이 너무 조심스러워서……. 그래서 지금 제 감정이 치솟아 있는데도 불구하고 수현은 남자를 떨쳐 낼 수 없었다.

"단 한 번도 당신한테 장난 따위 친 적 없어. 그리고 나 지금 내가 이 세상에서 한 일 중에 가장 신중하게 행동한 거야. 누가 감히 당신을 장난감 취급해?"

바로 당신이잖아……. 수현은 저도 모르게 왈칵 무언가가 쏟아져 나오는 것만 같았다. 그의 팔에 더욱 힘이 들어갔다.

"내가…… 그 와중에도 내가, 당신을 찾으려고 애썼다잖아. 뭐가 더 필요해?"

"대체 무슨 말을 하는지 난 몰라요. 하지만, 당신은 그냥 재미로 이러는 거잖아. 당신이 K였든 아니든 그게 무슨 상관이에요? 난 그 남자 기억도 나지 않아. 잘난 약혼녀도 있고, 나 같은 월급쟁이 모가지 같은 거 심심풀이로 얼마든지 잘라 버릴 수 있으면서 왜 나한테 뻔뻔스럽게 이런 감정까지 빼앗아 가 버리는 거냐구. 제발 그만 좀 해……."

무너지려는 수현을 그가 힘을 주어 안았다. 남자의 메마른 가슴에서 강하게 뛰는 심장 소리가 제 귀에 들리자 수현은 저도 모르게 입을 닫아 버리고 말았다.

"그 잘난 약혼, 이제 집어치웠어. 그게 문제라면…… 간단해. 그리고 당신 월급쟁이 같은 거 하기 싫으면 안 해도 돼. 당신 하나쯤은 내가 먹여 살릴 수 있으니까. K를 기억 못 하는 건, 약간 아쉬워. 그래도 우리 사이의 추억인데 말이야. 그렇지만 잊어도 괜찮아. 내가 당신 찾았으니까. 이제 그 어느 누구의 눈치도 보지 말고 하고 싶은 대로 해."

이 남자 뭐라고 하는 거지……. 그녀가 채 정신을 차리기도 전에 남자는 그녀의 귓가에 속삭였다.

"하고 싶은 대로 하라고, 내 바보 같은 여왕님."

저도 모르게 수현은 고개를 들었다. 흩어진 머리카락을 이마에 드리운 남자가 히죽 웃으면서 저를 내려다보고 있었다.

"무……슨 소리예요?"

"뭐, 횡설수설한 거 다 각설하고. 나한텐 당신, 최수현밖에 없다고."

"뭐라구요?"

바보처럼, 그녀는 다시 되물을 수밖에 없었다. 이게 다 무슨 소린지.

"내가, 그 당신이 말하는 이현우이자 K고, 그 정신 나간 K는 오직 J밖에 없다고."

그가 피식 웃었다.

"내가…… 그걸 믿어야 해요?"

한참 만에 수현이 되물었다.

"당연하지."

그가 두 팔을 벌렸다. 유치하고, 어이없는 일임에 분명했다. 사실인지 거짓인지도 알 수 없는 거였다. 그러나 제 두 발은 저절로 그를 향했고, 제 두 팔은 저도 모르게 남자의 허리를 감싸 안고 있었다. 저 매끈한 가슴속에 든 심장에게 사실이냐는 물음의 대답을 들으려는 듯 제 얼굴을 그의 가슴에 묻고 말았다.

"그쪽에서 원하는 게 뭔 줄은 아십니까?"

"글쎄요. 저희가 그것까지 알 필요가 있겠습니까. 어차피 갈가리 찢어져 팔리는 건데……."

거의 포기를 한 듯한 장년 남자는 그새 부쩍 흰머리가 늘어 있었다.

"왜 아무 관계도 없는 DB엔터프라이즈가 여기 뛰어들었는지도 알고 싶지 않으시단 말씀입니까?"

"다 우리 PT시스템 때문이겠죠. 이제는 원망스럽습니다. 왜 그걸 여기서 해서……."

"그렇게 실망하시기엔 이릅니다. 저희가 새로운 조건을 걸겠습니다."

"이미……."

"계약서 작성하셨습니까?"

"네."

"그쪽에서 대금 납부했습니까?"

"아직 그건……."

회색의 레자 소파는 하도 여러 사람이 앉아서 손잡이 부분이 갈라진 채였다. 그 앞에 앉아 마치 죄인처럼 고개를 숙인 남자는 회색 작업복을 입고 있었다. 누가 봐도 매출이 천억에 가까운 기업의 사장이라고 생각할 수 없는 차림새와 얼굴이었다.

그 건너편에, 같은 소파지만 등을 대고 곧게 앉아 있는 매끈한 정장 차림의 남자는 같은 레자 소파마저 명품으로 착각하게 만들 만큼 자신만만해 보였다.

"아마 당분간은 그럴 능력이 되지 않을 것입니다. 그 금액 다 줄 것 같습니까?"

"그쪽이……. 그래도 대기업인데……."

갑자기 남자가 코웃음을 쳤다.

"정신이 멀쩡한 대기업이라면 그런 조건을 내걸 리가 없죠. 박 사장님도 이상한 거 아셨을 텐데요. 그쪽에서 하등의 쓸모없는 우주전자가 왜 필요한지 같은 거 말입니다."

"거야……."

"그쪽 계약 건은 우리가 알아서 할 테니까. 이쪽으로 넘기십시오."

"그렇게는 못 합니다. 이 부사장."

이현태는 차갑게 미소 지었다.

"새 조건을 내걸겠다고 하지 않았습니까, 분할 매각 백지화하겠습니다. 다 한꺼번에 하지요. 그리고 중요한 건, 전에 이야기했던 정리해고, 없었던 걸로 하겠습니다."

"네?"

그제야 푹 고개를 숙이고 있던 박 사장이 고개를 들었다.

"물론, 100% 다 정직원으로는 안 됩니다. 어딜 가도 그렇게는 못할 테니까요. 적어도 50%는 보장하겠습니다. 나머지 50% 3년 이상 계약직으로 하겠습니다. 그리고 그중에 다시 50% 이상은 재계약할 겁니다. 그 정도의 이직이야 어디에나 있는 것 아닙니까?"

"그……그게."

"대봉 쪽에서 원하는 대로 한다면 PT 분야만 빼고 나머지는 공중분해될 게 분명합니다. 그쪽에서는 그 기술을 가진다 해도 운용할 곳이 없기 때문이지요. 결국 외국 기업에 팔아넘기는 것밖에는 방법이 없습니다. 그쪽 부품 라인만 자기들 이름을 걸고 하청 업체로 전락할 수도 없는 입장이니까요. 그 원천 기술 매각해서 나머지 부도 막을 수 있을 거라 생각하십니까? 그리고 그 금액을 순순히 줄 것 같습니까? 그쪽 계약 주체가 누군 줄은 아십니까?"

그의 쏟아지는 질문에 멍한 표정의 박 사장은 망연자실하고 있을 뿐이었다.

"대봉 쪽에서 PT 분야 매입하려는 의도는 딱 하나뿐입니다. 백라를 견제하는 거죠. 그리고 그 견제라는 것도 절대 그룹 차원에서 하는 게 아닙니다. 이건 사업상 기밀에 해당하는 거지만, 그쪽 백라의 따님께서 개인적으로 원하는 거죠."

"네에?"

박 사장의 눈이 커졌다.

"그럼 그 루머가 사실입니까?"

"그렇습니다. 자, 계약하시죠."

"……."

자신의 치부가 될지도 모를 일을 제 입으로 이야기하는 이 남자를 믿어야 할지……. 박 사장은 머리가 복잡해졌다.

잔잔한 피아노 음과 부드러운 현악기의 선율이 고급스러운 실내를 유려하게 흐르고 있었다.

"영, 엉망이네."

우아한 목소리를 내뱉은 여자가 자리서 일어나려 하자 옆에 있던 정장을 입은 남자가 재빨리 의자를 빼 주었다.

"이런 데 신경 쓰지 말고 음식에나 신경 쓰라고 일러요."

여자의 목소리는 나긋나긋했지만 쏟아져 나온 소리는 남자의 얼굴을 굳게 만들었다. 여자의 표정은 나오는 말과는 달리 부드럽고 안온했다. 그러나 막 저쪽에서 모습을 비춘 이들을 보자 굳어졌다. 그녀의 얼굴이 굳어지는 건 아주 드문 일이었다.

"회원제 고급 레스토랑이라더니, 이제는 별 거지 같은 것도 다 드나드네."

"네?"

옆에 서 있던 레스토랑의 매니저는 얼굴이 굳어졌다. 그럴 리가 있을까. 여자의 시선을 따라 들어선 사람을 본 매니저는 곧 의아함을 나타냈다.

워낙에 상류층만 상대하는 고급 레스토랑인지라 드나드는 사람은 웬만하면 얼굴을 다 아는 사람들이었다. 혹 처음 오는 사람이더라도 당황하지 않게 따로 유명 인사나 사회의 이슈 되는 일을 알아 두고 공부하는 데도 꽤 많은 시간을 할애하고 있는 그로서는 이 여자의 말을 이해할 수가 없었다.

신수가 훤한, 그야말로 주변의 눈길을 저절로 모을 만큼 뛰어난 외모에 헌칠한 키를 가진 저 대단한 남자가 백라그룹의 가장 주목받는 후계자이자 재벌 3세인 이현태 백라전자 부사장이라는 것쯤은 여기서 접시를 닦는 스태프도 다 알고 있을 정도였다. 다만 그와 함께 들어선 미인은 전혀 본 적이 없는 여자이긴 했지만.

그가 지금 제 옆에서 엉뚱한 곳에 신경질을 부리고 있는 이 DB엔터프라이즈 하 회장의 막내딸과는 며칠 전에 약혼을 파기했다는 것을 기억해 냈다. 이쯤에서 저는 빠져야 할 것 같았다. 그리고 마침 이 손님도 제 존재 따위는 잊어버린 듯했다.

"오랜만이네."

하재연의 목소리가 제법 컸는지 모든 레스토랑 안의 시선이 모아졌다. 그 두 사람의 소문은 증권가 찌라시에도 떠돌 만큼 파다했기에 웬만한 사람들은 그녀의 큰 목소리의 이유를 알 수 있을 정도였다.

"……"

잠시 할 말을 잃은 수현 대신 옆에 있던 이현태가 차가운 미소를 띠면서 말했다.

"그동안 잘 지내셨습니까?"

얄밉도록 우아하면서도 차가운 남자의 표정은 그녀의 심기를 더욱더 망가뜨릴 만큼 매력적이었다.

"그럴 리가요."

그녀의 대답에 그가 되물었다.

"식사 뒤이실 텐데, 이런 말씀 드리기는 그렇지만, 그렇다고 따로 자리를 마련할 만한 이야기는 아니라서 말입니다."

"무얼 말이죠?"

주변 사람들이 시선을 돌리기는 했지만 그들의 귀가 쫑긋이 서 있는 건 느낄 수 있었다.

"중요한 계약을 할 때는 먼저 계약금부터 지급하는 게 중요하다는 것 말입니다."

"하."

그녀가 허탈하게 웃음을 떨구다가 정색했다.

"그 이야기는 따로 하기로 하죠."

그러더니 그녀는 다시 웃음을 띠며 시선을 옮겼다.

"어머, 수현아. 여긴 회원 카드가 있어야 해서 너 안 데리고 왔었는데, 여긴 프와송이 별로란다."

수현을 향해 화살을 돌리기로 한 재연이 웃으면서 말했다.

"그리고 여기쯤 오려면 내가 그때 결제해 준 에르메스 정도는 들어야지. 그런 싸구려 가방이나 들고 오면 되겠니? 여기 입회비가 얼만데."

뭐라 말을 해야 하는데 딱히 생각이 나지 않는 표정의 수현을 보고 남자가 웃으면서 말했다.

"단지 한 끼 밥을 먹기 위한 곳에 가방까지 챙겨 들고 다닐 만큼 최수현 씨가 한가한 사람은 아니라서 말입니다. 저흰 좀 바빠서 가 보겠습니다."

"그래, 재연아. 나중에 보자."

남자의 말에 굳어진 얼굴에 희미한 미소를 띠면서 수현이 고개를 까닥거렸다. 그러고는 남자의 에스코트를 받으면서 안쪽으로 사라졌다.

"흥!"

남겨진 여자는 굳은 얼굴로 신경질적으로 문으로 향해 걸어 나갔다.

"맘에 두지 마."

"안 그래요."

수현이 아름답게 접힌 냅킨을 홀더에서 빼면서 아무렇지도 않게 대답했다.

"안 그런 거 같은데?"

제 앞에 있는 남자가 놀리기라도 하듯 히죽 웃으면서 말했다.

"안 그러면 어쩔 건데요?"

그제야 약간 삐친 듯 수현이 날 선 대답을 하자 그가 무언가를 내밀었다.

"다른 데 맘을 쓰게 만들어야지."

"네?"

남자의 하얗고 긴 손가락 밑에는 작은 벨벳 상자가 놓여 있었다. 수현의 얼굴에 의아함이 떠올랐다.

"저기…… 이거, 혹시…… 반지예요?"

"영화 같은 거 안 보는 거야? 이런 상자 보면 막 기쁘다는 표정을 하고 있다 짠 하고 열면 막 감동받은 표정 같은 거 지어 줘야 하는 거 아닌가?"

남자의 불만에 찬 목소리에 그녀가 웃었다.

"아니, 반지 상자니까 반지 들었냐고 물어본 거죠. 뭐 꼭 그렇게 해야 해요?"

"그런 반응을 기대하다 반지냐고 대놓고 물으니 당황한 거지."

"프러포즈하는 거예요? 방금 전 약혼녀를 만나 놓고?"

"중요한 건 '전'이라는 단어니까. 프러포즈는 이미 한 걸로 아는데."

"그럼 이건 뭐예요?"

아직 서른도 안 된 여자는 시달린 게 많아 감수성이 말라 버렸는지 어느 것 하나도 제 마음에 맞는 반응을 주지 않는가 싶은 그는 포기라도 한 듯 상자를 열면서 말했다.

"커플링. 나 이번에 또 출장이라서 이거라도 걸어 놓고 가려고."

분명이 제 눈앞의 남자는 신경질적으로 생긴 긴 눈매를 지녔고, 날카로운 콧대와 이마 선은 정말로 까칠함의 절정같이 느껴질 만했다. 그러나 이 장난스러운 말투와 분위기는 딱, 그 구채구에서 보았던 거구의 남자를 연상하게 했다.

"음……."

"왜?"

수현은 상자 안의 것을 보고는 좀 의아해진 표정이었고, 그걸 보고 그가 되물었다.

"음……."

"뭐 문제 있나?"

"저기…… 솔직히…… 제가 그다지 속물은 아니지만, 그래도…… 백라 하면 우리나라 열 손가락 안에 드는 재벌이고, 거기 부사장님인데……. 이건 좀…… 너무 수수한 거 아닌가요?"

"그래?"

그가 반지를 빼 들었다. 가느다란 핑크골드 링에 달랑 동그란 금속 알 위에 깨알 같은 붉은색 보석이 박혀 있는 단순한 디자인이었다.

"뭐 한 십 캐럿쯤 되는 밤톨만 한 다이아몬드라도 박혔기를 원해?"

"아, 그건 아니지만…… 좀 의외라서요. 뭐 그 금속이 엄청 희귀한 거라든지 아니면 그 깨알 같은 보석이 운석이라도 되는 그런 반전이 있는 건 아니죠?"

"음. 아니야. 그리고 이건 그냥 사파이어야. 붉은색이 좀 귀하긴 하지만."

"붉은색 사파이어라……."

아직도 삐죽거리던 그녀는 다시 상자에 눈을 돌렸다.

"커플링이라면서요. 다른 하나는 어디 있죠?"

"빨리도 알아차리네. 여기 있어."

상자 안에서 하얀색의 반지를 하나 더 꺼냈다. 그건 아래쪽에 있었고 정말로 아무 무늬도 없는 거라 수현이 언뜻 보기에 반지를 끼운 장식인 줄 알았던 거였다.

"에게? 이게 뭐예요?"

"이건 내 거."

"아, 그걸 진짜 하려고요? 뭔가 진짜……."

진짜 이상했다. 그냥 아무런 무늬도 없는, 정말 맥주 캔에 달린 고리 같은 느낌이었다. 아니 그래도 이 사람은 대단한 재벌 후계자인데 정말 이런 걸 끼겠다는 걸까.

"이래 보여도 이거 만들기 힘든 거야."

"에게, 이게 왜 힘들어요?"

"자 봐."

수현이 들고 있던 여자용 반지를 그냥 아무 무늬 없는 남자용 백금 반지 안쪽으로 넣어 이리저리 돌려 홈을 맞추고 밀어 넣자 두개가 완벽하게 겹쳐졌다. 남자용 반지의 안쪽에는 여자용 반지에 있는 금속 장식과 사파이어가 박힌 곳 모양 그대로 홈이 있어서 두개를 겹치자 하나의 약간 두꺼운 아무 무늬도 없는 반지가 되었다.

"어머나…… 신기하네."

"이게, 인연이 딱 맞아야 만들어진다는 작품이야. 손가락 굵기가 딱 맞아야 하는 거지. 자, 손 내밀어 봐."

　두개의 반지가 겹쳐진 채로 든 그는 수현의 왼손 손가락에 반지를
끼웠다. 신기하게 딱 맞는 반지를 살짝 빼내자 여자용 골드 반지는
그녀의 손가락에 남아 있었고, 겉을 감싸고 있던 백금의 반지는 빠져
나왔다. 그는 그걸 가져가 제 손가락에 꼈다. 조금 빡빡하긴 했지만
손가락에는 딱 들어가 맞았다.

　"어때?"

　"……."

　그녀는 말없이 웃을 수밖에 없었다.

　"출장 갔다 와서……. 그때 예쁜 걸로 다시 해 줄게."

　"아니에요. 충분히 예뻐요. 마음에 들고."

　그녀의 환한 웃음을 보고 그가 천천히 힘을 주어 말했다.

　"평탄하지는 않을 거야. 그러나 날 믿어."

　수현은 또다시 웃을 뿐이었다. 다만 그 웃음이 아까보다는 어두웠
다.

　"믿어. 내가 못 해내는 일 따윈 없으니까."

　남자의 말은 의미심장했지만 수현은 그냥 웃을 뿐이었다. 아무렴
어떠랴……. 이 남자가 저를 믿으라는데, 그럴 수밖에.

　〈부사장님, 출국 준비됐고 8시까지 공항 도착하시면 됩니다.〉

　"그래."

　늦은 점심 식사를 마치고 제 사무실로 돌아온 그는 태블릿을 켰다.
해야 할 일과 만나야 할 사람들이 일목요연하게 정리된 파일을 열어

보고 있다가 갑자기 뭔가 생각난 듯 인터폰을 눌렀다.

"박 비서."

〈네?〉

"내 여권은?"

〈저한테 있습니다만, 왜 그러십니까?〉

"아니…… 아니야."

인터폰을 끈 그는 잠시 생각에 잠겼다. 갑자기 제가 미국에 입국할 때, 입국 심사를 하던 게 기억났다. 물론 VIP용 패스트 트랙을 이용해서 빨리 드나들긴 했지만 그래도 미국은 테러 위협 때문에 간단하지만 신속하게 지문 검사를 하고 있었다.

아무리 일란성 쌍둥이라도 지문이 같을 수는 없는 거 아닌가. 북경에서 올 때는 그런 절차를 면했던 거 같았다. 그러나 저번에는 아무렇지도 않게 애틀랜타를 오갔었다. 그는 다시 인터폰을 눌렀다.

"박 비서."

〈네, 부사장님.〉

"내 신분증도 박 비서한테 있나?"

〈네.〉

"혹시 이전 것도 있나? 갱신하기 전 거 말이지."

〈갑자기 왜 그러십니까?〉

뭔가 이상함을 느꼈는지 박 비서가 되물었다.

"확인할 게 있어서 그래. 내 전 신분증하고, 아직 구청 문 열었을 거 같으니까……. 아니, 아니야. 내가 가지."

〈네?〉

그는 자리에서 일어났다. 뭔가 안 맞는 것들이 있었다.

그냥 가까운 아무 동사무소였다. 입구에는 무인등본 발급기가 있었다. 차 안에서 검색한 대로 그는 주민등록번호를 눌렀다. 초본이 뭐고 등본이 뭔지는 잘 모르겠지만 아무것이나 누르자 안내 멘트가 나왔다.

〈밑에 오른쪽 엄지손가락을 대십시오.〉

그리고 초록색 불빛이 반짝거렸다. 그는 떨리는 마음으로 손가락을 댔다. 그러나 불빛이 켜지지는 않았다.

〈인식이 잘 되지 않습니다. 다시 한 번 오른쪽 엄지손가락을 대십시오.〉

그는 다시 손가락을 댔다. 그때였다.

〈본인 인식이 확인되었습니다. 등본을 발급합니다.〉

인쇄하는 소리가 나더니 곧 아래로 등본이 출력되어서 나왔다. 그는 저도 모르게 주민등록증을 뒤집어 엄지손가락의 지문을 보았다. 왼쪽으로 돌아가는 모양이 있는…… 제대로 찍어 보지 않더라도 제 손가락에 있는 지문과 똑같았다. 그리고 다시 뒤집자 제 사진 옆에는 똑똑히 이름 석 자가 쓰여 있었다.

이현태 (李泫泰)

그는 묵묵히 그것을 내려다보고만 있었다.

—fin

그 언젠가의 이야기

"야, 이 새꺄, 저쪽 가서 처먹어! 죽고 싶냐?"

"아⋯⋯ 미안, 미안. 정말 미안!"

저 주먹에 한 대 맞으면 아픈 건 둘째 치고 어디 하소연할 데도 없이 벙어리 냉가슴 앓듯 혼자 앓아야 한다는 걸 아는지라 재빨리 제 손에 든 빵을 들고 뛰어갔다.

어디든 저 녀석 안 보이는 곳으로 가야 했다. 아니, 제게 경고를 한 녀석보다 그 뒤에서 사납게 째려보고 있는 여리여리한 녀석이 더 문제였다. 하여튼 살아야 하니 냅다 뛰어 사라졌다.

"미친 새끼, 저거 돌았나. 아님 또라인지."

"냅둬라. 먹고 커야지. 제기랄!"

그늘에 있는 벤치에 앉은키가 크고 호리호리한 남학생이 귀에 이어폰을 꽂은 채 멍한 표정으로 하늘을 보며 말하다 입을 다물었다.

"치우는 거야 치우겠다만, 왜 못 먹는 건데? 너 뭐 병도 없잖아."

"재수 없는 새끼 땜에 그래. 말 시키지 마. 허기진다. 제기랄. 아이

씨, 제기랄!"

다양한 욕을 구사하고 싶은 욕구야 굴뚝같지만, 한번 쓰기 시작하면 끝이 없을 것 같아 겨우 이러고 마는 제 자신이 싫어졌다.

"꼭 그렇게까지 해야 해?"

유일한 제 베프인 창식이 녀석이 물었다. 국제 사립고라지만 외국 애들보다 재벌집 아이들이나 장관의 아들 손자들이 득시글한 학교였다. 다들 어디에 내놓아도 한 가닥씩 할 만한 아이들이지만, 그중에서도 부모들의 재력에 따라 서열이 나뉘는 곳이었다.

얌전하게 공부를 하면서 후일을 도모하는 아이들이 대부분이었지만, 그중에서도 엇나가는 놈들은 늘 있기 마련이었고, 그중에서도 단연 으뜸은 이 비썩 마른 녀석이었다.

"말 시키지 말라고, 새꺄."

"쳇! 어? 저기 현우 아니야?"

"어디?"

대번에 목소리가 3배 정도 더 험악해졌다. 창식은 사라지는 게 나을 거라 생각했다. 이 녀석 하나도 무시무시한데 똑같이 생긴, 그리고 성질은 더 더러운 놈이 하나 더 나타났으니까.

"아, 나 저기 담임하고 면담 있다. 간다. 이따 끝나면 연락할게. 아……안……녕?"

어색한 인사를 하는 친구 따위 신경도 쓰지 않고 이어폰을 낀 채 주머니에 양손을 찔러 넣은 녀석이 휘적휘적 걸어오고 있는 걸 보고 창식은 얼른 제 가방을 들고 뛰어나갔다.

"왔냐? 밥은? 먹었어?"

그제야 귀에 낀 이어폰을 빼 든 남학생과 똑같이 생긴, 그러나 훨씬 더 신경질적인 눈매가 날카로운 키 큰 남학생이 비죽하게 미소를 띠면서 말했다.

"보자마자 밥 이야기냐?"

"새끼, 형이 물어보는데 대답 똑바로 안 해?"

피식 웃고는 가방을 내던지더니 널브러져 있는 이 옆에 다가앉았다.

"그만해라. 그러다 쓰러져 죽어."

"죽기 직전이다. 좀 처먹자. 응?"

"처드세요!"

"이 새끼가!"

분노에 차 내던진 가방을 훌쩍 피해 버리곤 다시 비죽이 웃음 지었다.

"나야 먹기 싫어서 안 먹는 거지만, 그렇게 내 흉내 낼 필요 없잖아. 마음껏 먹으라고."

"그걸 말이라고 하냐고. 아, 난 진짜 영감탱이 때문에 돌겠다. 착실한 우리 현우 있는데 왜 나한테 난리냐고."

"복에 겨운 줄 알아. 겨우 징징거리려고 불러낸 거야?"

일어날 채비를 하는 현우를 붙잡은 건 현태였다.

"아니지, 아니야. 이번 주말에 낚시 가는 거 알지?"

"왜, 재밌더구만. 가서 월척 잡아서 눈도장 확실하게 찍어."

오히려 화가 난 듯한 현우가 내뱉었다.

"재미있으니까 니가 가라고. 나 그때 데이트 있다. 7반에 은영이 꼬였거든."

"참, 쓰레기도 널렸는데 거기다 걸레까지…… 잘 논다."

현태는 저도 모르게 번개같이 멱살을 잡아 들었다가, 찡그린 얼굴을 보고는 얌전히 손을 내렸다. 그러더니 구겨진 교복까지 살살 펴

주면서 웃음을 지었다.

"아휴, 무슨 말씀을 그렇게 지저분하게 하십니까요, 대기업의 후계 자님. 하여튼 세월을 낚으시러 대신 가 주십시오. 부탁입니다, 형님!"

절하는 시늉까지 하는 그를 보고 심각하게 되물었다.

"진짜야? 정말이냐고."

"뭐가? 난 그런 노친네들하고 낚시 따위 가기 싫다고!"

"그 자리가 어떤 자리인지 모르고 이야기하는 거야? 누가 낚시를 해. 얼굴도장 찍는 자리지. 할아버지가 현중이 형 대신 널 데리고 다니고 싶어 하는 이유를 모르는 거냐고?"

"몰라, 알고 싶지도 않아. 난 그따위 자리 필요 없어!"

"……."

현우는 징징거리는 제 철없는 형을 물끄러미 바라만 보고 있었다.

"아버님, 정말 저는 이해할 수 없습니다. 현우, 현태랑 똑같은 아이입니다. 둘 다 똑같이 건강하고…… 그리고 태어난 것도 10분밖에 차이가 안 납니다. 한 치도 다름없이 똑같은 아이들입니다. 그런데 왜 굳이……."

좋은 말로 하면 완고하고 대놓고 이야기하자면 제 고집밖에 모르게 생긴 머리가 희끗한 노인은 굳게 입을 다물고 있었다.

"아버님……."

"됐어. 더 이상 말 필요 없다. 그래, 너 말 잘했다. 10분……. 그 10분이 운명을 바꾸는 거야. 그리고 현우 녀석 빌빌거리는 거 봐라. 튼튼한 현태 하나면 돼. 작은 녀석이야 지 하고 싶은 거 하라고 해.

두 마리 호랑이는 필요 없는 거다."

"아버님!"

"저번에 낚시 갔을 때도 똑 부러지게 딴 노인네들 앞에서 지 이야기하는 거 못 봐서 그런다. 그러니까 뉴욕에는 현태 하나만 보내. 알았어?"

"네……."

추상같은 노인네의 말에 더 이상 토를 달지 못했다. 이번에 재혼하는 것 때문에 주변을 하도 시끄럽게 해서 솔직히 면목이 없었기도 했고, 현태를 눈에 들어 하는 데에 이의는 없었다.

큰형의 아들들이 다들 면상에서 면박을 당하고 난리도 아니었으니, 깎인 제 점수를 아들이 대신해 주니 다행이었지만, 아버지의 입장에서 한 치도 다름없는 두 아들 중 하나만 대놓고 예뻐하는 건 이해할 수 없었다. 10분 만에 사주가 바뀌었다는 것도 이해할 수가 없는 일이고……

그러나 이번에 아랍 에미리트에 어마어마한 수주를 따내면서 그야말로 백라는 최고 전성기를 맞고 있었다. 이럴 때 확고한 뒷자리를 마련하는 건 절대 나쁜 일이 아니었다. 그는 얼른 전화기를 들었다.

"가기 싫습니다."

"가. 더 긴 말 필요 없다."

"공부는 여기서도……."

"다른 애들은 다 이미 말 떼자마자 나가서 식견을 넓히고 오는 게 수순이야. 넌 늦어도 한참 늦었어."

"아버지!"

"가서 할아버지한테 말씀드려! 넌 뭐 이중인격이냐? 저번에 낚시

가서 할아버지 마음에 쏙 들었다고 그렇게 칭찬하시더니!"

그제야 현태의 얼굴이 굳었다.

"기회야. 지금 너 회사가 어떻게 돌아 가는지나 알아? 남들은 가고 싶어도 못 가는 자리야. 똑바로 해. 정신 차리라고. 넌 평범한 집안의 아이가 아니다. 알았어?"

교복을 입은 채 시뻘겋게 얼굴이 변해 있던 현태는 아버지를 보다가 뒤에서 싸늘한 얼굴로 앉아 있는 제 쌍둥이 동생 현우를 흘끗 보았다.

"알았어요. 생각해 볼게요."

"생각은 무슨 생각. 현우, 너도 같이 가라. 할아버지는 그놈의 장남 타령이지만, 난 그렇게 생각 안 해. 현우 너도 분명히 큰 역할을 할 거야. 내가 말씀드릴 테니까 너도 준비해. 이 덜렁쟁이 현태 좀 니가 잘 알아서 해라."

아버지는 그 말만 남기고 방을 나갔다. 현태가 현우를 돌아봤다. 그 시선의 의미를 잘 아는 듯 구석에 앉아 있던 현우가 쌀쌀하게 내뱉었다.

"너 미쳤어? 작작해. 그건 니 몫이야."

"현우야, 그러지 말고. 딱 네 스타일이잖아. 넌 대기업 후계자하고 딱 어울려. 그러니까……."

"할아버지 말씀 못 들었어? 내 사주가 형편없다고, 단명할 상이라고 하셨어. 그러니 벽에 똥칠할 때까지 살 튼튼한 네가 필요한 거야. 좋겠다."

한마디 내뱉고 일어서는 현우를 붙잡은 현태가 말했다.

"난 필요 없어. 난 예술가의 피가 흐르고 있다니까. 넌 그따위 사주를 믿는 병신이냐? 니가가라…… 뉴욕."

"머저리 새끼, 니가 무슨 영화배운 줄 알아?"

그러나 현우의 눈빛은 날카로웠다.

가을 햇볕이 따사롭게 내려앉고 있었다.

하루하루가 의미 없게 지나가는 것 같았다. 이곳에 사는 사람은 두 부류로 나뉘었다. 도시에 있는 자식을 위해 무슨 수를 써서라도 돈을 벌어야 하기에 조잡한 기념품을 팔고, 사람들의 짐을 들어다 주고, 심지어는 사람들의 시선이 딴 데가 있는 동안 슬쩍슬쩍 그들의 주머니를 터는 것으로 하루를 바쁘게 사는 사람들. 그리고 하루하루가 가는게 별로 의미도 없는, 하루 배가 부르면 그만, 또 하루 굶어도 죽지 않으면 그만, 볕이 좋으면 나와서 이를 잡고, 추우면 아무 데고 들어가 추위를 막아 줄 넝마를 찾는 사람들로.

좋은 옷을 입고, 괜찮은 음식을 먹고, 잡을 이는 없지만 그냥 따뜻한 볕을 쬐고 있는 저는 분명히 후자에 속했다.

후회하나?

그렇지는 않다. 아마 그렇게 산다면 하루 만에 질식해서 죽을 것 같으니까. 넓은 들, 높은 산, 푸른 물 그런 걸 보고 있어야 했다. 그런데 이상하게도 그 푸른 물과 높은 산조차 저를 점점 질식하게 하고 있었다. 왜일까.

제 그림은 하나도 팔리지 않았다. 누군가 그랬다. 영혼이 없다고……

아니 대체 어떤 게 영혼이 있는 건데? 키스 해링인지 앤디 워홀인지 매직으로 대충 그리고 빨간 칠을 해도 수만 달러씩에 팔리더만.

"젠장!"

그림을 그려서 돈을 벌 생각은 없었다. 그럴 필요는 없었으니까. 그러나 팔리지 않는다는 건 아무도 알아주지 않는다는 거였다. 그게 사람을 지치게 하고 있었다.

어기적어기적.

그는 관광객들이 버글거리는 호숫가로 갔다. 재잘거리는 중국인들 다음으로 한국 사람이 많았다. 여기가 한국인지 중국인지 모를 정도였다. 그러나 그는 웬만하면 절대 한국말을 내뱉지 않았다. 그들과 같은 나라 사람이라는 게 별로 달갑지 않았으니까. 그래서 제가 알고 있는 한적한 곳으로 갔다.

이번이 마지막이었다. 지금 그리고 있는 마지막 그림을 완성하면 다른 곳으로 옮길까 생각 중이었다. 그래서 도구들도 다 치워 버렸다. 계림으로 갈까, 아니면 아예 호주 같은 다른 곳으로 가 볼까 하고…….

그때였다. 누군가 호숫가에 쪼그리고 앉아서 물에 손을 담그고 있었다. 이곳은 보호구역이어서 물에 손을 담그다 걸리면 꽤 많은 벌금을 내야 했다.

쪼그리고 앉아 있는 모습이 가냘픈 여자이기에 그는 우선 주변을 둘러보았다. 관광객들은 정해진 곳으로만 다니기 때문에 샛길 쪽인 이 길에는 다행히 다른 사람이 없었다. 그는 그 사람에게 경고를 해 주기 위해서 다가갔다.

"예뻐라…… 예쁘네. 예뻐."

중얼거리는 소리가 한국말이었다. 한국 여자인가? 제가 잠시 머뭇거리는 사이에 여자는 손을 털고 일어섰다. 꽤 묵직해 뵈는 배낭을 메고 하얀 옷을 입은 여자는 어려 보였다.

혼자 여기까지 온 건가? 저렇게 젊은 여자가…… 보기에는 사람이 많아 보여도 혼자 다니는 건 썩 내키지 않는 동네였다. 그는 흘끗 저를 훑어보고는 나서는 걸 자제하기로 했다. 제 모습이 저런 여자가 보기에 편하지 않을 모습이란 걸 잘 알고 있기에.

원래부터 먹는 걸 좋아하기도 했고, 학창시절에 못 먹었던 게 한이 돼서 한참 식탐을 부리다가 자제한 지 얼마 되지 않았다. 대신 운동하는 것도 좋아해서 남들이 첫눈에 보기에 놀랄 만큼 제 덩치가 어마어마하다는 걸 잘 알고 있었다. 그러니 이런 한적한 곳에서 나타나면 좋지 않은 오해를 살 게 분명했다.

"산도 예쁘고, 물도 예쁘고, 하늘도 예쁜데……."

그런데? 여자의 목소리가 쓸쓸해 보였다. 돌아서는 가냘픈 몸매의 여자는…… 예뻤다. 화장기 하나 없이 긴 머리를 질끈 묶은, 대학생쯤 되어 보이는 여자는 목소리가 꼭 여자의 뒤로 보이는 비정상적으로 푸르른 석회질의 호숫가에 고인 물처럼 맑았다.

그건 다분히 제 착각이었을 것이었다. 그러나 그는 발소리를 죽이고 여자의 뒤를 쫓아갔다. 혹여…… 말이라도 한 번 걸어 볼까 하고.

"아야!"

저 길 중간에 갑자기 한 단 내려서는 구간이 있다는 걸 알고 있었다. 주변 경관을 보며 아무 생각 없이 가다 보면 꼭 저기서 헛발을 디디고 마는 그런 구간이……. 그리고 그 여자는 거기서 정확하게, 그리고 너무 심하게 헛발을 디디고 넘어졌다. 저도 모르게 어이쿠 하고 내뱉었을 정도였다.

"아야……."

다가가고 싶었다. 가서 한마디 말이라도 붙이고 싶었다. 그런데 이건 하늘이 준 기회였다.

"괜찮으십니까?"

저를 쳐다보는 눈이 그다지 겁을 먹은 거 같지 않아서 다행이라고 생각했다.

❖❖❖

"도련님!"

웬…… 생뚱맞은 명칭? 그는 고개를 돌렸다. 어디서 본 것 같은데 잘 기억이 나지 않는 사람이 서 있었다.

"누구……?"

그는 바빴다. 여자가 가 버렸다. 저를 J라고 불러 달라던 최수현이라는 여자가 이미 셔틀을 타고 저 밑에 호텔이 있는 곳으로 내려갔다는 것을 알고 있었기 때문에.

그는 여자의 가방에서 떨어진 네임텍을 주머니에 쑤셔 넣고는 목소리가 나는 쪽을 쳐다보았다. 어디서 봤을까. 기억은 나지 않아도 저들이 어디서 왔을지는 알 수 있었다. 제가 아무리 안나푸르나의 마지막 베이스캠프에 숨어 있다 해도 저들은 저를 찾아낼 수 있을 것이란 걸 잘 알고 있는 그였다.

"사장님이 찾으십니다."

"그게 무슨 상관인데?"

어느 사장인지는 모르겠지만 그는 급한 마음에 대답했다.

"이현태…… 님께서 지금 북경대학 병원에 계십니다. 위독하십니다."

그제야 제 손길이 멎었다. 낯선 이름이었다. 특히 남한테 나오는…… 그는 다가가서 저도 모르게 검은 양복을 입은 사람의 멱살을

430

잡았다.

"왜? 어디가 어때서?"

그 사람은…… 어이가 없었을 것이다.

"현……태야."

어색한 제 목소리를 듣고 있는 누런 얼굴의 사내를 보는 그는 저도 모르게 말꼬리를 잇지 못했다. 오른쪽 팔에 끔찍하게 솟아난 커다란 혈관들을 보고 그는 말을 삼켜 버리고 말았다.

"투석을 오래 받아서 그래…… 동정맥 수술을 해서……."

그러나 그 엄청나게 기형적인 혈관에 비례해 누렇게 떠 버린 얼굴은 지금 남들이 보기에도 버거운 제 몸의 반의반도 안 되어 보였다.

"야, 너 왜 이렇게 된 거야? 너……."

그는 말을 잇지 못했다. 무소식이 희소식이라고, 아버지란 사람이 거의 제 나이와 비슷한 젊은 여자와 또다시 재혼을 하고 어처구니없게 어린 동생까지 생겼다는 말을 듣고는 아예 소식을 끊은 지 몇 년이었다.

이 녀석도 잘나가고 있다고, 이제 드디어 회사까지 나가서 엘리베이터에 탄 듯 고속 승진 중이라던 소식을 바람결에 듣고는 잠시 제가 한 선택을 후회 비슷하게 생각해 보기도 했지만 그건 그때뿐이었다. 아마 제가 그렇게 살았다간 질식해서 죽어 버렸을 거란 생각에.

그런데…… 그런데 왜 이 녀석은 그 쩌렁쩌렁한 할아버지의 오른 팔이 되어서 떼돈을 벌고 있지 않고 여기까지 와서 이렇게 다 죽어 가는 건지.

"야, 신장 하나로 안 되는 거냐? 아예 두 개 다 주랴? 간은…… 뭐 딴 건 더 필요 없어?"

누런 얼굴을 한 피골이 상접한 환자는 어이가 없는지 피식 웃었다.

"먹고 싶은 건 원 없이 먹었나 보네. 잘했어……."

"그래, 너 때문에 못 먹은 거 한이 서려서 그랬다. 수술하고 나면 이번엔 니 차례야. 내가 너 닮으려고 애쓴 만큼 이번엔 나 닮으려고 애써 봐라. 중국은 책상하고 비행기 빼고 다 먹을 수 있어, 새 까……."

말끝이 흐려지고 있었다.

"이식편대숙주병(GVHD-Graft Versus Host Disease, 移植片 對宿主病)입니다."

"네?"

"공급체에서의 이식편과 같이 이식된 면역능세포에 의해 야기되는 이식편 수용체의 질병입니다. 결과적으로 이식편의 면역능세포는 수용체의 조직항원에 대해 항체를 형성하는데, 주로 골수이식에 의해 발병하지만 간혹 수혈에 의해 발병하기도 합니다. 장기이식 시에도 아주 적은 확률로 발병하기도 합니다. 그런데 정말 저희도 이상한 건, 두 분은 일란성 쌍둥이라 조직의 일치가 거의 100%에 가깝습니다. 이런 장기이식을 하기도 힘들지만 거의 자신의 장기나 마찬가지니까 부작용 같은 건 없다고 봐야 하죠. 그런데 저렇게 심각한 부작용이 나는 건 제가 의사 생활을 하면서도 평생 처음 봅니다."

"그래서 결론이 뭡니까?"

그는 이제 당장 멱살이라도 잡고 일어설 태세였다.

"최선을 다하고 있지만, 아무래도 준비를……."

"이 새끼가! 살려 내! 니 말대로 쌍둥이의 신장은 자기 거나 마찬가지라고 했잖아! 당장 서울로 옮겨! 아버지!"

그가 고래고래 소리를 지르면서 의사의 멱살을 잡았지만 뒤에 선 그의 아버지는 아무 말이 없었다. 의사 또한 어마어마한 덩치의 사내에게 멱살을 잡혀 있어도 가만히 있을 뿐이었다.

"그만둬라. 현태야……."

그 소리에 마치 벼락을 맞은 듯 거구의 사내는 손길을 멈췄다.

"……."

"그놈의 팔자인 거야. 이 박사가 할 수 있는 거 다 했다는 거 알고 있습니다……."

"이게 무슨…… 이게 무슨 개 같은 경우란 말입니까!"

그가 소리를 질렀지만 하얀색의 화려한 접견실에 공허하게 울릴 뿐이었다.

"현태를 살려 내! 살려 내라고!"

그러나 그도 알고 있었다.

"난……."

"새꺄, 좀 일찍 연락하지 그랬어. 조금만 더 빨리 했다면…… 왜 이야기 안 한 거야? 왜!"

"내…… 팔자니까. 아니, 내 팔자에 안 맞는 행복을 누렸으니까…… 넌 안 건드리려고 했는데……. 너야말로 왜…… 그랬어. 그거…… 하나만 있으면…… 나중에…… 병……나. 도로…… 가져가……."

"이 병신 새끼, 숨이 꼴딱거리는데도 농담이 나오냐? 닥……쳐."

저도 모르게 울먹이고 있는 게 꼴사나웠지만, 도저히 멈출 방법이 없었다. 그냥, 이 녀석은 저 하고 싶은 일을 하고 저는 이렇게 사는 게 당연하다고 생각했다. 아니, 뭐 좀 지겨워지면 슬슬 다시 돌아갈 수도 있을 거라 그냥 막연하게 생각했었다. 아직 나이도 어리니까.

팔순이 넘어도 창창하게 누릴 거 다 누리는 대단한 할아버지를 비롯해서 환갑이 다 돼 가는 나이에도 끊임없이 새 여자를 만나 결혼을 하고 온 세상에 다 창피하게 늦둥이까지 낳는 아버지를 보았기 때문이었는지도 몰랐다.

아직도 삶은 지겹도록 오래 남았으니까 당분간, 젊은 시절 내 할 일 하다 언젠간 정해진 운명이 기다리고 있는 딱딱한 사무실로 돌아갈 수 있을 거라 아주 당연하게 생각하고 있었었다. 단 한 치의 의심도 없이.

그냥 어렸을 적부터 빌빌거렸지만, 이렇게 의술이 발달하고 썩어 문드러지는 돈이 있는데 저 녀석이 이런 어이없는 병 때문에 이러고 있을 거란 생각은 단 한 번도 해 본 적이 없었다. 그게…… 그게 당연한 거 아닌가?

"그러……게. 숨이…… 꼴딱거……린다. 재……밌었다. 이……제 니…… 자리로 돌……아와라."

"미쳤어? 난 그러다 숨 막혀 죽어!"

그는 뒷말을 잇지 못했다. 정말 죽어 가는 이 앞에서 무슨 헛소리 인지.

"의……외로…… 재밌다. 그……리고…… 절……대…… 이 자 리…… 병……신…… 같은 것……들에게……넘기지 마……라. 엄……마, 기억……나지."

그는 저도 모르게 비썩 말라 이미 식어 가는 환자의 손을 잡고 부들부들 떨고 있었다. 그리고 기운 없는 작은 목소리에 문득 떠오른 모습이 있었다.

우리 형제를 낳은 친엄마, 세력 없는 집 딸이라고 괄시를 받던……
그 어린 나이에도 마음이 아팠던. 그리고 매번 어린아이들의 귓가에
도 들려오는 아버지의 행태에 시름시름 앓으며 병원을 드나들다 결국
세상을 뜬.

그 어린 나이에 이 둘은 서로 손을 잡고 생각했었다.

나에겐 너뿐이야. 너에겐 나뿐이야.

"야, 이 새끼야, 정신 차려!"

"나……도…… 그러고…… 싶다…… 이제…… 니 자리로……
와……라."

그렇지만 그는 끝내 정신을 차리지 못했다.

그는 삼십여 년을 무의미 하게 살아오면서 아버지가 그렇게 우는
걸 처음 보았다. 저 매정한 아버지가.

저놈이 마지막 말을 했다. 그게 유언이란 건지.

그놈 말을 호락호락 들어주기는 싫었지만, 그래도 저놈은 제 말을
들어주었었다. 그걸 원하고 있었는지는 알 바 없었다. 일생일대의 소
원을 들어줬으니까, 저놈이 마지막으로 남긴 말을 저도 들어줘야 했
다.

막 흰 천으로 덮인 침상이 나가려고 할 때 그가 막아섰다.

"아버지, 그리고 이 박사님. 드릴 말씀이 있습니다."

그는 북받치는 눈물을 참으면서 또렷하게 말했다.

epilogue

"거성실업 자료 다 어디 갔어요? 내가 분명히 준비하라고 했을 텐데!"

그녀의 목소리가 까칠해졌다.

"그거 저기……."

"내가 그런 식으로 하면 안 된다고 했죠?"

사나운 목소리로 소리치고는 꽝 하고 문을 닫고 들어가자 윤임의 옆에 있던 뚱뚱한 여자가 속삭였다.

"아, 정말, 왜 저래. 젊은 애가."

"말 함부로 하지 마. 들을라."

"아니, 그렇게 대단한 사람 애인이면 일을 고만하든가, 아니면 근사하게 법인 하나 차려 달라 하든가."

"남의 사정 모르면 말을 말라고 했어. 그나저나 거성실업 자료 어쨌어?"

"그게, 하도 많아서……."

"일이나 똑바로 하고 나서 남의 이야기를 하라고!"

그래도 제 직속상사였다. 윤임은 그녀의 편을 들어 주고 싶었다.

제 방에 들어온 수현은 저도 모르게 격해졌다는 걸 알았지만, 일
처리가 미적거리는 건 있을 수 없었다. 해야 할 일이 산더미 같은데
뭐 하나 제대로 풀리는 게 없었다.

아니, 그건 어폐가 있었다. 제 앞에 돌아온 기장 따위 밑에서 잘못
했다면 알아서 차차 풀어 가면 되는 거였다. 수많은 계산서와 자료
정리는 시간이 해결해 주는 거였다. 시간을 들여 정리를 하고 계산을
하면 되는 거니까. 그러나 문제는 뭔가.

문제는…….

그때였다. 그녀의 전화기가 울렸다. 전화기에 떠 있는 이름…….
그녀는 잠시 망설이다 전화를 받았다.

"현태 씨…….."

〈오후 6시 비행기야. 시간 맞춰 나와.〉

"그게…… 우리 연말이 제일 바쁘다는 거 알잖아요."

〈몰라. 안 내보내 준다고 하면 사표 써. 나와.〉

"이봐요!"

그러나 전화는 이미 끊어져 뚜뚜 소리만 내고 있었다. 늘 이런 식
이었다. 이 대단한 남자와의 연애, 혹은 사랑이 순탄할 리 없다는 것
은 어렴풋이나마 생각하고 있었다. 제 망설임이나 고민 따위가 다 거
기서 나온 거니까.

그러나 제가 닥친 현실은 더욱더 구체적이고 험난했다. 그러나 문
제는 그럼에도 불구하고 이 남자를 포기할 수 없다는 거였다.

"현태 씨……!"

어느 정도는 예상하고 있었다. 그러나 눈앞에서 보고 나니 절로 피식거리는 웃음이 나고 말았다.

"당신은 이럴 줄 알았어."

비서실에 비서가 한 트럭은 있는 남자였다. 게다가 전용 비행기를 언제나 띄울 수 있는, 국내에 몇 안 되는 사람 중 하나였다. 그런 남자가 일반 여행객이 바글거리는 공항에서 점퍼 차림으로 배낭 하나를 달랑 멘 채 저를 기다리고 있었다. 물론 제 등에도 그런 배낭 하나가 메어져 있었고 점퍼 차림이었지만.

그리고 비행기에서 내린 지금, 그들은 낡은 버스 한 대 앞에 서 있었다.

"설마 11시간이나 버스를 탈 건 아니죠?"

"아니까 물은 거 아니야?"

그의 대답은 샤프한 그의 모습과는 달리 능청스러웠다.

어디로 갈 거라는 건 알고 있었다. 그러나 문제는 지금이 엄동설한이라는 거였다.

열한 시간의 기차 여행, 그리고 6시간의 버스, 그리고 다시 한 시간의 택시……. 백라전자 부사장 이현태라는 명함을 이용한다면 그냥 곧바로 북경에서 헬기로 갈 수도 있었을 것이다. 그렇지 않더라도 그냥 비행기 편도 있었다. 그러나 그는 그러지 않았다.

언뜻 보기에도 그 대단한 비서실에서 부사장님의 안락한 여행을 위해서 최고급 브랜드로 준비한 패딩점퍼와 배낭, 등산화 따위는 구비했지만 그건 이 남자가 그만큼 바쁜 사람이란 걸 말해 주는 증거일 뿐이었다.

"가고 싶었음, 그냥 비행기 타고 가면 되잖아요."

제가 불편한 게 문제가 아니라 이 남자에게 있어서 시간이 얼마나 귀중한 자산인지 알기 때문에 물은 거였다.

"관광 가는 거 아니잖아."

"그럼 뭔데요?"

그러나 그는 대답하지 않았다. 대답하지 않아도 괜찮았다. 수현은 그냥 그의 어깨에 이마를 묻었다. 하루하루 전쟁 같은 날들이 마치 차창 밖의 풍경같이 흩어져 버렸다. 중요한 건 두 사람이 같이 있는 거니까.

수현은 결코 보채지 않았다. 그럴 수 없다는 걸 알았기 때문이었다.

이현태인지 아니면 이현우였는지 그도 아니라면 K였는지 모를 이 남자와의 사랑은 험난했다. 드라마나 영화에서 보듯 대단한 재벌 2세와의 사랑은 해피엔드로 그냥 뚝 끝내 버린다는 게 얼마나 비현실적인 것인지 금방 알게 되었다. 심지어 제 부모의 그 결사적인 반대도 이해가 가지 않을 정도였다.

그럼에도 불구하고 그는 저를 사랑했다. 그리고 그건 저도 마찬가지였다. 제 손에는 그가 특별히 맞춰 준 붉은 사파이어의 커플링이 끼워져 있었고 그의 손에도 역시 그 밋밋한 반지가 끼워져 있었지만, 아직 그게 웨딩링으로 업그레이드 되기에는 이르지 못했다.

그녀는 제 일터에서, 그는 그의 일터에서 바쁘게 살다 보니 어느새 계절이 두 번이나 바뀌어 버렸다. 그러다 그가 어느 날 말했다.

'일주일 비워.'

늘 그렇듯 일방적으로. 그게 불가능하다는 걸 알았지만 그래도 불가능을 가능으로 만들고 싶었다. 이현태라는, 백라전자의 후계자가 절 사랑한다는 것도 불가능한 일이니까.

"이렇게 추운데…… 아무도 없겠죠?"

"그럴 리가."

그의 말은 맞았다. 몇 년 사이 너무 이름 높은 관광지가 되어 버린 구채구에는 한겨울에도 사람이 많았다. 그나마 다행인 게 북경의 그 살인적인 추위와는 비교가 안 될 정도의 따뜻한 날씨라는 것 빼고는.

"여긴 안 변했네요."

"맞아. 거기 저 계단이 갑자기 푹 꺼져. 늘 저기서 많은 사람들이 경치를 보다가 헛발을 디뎌서 다치는 구간이야. 분명히 당신도 그럴 거 같았어."

오화해를 가는 뒷길이었다. 수현은 자기가 경치를 보다 헛발을 디뎌 나뒹굴었던 곳을 보면서 말했다.

"그럼 날 보고 있었단 말이에요?"

"당연하지."

"와! 스토커."

"이 동네 나쁜 놈이 얼마나 많은데! 내가 눈여겨보고 있었던 걸 다행으로 생각해야 해."

흘끗 보기에도 그때 제게 다가왔던 그 거구의 산적 같은 남자는 아니었다. 지금도 그 사람이 이 남자인가는 헷갈렸다.

"아니죠?"

"뭐가."

싸한 공기가 내려앉은 하얀 설경으로 덮인 침엽수림 가운데 녹색의 호수는 신비한 바닥을 드러내고 있었다. 몇 년 전에 제 기억 속에 있던 곳보다 훨씬 더 신비로웠지만 제게 더 신기한 건 제 옆에 있는 샤프하고 신경질적으로 생긴 남자였다.

"솔직히 말해 봐요. 뭐라고 불러야 해요?"

"나?"

"네."

그는 잠시 생각했다.

나는 누구일까? 이현우? 이현태? K?

"이현태."

"……."

수현의 머릿속에는 매끄러운 호수 같은 물결 위의 싸한 물안개처럼 무언가 퍼지고 있었다. 이 남자는 이현태가 되고 싶은 걸까?

현태는 다시 한 번 자신의 이름을 속으로 되뇌었다. 그건 제 이름이었다. 저는 그녀에게 K인 동시에, 이현우였고, 실제로는 이현태였다. 그러나 현우는 제게 현태로 살라고 했다. 그러니까 그렇게 해야 했다.

"그러나 당신한테는 영원한 K."

그의 뒷말에 수현은 피식 웃고 말았다. 그런 그녀를 그가 살며시 안았다.

"나한테 당신은 영원한 J."

"그런데 왜 하필 K예요? 이름에도 없는 글자잖아요. 그리고 왜 그렇게 물었어요? 그냥 이름을 물었으면 쉬웠잖아요."

수연이 물었다.

"글쎄. 난 운명이란 걸 믿었나 봐. 아니면 카드의 킹을 생각했었나?"

문제는 아직도 그때가 제대로 기억나지 않는다는 것이었다. 살그머니 시려 오는 손을 제 주머니에 넣는, 가느다란 손가락을 가진 이 여자는 아마 꿈에도 모를 것이었다. 제 기억 따위 지워 버렸다는 걸.

왜 K라는 철자를 생각해 냈을까. 그러나 그런 게 중요하지는 않았다. 제가 그녀를 찾으려 애썼다는 거, 그렇게 기억을 지우려 애썼지만 이 여자는 제 무의식에 떠돌고 있었다는 거, 그게 중요한 거니까.

"아, 춥다."

뒤에서 사람들이 웅성거리는 소리가 나자 수현이 그의 빨갛게 변한 귓가에 작게 속삭였다. 눈 앞에 아무리 대단한 설정이 펼쳐져 있고, 옆에 제 모든 것을 빼앗아 간 남자가 있다 해도 추운 건 추운 거였다.

"들어가지."

그가 말했다. 그러고는 그녀의 어깨를 감쌌다.

"하! 여긴……."

그녀는 말을 잇지 못했다.

"미리 좀 어쩌려고 했는데 너무 바빠서 말이야. 그나마 남아 있는 게 다행이야."

라고 말하면서 그는 모퉁이로 사라졌다.

솔직히 수현은 어디였는지 잘 기억하지도 못했다. 게다가 몇 년 만에 간 구채구는 너무나 대단한 관광지가 되어 있었다. 마치 명동같이 카페가 즐비했고, 고급호텔이 늘어서 있었다. 그전에 구채구 안에는 그런 시설이 없어서 한참 아래에 숙박시설까지는 셔틀 버스가 다녔고 그걸 놓쳐서 이 '낯선' 남자의 집에서 하룻밤을 보냈을 뿐이었다.

그러나 그 호텔들 사이 뒷길에 들어서자 원주민들이 사는 동네가 나타났고, 골목을 어지러이 다니다 어디론가로 들어섰다. 그리고 낯익은 곳에 이르렀다.

누군가 살았던 모양이었다. 구조는 비슷했지만, 기억 속에 있던 가구는 하나도 남김없이 다 달라져 있었다.

"여긴 어떻게……."

그러자 점퍼를 벗고 가방을 놓아둔 그가 모퉁이에서 나왔다.

"주인은 그대로더라고. 그래서 웃돈 좀 주고 빌렸지. 다행히 요즘은 비어 있었어. 그래도 많이 좋아졌네. 화장실이 좋아졌어."

낯이 익었다. 그때와 같은 위치에 있는 이인용 침대, 그 옆에 있던 낡은 의자, 작은 거실, 그리고 모퉁이에 있는 부엌까지. 그러나 그의 말대로 비어 있었는지 침대 시트 같은 것은 전부 새것처럼 보였다.

바로 K의 방이었다.

수현이 채 둘러보기도 전에 그녀를 안는 그의 두 팔이 느껴졌다. 여전히 마른 듯한 그의 가슴이 그녀를 껴안았다.

"K는…… 몸 하나는 좋았는데."

웃으면서 그녀가 말했다. 그러자 그가 대답했다.

"그래서? 나는 뭔가 모자란가?"

하는 일이 많고 신경을 쓰는 게 많은 데다 체질이 바뀌었는지 전처럼 심하게 체중조절을 하는 게 아닌데도 그의 몸은 쉬이 변하지 않았다.

"농담이에요."

수현은 두 팔로 그의 마른 허리를 껴안았다. 그리고 그도 그런 그녀를 안았다.

"내가 미쳤나 봐. 그런 무서운 남자랑 하룻밤을 보내다니."

그녀가 다시 농담을 이었다. 그러자 그가 더욱더 힘을 주어 그녀를 안았다.

"원래 제정신일 때는 아무것도 못 하는 거야."

수현은 꺄르르 웃고 말았다. 그제 오후에만 해도 각종 장부들에 짓눌려서 머릿속이 퍼센테지와 금액으로만 꽉 찼었다. 재계서열 10위 안에 드는 재벌 3세와 연인 관계라는 것도 그냥 이야기 같았었다. 그런데 바로 하루 만에 모든 게 아주 먼 세상의 이야기가 된 것만 같았다.

실은 하고 싶은 이야기가 많았다. 우린 앞으로 어떻게 되는 건지…… 같은. 그러나 그녀는 차마 물을 수가 없었다. 저를 안고 있는 이 남자가 이제 제 세상의 전부니까.

"다음 주 토요일이야."

"뭐가요?"

"우리 결혼식."

"……네?"

그녀가 고개를 떼고 그의 품에 벗어나 그를 쳐다보며 물으려 했다. 그러나 그러질 못했다. 저를 꼭 안고 있는 남자의 두 팔 때문에.

"그게……."

그녀는 뒷말을 흐렸다. 두 사람이 사랑하고, 재연이와 파혼을 했지만, 두 사람의 관계는 여전히 모호했었다. 아무것도 없는 일개 말단 세무사와 백라의 후계자 사이에는 너무나 높은 벽이 존재하니까.

그러나 수현은 보채거나 혹은 닦달하지 않았다. 두 사람이 이어지지 못하고 그냥 흐지부지 멀어진다 해도 그건 어쩔 수 없다고 생각했으니까.

"허락하셨어."

"그게……."

"그냥 가족끼리 간소하게 할 거야. 그러기로 했으니까. 그리고 그

후에도 변할 건 없어. 당신 일하고 싶으면 그냥 그대로 출근하면 돼. 그리고 애석하게도 이미 정해진 스케줄 때문에 신혼여행은 당분간 못 가. 2주 후에 신제품 출시 때문에 시간을 뺄 수가 없어."

수현이 고개를 빼면서 말했다.

"뭐라구요?"

"고민했어. 신혼여행을 갈 것인가, 아니면 청혼여행을 갈 것인가. 신혼여행은 누구나 가지만 청혼여행은 못 가잖아. 그래서 미리 왔어."

"하!"

수현이 어이없어 내뱉는 걸 그가 내려다보면서 피식 웃었다.

"사랑해."

그야말로, 절대 어울리지 않는 말이었다. 그러나 그 말을 듣는 순간 제 모든 감정은 사르륵 녹아서 어디론가 사라졌다. 수연은 다시 미소 지으면서 그의 가슴팍으로 파고들 수밖에 없었다.

"나쁜 남자……."

그러나 그 말은 채 이어지지 못했다. 제 입술을 파고드는 남자의 매끄러운 입술 때문에. 남자의 입술은 부드럽게 저를 감싸고 제 안을 파고들었다. 마치 그 어느 날처럼.

작가 후기

우연히 발길이 닿은 낯선 여행지, 그리고 낯선 남자, 그런 남자와의 낯선 하루.

늘 새로운 것에 대해 목말라하는 '사이비 작가' 인 제게 어느 날 떠오른 아이디어였습니다. 아니 솔직히 말하면 제가 가는 연재 사이트에 가장 많이 등장하는 원나잇에 대한 단상이었는지도 모릅니다. 낯선 상대와의 하룻밤, 그리고 재회. 그것에 대한 글을 써 보자고 해 놓고 앞부분만 쓰고 늘 그렇듯 제목만 떨렁 써 놓은 글을 이어 써 간건 한여름이었습니다.

전작 〈애인〉은 그 여름이 너무 더워서 한겨울의 이야기를 썼었는데, 이번에는 그 폭염을 그대로 썼다고나 할까요. 끈적거리는 폭염 속에 내가 누구인가에 대한, 혹은 내가 알고 있던 그는 누구인가에 대한 이야기를 쓰며 저는 여름을 이겨 냈는지도 모릅니다.

제가 글을 쓰는 방식이 요상해서, 아니 요상하다는 것보다는 성의가 없어서 밤새 생각만 하고 낮에 컴퓨터 앞에 앉으면 그 생각과는 상관없이 손가락을 놀리기 때문에 이야기는 하루에도 몇 번씩 그 모양을 바꿔 가면서 제 앞에 버티고 있습니다. 그래서 솔직히 제가 쓰는 글의 완결을 가장 보고 싶은 사람은 정작 저 자신일지도 모릅니다.

　아는 몇몇 작가님들은 정말이지 기획을 하고 시놉시스를 정리하고, 조사를 하고 몇 번씩 퇴고를 하시는데, 정작 살림이건 육아건 내조건 그 어떤 것도 완벽하지 못하면서도 나는 전문작가가 아니라 공상을 좋아하는 아줌마일 뿐이야를 외치면서 이렇게 허술한 글을 매번 써 대는데도 즐겁게 봐 주시는 게 참 고맙기만 합니다.

　처음 이 글을 연재하면서 제가 바란 건 묘한 긴장감, 친구의 약혼자에게 끌리는 이율배반적 긴장, 그 와중에 느껴지는 남자의 섹시함 같은 것들이었습니다. 그러나 섹시 쪽에는 문외한인지라 점점 이야기는 미스터리쪽으로 옮겨 가 버린 듯합니다. 그리고 속물적인 여주인공 수현 때문에도 원성을 많이 들었습니다. 그러나 수많은 로맨스의 여주인공들이 청순하고 가련하고, 정의롭고 아름답고, 친구를 먼저 생각하고, 사랑을 위해 모든 것을 포기하는 것에 대해서는 조금 싫증이 났다고나 할까요?

　제 소개에도 나오지만 늘 조금쯤은 비뚤어진 생각을 하는 제게, 재벌 친구에게 빌붙어서 살긴 하지만 그나마 제 이야기 속에 나오는 여주인공 중에 가장 당당하고 가장 수입도 좋고, 또 가장 진취적이었기 때문에 오히려 쓰면서 즐거웠습니다.

이 글의 배경이 된 구채구는 매일 여행 다큐나 책으로 신물나게 보고 있으면서도 아직 건강상의 이유로 한 번도 가 본 적이 없는데, 그래서 가 보신 분들은 제 묘사나 설명이 지극히 허술하다는 것을 알고 혀를 차실지도 모르겠습니다. 그러나 꼭 기회가 되면 가 보고 싶네요.

로맨스가 우리에게 현실이 아닌 저 마음 깊숙한 곳에 고여 있는 사랑이나 연애의 감정을 살살 흔들어 주듯, 제게도 이 글은 제가 가고 싶었던 곳 그리고 제가 꿈꾸고 있었던 두근거림에 대한 짧은 단상이었습니다.

책을 펴고, 읽고 그리고 마지막 장을 닫는 순간까지 함께해 주셔서 너무나 감사합니다. 또다시 여러분의 마음속을 두근거리게 할 그 미지의 어떤 남자를 데리고 다시 여러분들을 뵙길 바라겠습니다.

끝으로 늘 항상 저를 방치해 주는 사랑하는 우리 애인님, 그리고 이제는 훌쩍 나보다 커서 파이팅을 외치는 1호 혜슬 양과 조금 있으면 더 커질 우리 2호 원범 군에게 고마움을 표시하고, 또 제가 늘 글을 쓰게 멀리서 채찍질을 해 주시는 Y 작가님께도 감사 인사를 드립니다. 그리고 이글을 내는 데 도움을 주신 다향의 관계자 여러분에게도 고마운 마음 전합니다.

항상 건강하시고, 항상 행복하세요!

焉哉乎也 올림.

www.bbulmedia.com

www.bbulmedia.com